Die schwarze Pfanne

Patrick **McCabe**

Die schwarze Pfanne
Irische Greuelgeschichten

Aus dem Englischen von Hans-Christian Oeser

Eichborn.

Originaltitel: Emerald Germs of Ireland
Der Eichborn Verlag dankt dem Ireland Literature Exchange (Translation Fund), Dublin, Irland, für seine finanzielle Unterstützung
www.irelandliterature.com
info@irelandliterature.com

Umschlaggestaltung: Christiane Hahn
unter Verwendung eines Fotos von zefa
Lektorat: Doris Engelke
Layout: Tania Poppe
Gesamtherstellung: Fuldaer Verlagsagentur, Fulda
ISBN: 3-8218-0906-X

Verlagsverzeichnis schickt gern:
Eichborn Verlag, Kaiserstr. 66, 60329 Frankfurt am Main
www.eichborn.de

Inhalt

Einführung

Diese wenigen Worte wurden niedergeschrieben, damit wir verstehen, weshalb Pat McNab, die Hauptfigur in diesem Buch, sich so verhalten hat, wie er es tat. Keinesfalls stellen sie einen Versuch dar, ihn zu entschuldigen; denn daß Pat schuldig ist, weiß jeder. Doch mit etwas Glück könnten sie zumindest erklären helfen, weshalb er in den Ruch geriet, ein »kompletter Spinner« und »hochgradig bekloppt« zu sein, wie Timmy Sullivan, Inhaber von Sullivan's Select Bar, ihn eines Abends nannte. Sehen Sie, schon immer, so lange er zurückdenken konnte, wollte Pat in einer Popgruppe oder Showband mitspielen, doch seine Mutter wollte nichts davon wissen. Wenn das Thema auch nur erwähnt wurde, verlor sie fast den Verstand. »Band!«, fauchte sie dann und funkelte ihren Sohn an, »ich geb dir gleich Band! Du denkst wohl, du wirst so enden wie dieser andere Trottel, dein Vater in seiner Hauptmannsuniform, der sich mit jeder Schlampe und jedem angemalten Flittchen von der Straße vergnügt hat, und schickt nicht mal 'ne Kupfermünze nach Haus, daß man sich 'ne Kruste Brot kaufen kann? Band! Pah! Auf die Knie mit dir, aber dalli, und schrubb die Fliesen, eh ich dir eins mit dem Besen übern Buckel gebe! Und glaub bloß nicht, ich würd's nicht tun!«

Was Pat nicht im geringsten bezweifelte, denn so manches Mal hatte er genau das über sich ergehen lassen müssen, und zwar für sehr viel geringfügigere Verfehlungen als die, daß er das Gespräch auf seinen Vater brachte. Dieser hatte beide nicht lange nach Pats neuntem Geburtstag verlassen, und das einzige, was man später noch von ihm hörte, war, daß er in Dublin mit zwei Mädchen in Blümchenkleidern am Arm gesichtet worden war. Danach brauchte Pat nur D— zu sagen, sein voller Name war gar nicht nötig, und schon »rastete« sie »aus«, wie Honky McCool das nannte, warf mit Krügen, Tellern und allem, was gerade zur Hand war, um sich und gab Pat die ausgefallensten Namen.

Namen, die man in zivilisierter Gesellschaft nicht wiederholen kann. Eines Tages hatte Pat das Pech gehabt, ohne es sich recht zu überlegen, ja ohne zu merken, daß er überhaupt gesprochen hatte, laut nachzugrübeln: »Ob Daddy wohl je zurückkommt?«, und ehe er sich's versah, schlug ihm seine Mutter eine Plastikschüssel auf den Kopf und rief: »Ich hab dich gewarnt! Ich hab dir verboten, seinen Namen in den Mund zu nehmen!« Danach achtete er genau darauf, worüber er laut nachdachte, *aber hallo!*, wie die jungen Leute sagen. Doch was die Sache noch schlimmer machte – an anderen Tagen sah man sie, das Foto seines Vaters an sich gedrückt, im Dunkeln sitzen, sich über die Augen wischen und schluchzen: »Ich wünschte, er käme nach Hause, unser Daddy.« Eine Eventualität, die, so traurig das ist, niemals eintreten sollte. Es gab Gerüchte, er sei von einer verirrten Granate in die Brust getroffen worden und auf der Stelle gestorben. Doch dann gab es wieder andere Gerüchte, denen zufolge er desertiert und weggerannt war, um sich in Belgien mit einer Frau zu verstecken – schwer zu sagen.

Doch darauf kommt es ohnehin nicht an; in erster Linie nämlich sind wir hier mit Pat, seiner Mutter und »der Sache mit der Band« befaßt, wie sie sie nannte. Mit einer Band, die es natürlich nie gegeben hat, denn wie hätte es sie jemals geben können angesichts der durchgehend feindseligen Haltung seiner Mutter – man durfte ja buchstäblich das Wort nicht fallen lassen. So wie Pat seiner Mutter gegenüber den Mund nicht aufzumachen wagte, denn ganz gleich, was er zu Mammy sagte (wie er sie immer genannt hatte, so lange er zurückdenken konnte), immer schien sie es so aufzufassen: »Na schön! Das ist ja dann wohl das Ende unserer Beziehung! Von jetzt an führe ich mein eigenes Leben! Tschüssi!« Selbst wenn das in Wirklichkeit etwa eine Million Meilen von dem entfernt war, was wirklich in seinem Kopf vorging. Und, wie Sie sich sicherlich vorstellen können, für Pat immer ärgerlicher wurde. Die schlichteste Ankündigung wie: »Also, ich glaube, ich geh mal eben zu Sullivan's auf 'ne Flasche Stout, ich hab 'nen tüchtigen Brand!« wurde mit einem finsteren Blick und den Worten bedacht: »Ach, wirklich? Einen tüchtigen Brand, ja? Na, dann geh doch, geh! Zieh nur los mit deinem Brand, Pat McNab! Aber glaub ja nicht, daß es mir was ausmacht, wenn du nie wieder über die Schwelle dieses Hauses trittst!«

Manchmal fing sie sogar an zu weinen, bis es irgendwann so arg wurde, daß Pat immer sagte: »Dann gehe ich halt nicht! Ich bleibe hier, Mammy! Dann bleibe ich eben hier bei dir, wenn du das willst!« Besonders wenn er gelesen oder seine Schauspielkünste erprobt hatte.

Aber nicht, ohne deshalb wütend auf sich zu sein, denn bisweilen konnte sein spätabendlicher Durst fast unerträglich werden.

Viele Leute fänden es, wenn sie Zutritt zu Pat bekämen (was zugegebenermaßen schwierig ist, da er nur noch selten an die Tür kommt), vermutlich schwierig, ihm nicht in die Augen zu schauen und zu sagen: »Pat, warum haben Sie das eigentlich getan? Ihrer armen Mutter eins überzubraten, ganz zu schweigen von all dem anderen. Gott weiß, wie viele Unglückliche in Ihrem Garten sich die Radieschen von unten betrachten. Was in aller Welt ist Ihnen nur eingefallen?« Als wollten sie damit andeuten, daß Pat ein großes, geheimnisvolles psychologisches Rätsel sei statt des gewöhnlichsten Kerls, dem man je über den Weg zu laufen hoffen konnte. Eines ganz gewöhnlichen Kerls, der lediglich abends ein paar Gläschen trinken und sich vielleicht einer Band anschließen wollte, um ein paar Songs zu singen. Ohne daß immer ein Schatten auf ihn fiel und eine kloßförmige Mutter ihn jedesmal, wenn er die Haustür öffnete, ankeifte: »Was bildest du dir ein, wo du hingehst?« Schließlich war Pat, wie er des öfteren betonte, fünfundvierzig Jahre alt.

Trotz alledem, es gab Zeiten, da er seine alte Mammy vermißte, und dies leugnen zu wollen ist zwecklos. Zeiten, da er daran dachte, wie sie Toast in Streifen geschnitten hatte, mit einem Tellervoll aus der Küche gekommen war und sie ihm mit stolzgeschwellter Brust vorgesetzt hatte – alle waren hübsch aufgereiht und die Butter darüber zerlaufen. Zeiten, da sie ihm seine gebügelte Soldatenuniform anzog und sagte: »Sei mein kleiner Hauptmann, Pat!« Dann marschierte er in der Küche auf und ab, und seine Mutter strahlte und dachte an die guten alten Zeiten mit seinem Vater.

Wann immer er dieser Zeiten gedachte, wurde ihm einsam zumute. Er sah, wie sich das Leben vor ihm dehnte wie eine menschenleere Landstraße, war doch sein Bett des Nachts auf immer ihrer dicken, warmen Fettwülste beraubt und jener tröstlichen Gelegenheiten, da sie auf seine ängstliche Frage »Mammy, bist du da?« geantwortet hatte: »Aber ja, mein Junge, natürlich bin ich hier! Und werde es immer sein!«

Was nun nicht mehr der Fall war und, wie Pat wußte, es auch nie mehr sein würde, so lange er lebte. Am allertraurigsten war natürlich, daß sie an der Situation, die ihnen beiden so viel Unglück beschert hatte, selber schuld war. Das gleiche galt für viele andere Menschen, die es nicht fertigbrachten, sich um ihre eigenen Angelegenheiten zu kümmern. Menschen, die offenbar nur mit Mühe durchs Leben gehen konnten, ohne zu sagen: »Seht doch mal! Da geht McNab! Komischer Kauz, der!«

Aber wir alle haben eine besondere Beziehung zu unseren Müttern, und wenn Pat nachdenklich war, spürte er, wie ihn eine Woge der Schwermut durchflutete, und er dachte, wenn er noch einmal von vorne anfangen könnte, würde er ihr kein Härchen krümmen. Oft wischte er sich eine verstohlene Träne aus dem Auge, und wenn er sie in Lebensgröße vor sich sah, wie sie ihm mit beiden Augen zuzwinkerte, flüsterte er die Worte: »Mammy! Diesmal wollen wir's richtig machen, und wenn ich dich frage, ob ich in der Band mitspielen oder eine Flasche Stout trinken darf, sagst du einfach: ›Ja doch, Pat. Natürlich darfst du das. Da brauchst du doch nicht zu fragen.‹«

Und wenn Pat McNab seine Mutter im Geiste diese Worte äußern hört, gibt es keinen glücklicheren Mann auf Erden, und er kann einfach nicht anders, er legt die Arme um ihren Hals, gibt ihr einen großen »Ringelkeks« (ihr Privatwort für Kuß) auf die Wange und ruft: »Weißt du, was ich tun werde, Mammy? Ich werde bei gar keiner Band mitspielen! Ich werde zur Band sagen: ›Fahr zur Hölle, Band, du bist mir völlig schnuppe!‹ Und dann bleibe ich den ganzen Tag bei dir! Genau das mache ich! Denn du bist besser als jede Band! Verdammte Band! Ich mach mir nichts aus Bands!«

Natürlich war Pat sich bewußt, daß viele Leute es für töricht oder zumindest für unangemessen hielten, wenn ein fünfundvierzig Jahre alter Mann auf den Knien seiner Mutter sitzt und die beiden nach Herzenslust singen, wie eine Art zweiköpfige menschliche Jukebox – lächerlich! In Wahrheit jedoch scherte sich Pat nicht darum, vielmehr quiekste er manchmal buchstäblich vor Entzücken und rief: »Komm, Mammy! Jetzt bist du an der Reihe! Sing uns eins, etwas, was wir alle kennen!« Und sie gab ihm spielerisch einen Klaps und rief: »Nein! Du, Pat! Du bist dran!« Und zusammen waren sie so glücklich wie an jenem allerersten Tag, als ihr Sohn aus ihr herausgepurzelt war, so viele Jahre vor jenem letzten Tag, als er mit der Bratpfanne ausholte und Maimie McNab in das unendlich schwarze Loch der Ewigkeit schleuderte.

☆☆☆

Was Pat McNab – ohne jede Haarspalterei – zum abscheulichsten aller Verbrecher macht und ihm die verhaßte und verwerfliche Bezeichnung »Mörder« einträgt. Indes ist er kein gewöhnlicher Mörder, der nur einem Menschen das Leben genommen hat; wie viele andere nämlich im Umfeld von Pat McNabs Garten endeten, bedeckt von einem Teppich aus Laub, läßt sich nicht mit hinreichender Genauigkeit feststellen. Es genügt wohl, wenn ich sage, daß man bei vorsichtiger Schätzung auf fast fünfzig oder fünfundfünfzig Opfer kommt. Darin sind freilich die verschiedenen Nachtschwärmer und Landstreicher nicht eingeschlossen, die unangemeldet vor dem McNabschen Haus (einem grauen, pfarreiähnlichen Gebäude drei Kilometer außerhalb der Stadt) auftauchten und danach nie mehr gesehen wurden. Der einzige Anhaltspunkt dafür, daß sie sich je in der Nachbarschaft aufgehalten hatten, waren die fernen Klänge einer irischen Ballade oder eines unbekannten Popsongs, mit denen Pat ihr vorzeitiges Ende feierte. Eine neue Vitalität erfaßte sein Leben, als er kraft Erfahrung und dem Gefühl, »sich für seine Aufgabe zu erwärmen«, auf diesem bislang unentdeckten Betätigungsfeld allmählich ebenso gewandt wurde wie ein »Terminator« oder »Regulator«, wie man ihnen in der Welt der Actionfilme Hollywoods begegnet.

Vielleicht konnte es nicht ausbleiben, daß Pat sich allmählich als eine jener Gestalten wahrzunehmen begann, eine Art geheimnisvoller Einzelgänger in langem Mantel, dessen Begeisterung für seine Karriere (»Ende mit größtem Kollateralschaden«) in ihrer Schlichtheit grimmig und schockierend war. Eine Zeitlang sogar so sehr, daß er davon überzeugt war, in dem Städtchen Gullytown eine besondere, eigens angefertigte Aktentasche mit sich herumzutragen, die die unentbehrlichen Präzisionsinstrumente seines Gewerbes enthielt, darunter eine Walther PPK Pistole und ein elegantes Nachtsichtgewehr, das sich binnen Sekunden zusammensetzen ließ. Natürlich war das alles barer Unsinn. Pat besaß keine derartigen Instrumente, genausowenig eine solche Aktentasche. Die einzige Ähnlichkeit zwischen seiner Wunschgestalt und der eines kinematographischen Regulators bestand in seinem Mantel, da ihm dieser in seiner Schwärze und übermäßigen Länge eine rätsel- und schattenhafte Qualität verlieh, obschon das Kleidungsstück im Falle des fiktiven Regulators ganz gewiß fachmännisch geschneidert gewesen wäre und nicht etwa sackartig an seinem Körper herabgehangen hätte, wo es ihm orientierungslos, ja fast jämmerlich um die Knie schlotterte. Ja, um ehrlich zu sein, war Pats Mantel offenbar nicht in einem führenden Pariser Modehaus erworben worden, sondern sah ganz so aus, als hätten die Hühner darin genächtigt, was sie höchstwahrscheinlich auch getan hatten.

Das alles freilich ist ohne große Bedeutung, denn dankenswerterweise hielten diese frühen Phantasien und Illusionen nicht lange (Pat war klug genug, um zu wissen, daß er damit nur unnötige Aufmerksamkeit erregte), und binnen weniger Wochen war er mehr oder weniger wieder »ganz der alte« – natürlich für jeden Regulator die perfekte Verkleidung –, lächelte seinen Nachbarinnen zu und grüßte sie mit Worten wie: »Kein schlechter Tag heute, Mrs. O'Carroll!« und »Da sind Sie ja, Mrs. O'Hare! Und Barney! Gott sei Dank ist es wieder schön geworden!«

So vergingen die ersten 365 Tage nach Pat McNabs Muttermord. Inzwischen verbrachte Pat offenbar viele seiner wachen Stunden vor dem Fenster seines alten, düsteren Hauses und knabberte gedankenverloren an Toaststreifen. Hin und wieder plagten ihn leichte Gewissensbisse, und er dachte: »Warum mußte ich das tun? Hingehen und meine eigene Mutter morden, die Frau, die mich gehegt und gepflegt und fast fünfundvierzig Jahre lang alle meine Bedürfnisse gestillt hat?« Aber das ging vorüber, und wenn er sich den letzten Toaststreifen in den Mund geschoben hatte, umspielte ein leises Lächeln seine Lippen, und er fühlte sich von einer ganz sonderbaren Wärme durchdrungen, geradeso als hätte man ihm soeben mitgeteilt, daß er einen heißbegehrten Preis errungen habe, und der Moderator mit den perlweißen Zähnen (so nämlich stellte er ihn sich vor) vertraute dem errötenden Pat bis über beide Ohren grinsend an, daß er sich nach Auffassung der Juroren in seinem Fach (das man »effiziente Beförderung ins Jenseits« nennen könnte) als »bei weitem« der Beste erwiesen habe.

☆☆☆

Wovon eine gewisse Mrs. Tubridy tragischerweise nichts ahnte, als sie sich eines schönen Tages zu Tom Donohoe's Laden begab, wo sie ein paar gelbe Rüben für einen Irish Stew zu kaufen gedachte. Sie wäre besser beraten gewesen, sich darauf zu konzentrieren, statt Pat auszufragen, was er an diesem Tag »vorhatte« und wo er denn »hinwollte«. Ganz abgesehen davon, daß sie freche Anspielungen auf Pats Trinkgewohnheiten und seine »Vorliebe für Sullivan's Bar« von sich gab – Seitenhiebe, die ihr, hätte sie es verstanden, sie zu unterdrücken, Leben, Gesundheit und Wohlergehen bis auf den heutigen Tag beschert hätten. Doch sie konnte sie nicht lassen, und damit war ihr Schicksal besiegelt.

Besonders pikant ist vielleicht die Tatsache, daß sich Pat – als er sich nach seiner nunmehr »zweiten Vorführung« in seinem Sessel zurücklehnte – unerwarteterweise an einen Abend erinnerte, an dem Mrs. Tubridy zu Besuch gekommen war – es war zur Weihnachtszeit, und sein Vater war zu Hause. Den ganzen Abend hatte sie Punsch ausgeschenkt, Balladen gesungen (ihr Kabinettstückchen war *Who Put the Overalls in Mrs. Murphy's Chowder*?) und ihre Röcke geschürzt, als sie mit seiner Mutter über die Fliesen tanzte, als gäb's kein Morgen mehr.

Was sich in ihrem Fall nun leider bewahrheitet hatte, als Pat sie ansah, wie sie ausgestreckt auf dem Tisch lag, stumm wie im Leichenschauhaus, und das alles nur, weil sie unbedingt Fragen stellen mußte: über die Mütter von Leuten und übers Whiskytrinken und alle möglichen Dinge, die sie überhaupt nichts angingen. Und der einzige Vorteil von alledem? Was die schönste Moritat aller Zeiten hätte werden können, hatte ein böses Ende genommen: Mrs. Tubridys pelzbesetzte Stiefel staken unter ihrem Mantel hervor, und ihre Hand hing herab wie ein trauriger, einsamer Handschuh aus Wachs. Es war schon traurig, daran besteht kein Zweifel – und dieses unser erstes Lied, unsere erste Geschichte »Sonntags Whisky« erzählt, wie es dazu kam.

ERSTES KAPITEL

Sonntags Whisky

Whisky on a Sunday

He sat on the corner of Begger's Bush
'Stride an old packing case
And the dolls on the end of the plank went dancing
As he crooned with a smile on his face.

Refrain:
Come day, go day.
Wish in me heart for Sunday
Drinking buttermilk all the week,
Whisky on a Sunday.

His tired old hands drummed the wooden beam
And the puppets they danced d'gear
A better show than you ever will see
At the Pivvy or New Brighton Pier.

But on some stormy night, down Scotty Road way
With the wind blowing up from the sea
You can still hear the song of old Seth Davey
As he croons to his dancing dolls three.

Pat kam gerade pfeifend die Straße entlanggelaufen, als er Mrs. Tubridy in ihrem Kopftuch vor sich sah. »Hallo auch, Mrs. Tubridy!« begrüßte er sie. Ohne jeden ersichtlichen Grund flog eine Pusteblume an seiner Nase vorbei. »Ach Gottchen, ich hab Sie gar nicht gesehen, Pat«, erwiderte sie, »ich glaube, ich bin der Welt abhanden gekommen. Wie geht's Ihnen denn, Pat? Passiert ja nicht oft, daß man Sie auf der Landstraße umherwandern sieht. Sind Sie bei guter Gesundheit, wenn ich fragen darf?«

»Ach, nicht schlecht, Mrs. Tubridy, danke«, versetzte Pat.

Mrs. Tubridy nickte und zupfte ein wenig an dem Knoten ihres Kopftuchs.

»Ich komme gerade vom Dankgottesdienst«, fuhr sie fort. »Den hat Father Swift gehalten. Mein Gott, was für ein großartiger Redner! Ein begnadeter Orator! Ich hoffe, Sie sind nicht auf dem Weg dorthin, Pat, denn falls Sie's sind, kommen Sie zu spät.«

»Nein, nein, Mrs. Tubridy«, atwortete Pat, »ich bin auf dem Weg in die Stadt. Ich hab mir gedacht, ich schau auf ein Gläschen bei Sullivan's vorbei.«

Mrs. Tubridy stockte.

»Sie haben sich gedacht, Sie könnten wo vorbeischauen, Pat?« fragte sie, und zwischen ihren Lippen lugte ihre Zungenspitze hervor. Wie Pat zu seiner Überraschung sah, war sie eher gerundet als spitz. Überrascht war er auch davon, daß er selbst mit ebenso stockender Stimme sprach.

»Zu Sullivan's. Vielleicht schau ich mal auf ein Gläschen vorbei und geh dann meinen Geschäften nach.«

Als Pat Mrs. Tubridys beschuhte Hand auf seinem Mantelärmel spürte, zuckte er unmerklich zusammen.

»Aber Sullivan's«, fuhr sie fort, »jeder weiß doch … Pat, was führt Sie dorthin?«

Pat schüttelte den Kopf und fing an zu lachen. Dann sagte er: »Hören Sie, Mrs. Tubridy! Sullivan's? Da geh ich doch gar nicht hin!«

Mrs. Tubridy nickte, als hätte sie das schon immer gewußt.

»Als ob ich das nicht wüßte, Pat«, sagte sie und fügte hinzu: »Denn wenn Ihre Mutter ahnte, daß Sie auch nur in die Nähe dieser Spelunke kommen, würde sie verrückt spielen, nicht wahr, Pat?«

Pats Grinsen – denn inzwischen grinste er – wurde breiter.

»O ja!« rief er. »Die und Timmy, der Wirt! Die kommen so was von gar nicht miteinander aus!«

Mrs. Tubridy zog an einem Finger ihres Handschuhs.

»Ich weiß«, sagte sie, »hat sie mir selbst erzählt. Wie geht's ihr denn, Pat? In den vergangenen beiden Monaten habe ich sie gar nicht beim Bingo gesehen.«

Pat schaute kurz weg. Unweit des fünfstängigen Gatters direkt hinter Mrs. Tubridy fraß ein Schaf ein Blatt.

»Nein«, sagte er, »sie meint, das ist Geldverschwendung.«

Mrs. Tubridy runzelte eine Sekunde lang die Stirn. Dann blickte sie Pat an und sagte: »Was? Nachdem sie letzte Weihnachten alles eingestrichen hat!«

»Pah! Nicht doch, Mrs. Tubridy!« warf Pat ein. »Hören Sie! Nächste Woche geht sie ja wieder hin. Es ist nur diese verfluchte Venenentzündung. Die macht ihr wieder zu schaffen.«

»Das darf doch nicht wahr sein!« rief Mrs. Tubridy. »Warum haben Sie das denn nicht gleich gesagt, Pat? Ich hab doch die Salbe in meiner Handtasche! Ich geh sofort zu ihr und geb ihr eine Massage! Ach, das arme Geschöpf, wo sie doch ganz allein ist! Ich selbst hatte das auch schon. Schauen Sie nur! Sehen Sie die Venen hier? Wie die geschwollen sind, Pat!«

Mrs. Tubridy ballte die Faust, dann fuhr sie fort: »Ohne Dr. Horan's Salbe wär ich erledigt! Warten Sie's nur ab! Wenn Sie morgen Ihre Mutter sehen, werden Sie sie nicht wiedererkennen! Viel Glück, Pat, ich mach mich gleich auf den Weg und geb ihr meine Privatmedizin!«

Pats Stimme schien von einer Milchkanne zurückzuprallen, die, halb verdeckt von Weißdornbüschen, im nahen Graben stand.

»Nein!« rief er und hielt Mrs. Tubridy am Arm fest.

»Pat!« erklärte sie und versuchte zurückzuweichen.

Pat war, wie sie bemerkte, ziemlich bleich geworden.

»Das dürfen Sie nicht!« rief er. »Sie dürfen nicht zu ihr, Mrs. Tubridy! Hat sie nicht im Bett gelegen und geschlafen, als ich aus dem Haus gegangen bin, und keinen Mucks von sich gegeben? Sie können doch nicht einfach läuten und sie aus ihrem tiefen Schlummer reißen! Noch nicht, Mrs. Tubridy!«

Mrs. Tubridy zerrte – und zwar ziemlich entschlossen – an ihrem Ärmel und entwand sich Pats Griff.

»Jesses, Maria und Joseph!« erwiderte sie schroff. »Deswegen brauchen Sie mir doch nicht gleich an die Gurgel zu springen! Ich sage doch nur, daß ich hingehe und ihr die Medizin zeige, Medizin, für die sie mir noch dankbar sein wird, da können Sie sicher sein ...«

Pats Stimme prallte an dem polierten Metall der halbverdeckten Kanne ab, auf die eine Nummer aufgemalt war. Die Nummer 22.

»Können Sie sie ihr nicht ein andermal geben? Können Sie sie ihr nicht an einem anderen Tag geben? Warum soll das nicht gehen?«

»Natürlich geht das, Pat«, entgegnete Mrs. Tubridy und senkte leicht den Kopf, »natürlich kann ich sie ihr zu jedem anderen Zeitpunkt geben, der Ihnen beliebt. Deswegen brauchen Sie sich doch nicht wie der Leibhaftige aufzuführen!«

Pats Antwort war wie ein Wurfpfeil, der sich in die Rinde eines nahen Bergahorns bohrte.

»Ich muß jetzt zu Sullivan's!« fauchte er.

Die Haut auf Mrs. Tubridys Nasenrücken nahm die Form einer kleinen Pfeilspitze an.

»Ich dachte, Sie hätten gesagt, Sie gehen nicht zu Sullivan's?« erkundigte sie sich spöttisch.

Pat hustete und sagte: »Tu ich ja auch nicht.«

Mrs. Tubridys Miene verdüsterte sich, sie umklammerte den Griff ihrer Handtasche, und ihre Fingerknöchel färbten sich weiß.

»Was sich in den schummrigen Ecken dieser Spelunke abspielt, würden Sie nicht mal in den Hintergassen der Hölle erleben«, sagte sie.

Pat hob die Stimme und erwiderte: »Ich hab doch gesagt, daß ich nicht hingehe, Mrs. Tubridy!«

Mrs. Tubridy schüttelte den Kopf.

»Das weiß ich, Pat«, fuhr sie fort, »denn Ihre Mutter hat Sie besser erzogen. So dumm ist sie nicht, daß sie Ihnen erlauben würde, auf den Straßen von Gullytown herumzulungern. Sie und ich, wir kennen Timmy Sullivan und seinesgleichen! Ihre Mutter hat Ihnen alles über ihn erzählt, nicht wahr, Pat? Über Sullivan, meine ich?«

Jetzt war es an Pat, den Kopf zu senken.

»Ja, Mrs. Tubridy«, sagte er.

»Alkoholiker!« schrie sie plötzlich. »Alkoholiker, Hurenböcke und Unzüchtige! Was anderes finden Sie in dieser Spelunke nicht! Und Timmy Sullivan scheffelt das Geld mit beiden Händen! Stimmt's, Pat?«

Pat runzelte die Stirn, stocherte geistesabwesend an der Ecke seines Vorderzahns herum und antwortete: »Jawohl, Mrs. Tubridy.«

Mrs. Tubridy nickte. Inzwischen strahlte sie Gleichmut aus.

»Ein junger Kerl wie Sie – dazu sind Sie doch viel zu vernünftig. Dafür hat Ihre Mutter gesorgt. Also, ich muß los, Pat. Sagen Sie Ihrer Mutter, daß ich sie in ein paar Tagen besuchen komme, ja?«

Pat nickte und sagte: »Ja, gewiß doch, Mrs. Tubridy. Und viel Glück!«

☆☆☆

Als Pat einige Stunden später an der Theke von Sullivan's Select Bar saß, vor sich wie bei einer alkoholischen Volksbelustigung eine verwirrende Vielfalt bunter Getränke, war das Gespräch, beziehungsweise ausgewählte Teile desselben, eine Quelle großer Erheiterung für ihn. Die ganze Zeit kniff er ein Auge zu und wiederholte leise: »Natürlisch, Mischisch Tubridy! Haha! Und viel Klück!« Und erregte Timmys Aufmerksamkeit, indem er nachdrücklich hinzufügte: »Denen ihr gröschter Fehler war, sie ham nisch mit Pat McNab gereschnet, Timmy Schull!«

Timmy lächelte, wischte den Tresen ab und stellte eine weitere Flasche Bols Advocaat vor seinen begeisterten Gast, denn was die Alkoholsorte oder -marke betraf, die er konsumierte, war Pat überhaupt nicht schnäubig. Dann ging Timmy davon und pfiff die Melodie *The Dukes of Hazzard*, bis sein Blick auf einen anderen Kunden fiel und er sich einmal mehr dem Zapfhahn widmete.

☆☆☆

Unter Mrs. Tubridys Hausschuhen knirschte der Kies der Auffahrt. Zu ihrer Überraschung war die Hintertür nicht verriegelt.

Aber sie beschwerte sich nicht, als sie im Schlund der düsteren Spülküche verschwand.

☆☆☆

Pat kam erst lange nach zwölf nach Hause. Während er in der Tasche seines langen schwarzen Mantels, der ihm gelegentlich als Federbett oder Tagesdecke diente, nach dem Hausschlüssel kramte, summte er vor sich hin. Die Worte »Jawoll! Hamse nisch, Kumpel! Spezi!« glitten ihm über die Lippen. Er trat ins Haus und machte Anstalten, sich »ein kleines Gläslein« zu genehmigen, in diesem Fall eine gehörige Portion Cointreau in einem Bierglas.

Es läßt sich nur schwer klären, wie lange Pat so genippt, in sich hineingelächelt und mit den Fingern an sein Glas getrommelt hatte, bevor er merkte, daß Mrs. Tubridy in seinem Sessel saß, doch zweifellos handelte es sich um eine beträchtliche Zeitspanne. Am peinlichsten war ihm wohl, daß er gerade eine Kreiselbewegung auf dem Fußboden vollführte, wobei er hin und wieder ein »Haha!« ausstieß und das mit Likör gefüllte Glas als eine Art improvisiertes Mikrofon benutzte. Es war ein schwerer Schock für ihn, als endlich der Satz »Gütiger Gott im Himmel!« kaum vernehmlich an seine Ohren drang. Obwohl von ihm selbst geäußert, merkte er doch, wie unangemessen und unbefriedigend seine Antwort ausfiel: »Mischisch Tubridy!« rief er aus. Ihre Erwiderung klang düster und streng. »Stellen Sie das Glas weg«, sagte sie. »Und gehen Sie nach oben. Wir sprechen uns morgen.«

Pat lächelte schwach, und unter seinen Fingern bildete sich eine feuchte Schweißschicht auf der Glaswand. »Wa-a-as?« lachte er und fügte hinzu: »Haha!«

Mrs. Tubridy kniff die Augen zu. »Sie täten gut daran, zu tun, was ich sage«, zischte sie, »nach all den Lügen, die Sie mir aufgetischt haben, Mister!«

Pat hob die rechte Augenbraue und stierte aus unerfindlichen Gründen in die aquamarinfarbenen Tiefen seines Getränks. »Nach all den Lügen, die ich Ihnen aufgetischt habe!« erwiderte er kurz und schroff, und aus einer unbekannten Quelle brandete Mut in ihm auf. »Mrs. Tubridy, für wen halten Sie sich eigentlich? Für meine Mutter? Sie können mir doch nicht vorschreiben, was ich zu tun habe! Ich kann machen, was ich will! Sehen Sie!«

Und mit verblüffender Behendigkeit schluckte er ein beträchtliches Quantum der grünlichen Flüssigkeit. An seiner Unterlippe blieben Tropfen hängen. Dieserart gestärkt, räusperte er sich und fuhr fort: »Haha! Also Lügen! Lügen, Mrs. Tubridy? Ich kann Ihnen so viele Lügen auftischen, wie ich will! Nein, ich war gar nicht bei Sullivan's, sondern bei Barney Nelly's! Ach was, da war ich doch gar nicht, ich war bei Sullivan's!«

Pat schüttelte den Kopf und begab sich zur Anrichte, um sein Glas nachzufüllen. Aus irgendeinem Grund war ihm warm wie Röstbrot zumute.

»Mischisch Tubridy«, sagte er, »hätten Sie gern einen Drink? Trinken Sie doch was! Nun machen Sie schon, Mädel! Sie können's bestimmt gebrauchen! Es wird Ihnen schon nicht schaden! Ich trinke einen mit, ja? Singen Sie uns ein Liedchen vor, Mrs. Tubridy, Sie alte Einbrecherin, Sie! Kennen Sie eins? Ach, bestimmt! Sie und ich, Mrs. Tubridy!«

Als Pat McNab mit der Hand einen weiten Bogen in der Luft beschrieb und mit wohlklingender, volltönender Stimme selber ein Lied anstimmte, war es womöglich der glücklichste Tag seines Lebens. *»He sits on the corner of Beggar's Bush«*, schmetterte er.

'Stride an old packing case
And the dolls on the end of the plank go dancing
As he croons with a smile on his face.
Oo-oo-oo-oo come day, go day.
Wish in my heart it was Sunday
Drinking buttermilk all the week,
Whisky on a Sunday.

Es war nicht ganz ersichtlich, wie Pat sich in den üppigen Samtvorhängen verheddern konnte, die die hohen Fenster zierten, aber vielleicht war es seinem fortgesetzten Alkoholkonsum geschuldet sowie dem Umstand, daß er sich auf den peniblen Vortrag des Songtextes konzentrierte. Es konnte nicht ausbleiben, daß er schließlich in sich zusammensackte und mit dem Kopf gegen die viktorianische Chaiselongue stieß, die sein Vater viele Jahre zuvor in einem untypischen Anfall von Großzügigkeit auf einem Londoner Markt erstanden hatte. Der Schmerz, den der – wenn auch nur flüchtige – Zusammenprall auslöste, erwies sich als unerträglich. Pat blieb auf dem Fußboden liegen, und sein Wehgeschrei wurde fast schrill. »Ach Jesses!« stöhnte er. »Jesses, Maria und Joseph! Ich hab mich am Kopf verletzt! Ach Gott, Mrs. Tubridy, helfen Sie mir! So helfen Sie mir doch!«

Als Mrs. Tubridy durch einen fraglos trüben Nebeldunst auf ihn zukam, bot ihre Gestalt einen recht unerwarteten Anblick. Einen Moment lang vermochte Pat nicht genau auszumachen, woraus das »Unerwartete« dieses Anblicks bestand, doch dann ging es ihm auf. Die Freundin seiner Mutter lächelte höchst ungewöhnlich und wackelte mit dem Unterkörper. Pat war völlig sprachlos. »Oh!« stöhnte er von neuem, da spürte er auch schon ihre weichen Finger auf seiner Stirn, spürte, wie sie seinen Kopf ganz langsam und sacht in ihren Schoß drückte. Es dauerte einige Momente, bis das feuchte Tuch die Schmerzen an seinen Schläfen linderte. »Mrs. Tubridy! Es tut so weh!« rief Pat und war nahe dran, in Tränen zu zerfließen. Als sie sprach, klang Mrs. Tubridys Stimme ganz seidig.

»Ist es so besser, Pat?« besänftigte sie ihn, und Pat antwortete: »Ach, Mrs. Tubridy. Ich bin ein Schandfleck. Ich habe mich schrecklich danebenbenommen.«

Mit Zeigefinger und Daumen drückte Mrs. Tubridy sanft auf seine Schläfe.

»Ich hab dir doch gesagt, daß du da nicht hingehen sollst, Pat«, sagte sie, »ich hab dir gesagt, du sollst da nicht hin, stimmt's?«

Fast unmerklich trat in Pats linken Augenwinkel etwas Feuchtigkeit. »Schuld ist dieser Timmy Sullivan, Mrs. Tubridy!« rief er laut. »Er sagt nie nein. Er sagt nie: Nein, Pat, jetzt ist es genug! Immer gibt er einem noch mehr zu trinken!«

Mrs. Tubridy nickte und verschob das Tuch ein wenig.

»Heb den Kopf an, Pat!« sagte sie und fügte hinzu: »So ist's recht. Geht's dir jetzt besser?«

Pat nickte und sagte: »Ja, Mrs. Tubridy.«

Es tat ihm in der Seele wohl, als sich ein Lächeln auf Mrs. Tubridys Gesicht zeigte. Ihre Augen glänzten, und sie sagte: »Macht das deine Mammy auch so?«

Für den Bruchteil einer Sekunde war Pat verblüfft. Fast schnürte es ihm die Kehle zu, als er fragte: »Was, Mrs. Tubridy?«

Mrs. Tubridy lächelte wieder und sagte: »Deine Mammy, macht sie das auch so?«

Pat errötete zart, aber nur, weil er etwas verwirrt war.

»Was, Mrs. Tubridy?« fragte er.

»Wenn du hingefallen bist«, erklärte Mrs. Tubridy, »macht sie das auch so – um den Schmerz zu lindern, meine ich?«

Etwas in Mrs. Tubridys Stimme verursachte Pat Unbehagen.

»Ja, Mrs. Tubridy. Mrs. Tubridy, ich glaube, Sie sollten jetzt gehen«, sagte er.

In den darauffolgenden Augenblicken wirkte der Mond ungewöhnlich und unerklärlich groß. Und das Dunkel war von einer Beschaffenheit, die Pat vorher noch nie aufgefallen war. Viel Zeit schien zu verstreichen, bevor Mrs. Tubridy antwortete. Und als sie es endlich tat, fiel ihre Antwort so aus: »Gehen, Pat?« – in leicht angriffslustigem, aufsässigem Ton.

Pats Wangen waren jetzt puterrot.

»Ja, Mrs. Tubridy. Falls die Nachbarn zu reden anfangen.«

Pat erwartete, daß der Druck, den Mrs. Tubridys Finger ausübten, nachlassen würde, doch dem war nicht so. Eher könnte man sagen, daß er weiter zunahm.

»Reden, Pat?« entgegnete Mrs. Tubridy. »Aber Pat, ich bin doch eine alte Frau.«

In Pats Kopf geriet alles durcheinander, ihm wurde ganz heiß und schwummrig. Es fehlten ihm die Worte, und nur mit äußerster Anstrengung brachte er folgende Antwort zustande: »Das weiß ich doch, Mrs. Tubridy. Aber Sie wissen ja, wie die Leute so sind. Stellen sich was vor. Denken sich was aus.«

Pat spürte, wie das Tuch auf eine Stelle unmittelbar über seinem Auge wanderte.

»Tut's hier weh?« fragte Mrs. Tubridy leise. »Soll ich etwas fester reiben?«

Was genau sich in den dazwischenliegenden Sekunden abspielte, ist nicht ganz klar. Nur eines steht fest: Pat riß sich plötzlich los und stand in einem Zustand zitternder Beklemmung vor der älteren Frau.

»Mrs. Tubridy!« rief er, und seine Stimme bebte wie ein abgerissenes Blatt in einem Sturm, der die Landschaft entlaubt. »Ich fürchte, Sie müssen jetzt gehen!«

Es herrschte Schweigen. Mrs. Tubridy ließ den Kopf hängen und sagte sanft und nachgiebig: »Nun gut, ich hole eben noch meinen Regenschirm.«

Eine Woge der Reumut – unendlich viel größer als jene, die ihn zuvor günstigerweise mit Mut erfüllt hatte – schlug über Pat zusammen.

»Mrs. Tubridy!« stöhnte er. »Es ist nur, daß ...«

»Ja, Pat, ich weiß«, erwiderte sie.

Als sie am Hutständer in der Diele vorbeikam, knipste Pat mit den Fingernägeln und sagte: »Dann also gute Nacht, Mrs. Tubridy.« Die ältere Frau zupfte ihren Mantel zurecht und sagte: »Gute Nacht, Pat.«

Erst als sie die Haustür öffnete, um in die nächtliche Stille der schlafenden Stadt und ihrer ländlichen Umgebung hinauszutreten, drehte sie sich um und sagte zärtlich: »Weißt du, Pat, weißt du, deine Mutter kann von Glück reden. Betrunken oder nicht, du könntest einer der nettesten jungen Männer in der Stadt sein. Warst du schon immer. Das weißt du doch, Pat, nicht wahr?«

Während sie sprach, befiel Pat ein nagender Zweifel. Dennoch gelang es ihm, zu antworten: »Jawohl, Mrs. Tubridy.«

»Sie hat dich geliebt, Pat«, fuhr Mrs. Tubridy fort. »Das weiß ich, weil sie's mir erzählt hat. ›Ich liebe Pat‹, hat sie gesagt, ›meinen Sohn Pat.‹«

Pat würgte es in der Kehle.

»Mrs. Tubridy ...«, setzte er an.

Mrs. Tubridys Stimme war wie Eiderdaunen so weich.

»›Er ist der netteste kleine Kerl, den ich je in meinem Bauch getragen habe‹, sagte sie. ›Es ist mir gleich, wer über ihn lacht.‹«

»Bitte, Mrs. Tubridy …«, sagte Pat, den es mittlerweile leicht schwindelte.

Es dauerte einige Augenblicke, ehe er merkte, daß Mrs. Tubridy ihm sacht mit den Fingern durchs Haar fuhr. Ihre Lippen dicht an seinem Ohr fühlten sich weich und warm an. Sie fragte: »Warum hast du's getan, Pat? Hast du dich mit ihr gezankt?«

Pat war, als lege ihm jemand eine eiskalte Hand flach auf den Rücken.

»Was getan, Mrs. Tubridy?« entgegnete er und versuchte, Gleichmut vorzuspiegeln.

Mrs. Tubridy senkte den Kopf, als sei sie enttäuscht.

»Ach, Pat, Pat«, sagte sie und fügte mit verwirrender Geschwindigkeit hinzu: »Hat sie dich geärgert?«

In Pats rechtem Auge glänzte eine voll ausgebildete Träne. Er antwortete: »Ja, Mrs. Tubridy. Das hat sie. Sie hat mich einfach nicht in Ruhe lassen wollen.«

Die ältere Frau rückte so dicht wie noch nie an ihn heran und sagte: »Ich würde dich nicht ärgern, Pat. Solange du tust, was ich sage. Solange du mein netter, kleiner Bub bist. Möchtest du das, Pat? Möchtest du? Dann würde ich denen auch nicht all die kleinen Geheimnisse verraten, die ich über dich weiß. Würde ihnen nicht sagen, daß sie kein Wort, kein Sterbenswörtchen davon ausflüstern dürfen. Wäre das nicht schön, Pat?«

Die Träne auf Pats Wange – und zwar auf seiner rechten – war bereits am Trocknen.

»Ja, Mrs. Tubridy«, sagte er.

»Und du wirst nie wieder dieses entsetzliche Zeug anrühren?«

»Nein, Mrs. Tubridy.«

»Nie wieder zu Sullivan's gehen, so lange du lebst?«

»Nein, Mrs. Tubridy.«

»Tut dir der Kopf noch weh, Pat?«

Mrs. Tubridy drückte auf eine weiche Stelle direkt über seinem linken Auge.

»Gräßlicher, häßlicher Suff!« sagte sie und drückte sie erneut.

☆☆☆

Es war einige Tage später, Pat war emsiger denn je, säuberte die Geschirrschränke und versuchte, vor dem Abendessen alles zu erledigen, da erklang aus der Spülküche unverkennbar und unbeugsam Mrs. Tubridys Stimme. »Und vergiß die andere nicht! Da hinten sehe ich eine, halb versteckt! Hast du gehört, Pat McNab?«

»Ja, Mrs. Tubridy«, erwiderte Pat, und seine Finger umschlossen die letzte verbliebene Flasche Whisky, die im düstersten und verborgensten Winkel des Geschirrschranks stand. Er warf sie zu dem restlichen Abfall in seine Mülltonne und rollte den glitzernden Behälter mit überschüssigem Glas in den Hinterhof hinaus, wo er am folgenden Tag von den Müllmännern abgeholt werden würde. Als Mrs. Tubridy zu ihm trat, um sicherzugehen, daß dem Berg aus Glas, dessen Gipfel mittlerweile die Höhe des Tores erreicht hatte, auch wirklich jedes Gefäß hinzugefügt wurde, schwieg er entschlossen. Als sie sich vergewissert hatte, lächelte sie zufrieden und sagte: »Na, Pat! Die sehen wir nie mehr wieder!«

Pat nickte folgsam und wischte sich die Hände an der Schürze ab.

»Ja, Mrs. Tubridy«, sagte er.

Mrs. Tubridy lächelte und legte ihm ihre eingecremte glatte Hand auf die Wange. Sie benutzte Pond's Creme.

»Mehr, als deine Mutter je bei dir erreicht hat, Pat, letzten Endes.«

Zwischen Mrs. Tubridys Aussage und Pats Antwort ereignete sich zweierlei. Auf einem Zweig über Mrs. Tubridys Kopf landete ein kleiner Vogel, und auf der Straße fuhr ein blauer Fiat vorbei. Davon war Pat einen Augenblick lang abgelenkt. Dann hörte er sich sagen: »Was?«, worauf die kurze, zwar nicht herrische, aber doch herablassende Erwiderung folgte: »Ach, und was ich noch sagen wollte – wenn du fertig bist, würdest du bitte auch noch den Kohlenschuppen ausräumen?«

Unterwürfig schlurfte Pat zu der hin und her schwingenden Tür des Kohlenschuppens. Er hatte einen ekligen Geschmack auf der Zunge.

☆☆☆

Als er anderntags staubsaugte, sah er Mrs. Tubridy den Kopf zur Tür hereinstecken. »Pat? Bist du da?« hörte er sie fragen.

»Ja, Mrs. Tubridy«, antwortete er und saugte den Staub auf, der sich hinter dem Sessel am Fuß der Anrichte angesammelt hatte.

»Ich hab 'ne Überra-a-aschung für dich!« hörte er sie trällern.

Als die ältere Frau das Zimmer betrat, in den Händen ein Tablett, auf dem triumphierend eine Flasche Taylor Keith Limonade und zwei Gläser standen, zuckte Pat leicht zusammen.

»Also, Pat!« sagte sie. »Stell jetzt den Staubsauger weg und komm her! Stell ihn nur weg, Pat!«

In den Tiefen seines Magens hörte Pat verschiedene Säuren glucksen. Mrs. Tubridy hob eines der Gläser zu einem Trinkspruch und verkündete: »Für all deine harte Arbeit!« Ihre Augen schienen zu tanzen, als sie ihn ansah, und ungeduldig wollte sie ihm eine Antwort entlocken. Mit der er endlich wie folgt aufwartete: »Ja, Mrs. Tubridy.«

Woraufhin die ältere Frau die Stirn runzelte.

»Pat, stimmt was nicht?« fragte sie. »Freust du dich denn gar nicht?«

»Doch, Mrs. Tubridy. Ich freue mich«, sagte Pat.

»Siehst mir aber gar nicht danach aus, mit diesem langen Eselsgesicht. Stimmt was nicht? Stimmt was nicht mit der Limonade, die ich extra unten bei Kinch's besorgt habe?«

Pat schlug die Augen nieder.

»Nein, Mrs. Tubridy, alles in Ordnung.«

»Na, dann trink endlich«, beharrte sie. »Trink sie aus wie ein guter Christenmensch, ja?«

Pats Lippen näherten sich dem Glas und bequemten sich zu einem zögernden Schluck von der sprudelnden Flüssigkeit. Doch offenbar war die ältere Frau damit nicht zufrieden, zu seinem Entsetzen schlug sie Pat mit ihren kleinen Wurstfingern das Glas aus der Hand, und ihre Worte fraßen sich in ihn hinein.

»Nein!« keifte sie. »Wenn ich es tue, ist es dir nicht gut genug, aber wenn sie jetzt hier wäre, würdest du blubbern wie ein Schwachkopf bis du daran erstickst, nicht wahr?«

»Wenn wer hier wäre, Mrs. Tubridy?« entgegnete Pat beinahe beschämt, obwohl es nichts gab, weswegen er sich hätte schämen müssen.

Sie sah ihn an, ausdruckslos wie der Spiegel an der Schlafzimmerwand, und erteilte ihm eine erstaunliche Antwort: »Wenn wer hier wäre! Wenn wer hier wäre! Wenn du nicht aufhörst, den Überflieger zu spielen, bring ich dich zur Räson, darauf kannst du Gift nehmen! Du denkst wohl, du kannst hinter meinem Rücken Flaschen ins Haus schmuggeln – ist das vielleicht der kleine Plan, den du ausgeheckt hast?«

»Nein!« rief Pat. »Nein, Mrs. Tubridy, das ist nicht wahr!«

Aber sie glaubte ihm nicht.

»Genau wie er und seinesgleichen!« fauchte sie unerklärlicherweise. »Ein nichtsnutzer Haufen gottverfluchter Taugenichtse, Tunichtgute und Gangster! Halt dich von den Tubridys fern, die grapschen nach allem, was sie kriegen können! Ich hätte auf meine arme Mutter hören sollen, Gott hab sie selig! Du wirst es noch bereuen! Bereuen wirst du's, hat sie gesagt! Gott, wie recht sie doch hatte! Grün und blau hat er mich geschlagen! Ich werde nie wieder trinken, Liebling, beim Grab meiner Mutter, ich rühre keinen Tropfen mehr an! Soooo große blaue Flecken auf Rücken und Beinen! Aber wart's nur ab! Brauchst dir nicht einzubilden, daß du mit mir dieselben Mätzchen machen kannst, Pat McNab, das wirst du nämlich nicht! Hast du gehört, du tückischer kleiner Fatzke, du?«

Plötzlich begannen ihre Hände auf Pats Kopf einzuschlagen, wie kleine, außer Rand und Band geratene Vögel. Vergebens flehte er: »Nein, Mrs. Tubridy! Aufhören, aufhören!«

»Du wirst nicht mit mir tun, was er mit mir getan hat, oder

sonst einer aus deiner Sippschaft«, fuhr sie fort. »Die Chance werde ich dir nicht geben. Ich werde tun, was ich schon längst hätte tun sollen. Hast du verstanden? Hast du mich verstanden, Pat McNab?«

»Ja, Mrs. Tubridy«, erwiderte Pat verängstigt.

»Und jetzt rauf mit dir, mach die Schlafzimmer sauber«, beharrte sie, »hörst du?«

Wie vorauszusehen, fiel seine Antwort positiv aus. Die ältere Frau faßte sich.

»Und wenn ich hochkomme und auch nur das winzigste Stäubchen vorfinde ... Wenn ich auch nur ein Fitzelchen finde ...«

Pat unterbrach sie.

»Ja, Mrs. Tubridy«, sagte er.

»Marsch! Rauf mit dir!« befahl sie mit eisiger Stimme.

☆☆☆

Der Mond schien zum Fenster herein. Inzwischen war Mrs. Tubridy eingeschlafen. Glaubte jedenfalls Pat, der in seinem gestreiften Pyjama dalag und von ungeheurer, ozeantiefer Trauer verzehrt wurde. Bis er sie flüstern hörte: »Pat?«

Seine Antwort war schüchtern, ja ängstlich. Aber dazu bestand gar keine Veranlassung.

»Ja?« sagte er.

»Tut mir leid wegen vorhin«, sagte Mrs. Tubridy und rückte geistesabwesend einen Lockenwickler unter ihrem Haarnetz zurecht.

»Schon gut, Mrs. Tubridy«, sagte Pat.

Sie hüstelte höflich. Manchmal konnte sie so höflich sein, Mrs. Tubridy.

»Ich weiß, daß du nicht so bist wie er.«

»Ja, Mrs. Tubridy.«

»Aber, Pat, weißt du was? Er war auch nicht immer so.«

Nervös betrachtete Pat den Riß in der Zimmerdecke, der breit war wie der Ganges.

»War er das nicht, Mrs. Tubridy?« fragte er.

»Nach der Kommunion ist er immer mit seiner hübschen

Haartolle und seiner schwarzen Krawatte den Gang entlangmarschiert, und in der ganzen Stadt gab's keine Frau, die nicht ein Auge auf ihn geworfen hätte. Auch ...«

Mrs. Tubridy verstummte. Auf die kleinen gedrechselten Füße des Kleiderschranks fiel Mondlicht. Die Stille breitete sich aus, bis Pat schließlich sagte: »Ja, Mrs. Tubridy?«

»Auch deine Mutter«, sagte Mrs. Tubridy.

Pats Herz tat einen Satz.

»Meine Mutter, Mrs. Tubridy?«

Pat spürte, wie Mrs. Tubridy sich straffte, als sie zu sprechen anhob.

»Sie hat geglaubt, sie könnte ihn kriegen. So wie sie geglaubt hat, sie könnte jeden kriegen. Aber ihn hat sie nicht gekriegt. Für ihn war sie Luft.«

Pat runzelte die Stirn und spürte, wie sein Mund trocken wurde.

»Für ihn war sie ...?«

»Ich bin immer Arm in Arm mit ihm vorbeigegangen – du hättest mal ihr Gesicht sehen sollen!«

»Ihr Gesicht, Mrs. Tubridy?«

»Geschäumt hat sie, Pat! Die hat vielleicht geschäumt! Konnte es nicht ertragen, daß jemand sie aussticht! Hat sich wohl eingebildet, sie wäre Rita Hayworth oder so jemand, die dumme Kuh! Dabei war sie die reinste Luft für ihn!«

Pat hatte das Gefühl, sein Mund sei voller Klebstoff oder Eingemachtem, dickflüssig und geschmacklos.

»Ja, Mrs. Tubridy«, sagte er geknickt.

»Aber du hast sie gern gehabt, was, Pat?« fragte Mrs. Tubridy und fügte eindringlicher hinzu: »Oder?«

»Ja, Mrs. Tubridy«, antwortete Pat.

»Obwohl sie sich nicht richtig um dich gekümmert hat – trotzdem hast du sie gern gehabt.«

Ein Stück Draht schien sich um Pats Brust zu legen.

»Doch, Mrs. Tubridy, sie hat sich richtig um mich gekümmert.«

»Nein, Pat, hat sie nicht. Sie hat dir Suppe vorgesetzt und eine Kartoffel, wenn sie dir ein richtiges Abendessen hätte kochen sollen. Ein Abendessen mit Kartoffelbrei und Sauce und einem schönen Batzen Fleisch. Statt dessen hat sie sich in der Stadt herumgetrieben und versucht, die Blicke von Männern anderer Frauen auf sich zu lenken. Entweder das, oder sie ist wieder mal zum Bingo gelatscht.«

Pats Entschlossenheit schien sich vorübergehend zu festigen.

»Mrs. Tubridy, Sie gehen doch selbst zum Bingo.«

Sie drückte ihm die geballte Faust zwischen die Schulterblätter. Ein leichter Stoß schob ihn fast aus dem Bett.

»Was sagst du da? Daß ich zum Bingo gehe? Aber ich hab doch keine Kinderchen, Pat McNab, oder? Ich habe keinen kleinen Jungen, für dessen Zukunft ich die Verantwortung trage! Ich habe keinen kleinen Jungen, den ich zu Hause sitzen lasse und der ganz kauzig wird, weil ich ihn vernachlässige! Den hab ich nicht, weißt du?«

Das war mehr, als Pat ertragen konnte. In das mondbeglänzte Dunkel hinaus schrie er: »Ich bin nicht kauzig!«

Mrs. Tubridys Antwort folgte auf dem Fuße.

»Nein! Jetzt nicht! Und wenn's nach mir geht, wirst du's auch nicht sein! Du wirst einer der ansehnlichsten, stattlichsten Männer in der Stadt sein! Ich sorge dafür, daß du allen den Kopf verdrehst, wart's nur ab! Wenn ich mit dir fertig bin, werden sie alle Pat McNab sein wollen! Statt der arme kleine Irre, über den die ganze Stadt nur lacht, so wie sie dich hat aufwachsen lassen!«

»Das stimmt nicht, Mrs. Tubridy!« rief Pat jammervoll. »So hat sie mich nicht aufwachsen lassen!«

»Das stimmt nicht! Das stimmt nicht!« höhnte Mrs. Tubridy. »Hab ich dich nicht mit eigenen Augen zur Schule gehen sehen, und hattest ein Hemd an wie ein Mädchen und einen winzigen, weinroten Schlips mit Gummi? Und alle haben sich gebogen vor Lachen, als wäre Duffy's Zirkus in die Stadt gekommen!«

Pat merkte, wie er anfing zu würgen. Er sagte: »Das stimmt nicht! Das haben sie nicht!«

Aber Mrs. Tubridy war noch nicht fertig.

»Und die kurzen Söckchen«, fuhr sie fort, »die kurzen Söckchen, die sie dir angezogen hat! Ist es da ein Wunder, daß sie dich beschimpft und gehänselt haben?«

»Haben sie nicht!« kreischte Pat. »Sie haben mich nicht gehänselt!«

»Haben sie wohl, Pat! Das weißt du ganz genau! Jeden Tag, wenn du die Straße langgegangen bist, haben sie sich ein neues Schimpfwort für dich ausgedacht. Und deshalb warst du so unglücklich. Deshalb wolltest du manchmal sogar sterben. Wegen ihr!«

»Nein, Mrs. Tubridy!« rief Pat fast flehentlich. »Sie sehen das ganz falsch!«

Mrs. Tubridys Gleichmut hatte etwas Schockierendes.

»Tu ich nicht, Pat«, sagte sie, »und der andere Mensch in diesem Zimmer weiß es.«

In Pats Tränen glitzerte lange Zeit das Licht des Mondes. Sein Kopf sank auf ihre Brust, und sie streichelte ihn wie schon so oft zuvor.

»Alles wird gut, Pat«, fuhr sie mit besänftigender Stimme fort. »Von jetzt an wird alles gut. Solange du daran denkst, daß du von jetzt an mir gehörst.«

Sie hielt inne und steckte ihm ihren kleinen Finger ins Ohr.

»Du wirst wie mein kleiner Paudgeen sein. Das verstehst du doch, Pat?«

Pat nickte. Diesmal sagte er nicht: »Ja, Mrs. Tubridy.«

Er wußte, daß sie ihn verstand.

»Ich gebe dir keine Schuld an dem, was du getan hast, Pat. Das würde niemand tun. Sie hätte sich mehr um dich kümmern sollen. Sie hätte sich einfach mehr um dich kümmern sollen.«

☆☆☆

In den folgenden Stunden schluchzte Pat McNab zum Gotterbarmen. Dann glitt er in den Schlaf. Desgleichen tat Mrs. Tubridy, und zwar in den Traum von einem Krankenhaus, das ihr fremd und zugleich verwirrend vertraut vorkam. Eine jüngere – und bestürzend attraktive – Ausgabe ihrer selbst, ohne Kopftuch, saß im Bett auf und wartete offensichtlich auf jemanden oder etwas. Es dauerte nicht lange, bis ein ernster junger Arzt in weißem Kittel eintraf.

»Wie geht es meinem Baby?« rief die junge Mrs. Tubridy. »Wie geht es meinem kleinen Baby?«

»Es tut mir leid, Mrs. Tubridy«, erwiderte der Arzt tonlos.

Die Schreie der jungen Frau in einem Krankenhaus aus grauer Vorzeit – sie lassen sich einfach nicht schildern. Und erklären zu einem großen Teil, weshalb Mr. Tubridy in diesem Traum von einer scheinbar endlosen Batterie Flaschen umgeben war und völlig eingehüllt in Zigarettenrauch. Timmy Sullivan gab sich alle Mühe, ihn aufzuschrecken, und wiederholte ständig: »Mr. Tubridy! Da ist ein Anruf für Sie! Wegen Ihres Sohnes!«

Womit er ihm indes nur die schroffe Antwort entlockte: »Wovon reden Sie? Geben Sie noch mir was zu trinken! Was gehen mich Söhne an!«

Und am anderen Ende der Stadt, in einer reinlichen, aber nüchtern und spartanisch eingerichteten Entbindungsstation, kam in Einsamkeit ein großes Leid zur Welt.

☆☆☆

Ungefähr eine Woche später, Pat war gerade dabei, das Abendessen zuzubereiten – Rosenkohl und Fisch –, sah er zu seinem Schrecken Mrs. Tubridy, die gerade aus der Stadt kam. Sie trug ein großes, braunes Paket unter dem Arm und rief: »Schau nur, was ich für dich habe!« Und wenige Augenblicke später war er beinahe ebenso erschrocken – obwohl »verlegen« unter den Umständen vermutlich das passendere Wort wäre –, als er sich von Kopf bis Fuß neu eingekleidet sah: weißes Hemd, schwarze Krawatte, makelloser weißer Anzug. Mrs. Tubridy, von Stolz gebläht und verschwenderisch mit Komplimenten, rief aus: »So! Und wem wirst du jetzt eine schöne Tasse Tee machen, weil sie so nett zu dir ist?«

Pat lächelte über ihre Bitte, doch als er den Stecker des elektrischen Wasserkocher in die Steckdose schob, wirkte er niedergeschmettert und aufgebracht.

☆☆☆

Mrs. Tubridy bestand auf langen, gleichmäßigen Bürstenstrichen, und Pat bemühte sich, ihrem Wunsch nachzukommen. Sie saß vor der Frisierkommode und redete weiter, während er mit der Bürste durch ihr gewelltes, grau gesprenkeltes Haar fuhr. »Ach, ich hab ja nichts dagegen, daß er trinkt«, sagte sie mit beunruhigender Bitterkeit. »Maßvolles Trinken ist ja völlig in Ordnung. Aber wenn du siehst, was der Alkohol anrichtet! Die Leute zünden ihre Küchen an, beleidigen den Priester! Aber nach Paudgeen war mir alles egal. Danach war mir alles egal. Weißt du, was ich meine, Pat?«

Pat führte die Bürste von dem blassen, hier und da leberfleckigen Nacken nach vorn und erwiderte: »Ja, Mrs. Tubridy.«

»Danach konnte er sich meinethalben durchsaufen von hier bis Mullingar. Weil Paudgeen ja nicht groß werden würde. Weißt du, was ich meine, Pat?«

Er nickte. Die Bürste duftete nach Parfüm.

»Er würde nie heranwachsen. Ich würde ihn nicht heranwachsen sehen. Aber wenn es anders gekommen wäre, Pat, weißt du was?«

»Was, Mrs. Tubridy?«

»Er wäre einer der hübschesten kleinen Jungen der Welt geworden, nicht wahr?«

»Ja, Mrs. Tubridy.«

Mrs. Tubridy hüstelte – wiederum höflich, wie Pat bemerkte –, und im Spiegel sah er, wie sie die Augenbraue hochzog.

»Pat«, fuhr sie fort, »hättest du etwas dagegen, wenn ich dir einen anderen Namen gäbe?«

»Was für einen Namen, Mrs. Tubridy?«

Zwischen seinen Fingern verfing sich eine lange Haarsträhne, die er von den Borsten der Bürste löste.

»Paudgeen, Pat. Hättest du etwas dagegen, wenn ich dich so nennen würde?«

Pat merkte, wie ihm das Blut in die Wangen schoß.

»Mrs. Tubridy«, sagte er, »lieber nicht.«

Ihr Spiegelbild verzog keine Miene.

»Was?« sagte sie, und er zuckte leicht zusammen.

»Es ist nur«, sagte er, »es ist nur, daß es mir lieber wäre, wenn Sie's nicht täten. So heiße ich doch gar nicht!«

Mrs. Tubridys Reaktion schockierte ihn.

»Ach, so heißt du nicht?« pfiff sie ihn an. »Na, was für einen Namen hättest du denn gern? Pat McNab? Lieber den als Tubridy, einen Namen, zu dem jeder aufschauen würde? Nach allem, was du getan hast, würdest du lieber so heißen?«

Pats linke Schläfe begann zu pochen.

»Nach allem, was ich getan habe?« fragte er erregt.

Sie warf ihm einen vielsagenden Blick zu und senkte die Stimme: »Du weißt schon, was ich meine.«

Pat merkte, wie seine glühend heißen Wangen aschfahl wurden. Sie legte ihre Hand auf die seine und sagte feixend: »Du weißt schon, was ich meine – Paudgeen.«

Die Standuhr draußen in der Diele tickte gravitätisch.

»Du weißt schon, nicht wahr?« wiederholte sie.

»Ja, Mrs. Tubridy«, sagte er, als er sie abermals feixen sah.

»Nein«, sagte sie, »nenn mich doch nicht so. Nenn mich Mammy. Nur zum Spaß, ja?«

Pein huschte über Pat McNabs Gesicht.

»Ich kann nicht«, flehte er, »bitte, Mrs. Tubridy. Ich kann nicht.«

Der Blick, mit dem sie ihn durchbohrte, hatte nichts Zärtliches oder Fürsorgliches.

»Du nennst mich jetzt so!« forderte sie mit einer Stimme, kalt wie Stahl.

Pats Kopf sank auf seine Brust, als sei er in einen kläglich nickenden Hund verwandelt worden.

»Jawohl«, lauteten die Worte, die ihm über die Lippen kamen.

☆☆☆

So schwer es ist, mit einiger Genauigkeit die bedeutsamen Vorkommnisse im Leben Pat McNabs zu bestimmen, die schließlich dazu führten, daß er zu dem Menschen wurde, der er war, so läßt sich doch kaum bestreiten, daß dieser Zwischenfall als ein derartiges Vorkommnis zu gelten hat; denn sobald Mrs. Tubridy das Zimmer verlassen hatte, wurde klar, daß sie in Pat McNab einen Zustand äußersten Unwillens und überwältigender, schweißtreibender Verwirrung ausgelöst hatte (zweifelsohne eine Folge des Selbsthasses und der Beschämung, die ihrerseits Resultat seiner jämmerlichen Untätigkeit waren), so daß seine gesamte Umgebung verblüffend scharfe Umrisse anzunehmen begann, Umrisse, die den verzerrten halluzinatorischen Zuständen von Drogensüchtigen verwandter waren als jeder greifbaren, empirischen Realität. Was zweifellos eine Erklärung dafür war, weshalb Pat, als er in jener – wiederum mondbeglänzten – Nacht in Mrs. Tubridys Bett erwachte (ihre Anweisungen erstreckten sich mittlerweile nämlich auch auf das Bett), in etwas starrte, das es unmöglich sein konnte und doch war – in das Antlitz seiner Mutter!

Eine ungeheure Woge des Kummers durchflutete ihn, als er seine Wange betastete und fühlte, wie das Mondlicht darauf spielte. Auch das Lächeln seiner Mutter war traurig.

»Ich weiß, sie hat viel verbrochen, die Tubridy. Aber das hier, das macht mich traurig, Pat.«

Er wiederholte jedes Wort, das sie sagte, und jede Silbe, die über seine Lippen kam, war wie ein rostiger Angelhaken, der ihm behutsam und unter Schmerzen aus dem Hals gezogen wurde.

»Traurig, Mammy?« fragte er.

»Daß sie lügt. Dich anlügt. Denn nichts anderes tut sie, Pat.«

Seine Kehle war hoffnungslos ausgetrocknet.

»Mammy?«

Es fiel ihm schwer, das Wort über die Lippen zu bringen.

»Sie lügt. Weißt du, einmal ist mir eine halbe Krone abhanden gekommen. Ich fragte sie danach. Und weißt du, wo ich sie gefunden habe?«

Pat war drauf und dran, hysterisch zu werden.

»Wo, Mammy?«

»In ihrer Handtasche. In ihrer Handtasche, hinter ihrem Gebetbuch versteckt. Was sagst du dazu, Pat?«

Pat knirschte unwillkürlich mit den Zähnen.

»Das ist ja furchtbar!« hörte er sich sagen.

»Nicht so furchtbar wie das, was sie sonst noch auf dem Gewissen hat. Wußtest du, daß sie ihren Mann Mattie in die Nervenklinik hat einliefern lassen?«

»In die Nervenklinik?«

»Der arme Mattie Tubridy war einer der stattlichsten Männer, der je in der Stadt herumgelaufen ist. Sie konnte ihn einfach nicht er selbst sein lassen, verstehst du? ›Wenn Sie ihn nicht mögen, so wie er ist, hätten Sie ihn ja nicht zu heiraten brauchen‹, hab ich zu ihr gesagt. Das hat ihr aber gar nicht gepaßt! Weil's die Wahrheit war! Was hat es schon geschadet, daß Mattie – Gott hab ihn selig! – ab und zu was getrunken hat? Das war, um von ihr loszukommen. Daß sie kein Kind kriegen konnte, brauchte sie doch nicht an ihm auszulassen!«

Pat schluckte und tat sein Möglichstes, Worte zu formulieren, die er fürchtete nicht finden zu können.

»Weil sie kein Kind kriegen konnte?«

Er hatte das Gefühl, als sei seine Gesichtshaut übermäßig straff über die Knochen gespannt, obwohl es gar nicht so war oder einem flüchtigen Beobachter nicht so vorgekommen wäre.

»Unfruchtbar wie Rogey Rock, hat der Arzt gesagt«, erklärte seine Mutter, »wenn auch nicht mit diesen Worten.«

In den düstereren Winkeln von Pats Hirn erschienen Gedanken wie zufällig sich kreuzende Lichtstrahlen.

»Mammy«, sagte er. »Bist du dir da sicher? Bist du sicher, daß das stimmt?«

Der Schmerz im Gesicht seiner Mutter war unverkennbar.

»Und was am allerschlimmsten ist – jetzt hat sie auch noch meinen eigenen Sohn gegen mich aufgehetzt. Meinen eigenen Sohn, der nie im Leben an mir gezweifelt hätte. Auch ihn hat sie gegen mich aufgehetzt.«

Als Pat seine Mutter das sagen hörte, tat es in ihm einen Sprung, als habe jemand mit der Schleuder einen Stein oder Kiesel verschossen. Er umklammerte fest ihre rechte Schulter.

»Nein, Mammy!« rief er laut. »Das hat sie nicht!«

Pat konnte den Anblick der salzigen Träne im Winkel des

mütterlichen Auges kaum ertragen. Noch unerträglicher aber wurde es, als er jetzt, so weit es ging, die Augen aufriß und nicht mehr seine Mutter vor sich sah, die ihn neun Monate lang in ihrem Leib getragen und ihn so lange gehegt und genährt hatte, sondern – *Mrs. Tubridy!* Auf ihren Lippen die Worte: »Paudgeen! Was tust du da? Es ist fünf Uhr morgens!«

Pat spürte, wie es ihm die Kehle zusammenschnürte, bis sie nur noch die Größe eines Samenkorns hatte.

»Ich heiße nicht Paudgeen!« entgegnete er wütend.

»Leg dich wieder schlafen und keine Frechheiten mehr, oder wir gehen morgen früh als erstes auf die Polizeiwache. Hast du gehört?«

Vielleicht hatte Mrs. Tubridy das Gefühl, unzweideutig und entschlossen ihre Autorität durchsetzen zu müssen, und man ist versucht, darüber zu spekulieren, was geschehen wäre, wenn sie eine versöhnlichere Haltung eingenommen hätte. Das tat sie aber nun mal nicht, und inzwischen stand fest, daß der nach außen hin ansonsten so gelassene Pat McNab, ohne daß Mrs. Tubridy es ahnte, ja ohne daß er sich selbst darüber im klaren war, im Zusammenhang mit dem Vorgefallenen einen Kurs eingeschlagen hatte, der nichts Gutes verhieß. Obzwar es unwahrscheinlich ist, daß ein unabhängiger Beobachter eine derart drastische Schlußfolgerung gezogen hätte, als Pat in den darauffolgenden Tagen in der Küche umherlief, linkisch herumhantierte und geistesabwesend vor sich hinmurmelte: »Hallo! Mein Name ist Paudgeen! Paudgeen Tubridy! Kennst du mich überhaupt?« Oder daß er vermutet hätte, auf plötzliche Ausrufe wie »Ich fürchte mich, zu Sullivan's zu gehen, weil meine Mammy es mir nicht erlaubt! Sie sagt, wenn ich hingehe, hetzt sie mir die Polizei auf den Hals! Ich hab solche Angst, versteht ihr? Ich habe eine solche Angst, ich glaube, ich brauche was zu trinken!« würden zwangsläufig untröstliche, verzweifelte Angstzustände folgen.

Da ist es schon sehr viel wahrscheinlicher, daß die Kommentare (soll heißen, die Kommentare unabhängiger Beobachter) bei solchen Anlässen eher wie folgt ausgefallen wären: »Der arme Pat!« oder »Ist er nicht ein trauriger Kasus?« Aber vielleicht hätten ihn diese recht oberflächlichen – zugegebenermaßen rein mutmaßlichen – Kommentatoren nicht ganz so bereitwillig zu einem traurigen Kasus ernannt, wenn sie ihn einige Abende später in der Küche erlebt hätten, wie er mit einer Flasche Cointreau, die er fast zur Gänze geleert hatte, herumfuchtelte und einen von Mrs. Tubridys Hüten (einen blauen mit weißem Schleier) aufsetzte. Er wedelte mit den Armen, machte einen Knicks und rief: »Wie geht's, Mrs. Tubridy? Was macht Paudgeen? Ich meine, ist er schon geboren? Haha! Ich mache nur Spaß!« Und wie schon einmal begann er in den Hals seines improvisierten Flaschenmikrofons hineinzusingen, wobei er die ganze Zeit mit den Armen ruderte und seine Stimme die höchsten Höhen erreichte:

Come day, go day.
Wish in me heart for Sunday
Drinking buttermilk all the week,
Whisky on a Sunday.

Es ist nicht leicht zu schildern, wie plötzlich Pat in Schweigen verfiel, oder angemessen anzuzeigen, welchen Eindruck Mrs. Tubridys finstere Miene auf ihn machte, als diese die Tür aufstieß und in der dunklen Öffnung stand. Es genügt wohl zu sagen, daß Pat das Gefühl hatte, seine Lippen seien wie fast sein ganzer Körper zu Stein erstarrt.

☆☆☆

Ebenso schwierig ist es, dem Leser zu vermitteln, wie unangenehm es ihm war, im Keller zu landen. Eines ist gewiß: Eine Strategie, mitleidlos ersonnen, um Pat streng zu bestrafen und seinen Lebensmut zu brechen, so daß er für den Rest seiner Erdentage wie ein unseliger Geist mit dem Besen im Haus herumfuhrwerken würde, war völlig fehlgeschlagen. Hätten freilich die vorher erwähnten unabhängigen Beobachter Pat zu diesem Zeitpunkt gelassener beurteilt, so wäre dies das letzte gewesen, was sie aus seinem Verhalten geschlossen hätten, kauerte er doch im feuchtesten Winkel des Kellers. Ihre Schlußfolgerung – falls sein gedehntes, breites Grinsen und seine fröhlich funkelnden Augen als Anhaltspunkt gewertet werden durften – konnte nur dahingehend lauten, daß sie es mit einem Mann zu tun hatten, der sich in seiner Umgebung äußerst wohl fühlte und ihr – abgesehen vielleicht von der weißlichen Haut über seinen Wangenknochen, die jeden Augenblick zu platzen zu drohte – größtes Vergnügen abgewann. Zweifellos hätten sie damit auch erklärt, daß er hin und wieder in seine geballten Fäuste hineinkicherte und eine Maus, die ihn sorglos von einem nahegelegenen Belüftungsrohr aus besah, gelegentlich mit folgenden Worten ansprach: »Jetzt hat sie mich doch tatsächlich eingesperrt! Junge, Junge! Hast du eine Ahnung, was mir als nächstes bevorsteht, Maus? Ich nämlich nicht!«

Vielleicht gibt es eine geistige Richtung, die sich die Theorie zu eigen macht, längere Aufenthalte in düsteren Gelassen führten unweigerlich dazu, daß sich der menschliche Verstand – selbst unter ganz und gar widrigen Umständen – seiner unendlichen Ressourcen bedient und – natürlich nur in der Einbildung – eine angenehmere Umgebung zurecht phantasiert; ich vermag es nicht mit Bestimmtheit zu sagen. Eines jedoch steht fest: daß dies der Kurs war, den Pat McNab eingeschlagen hatte und den er entschlossen verfolgte. Offenkundig wurde dies, als er eines Morgens aufwachte und feststellte, daß er nicht mehr von dem feuchten, erstickenden Geruch bröckelnden Verputzes umgeben war, sondern einen der heitersten Sonnentage erlebte, den man sich vorstellen kann. Er saß mit seiner Mutter in ebendemselben Keller und sah sich mit ihr unter einer ausgewachsenen Ulme, wo sie Gänseblümchen zu einem Kranz wanden. Er war so froh, wieder mit ihr vereint zu sein, daß er herumkasperte wie ein junges Geißlein auf einem Berghang.

»Aber was ich nicht begreife, Mammy«, fuhr er fort (sie unterhielten sich gerade über Mrs. Tubridy), »ist die tiefe Delle in ihrem Kinn!«

Seine Mammy schüttelte den Kopf.

»Ja! Aus der ein Haar herausragt, das geradezu wie eine Schraubenfeder aussieht! Gott steh dem armen Mattie Tubridy bei, Pat! Daß er das jeden Morgen seines Lebens anschauen mußte!«

Pat nickte und wischte sich die Lachtränen aus den Augen.

»Ja«, sagte er. »Aber jetzt ist er ja tot, Gott hab ihn selig.«

In diesem Augenblick hob seine Mutter den Deckel des Picknickkorbs.

»Pat?« fragte sie lächelnd. »Möchtest du einen Schluck Limonade?«

Pat strahlte.

»Ja, Mammy«, antwortete er.

Er war sich nicht ganz sicher, ob seine Mutter ihm leicht zugezwinkert hatte. Doch mußte sie es wohl, denn sie fuhr fort: »Oder darf's auch was Kräftigeres sein?«

»Das hört sich schon besser an, Mammy!« rief Pat und klatschte in die Hände, als die Flasche Johnnie Walker golden in der Nachmittagssonne funkelte.

Als seine Mutter ihm mit den Fingern durchs Haar strich, lächelte er.

»Und, wer ist nett zu dir?« rief sie. »Da könntest du lange warten, bis die alte Schlampe, die alte Schachtel, du weißt schon wer, dir ein kleines Schlückchen gönnt, Pat! Hab ich recht?«

»Das hört sich schon besser an, Mammy!« rief Pat und kippte sich den Whisky in den Rachen.

»Nur weil man einen Schlauch braucht, wenn man ihrem verkniffenen Maul was einflößen will!«

Pat hätte sich fast gekringelt, als er seine Mutter so reden hörte. Jedenfalls schüttete er sich Whisky über den Mantel.

»Haha, Mammy!« rief er und konnte sich vor Lachen kaum halten. »Einen Schlauch! Ach, Gott segne uns!«

»Nimm noch einen Schluck, Junge!« ermunterte ihn seine Mutter. »Los, runter damit!«

Pat schüttelte den Kopf und wischte sich mit dem Ärmel die Whiskyperlen vom Kinn.

»Ach, Mammy, du bist mir vielleicht eine!« rief er.

Da verschüttete auch noch seine Mutter ihren Whisky.

»Gott segne uns, ich glaube, ich bin auch schon schicker! Hör auf, Pat McNab, du Schwerenöter!«

»Wo-ho! Mrs. McNab, Sie sind mir ein feines Frauenzimmer! Menschenskind, du bist ’ne Wucht! Los, komm, laß uns tanzen!«

»Sackerment, tritt mir bloß nicht auf die Hühneraugen!« jaulte seine Mutter, griff nach seiner Hand und stand auf.

Die Sonne war wie ein Schwarm Pfeile, der von einem unsichtbaren mittelalterlichen Heer abgeschossen wurde und durch das verzweigte Geäst der Bäume prasselte, und als Pat und seine Mutter sangen, fiel es den Vögeln schwer, ihre Eifersucht zu verbergen:

Come day, go day.
Wish in me heart for Sunday
Drinking buttermilk all the week ...

Mit einer schwungvollen Handbewegung und einem theatralischen »*Whisky on a Sunday!*« schloß Pat die Strophe ab.

☆☆☆

Hätte Pat McNab auch nur einen weiteren Tag in seinem Kerker ausharren müssen, vielleicht hätte Mrs. Tubridy bei ihm die gewünschte Wirkung erzielt; doch daß sie die Tür öffnete und fast reumütig in einem Lichtstrahl stand, war, im nachhinein betrachtet, womöglich nicht die klügste Vorgehensweise für seine selbsternannte Erzieherin. Und ihre wiederholten Beteuerungen, es sei ihre Pflicht gewesen, diesen Kurs zu verfolgen, ebensowenig.

»Ich will doch nur dein Bestes, Pat«, sagte sie sanft, als Pat ihr einige Stunden später die kochendheiße Mahlzeit vorsetzte, die er auf ihren Wunsch zubereitet hatte.

»Schon gut, Mrs. Tubridy«, erwiderte er. Tragischerweise überhörte sie die Trauer und den marmorkalten, eisigen Ton in seiner Stimme.

Mrs. Tubridy schnitt sich ein paar Scheiben Fleisch ab, dann hielt sie die Gabel schräg an die Wange, sah auf und lächelte auf die ihr eigene Art, bevor sie sagte: »Weißt du, daß du ein sehr hübscher Bengel bist, Paudgeen? Ich meine natürlich, Pat.«

»Danke, Mrs. Tubridy.«

Langsam ging ihr Lächeln in ein Grinsen über. Sie legte die Gabel hin und sagte: »Komm her.«

Pat spürte, wie sich ihre Finger sacht um seinen Oberarm schlossen. Sie erinnerten ihn an ein Pfund Würstchen aus Castlebar.

Mrs. Tubridy hüstelte – höflich, versteht sich – und sagte: »Wenn du den Hof gesäubert hast, können wir im Wohnzimmer Tee und Kekse zu uns nehmen. Nur du und ich. Einverstanden?«

»Ja, Mrs. Tubridy«, sagte Pat, »wenn ich den Hof abgespritzt habe.«

»Ach, du willst ihn abspritzen?« erwiderte Mrs. Tubridy. »Na gut, wenn du damit fertig bist, können wir uns hineinsetzen.«

☆☆☆

Höchstwahrscheinlich hätten sich die Dinge ganz anders entwickelt, wenn Mrs. Tubridy telepathische Kräfte besessen hätte. Dann hätte sie nämlich gemerkt, daß Pat, als er in vernünftigem, zivilisiertem Tonfall vom Spritzen des Hofes und dem Rückzug ins Wohnzimmer redete, in Wirklichkeit dachte: »Ja! Und wenn wir das hinter uns haben, wirst du mich genauso um den Verstand bringen wie deinen toten Ehemann!«

Und hätte den folgenden sieben Worten, die für sich genommen überhaupt keinen Sinn ergaben, eine gewisse Logik und Bedeutung verliehen. Sie lauteten: »Aber das werden Sie nicht, Mrs. Tubridy!«

Anfangs schien die Verschrobenheit dieser Worte Mrs. Tubridys so zu amüsieren, daß ihre Wange zuckte. Sie kaute an ihrem Fleisch herum und fragte: »Was sagst du da, Pat?«, worauf sie die zufriedenstellende Antwort erhielt: »Ich habe gesagt, ›Aber das werden Sie nicht, den Hof spritzen, Mrs. Tubridy‹, weil ich das nämlich ganz allein erledige!«

☆☆☆

Wäre die Geschichte anders ausgegangen, wenn die vorerwähnten »telepathischen Kräfte« oder auch nur die leiseste Annäherung an dieselben feststellbar gewesen wären? Wer kann das sagen? All das gehört für alle Zeiten dem Reich reiner Spekulation an.

Was jedoch nicht dem Reich der Spekulation angehört, ist folgendes: Als Pat an jenem Abend Mrs. Tubridys Teller abräumte, um ihn zum Mülleimer zu tragen, zwinkerte sie ihm in ungewohntem Überschwang und Frohsinn zu und meinte: »Weißt du, was ich gerade gedacht habe, Pat? Ich habe gedacht, daß wir uns vielleicht irgendwann einen kleinen Brandy gönnen könnten? Oder vielleicht einen Whisky? Nur wir zwei beiden!«

Den Anblick einer postklimakterischen, wenn nicht gar ältlichen Dame, die sich zusehends aufbläht – bis zur Lächerlichkeit, ja in einem Maße, daß sie eine deutliche Gefahr für andere darstellt –, würden wir nicht unbedingt als unmittelbare Folge eines im wesentlichen belanglosen Vorschlags werten, jedenfalls nicht unter anderen Umständen. Doch dies waren keine anderen Umstände, wie das Funkeln in Pat McNabs Augen, als er mit heiserer Stimme rief: »Mrs. McNab! Mir bleibt die Spukke weg! Wie kann ich es Ihnen jemals danken, Mrs. McNab!«, der älteren Frau hätte verraten müssen und auch verraten hätte, wenn sie nur auf der Hut gewesen wäre. Was sie allerdings nicht war, vielleicht aufgrund der Nahrung, die sie überreichlich zu sich genommen hatte, oder aus welchem Grund auch immer – ein Versäumnis, welches das »Schicksal von Dolly Tubridy«, vormals wohnhaft in 36 Mounthelmet Gardens, Gullytown, endgültig besiegelte.

☆☆☆

Falls irgend jemand, etwa ein Nachbar oder ein zufälliger Passant, Pat gesehen hätte, wie er lächelnd auf einem Stein in seinem Garten saß und eine Major-Zigarette paffte, hätte er höchstwahrscheinlich gedacht: »Da ist ja wirklich ein Typ, der glücklich und zufrieden ausschaut. So wird man bestimmt, wenn man den Hof gut abgespritzt hat.« Was zwar lustig und unterhaltsam gewesen wäre, jedoch mit den wirklichen Gründen für Pats unbestreitbar breites und heiter gewinnendes Lächeln nicht das Geringste zu tun hatte. Auch nicht mit irgendeinem seiner Gedanken, die in diesem Augenblick des Rauchausstoßens eher in die folgende Richtung gingen: »Was haben wir uns gestern abend amüsiert!« oder »Ich hoffe, Sie sind da unten glücklich, Mrs. Tubridy, oder sollte ich sagen, Mrs. Walfisch?«

☆☆☆

Was war geschehen? Als Pat wieder ins Haus kam, hatte Mrs. Tubridy sich in Schale geworfen. Um ihren Hals war fröhlich ein hübsches kleines Chiffontuch geknotet, und sie duftete nach teurem Parfüm. Ganz zu schweigen von dem kleinen Gläschen Whisky, das sie schelmisch in der Hand hielt. Es dauerte nicht lange, bis sie und ihr Hauswirt – denn was sonst war Pat, wenn nicht das? – sich blendend verstanden, als wollten sie zu den schlimmen Zeiten, die sie hinter sich hatten, sagen: »Schlimme Zeiten? Was lungert ihr eigentlich hier herum? Ihr solltet euch lieber um eure eigenen Angelegenheiten kümmern, findet ihr nicht?«

»Ach, Pat!« Mehr konnte man Mrs. Tubidry nicht quieksen hören, als sie zwei oder drei Gläschen intus hatten. »Pat, du bist mir ja ein ganz durchtriebener Bursche!«

Was Mrs. Tubridy sich gedacht haben mochte, als sie einige Stunden später wieder zu sich kam und feststellte, daß ihr Kopf im Dunkeln lag und ihre Handgelenke an das Bettgestell gebunden waren, in dem früher einmal Pat und Mrs. McNab gelegen hatten, läßt sich nicht mit Bestimmtheit sagen. Eines aber steht fest: Ihre Gedanken waren von einem beträchtlichen Maß Angst durchdrungen. Wäre es anders gewesen, dann hätte sie nicht gekreischt: »Pat! Pat, was tust du da, um Gottes willen?« Was ihr aber herzlich wenig nützte, denn Pat schien es nicht einmal zu hören – jedenfalls gab er sich keine Mühe zu reagieren –, als er sich mit einem Strick an ihren Knöcheln zu schaffen machte und in einem Tonfall, der in Mrs. Tubridys Ohren ungeheuer respektlos klingen mußte, wiederholte:

»Paudgeen! Ja, nennen Sie mich nur Paudgeen, Mrs. Tubridy! Paudgeen stimmt genau!«

Es war bestimmt kein Vergnügen für Mrs. Tubridy, als sie kurz darauf sah, wie Pat sich ihr mit einem Trichter näherte und darauf bestand, daß sie den Mund aufriß, damit er das rostige Zinkgerät richtig einführen konnte. »Mund auf!« so lauteten seine Worte. »Seien Sie ein braves Mädel und machen Sie Paudgeen zuliebe den Mund auf!«

Das bißchen Widerstand, das sie leistete, fruchtete nicht. Als sie den langen blauen Schlauch sah, der sich aus dem Hof durchs Fenster schlängelte, hatte die Angst ihren Körper ohnehin schon völlig geschwächt und sie aller physischen Kraft und Willensstärke beraubt. Ihre psychische Reaktion auf Pats Erklärung »Schließlich können wir Ihnen nicht Whisky ohne Wasser zu trinken geben!« kann man sich ausmalen.

Anfangs hatte Pat gar nicht unbedingt vorgehabt, den Trichter möglichst rasch nachzufüllen, doch binnen weniger Minuten nutzte er das verwirrende Aufgebot von Flaschen – einen umfassenden Katalog unterschiedlichster Marken: Johnnie Walker, Glenfiddich, Grouse, Bell's und natürlich Paddy! – dazu, einen richtigen Strudel bernsteinfarbener Flüssigkeit herzustellen, der der flach und träge, wenn auch mit weit aufgerissenen Augen daliegenden Mrs. Tubridy mit blitzartiger Geschwindigkeit eingeflößt wurde, gefolgt von einer freizügigen Zuteilung des natürlichen Minerals H_2O, zugegebenermaßen einer äußerst freizügigen Zuteilung. Was man die »Bewässerung von Dolly Tubridy« nennen könnte, hatte bereits begonnen und hielt unvermindert an, und Pat – der es in diesem fortgeschrittenen Stadium für angemessen hielt – erleichterte das Verfahren, indem er witzelte: »Vielleicht mögen Sie einen Tropfen Wasser, Mrs. Tubridy? Ja? Aber gewiß doch, Mrs. Tubridy! Hier kommt er schon!« Und der Schlauch sprang ihm wie eine gut abgerichtete, pflichtbewußte Hausschlange in die Hand.

☆☆☆

In den darauffolgenden Wochen gab es in Gullytown allerlei Gerüchte; doch Gerüchte gibt es schließlich immer. Eines davon bewog Smiler McAlpine, einen städtischen Arbeiter, der in den Straßen nahe dem Haus der McNabs tätig war (wo er meistens Sträucher stutzte), sich über die Hecke zu lehnen und durch die Rauchringe, die von seine Pfeife hochstiegen, zu Pat, der auf seinem kleinen Steinthron wieder einmal eine Major genoß, zu bemerken: »Ich freß 'nen Besen, wenn ich begreife, was passiert ist, Pat! Ich geb mich geschlagen. Eine Frau in ihrem Alter – verschwindet einfach so! Ist zufällig Ihre Mutter zu Hause? 'ne Menge Leute behaupten, sie hätten sie lange nicht mehr gesehen. Vielleicht könnte sie zur Aufklärung der Sache beitragen.«

»Nein. Sie ist für eine Woche nach Amerika, ich meine England. Sie kommt erst in einem Monat wieder.«

»Ach so«, erwiderte der Arbeiter und rieb sich mit einem schabenden Geräusch nachdenklich über die Bartstoppeln auf seinem Kinn.

»Es ist mir ein Rätsel, mehr kann ich dazu nicht sagen«, fuhr Pat fort, vor dessen geistigem Auge das Bild einer sich beharrlich immer weiter aufblähenden Walfischfrau erschien, erhob sich von seinem Stein und rekelte sich. Er schnippte seine Zigarettenkippe fort, so daß sie in einem weiten Bogen durch die Luft segelte. »Genau wie die Typen, die noch nie in ihrem Leben einen Schluck Alkohol getrunken haben und allen anderen Vorschriften machen, und ehe man sich's versieht, hocken sie unten bei Sullivan's, machen Scherereien, brüllen und schreien und machen alle verrückt mit ihren blödsinnigen Liedern! Ich meine, man denkt, man kennt jemanden, und dann geht er hin und tut genau das Gegenteil von dem, was man erwartet. Wenn man's genau nimmt, richtet sich das Leben eigentlich nie nach unseren Erwartungen, Smiler, oder?«

Pat war zufrieden, als er sich dies sagen hörte. Er hatte es mal in einem Buch gelesen.

»Man kann nie wissen«, sinnierte Smiler, klopfte seine Pfeife aus und nahm vorübergehend eine Pose ein, die er für die eines gelehrten Philosophen hielt. »Nur, daß man es mit der Angst zu tun kriegt, wenn man sich daran gewöhnt hat, jemanden zu sehen, und dann sieht man ihn plötzlich nicht mehr, man hat Angst, daß er sich hat umbringen lassen oder so.«

»Ich weiß, was Sie meinen, Smiler«, entgegnete Pat und fügte hinzu: »Nach allem, was man heutzutage in der Zeitung liest.«

»Genau«, lautete die trübselige Antwort des städtischen Arbeiters.

»Aber wer weiß?« fuhr Pat fort und schickte sich an, wieder hineinzugehen. »Vielleicht taucht sie ja eines Tages wieder auf. Bis dahin können wir wohl nichts anderes tun als hoffen.«

»Ich denke, da haben Sie recht, Pat«, pflichtete Smiler ihm bei, leicht verwirrt von Pats unerwarteter Anteilnahme und gutnachbarlicher Warmherzigkeit; denn schließlich war das nicht die Reaktion, die die Gerüchte hätten erwarten lassen (hatte es doch mindestens sieben verschiedene Berichte gegeben, wonach Mrs. Tubridy in der Nähe des McNabschen Haushalts »gesichtet« worden war).

Aus diesem Grund fand er sie um so ermutigender, weswegen er jetzt lächelte (nicht daß es viel brauchte, um ihm diese Reaktion zu entlocken – daher sein Spitzname) und weswegen er schließlich ein kleines Gebet für die verschwundene Frau flüsterte – »Gott sei ihr gnädig, wo immer sie sein mag« –, seine Heckenschere zur Hand nahm und sich wieder seiner Arbeit zuwandte. Als er die Straße entlanglief, die zur Stadt führte, wurden seine Schritte schneller, und bald schon hatte er über zweihundert Meter zwischen sich und die schummrige, aber aufgeräumte Küche gelegt, in der Pat McNab – dem nicht nur zahlreiche Lachtränen, sondern, wie man sagen muß, auch solche des Triumphes über die Wangen liefen – zu dem widerspenstigen Korken einer Flasche Johnnie Walker, der sich seinen gewaltigen Anstrengungen heftig widersetzte, mehrmals sagte: »Nun mach schon, du verfluchtes Mistding! Los jetzt, du Jüngelchen!«, bis der lebensspendende Inhalt der Flasche endlich lustig durch seine Kehle rann. Mit erhobenen Armen schien er den ganzen Himmel umfangen zu wollen, und einmal mehr brachte er der Welt mit jenen köstlichen Worten, die ihn erlöst hatten, ein Ständchen dar:

Come day, go day.
Wish in me heart for Sunday
Drinking buttermilk all the week,
Whisky on a Sunday.

Und draußen, auf einem Laubteppich, der sich ganz von selbst auf dem Fensterbrett ausgebreitet hatte, saß ein Chor kleiner Vögel mit runden, glänzenden Augen, die einstimmig dazu zwitscherten.

ZWEITES KAPITEL

Der Torfmann aus Ardee

The Turfman from Ardee

For sake of health I took a walk last week at early dawn
I met a jolly turfman as I slowly walked along
The greatest conversation passed between that man and me
And soon I got acquainted with the turfman from Ardee.

We chatted very freely as we jogged along the road
He said my ass is tired and I'd like to see his load
For I got no refreshments since I left home you see
And I am wearied out with travelling, said the turfman from Ardee.

Your cart is wracked and worn, friend, your ass is very tired,
It must be twenty summers since that animal foaled
Yoked to a cart where I was born, September forty-three
And carried for the midwife, says the turfman from Ardee.

Es war ein stinknormaler Tag Mitte September. Pat war mit dem Abwasch beschäftigt und hörte dabei Nachrichten, aber es gab nicht viel zu berichten. Irland werde von der EG viel Geld bekommen, hieß es, und in Bray in der Grafschaft Wicklow sei ein Mann ins Meer geweht worden. Genau in diesem Augenblick klopfte es. »Hmm«, dachte Pat und stellte einen Teller aufs Abtropfbrett, »wer das wohl sein mag?« Er band die Schürze ab und ging zur Tür, um nachzuschauen. Als er öffnete, sah er einen recht kleingewachsenen Mann in einem alten Sportsakko vor sich, aus dessen Taschen Heu hervorquoll. Seine Hose wurde von einem abgewetzten Halfter gehalten, und die Krempe seines grauen Filzhutes (der früher einmal ein Hutband besessen hatte) sah ziemlich verbeult aus.

»Hallo«, sagte Pat lächelnd. »Was kann ich für Sie tun?«

»Na bitte«, sagte der Mann. »Sieht mir ganz so aus, als würde es kein schlechter Tag werden.«

Pat nickte und tat, als schaue er nach der Sonne, die über der Apotheke leuchtete.

»Ja, sieht so aus, als würde es aufklaren«, erwiderte er.

Der Mann nickte und zog geräuschvoll seinen Nasenschleim nach oben.

»Ich verkaufe Torf«, sagte er.

Pat beugte sich ohne erkennbaren Grund vor und antwortete: »Ah ja, verstehe.«

»Ich hab ihn hier in einem Sack«, sagte der Mann.

Er öffnete einen halb mit Torf gefüllten Plastiksack. Es war einer von den Säcken, die normalerweise Dünger oder Hühnerfutter enthalten.

»Ganz wunderbarer Torf«, sagte der Mann, »kommt von weither, aus Ardee.«

»Aus Ardee?« grübelte Pat.

»Ja«, antwortete der Mann, »das liegt in der Grafschaft Louth. Schon mal davon gehört?«

Pat runzelte die Stirn und legte den Zeigefinger an die Unterlippe.

»Ich glaube, bei Sullivan's hat ein Typ mal davon geredet.«

Der Mann saugte die Luft durch die Zähne und zog seine Hose hoch.

»Da wohnt ein Mann namens McNab«, sagte er. »Der stammt von hier. Wahrscheinlich kennen Sie ihn.«

Pat kaute an der Kuppe seines Zeigefingers.

»McNab?« fragte er mit gerunzelter Stirn.

»Ja«, erwiderte der Mann aufgeräumt. »Ein gewisser Tom McNab.«

Pat schüttelte den Kopf.

»Nein«, meinte er, »ich kenne keinen Tom.«

Jetzt war es an dem Besucher, die Stirn zu runzeln.

»Vielleicht heißt er auch Joe. Ich bin mir nicht sicher«, sagte er.

»Nein«, beharrte Pat, »auch keinen Joe.«

Der Mann zupfte gedankenverloren an einem Haar im Nasenloch.

»Vielleicht heißt er auch gar nicht McNab«, sagte er.

Pat nickte automatisch.

»Vielleicht ist es jemand anders«, sagte er.

»Ja«, kam die Antwort, »er könnte auch Grue heißen. Vielleicht auch Halliwell.«

Pat stemmte die Hände in die Hüften.

»Dann kenne ich ihn also nicht«, sagte er.

»Nein. Außerdem ist er schon vor Jahren von hier weggezogen.«

»Ach, wirklich?« entgegnete Pat.

Sein Besucher nickte energisch.

»Ja«, fuhr er fort. »Er meint, das hier wär ein Kaff. Er meint, hier gäb's nichts als Kinderschänder und Männer, denen es Spaß macht, ihre Frauen zu mißhandeln.«

Pat spürte über seinem linken Auge ein nervöses Zucken.

»Ihre Frauen zu mißhandeln?« fragte er. »Sie zu verprügeln?«

Der Mann studierte seine Stiefelspitzen.

»Ja«, sagte er, »mit Hämmern.«

Pat schluckte.

»Mit Hämmern?« japste er ungläubig.

Der Mann runzelte die Stirn.

»Na, hat da nicht einer an der Wand des Kohlenschuppens den halben Kopf seiner Frau abgelegt?«

Pat holte tief Atem.

»Den halben Kopf? Nein!« erwiderte er schwach – eine halbe Frage.

Die Antwort fiel entschieden aus.

»Von wegen nein! Hat den Hammer genommen und ihr eins über die Rübe gegeben. Wenn ich's Ihnen doch sage! Einfach so! Wie Rührei. Ihr Hirn sei wie Rührei gewesen, heißt es.«

Pat mußte schlucken.

»Wie Rührei?« fragte er.

Der Mann blickte ihm tief in die Augen.

»An der Wand. Einfach so.«

»Allmächtiger Gott«, stöhnte Pat.

Der Mann redete weiter.

»Na, sehen Sie«, sagte er, »das ist der Menschenschlag, mit dem Sie's zu tun haben. Ziehen den Frauen eins mit dem Hammer über, dabei haben die überhaupt nichts gemacht.«

Er hielt inne und hakte seinen wettergegerbten Daumen in den Hosenbund. Die Hose war hafermehlfarben.

»Na ja, überhaupt nichts nun auch wieder nicht.«

Er seufzte. Dann sagte er: »Frauen sind manchmal reichlich sonderbar sein, wissen Sie?«

Pat warf den Kopf zurück und lachte.

»O ja! Das weiß ich zur zu gut!« rief er.

Der Mann strahlte.

»Das kann man wohl sagen, Ihnen brauche ich bestimmt nichts zu erzählen, Sir«, sagte er. »Schließlich haben Sie Augen im Kopf. Und in dieser Stadt gibt's bestimmt jede Menge Frauen, die mit Freuden sonderbar würden, wenn man sie nur ließe!«

»Allerdings, genau!« lachte Pat und zog seinerseits die Hose hoch.

Am anderen Ende der Straße ging eine Frau mit ihren Einkäufen vorbei. Der fremde Torfmann zögerte, dann sagte er zu Pat: »Manchmal kann man sich seiner eigenen Schwester nicht sicher sein.«

»Sich sicher sein?« fragte Pat. Seine Kehle war so trocken, daß er noch einmal fragen mußte: »Sich sicher sein?«

»Ja«, kam die Antwort, »sich sicher sein, daß sie nicht sonderbar wird, meine ich.«

»Ach so«, erwiderte Pat und tat, als verstünde er, obwohl er in Wahrheit gar nichts verstand.

»Und der eigenen Mutter genausowenig«, setzte der andere von neuem an. »Wer weiß schon, ob die eigene Mutter nicht auch so wird? Was würden Sie dann tun? Ich frage Sie, was würden Sie dann tun? Verdammt noch mal, Ihre eigene Mutter, die Sie in ihrem Satterich herumgetragen hat?«

Während der Mann Pat durchdringend musterte, rückten seine Stiefelspitzen näher an Pat heran, und seine Zunge schob sich tief in seine Backentasche.

»Was?« So lautete das Wort, das sich Pats Kehle entringen wollte, doch wegen der überwältigenden Nähe des Mannes ließe sich das, was ihm entfuhr, nur mehr als »dürres Krächzen« beschreiben. Die Augen, die sich jetzt auf Pat hefteten, waren klein wie Korinthen. Oder wie Kragenknöpfe. Wie die Kragenknöpfe, die sein Vater sich sonntags morgens ins Hemd gesteckt hatte.

»Ich meine, man kann doch nicht seiner eigenen Mutter mit dem Hammer kommen«, fuhr er fort. »Ich meine – Jesses, Maria und Joseph! Das kann man doch nicht machen! Da müßten Sie schon eine andere Methode wählen!«

»Eine andere Methode?« fragte Pat und kaute an seinen Fingerspitzen.

»Ja. Also, ich finde, das ist nicht recht, Jedenfalls ist das meine Meinung. Sie verstehen, was ich meine, Mister?«

Pat konnte fast seinen heißen Atem an seinem Hals spüren. Die Knopfaugen bohrten sich tief in ihn hinein.

»Es sei denn natürlich ... es sei denn vielleicht, Sie hielten es für richtig«, fuhr er fort, »es sei denn, Sie hielten es für nicht gar so schlimm.«

Pat bereute den Eifer, der – all seinen Bemühungen zum Trotz – in seiner Stimme mitschwang.

»Nein! Nein, das tue ich nicht!« rief er laut.

Der Mann seufzte und fuhr sich mit dem Handrücken über die zerfurchte, torfverschmierte Stirn.

»Na, Gott sei Dank!« ächzte er und schüttelte außerordentlich erleichtert den Kopf.

Es entstand eine lange Pause. Auf den Leitungsdrähten saßen einige Krähen und stierten auf sie herab. Sie glichen den Noten einer Partitur. Schließlich sprach der Besucher mit dem Halfter: »Nun gut. Ich lasse Ihnen also den halben Sack da.«

Pat erstarrte.

»Was?« fragte er.

»Den halben Sack«, antwortete der Mann, »ich lasse Ihnen den halben Sack da.«

Pat kratzte sich die rechte Augenbraue und sagte: »Aber ich hab Sie doch gar nicht darum gebeten.«

Er zögerte, dann fügte er hinzu: »Ich brauche keinen, verstehen Sie? Ich habe genug Torf. Außerdem benutze ich meistens Kohle.«

In diesem Augenblick, vielleicht aber auch erst kurz darauf, schien die Zeit stillzustehen. Als der Hausbrandhöker auf Pats Worte reagierte, war seine Erwiderung kaum zu verstehen, schien sie doch aus den finstersten, undurchdringlichsten Tiefen seiner Seele zu kommen.

»Was?« fragte er.

Pat schluckte. Sein Speichel schmeckte scharf und säuerlich.

»Torf«, sagte Pat, »ich habe genug, danke.«

Den Mann schien, offenbar aus dem Nichts, eine große Niedergeschlagenheit zu überkommen. Er blickte halb Pat an, halb die Regentonne neben dem Haus.

»Hat das etwa damit zu tun, daß ich aus Ardee bin? Liegt es daran?« fragte er leise.

»Was?« sagte Pat und wurde blasser.

Als der Besucher weitersprach, klang seine Stimme völlig emotionslos.

»Wußte ich's doch«, begann er, »kaum daß ich durchs Tor gekommen bin, wußte ich's.«

Jetzt war es an Pat, die Stirn zu runzeln.

»Wußte es?« fragte er heiser. »Wußte was?«

Seine Kehle war wie Schmirgelpapier.

Vor Pats Augen schienen die Lippen des Mannes dünner zu werden.

»Ach, Sie sind mir vielleicht ein Scherzkeks! Lassen mich immer weiterreden! Und denken sich die ganze Zeit: ›Schau dir bloß den an! Schau ihn dir an, den Alten aus Ardee!‹ Ein Wunder, daß Sie mich nicht haben reden lassen, bis ich Ihnen mein Lied vorsinge! Ein Wunder, daß Sie das nicht getan haben!«

»Ihr Lied?« fragte Pat perplex. »Was für ein Lied?«

»Wollen Sie mich verscheißern? Jedesmal, wenn ich was verkaufe, singe ich ein paar Takte. Aber das wissen Sie natürlich nicht, Mister, oder? Mr. Allesbesserwisser! Mr. Ich-kann-hinter-Ihre-Augen-sehen! Mr. So-Sie-singen-also-gern-wenn-Sie-verkaufen? Ja! ich singe gern! Und ob! Und von Ihresgleichen lasse ich mich schon gar nicht abhalten! Haben Sie verstanden? Hä? Also?«

Und ohne zu zaudern, begann er mit der rechten Stiefelspitze einen Sechs-Achtel-Takt zu klopfen. Plötzlich gaben die überraschten Krähen (insgesamt drei) die Leitungsdrähte zugunsten der Schieferdächer im Nordwesten der Stadt auf. Die spätsommerliche Luft füllte sich mit den Klängen einer vertrauten Weise. Die Gesten des Sängers waren unvermutet elegant, ja geradezu opernhaft.

For sake of health I took a walk last week at early dawn
I met a jolly turfman as I slowly walked along
The greatest conversation passed between that man and me
And soon I got acquainted with the turfman from Ardee.

Durch den friedlichen Abend hallte das ersterbende Echo der munteren Ballade. Vor dem bohrenden Augenpaar schrumpfte Pat förmlich zusammen.

»Wie gefällt Ihnen das Lied?« wurde er gefragt.

Pat hüstelte höflich.

»Es gefällt mir gut«, sagte er.

Der singende Torfmann zog die Stirn kraus.

»So, so, gut? Es gefällt Ihnen also gut?«

»Ja! Ja!« schwärmte Pat. »Ausgezeichnet!«

Die inzwischen wieder ruhige Umgebung erzitterte vom Geräusch durch die Zähne gezogener Luft.

»Verstehe«, sagte der Besucher leise. Nach einer Weile fuhr er mit einem Anflug von Unterwürfigkeit fort: »Anders als mein Torf.«

»Nein!« rief Pat. »Ihr Torf gefällt mir auch gut! Er …«

»Wenn ich gesagt hätte: ›Ich komme aus Carrick. Ich bin nicht der Torfmann aus Ardee, ich bin der Torfmann aus Carrick‹, hätten Sie ihn mir vielleicht dann abgekauft?«

»Nein!« rief Pat. »Natürlich nicht!«

Der Mann ließ den Kopf hängen und kniff die Augen zusammen.

»Nein. Nein, natürlich nicht. Sie hätten nicht gesagt: ›Zwei volle Säcke!‹ oder ›Anderthalb Säcke!‹ Sie hätten gesagt: ›Keinen Sack! Keinen einzigen Sack!‹ Stimmt's?«

»Stimmt«, pflichtete Pat ihm bei.

»Wissen Sie, was die schlimmste Sache von der Welt ist?« fragte der Torfmann.

»Was?« fragte Pat.

»Was heißt hier ›Was?‹ Sagen Sie: ›Was denn? Was ist die schlimmste Sache von der Welt, Herr Torfmann?‹«

»Was ist denn die schlimmste Sache von der Welt, Herr Torfmann?« wiederholte Pat, wie ihm geheißen.

Eine Sekunde lange war kein Laut zu hören, dann sagte der Hausierer, Verkäufer von Brennmaterial und Torf: »Der Lügner.«

»Der Lügner?« sagte Pat mit erstickter Stimme.

»Mehr als der Mann, der das Hirn seiner Frau mit dem Hammer zermalmt, einem anderen Mann die Nieren klaut, den eigenen Hund vergifet – der Lügner. Denn das ist der Mann, der einem in die Augen schaut und sagt: ›Ich würde es nicht tun. Ich würde einem Mann aus Carrick keinen Torf abkaufen.‹ Er ist der Mann, der einem in die Augen schaut und sagt: ›Hoch lebe Ardee!‹ Dabei denkt er die ganze Zeit ...«

Es herrschte angespanntes Schweigen. Dann sagte der Torfmann: »Sagen Sie ›Hoch lebe Ardee‹, Mister!«

»Huch?« machte Pat.

»Hoch lebe Ardee. Sagen Sie's! Nun sagen Sie's schon!«

»Hoch lebe Ardee«, fügte sich Pat.

»Schlimmer als der Mann, der sich verstümmelt, um zu einer Frau zu werden. Schlimmer als der Mann, der sich zu den Tieren des Feldes legt. Schlimmer als der schändlichste Hurenbock, den man sich vorstellen kann. Schlimmer als ...«

Pat spürte heißen Atem an seinem Hals. Als er die Worte hörte: »Schlimmer noch als der Mann, der seine eigene Mutter mordet«, durchlief ihn ein winterlicher Schauder.

Mit mattem, kränklichem Lächeln erwiderte er: »Wissen Sie, was ich eben gedacht habe, Ardee, oder wie immer Sie heißen mögen? In der Wettervorhersage hieß es, im Oktober sei mit einem Kälteeinbruch zu rechnen. Ich glaube, ich nehme Ihnen am besten gleich zehn Säcke ab – das heißt, falls Sie so viele dahaben.«

»Zehn Säcke?«

Pat nickte.

»Ja«, sagte er, »zehn Säcke. Ach, was zum Teufel, geben Sie mir ein Dutzend. Ich nehme ein Dutzend.«

»Damit können Sie ein schönes, warmes Feuerchen machen. Mit einem Dutzend Säcken würde es nicht lang dauern, bis Sie ein schönes, bullerndes Feuerchen haben, was?«

»Wie?« platzte Pat heraus und vergaß sich einen Augenblick. Dann lächelte er und sagte: »Nun, das klingt doch gut.«

»In der Tat, bei Gott, das würde es nicht!« fuhr der Torfmann fort. »Mit einem Dutzend Säcken hätten Sie's bald warm!«

»Da haben Sie recht!« strahlte Pat und war ohne jeden erkennbaren Grund etwas verwirrt.

»Sie könnten kochen und was nicht alles!« bekräftigte der andere. »Zum Beispiel Ihr eigenes Brot backen!«

»Man könnte nach Herzenslust backen, nicht wahr?«

»Ihr eigenes Brot. Kümmelkuchen. Ganz zu schweigen davon, daß Sie Wasser kochen könnten. Soviel Wasser, wie Sie brauchen!«

»Wasser auch! Soviel man will!«

»Wie der Typ in Longford, der seine Frau mit kochendheißem Wasser übergossen hat. Der hat zum Wasserkochen auch Torf genommen. Man hat sie drei Tage lang schreien hören.«

»Drei Tage lang?« japste Pat.

»Die Ärzte haben getan, was sie konnten. Aber es war Zeitverschwendung. Als die mit ihr fertig waren, war sie noch schlimmer dran, heißt es. Auf einem Auge blind, und im Gesicht ein großer roter Brandfleck – sooo groß! Nachts hat sie geschrien! Hat gebrüllt und gebrüllt! Hat gebrüllt: ›Das warst du! Das warst du!‹«

Pat hustete und schaute sich um.

»Ich glaube, ich hab jemanden an der Hintertür gehört«. sagte er. »Ich muß wieder rein.«

»Stellen Sie sich vor«, fuhr der Torfmann, taub für Pats Bemerkung, fort. »Jemand schreit wie am Spieß – Nacht für Nacht, immer und immer wieder: ›Das warst du! Du warst's!‹«

»Da, schon wieder«, sagte Pat und deutete mit dem Kopf zur Rückseite des Hauses.

»Schreit ohne Ende: ›Das warst du!‹ Läßt einem keine Ruhe! Sowie man das Licht anknipst, steht sie am Fenster ...«

Die Worte hingen wie von Feuer umlodert in der Luft.

Der Torfmann schien eine halbe Stunde lang Atem zu schöpfen. Dann ließ er den Kopf sinken und sagte: »Tut mir leid. Ich mache mich lieber auf den Weg. Es war ein Fehler hierherzukommen. In dieser Stadt hat man Leute aus Ardee noch nie leiden können.«

Er hob den Torfsack und warf ihn sich über die linke Schulter.

»Also, auf Wiedersehen, Mister. Dann geh ich mal zur Wache und kümmere mich ums Geschäft. Ich hoffe, ich habe Sie nicht allzusehr behelligt.«

Pat schluckte.

»Zur Wache?« wimmerte er.

Der Torfmann betrachtete seinen schwarzen Daumennagel und nickte.

»Ja. Ich will ein paar Worte mit dem Wachtmeister wechseln, verstehen Sie? Ein bißchen graben.«

Pat brach am ganzen Körper der Schweiß aus, und seine Augen schweiften unwillkürlich umher, wie zwei kleine Kameras, deren Linsen sich auf eine Stelle neben einem Lorbeergebüsch richteten.

»Ein bißchen graben?« fragte er unschlüssig und leicht heiser.

»Ja. Unten in Ardee gibt's ein großes Moor voller Torf. Aber ich brauche eine Konzession, verstehen Sie? Ja. Also, ich geh jetzt lieber. Da hinten habe ich meinen Esel. Der steht schon die ganze Zeit da. Ist er nicht eine geduldige Seele? Braves Tier, Neddy.«

Augenblicke später nahm er das abgewetzte Seil, das um den Hals des Esels gebunden war, und führte das Tier mit den traurigen Augen den Weg zur Hauptstraße hinab. Doch noch ehe er die Ulme erreicht hatte, rief Pat ihm nach: »Nein! Warten Sie! Herr Torfmann – bitte!«

Tier und Torfhändler zauderten.

»Hä?« rief der Mann.

»Warum bleiben Sie nicht über Nacht?« schrie Pat. »Ich meine, es ist doch ein weiter Weg von hier bis nach Ardee!«

Der Torfmann schüttelte den Kopf.

»Ach nein, das geht nicht. Der Wachtmeister erwartet mich.«

»Nein! Bitte!« flehte Pat. »Wir könnten ein großes bullerndes Feuer machen und Kümmelkuchen backen! Brot! Getoastetes Brot, wär das nicht schön?«

Der Torfmann kratzte sich am Kopf und sagte: »Nun, ich will nicht zu der Sorte Leute gehören, die man undankbar nennt, aber Sie lügen mich doch nicht an? Sie wollen den Mann aus Ardee doch nicht zum Narren halten?«

Wie er so im abendlichen Sonnenlicht dastand, dachte Pat: »Aber nein! Warum in aller Welt sollten wir, wo Sie doch nichts anderes getan haben, als uns mit strohdummen, mattäugigen Tieren in unserem Haus zu besuchen! O nein, wenn wir Ihnen ein paar beschissene alte Säcke Torf abgekauft haben, müssen wir Neddy eine Handvoll Heu geben!«

Gedanken, die er natürlich nicht aussprach und die er sich nicht im geringsten anmerken ließ. Statt dessen rieb er sich die Hände und rief lebhaft: »Keineswegs! Bitte! Bitte, nehmen Sie meine Einladung an – Sie beide!«

Was sie dann glücklicherweise auch taten, und wie versprochen, verzehrten sie noch am gleichen Abend dicke, warme, mit Butter getränkte Brotschnitten und saßen an einem schönen, bullernden Feuer, während Neddy seine ganze Aufmerksamkeit dem Heu zuwandte, das Pat ihm reichlich in die Sperrholzkiste gehäufelt hatte, in dem früher Jaffa-Orangen transportiert worden waren. Pat mußte lächeln, als er die emsig mahlenden Kiefer betrachtete.

»Dem schmeckt's aber, nicht wahr, Torfmann?« fragte er. »Das olle Heu schmeckt ihm wirklich gut.«

Der Torfmann strahlte.

»Und ob! Und wie! Die Esel aus Ardee sind ganz wild auf ihr Abendessen, ehrlich! Die würden einem die Haare vom Kopf wegfressen, wenn man sie ließe, Pat!«

Pat warf dem Esel noch eine Handvoll Heu vor.

»Hier, bitte sehr, Neddy«, sagte er. »Na, komm – friß! Friß auf, du alter Schlingel!«

Kein Zweifel, das Anwesen, in dem Pat McNab residierte, hat etwas Idyllisches. In diesen besitzgierigen Zeiten erregen die geräumigen und gut ausgestatteten, wenn auch von Spinnweben durchzogenen Zimmer und die herrlichen, weißgetünchten Wirtschaftsgebäude bei vielen Menschen Neid, von den Stallungen ganz zu schweigen. Ja, namentlich die Stallungen, welche in vergangenen Zeiten all die getreuen Rößlein beherbergten, die, bei der Hetzjagd auf bedauernswerte Füchslein, Herrenreiter auf dem Rücken trugen. Im Monat September haben Haus und Umgebung etwas besonders Friedvolles und Ergreifendes, und wenn sich ein Tourist oder vielleicht auch nur ein gelegentlicher Spaziergänger hierher verirrte, würde er gewiß die Kamera zücken und unzählige Aufnahmen machen, um die Szene für die Nachwelt festzuhalten. Dies sind die Gedanken, die Pat McNab im Kopf herumgehen, als er wieder einmal am Fenster steht und durch die Gardinen späht, nun da einige Monate vergangen sind, alles wieder ruhig ist und das verräterische Quietschen des Gartentors keine unerwünschten Besucher mehr ankündigt. »Fotografiert ihr nur mein Haus«, sinniert er, »aber laßt mich in Ruhe.« Obwohl er zugegebenermaßen darauf beharren würde, daß jeder, der etwas für die Nachwelt verewigen möchte, die Stallungen aussparen muß. »Eigentlich vor allem ihretwegen« (womit er den Torfmann und sein Tier meint), murmelt er und kichert leise in seine Hände. Aus dem schlichten Grund, weil er noch nicht dazu gekommen ist, die verhängnisvollen Wirtschaftsgebäude zu reinigen. Nein, eigentlich stimmt das nicht. In Wahrheit hat er einfach keine Lust dazu. »Dieser bescheuerte Esel«, denkt er, »wer schert sich schon um den und seine Gedärme?« In der Tat, wer, denn die Szene läßt sich schwerlich als »schmackhaft« bezeichnen. Eher erinnert sie an Streifen wie *Freitag der 13.* oder *Das Kettensägenmassaker*, ja, an jeden beliebigen Horrorfilm, der sich speziell an die Jugend wendet. Man könnte durchaus behaupten, daß das betreffende Wirtschaftsgebäude einem Stall überhaupt nicht ähnlich sieht. Die Decke nämlich ist mit riesigen Blutflecken bespritzt, und die Seiten und die Rückwand sehen auch nicht anders aus – überall breite, längliche Blutspuren. Zwei rotverschmierte Eselsohren sind höchst lässig an die Stalltür genagelt. Eine Infrarotkamera auf Geisterjagd würde ein Negativbild von Pat zeigen, wie er, kaltblütig und doch wie toll, mit seiner Heugabel ein barbarisches, primitives, blutrünstiges Kabarett inszeniert, unterbrochen von einem herzzerreißenden Quieken und Iahen. Ein zerfetztes Halfter bildet das traurige, ebenso herzzerreißende Epitaph. Wem gehört die scharlachrote Fratze des Menschen, der da in die Luft springt und die blutbesudelten Hände in die Höhe reckt? Es kann nicht sein, es darf nicht sein, und doch ist es so – das Gesicht gehört niemand anderem als Pat McNab!

Weit entfernt von dem lächelnden, wohlwollenden Antlitz, das einst im Feuerschein eines Septemberabends gestrahlt hatte, als sein Besucher zufrieden rülpste und seinen Teller mit der dankbaren Bemerkung auf den Tisch stellte: »Junge, Junge, das war vielleicht ein Abendessen, Pat! Ich sage dir, in Ardee würdest du kein besseres finden!«

Worauf ein huldvoller Gastgeber erwiderte: »Ich fühle mich geehrt, daß es dir geschmeckt hat. Jetzt begreifst du wenigstens, daß wir deiner Geburtsstadt nicht alle feindlich gesinnt sind.«

»Nein! Das bist du wirklich nicht, Pat!«

»Und um es weiter zu beweisen, habe ich mir eine kleine Überraschung für Neddy erlaubt.«

»Eine Überraschung, Pat? Nicht doch!«

»Doch, doch und abermals doch! Wenn du mir etwas versprichst.«

»Was denn?«

»Daß du mir mein Lieblingslied vorsingst.«

»Doch nicht etwa …?«

»Doch, genau das. Versprichst du's mir?«

»Was soll ich sagen? Bei Gott, ich tu's!«

»Warte, bis ich meine Heugabel hole. Ich hab sie hier hinter der Tür stehen. Ist Neddy schon draußen?«

»Er ist im Stall, Pat.«

»Da werden wir jetzt hingehen, du und ich. Wir werden doch den alten Ned nicht im Stich lassen, jetzt wo du eine Ballade auf Lager hast? Stimmt's, oder hab ich recht?«

»Da hast du wohl recht«, erwiderte der Mann aus Ardee ein klein bißchen verwirrt.

Es ist ein stiller Abend. In den Bäumen zwitschern fröhlich die Vögel, und über das Rechteck des mit Dung übersäten Hofes hallen die Schritte von Pat und seinem Besucher. »Ah, die Luft tut einem so richtig gut«, bemerkt Pat, »ich wette, es riecht die ganze Strecke von hier bis zur Wache so gut.«

»Das glaube ich auch«, erwidert sein Besucher unbedacht.

Pat schultert die Heugabel und legt dem älteren Mann die Hand auf die Schulter.

»Also, wird der Mann aus Ardee nun singen oder nicht?« fragt er lächelnd und setzt sich auf einen straff gebündelten Heuballen.

»Bei Gott, das wird er! Das wird er in der Tat! Versuche einer, die Torfmänner am Singen zu hindern!« lacht der Mann aus der Grafschaft Louth.

»Das würde ich im Traum nicht tun!« lacht Pat, und sein Besucher zieht kräftig, laut und musikalisch seinen Rotz hoch.

»Bravo!« ruft Pat und klatscht in die Hände. Neugierig beugt sich – über der unteren Stalltürhälfte eben noch sichtbar – eine Kuh über die Hecke. »Dann mal los!«

Der Torfmann wippt mit dem Fuß und singt mit unnachahmlichem Schwung:

We chatted very freely as we jogged along the road
He said my ass is tired and I'd like to see his load
For I got no refreshments since I left home you see
And I am wearied out with travelling, said the turfman
from Ardee.

Es stimmt nicht, daß sich zwischen Pat McNab und seinem Besucher, dem Torfmann aus Ardee, wie es in der ersten Strophe heißt, »die schönste Unterhaltung« entspann, zumindest nicht an jenem letzten Abend im Dämmerlicht an der Stalltür. Ja, die einzigen Worte, die die beiden bei dieser Gelegenheit wechselten, und zwar sowie das Lied zu Ende war (»eine vorzügliche Interpretation!« hatte Pat posaunt) und bevor das letzte Quentchen Blut aus dem Gesicht des Hausierers gewichen war, lauteten: »Was machst du denn mit der Heugabel, Pat?« Und lösten keine andere Antwort aus als den knappen und schmucklosen Bescheid: »Ich schick dich ein für allemal zurück nach Ardee, du lästiger Verkäufer von Dreck!«

Was das Tier betrifft, so sah es seinem Untergang ähnlich unbekümmert entgegen, wie es das, ungeachtet aller Weltpolitik, Traumata oder Zwischenfälle, sein ganzes Leben lang getan hatte. Selbst Pats irre Rufe (wie soll man sie sonst bezeichnen?): »Wollen doch mal sehen, ob du jetzt noch Torf schleppen kannst! Fahr dahin, du gottverfluchtes Eselsvieh! Wollen doch mal sehen, ob du's noch kannst!« machten keinen Eindruck auf das Tier, als es endgültig in die Knie brach und seine letzte traurige Reise in die ewigen Weidegründe antrat.

Mag sein, daß der Mann, der Pat an jenem verhängnisvollen Septemberabend vor langer Zeit besuchte, in der Kleinstadt Ardee, Grafschaft Louth, hochangesehen war; jedenfalls wollte es das Schicksal, daß seine Abwesenheit nicht nur bemerkt, sondern über Generationen hinweg mit Niagarafällen von Tränen und mit Heulen und Zähneklappern betrauert wurde. Vielleicht ist es sogar möglich, daß er und sein torfschleppender Esel auf ihren Reisen durch die gesamte County ein regelrechter Bestandteil der Landschaft waren. Sollte dies jedoch der Fall gewesen sein, so kam Pat McNab dergleichen nicht zu Ohren; lange nachdem dieser die Stallungen gesäubert und sich davon überzeugt hatte, daß sämtliche Spuren eines – entsetzlichen oder gewöhnlichen – Vorfalls, der sich in diesen vier Wänden abgespielt haben mochte, für immer gründlich beseitigt waren, hielt er (unverbesserlicher Saubermann Pat McNab!) hin und wieder einen Augenblick im Putzen inne, und nachdem er sich abermals davon überzeugt hatte, daß das Geräusch, das ihn abgelenkt hatte, nicht etwa das befremdlich einsame Iahen eines unruhigen Esels in einer zeitlosen, nirgends verzeichneten Geisterzone war, sondern das nebensächliche Ächzen eines zerbrochenen Zaunpfahls, an dem der Wind rüttelte, widmete er sich wieder seiner Arbeit, und als er zufrieden ein Volkslied aus der nicht eben oft gepriesenen Grafschaft Louth vor sich hinsummte, war es auf ganz besondere und unausgesprochene Weise fortan für immer das seine.

DRITTES KAPITEL

Alte Flammen

Old Flames

Downtown tonight I saw an old friend
Someone who I used to take comfort from
Long before I met you
I caught a spark from her eyes of forgotten desire
With a word or a touch, Lord,
I could have rekindled that fire.

Refrain:
But old flames can't hold a candle to you
No one can light up the night like you do
Flickering embers of love I've known one or two
But old flames can't hold a candle to you.

Sometimes at night I think of all the lovers I've known
And I remember how holding them made me feel not so alone
When I feel you beside me even their memories are gone
Like stars in the night lost in the sweet light of dawn.

Wem begegnete Pat, als er eines Abends gegen fünf nach sechs an Brennan's Gap vorbeikam (Billy Brennan war ein Farmer, der sich auf Milchkühe spezialisiert hatte)? Niemand anderem als Mrs. Ellen McCrumley. Pat war ziemlich aufgekratzt (vielleicht weil sich der Abend vor ihm dehnte – er hatte erst zwei Flaschen Guinness getrunken) und nahe dran, zu sagen: »Oh, hallo auch, Mrs. McCrumley! Und wie geht's denn *Ihnen* so heut abend in dieser wunderbaren Stadt der Lügner?« Doch als er um Ned McGaheys Schweißerwerkstatt bog, war er froh, daß er's nicht getan hatte, wußte er doch nur zu gut, welche Antwort ihn erwartete. Ein quakendes, krächzendes Wimmern, daß die alte

Mrs. Ellen McCrumley »nicht so recht weiß« oder ihn vielleicht »nicht ganz verstanden« hatte. Und weshalb? Na, weil sie selbst Einwohnerin jener hochgeschätzten Ortschaft war, von der er sprach. Jenes Ortes, der von nun an als »Stadt der Lügner« bekannt sein würde. Das war er freilich schon immer gewesen, wie Pat sehr wohl wußte. So wie alle anderen in Gullytown auch, nur daß die's natürlich niemals zugeben würden. Warum? Einfach deswegen, weil sie's nicht konnten, denn jedesmal, wenn sie den Mund aufmachten, kamen nichts als Lügen heraus. »O ja!« rief Pat plötzlich, drehte sich um und wies mit dem Zeigefinger auf Mrs. McCrumley, die sich mit ihren Einkaufstaschen den Hügel hinaufmühte. »O ja, Mrs. Mac! Aber ja doch, verstehen Sie?«

Pat war bereits weitergegangen, als Mrs. McCrumley schließlich das Gleichgewicht verlor und über einen Stein stolperte, der ihr mitten in den Weg gelegt worden war.

☆☆☆

Der große Zeiger sprang auf die volle Stunde. Acht Uhr. »Ah, Zeit für eine Zigarette«, dachte Pat. Er saß im Wohnzimmer, drehte Däumchen und ließ sich allerlei durch den Kopf gehen. Während er an seinem Glimmstengel nuckelte, stellte er sich vor, wie er seine Gedanken einem welterfahrenen Psychiater auseinandersetzte, der eigens geschickt worden war, um sich ausführlich mit dem einzigen Bewohner der McNab Villa zu unterhalten. »Hmm, Hektor« (denn so hieße er), fuhr Pat durch eine Rauchwolke fort, »Sie fragen, wie ich dazu komme, in der Stadt der Lügner zu wohnen. Nun ja, zunächst einmal – ich bin hier geboren.«

Der Patient des Psychiaters untersuchte seine Fingernägel.

»Meine Mutter – Mrs. Maimie McNab, Ehefrau von Victor (wie sich Ihre Namen doch ähneln!), trug mich in ihrem Bauch, Sie verstehen – und ehe ich mich's versah, war ich auch schon hier! Umgeben von Menschen, die die Wahrheit selbst dann nicht erkennen würden, wenn sie sich auf ihren Schoß setzte und riefe: ›Hallo! Hier spricht die Wahrheit!‹ Vielleicht wußten Sie das noch nicht, Hektor? Was – das habe ich Ihnen schon einmal erzählt? Hektor – ich bitte um Verzeihung. Aber es ärgert mich, verstehen Sie? Es ärgert mich wirklich.«

Ohne daß er es merkte, hinterließen Pats Zähne tiefe Einkerbungen am Mundstück seiner Zigarette. Über seiner rechten Augenbraue hatten sich zwei oder drei winzige Schweißperlen gebildet. Er holte tief Luft und sagte: »Und was Mammy – meine Mutter – angeht, so können Sie sich vorstellen, was sie gelitten haben muß.«

Von seiner Zigarette war noch knapp ein Zentimeter übrig. Pat rieb sich die Stirn, und Hektor machte weiter akribische Eintragungen in seinem linierten Spiralblock. Pat seufzte, als er (selbstverständlich nur im Geiste!) sah, wie seine Mutter, das Gesicht sorgenzerfurcht, wieder einmal in Hausschuhen ans Telefon schlurfte und zaghaft den Hörer aus Bakelit von der Gabel nahm.

»Hallo?« sagte sie stockend. Gleichzeitig klopfte sie sich mit der Hand auf die Brust, als ahme sie das Flügelflattern eines gefangenen Vogels nach, wurde dann klein wie ein zerknülltes Papiertaschentuch und sprach mit erstickter Stimme: »Ach du lieber Gott, nein!« Darauf fügte sie hoffnungsvoll, doch ohne jede Überzeugung hinzu: »Aber vielleicht war er's gar nicht, Sergeant.«

Zitternd stand seine Mutter mitten im Zimmer. Sie sah alles deutlich vor sich, den kleinen, kuppelförmigen Heuschober, der in Rauch aufging, die zuckenden Finger der Flammen, die sich in einem Paar wild tanzender Augen spiegelten. Augen, die unverkennbar zu dem versengten Gesicht ihres Sohnes Pat McNab gehörten.

Im Verlauf der Prügel, die Pat nach diesem Zwischenfall bezog, erhob er ein Gebrüll, das nur erbarmungswürdig genannt werden kann. »Mammy«, kreischte er, »ich war's nicht! Ich schwör's! Die sind alle gegen mich, weil sie mich nicht leiden können!«

Seine Mutter hob von neuem den Lederriemen (es handelte sich um den Gürtel einer der Uniformen ihres Mannes).

»Lüg mich nicht an!« fauchte sie barsch. »Lüg mich nicht an, du Halunke – deine eigene Mutter anzulügen! Ich werde dir das Fell gerben, daß dir Hören und Sehen vergeht.«

Aus Pats Augen schossen Tränen und prallten wie Glassplitter auf den Fußboden.

»Ich war's nicht!« flehte er, jedoch vergebens. Dann setzte er hinzu: »Das waren die, Ma! Die lügen! Was anderes können sie nicht!«

Wie er so dasaß und seine Zigarette zu Ende rauchte, waren die Geräusche der zufallenden Schlafzimmertür und des sich drehenden Schlüssels an jenem Abend wie eine schallende Ohrfeige auf seiner bereits brennenden Wange.

☆☆☆

Es war halb zehn. Pat erhob sich aus seinem Sessel und begab sich zur Hausbar. »Sehen Sie, Hektor«, fuhr er fort und schenkte sich eine großzügige Portion Bols Advocaat ein, »ich finde es urkomisch, daß ich angeblich jeden Abend in der Woche unterwegs war. Also, entschuldigen Sie, aber was glauben Sie wohl, wie teuer Paraffin ist?« Pat schüttelte den Kopf und trank einen Schluck. »Ts-ts«, seufzte er und setzte hinzu: »Du meine Güte!«

Zufällig hieß die Schallplatte, die er auf den Plattenteller der Musiktruhe gelegt hatte, *Old Flames*. Ein schmerzliches Lächeln malte sich auf seinem Gesicht, als er im Wohnzimmer stand und die flotten Worte im Dämmer verhallten:

Downtown tonight I saw an old friend
Someone who I used to take comfort from
Long before I met you
I caught a spark from her eyes of forgotten desire
With a word or a touch, Lord,
I could have rekindled that fire.

Als Pat das Glas neigte und in der schimmernden Tiefe der klebrig-gelben Flüssigkeit eine Myriade durcheinanderwirbelnder Erinnerungen entdeckte, zwinkerte er mit den Augen. »Ja, ja«, grübelte er behaglich, »die tun so, als hätte ich in mehr als drei Jahren keine einzige Nacht zu Hause verbracht. Erst waren's die

Matratzen der Witwe McGinn. O ja, das war Pat McNab! Pat McNab – natürlich, wer sonst?«

Es war so lächerlich, daß Pat um ein Haar sein Glas – mitsamt Inhalt! – an die Wand geschleudert hätte. Die Sache war sogar bis zur Lokalpresse vorgedrungen – ein Foto der Witwe im Nachthemd, die bleich in die Kamera starrte und zu schildern versuchte, wie sie ein paar Matratzen zum Lüften in den Garten gelegt hatte und mitten in der Nacht von dem Geräusch prasselnder Flammen geweckt worden war. Überdies schwor sie, eine »kleine schwarzgesichtige Gestalt« erblickt zu haben, der es gelungen sei, in die Nacht zu entfliehen.

Pat seufzte und füllte aufs neue sein Glas. Diesmal gab er einem feinen Glenfiddich den Vorzug. Seine Augen glänzten, als die bernsteinfarbene Flüssigkeit ihre wärmende Reise durch die Windungen seiner Speiseröhre antrat. »Dann war da die Sache mit dem Auto des Arztes«, gluckste er leise. »Der wertvolle Wagen des berühmten Doktors! Das reinste Wrack!«

So war es von den berühmten Lokalzeitungen natürlich nicht dargestellt worden. »O nein«, sagte Pat lachend. »Immerhin war es ein BMW für 40 000 Dollar! Und ob!«

Wird Zeit, sich wieder zu setzen, dachte Pat. Er stellte das Glas auf die Armlehne seines Sessels und verschränkte die Finger. »Ja, so war ich, Hektor«, sagte er mit einem Lächeln. »Natürlich war ich so. Ich meine, ich hab doch nicht etwa zu Hause gehockt und meine Schularbeiten gemacht. Wie denn? Ich war unterwegs und habe die hübsche Polsterung und die schöne Karosserie des Doktors in Brand gesteckt. So wie ich angeblich auch McGlincheys Katze verbrannt habe.«

Als der qualmende Leichnam gefunden wurde, herrschte helle Empörung. McGlincheys Katze war in der Nachbarschaft wohlbekannt und wohlgelitten.

»Solche Vorwürfe kriegt man zu hören, wenn man das Pech hat, in der Stadt der Lügner zu leben, Hektor«, erklärte Pat. »Denn sehen Sie, wenn man in einer normalen Stadt wohnt, wissen die Leute mit ihrer Zeit was Besseres anzufangen. Die haben anderes zu tun, als herumzulaufen und die Falschen zu beschuldigen. Nicht, daß sie nicht ihre Gründe hätten! Natürlich haben sie die! Oh, wenn sie dich nicht mögen, wenn du den Leuten in der Stadt der Lügner nicht paßt – na, dann denken sie sich die abscheulichsten Lügen über dich aus, oder etwa nicht?«

Etwas, was sie von früh auf lernen, dachte Pat, als er an seinem Glenfiddich nippte (köstlich, köstlich!) – eigentlich schon als kleines Kind. Im Nu fühlte er sich zurückversetzt in ein kleines Klassenzimmer im Jahre 1965. Es gab da einen Schrank, einen riesigen hölzernen Zirkel und natürlich den rübenförmigen Schulmeister Butty Halpins, der die Füße aufs Pult legte. Die Augen des kleinen Pat brannten vor Wut, als der Junge neben ihm sich kerzengerade hinstellte und unverfroren erklärte: »Sir, Pat McNab hat Mrs. McGinns Matratzen verbrannt. Hat er mir selbst erzählt. Und Artie McCranns Heuschober hat er auch angezündet, glaube ich.«

Das war mehr, als der neunjährige Pat ertragen konnte.

»Sir!« schrie er, und seine Hand schoß jäh in die Höhe. »Sir, das ist erstunken und erlogen! Erstunken und erlogen ist das, weil er mich haßt!«

Die Reaktion des Schulmeisters war so unnachgiebig wie knapp.

»McNab! Raus!«

Pat McNab würde die Strafe, die ihn danach ereilte, kaum je vergessen haben. Ebensowenig das Gekicher seiner »Klassenkameraden« hinter vorgehaltener Faust. »McNab!« hatte der Lehrer gebellt. »Raus mit dir auf den Hof, da schneidest du dir eine hübsche lange Gerte ab. Dann kommst du zurück, und wir wollen mal sehen, was wir damit anstellen können!« Als er allein über den Schulhof ging, kamen ihm die Enden seiner Arme (die er in dem kläglichen Versuch, die Schmerzen zu lindern, in den Taschen seiner kurzen Hose vergraben hatte) nicht wie Hände vor, sondern wie zwei Pfund rohe, blutige Steaks. Die Worte, die Pat, wie gedämpft auch immer, über die Lippen kamen, als er sich gegen die Mauer des mit Hundekot übersäten Handballplatzes lehnte und seine lachenden, umhertollenden Klassenkameraden beobachtete, waren nicht mißzuverstehen: »Eines Tages werden sie's mir büßen. Und Halpin ebenso. Vor allem Halpin! Verbrennen werde ich ihn, aber hallo!«

Als Butty Halpin ein paar Abende später in seinem Arbeitszimmer saß und eine Klassenarbeit über irische Grammatik sowie einige Aufgaben im Kopfrechnen vorbereitete, hörte er seine Frau (sie war zur Hintertür gegangen, um Teeblätter wegzuschütten) in die Nacht hinausrufen: »Butty! Butty! Komm schnell! Die Hühner stehen in Flammen!«

Der Anblick, der sich ihm bot, als er den Morgenmantel überzog und in seinen Garten hinaustrat – lebende Feuerbälle, die gackernd umherhüpften –, läßt sich überhaupt nicht beschreiben.

☆☆☆

Pat starrte auf sein Spiegelbild im Whiskyglas. »Hoppla!« bemerkte er. »Ich bin wohl ein bißchen benebelt.« Er probierte, wie weit er das Glas kippen könnte, ohne den Inhalt zu verschütten. Dann kicherte er leise. »Dieser Butty Halpin hat doch wahrhaftig versucht, mich dazu zu bringen, daß ich es zugebe – hab ich aber nicht.«

Pat zündete sich eine Zigarette an und stieß ein Rauchwölkchen aus. »Nein! Hab ich nicht. In einer Million Jahre nicht!« sagte er. »Ganz gleich, wie oft er mich verprügelt hat!«

Und verprügelt hatte Butty Halpin ihn nun wirklich. Ja, er hätte ihn fast zu Tode geprügelt, bei einer Gelegenheit hatte er sogar Pats Kopf gegen die Tafel geschmettert und ausgerufen: »Wirst du's wohl zugeben! Wir alle wissen, daß du's warst! Hast du gehört?«

Doch auch bei dieser Gelegenheit war der Schulmeister zu keinem Ergebnis gekommen, und schließlich brach er vor Erschöpfung zusammen und flehte nur noch: »Warum kannst du nicht zugeben, daß du die Hühner angezündet hast, McNab?«, aber die Augen in Pats Kopf waren wie aus Stein.

☆☆☆

Die Schallplatte war längst zu Ende. Pat erhob sich aus seinem Sessel und setzte die Nadel auf den Anfang seines »Lieblingssongs«. Als der Walzer von neuem die Nacht durchdrang, lächelte er. Er winkelte den Ellbogen an, lehnte sich gegen den Kaminsims und sagte: »Ja, Hektor, so ist es nun mal, leider. Wenn man den Leuten aus der Lügnerstadt erst einmal Glauben schenkt, ist man bald davon überzeugt, daß Pat McNab mit seiner Zeit nichts Besseres anzufangen gewußt hat, als jeden Abend aus dem Haus zu gehen und Sachen anzuzünden. Sachen verbrennen, Hektor! Verbrennen, verbrennen, verbrennen!«

Ihm kam ein Gedanke. »Wissen Sie was, ich glaube, ich hätte nichts gegen ein paar Eiswürfel.« Er begab sich in die Küche und ließ zwei Eiswürfel in sein Glas fallen, das er sodann neu füllte, diesmal allerdings mit einem feinen alten Weinbrand (Marke Hennessy VSOP). Während er daran nippte, redete er weiter: »Obwohl, einige Dinge hab ich durchaus verbrannt. Das will ich nicht bestreiten. Aber nur solche Dinge, die es verdienten, verbrannt zu werden.«

Er hielt einen Moment inne, während die Flüssigkeit ihn von innen wärmte und seine Lebensfreude steigerte.

»Aber«, fuhr er daraufhin fort und sog an seiner Major, »all die Dinge, die ich auf dem Kerbholz haben soll? Mensch, Hektor, wenn auch nur ein Viertel davon wahr wäre, hätten eine Million Pat McNabs in der Stadt herumrennen müssen! Aber ich schätze, so sind Lügner nun mal, in einer Ortschaft namens Stadt der Lügner!«

Aus Pats linkem Nasenloch wand sich eine dünne Rauchschlange, und er fuhr fort: »Am amüsantesten finde ich an Lügnern natürlich, daß sie so sehr mit Lügen beschäftigt sind, daß sie alles andere mißverstehen. Zum Beispiel der arme alte Bat McGaw. Du meine Güte! Was für ein jämmerlicher alter Trottel!«

☆☆☆

Inzwischen war es schon spät. Pat zündete seine Sturmlaterne an, die ihre großen Schatten wie Nachtgespenster durchs Zimmer sandte. Zeit für ein Gläschen Wein, dachte Pat, als er sein Buch aufschlug und seine Lesebrille aufsetzte. Vielleicht ein schöner Bulgarenwein, dachte er. *Flammendes Inferno*, verkündete der Buchtitel in feurigen Lettern. Winzige Gestalten, darunter ameisengroße Feuerwehrleute, die einen lebendig wirkenden Schlauch umklammerten, wichen entsetzt vor einem brennenden Gebäude zurück. Pat trank schlückchenweise seinen Wein und äußerte, als spräche er über den Rand seines Romans hinweg mit Hektor: »Dabei stammte der arme, alte McGaw komischerweise gar nicht aus der Stadt der Lügner. Wäre er von hier gewesen, hätte er vielleicht mehr Verstand gehabt!«

Jetzt hatte es den Anschein, als spräche Pat mit dem Häufchen Asche, das sich mitten im Aschenbecher angesammelt hatte.

»Stimmt's, oder hab ich recht, Bat? Aber sicher doch, aber immer!«

Er klopfte auf den Hochglanzumschlag des Buches und fuhr fort: »Ach, Bat, du altes Dummerchen, du! Wenn du doch nur mehr Verstand gehabt hättest! Dann wärst du mir nicht wegen des Hauses gekommen!«

☆☆☆

Der Wein in seinem Glas schien so klar und frisch, daß er die Erinnerung an jenen Tag wachrief, als Bat McGaw ihn wieder besucht hatte, in ebendiesem Zimmer, genau hier zwischen Sesseln, Tisch und Kaminsims. Wie läßt sich Bat McGaw am besten beschreiben? Vielleicht als Landmann von bedrückendem Leibesumfang, der ständig in umgestülpte Gummstiefel und eine übermäßig mit Zigarettenbrandflecken übersäte Weste gekleidet war.

»Ah, da sind Sie ja, Pat«, hatte er Pat begrüßt. »Ich habe Sie nämlich gesucht. Sie kennen mich nicht, ich heiße Bat McGaw. Meinem Bruder gehört das Haus oben auf dem Hügel.«

»Ach ja, Ernie McGaw«, entgegnete Pat.

»Ja, Ernie, das ist mein Bruder, Gott hab ihn selig. Sehen Sie, ich bin gerade erst in die Gegend gezogen, und ich weiß nicht, ob Ernie Ihnen davon erzählt hat, aber wir hatten vor, uns der Schafzucht zuzuwenden.«

»Der Schafzucht?« wiederholte Pat.

»Ja«, sagte Bat nickend, »wir hatten vor, uns der Schafzucht zuzuwenden, deswegen brauchen wir das bißchen Land hier, wo das Haus steht, verstehen Sie?«

Pat zog eine finstere Miene und verschränkte die Arme.

»Hier, wo das Haus steht?« fragte er vorsichtig nach.

Bat nickte und spuckte aus. Um ein Haar hätte er die Spitze seines Gummistiefels getroffen.

»Ja«, sagte er.

Pat kratzte sich am Hinterkopf.

»Welches Haus?« fragte er.

Bat McGaws Miene verriet Verwirrung.

»Welches Haus?« versetzte er etwas ungläubig. »Nun aber wirklich, Pat! Hier gibt es nur ein Haus – das Haus da, das auf Sie herabblickt!«

Pat, noch immer die Arme verschränkt, wandte sich um und starrte das große viktorianische Gebäude hinter sich an.

»Aber das ist mein Haus!« sagte er. »Das ist Mammys Haus!«

Bat McGaw entblößte grinsend die Zähne.

»Mammys Haus! Sie sollten sich hören, Pat! Und so was will ein erwachsener Mann sein! Aber keine Sorge, ich zahle einen anständigen Preis! Die McGaws waren schon immer für einen reellen Handel bekannt!«

Pat wandte den Blick ab und studierte den Horizont.

»Tut mir leid, Mr. McGaw. Es ist unverkäuflich.«

Bat McGaw runzelte die Stirn. Pat spürte, daß er ein wenig näherrückte.

»Wie war das, Pat?« fragte er mit gesenkter Stimme.

»Tut mir leid, Mr. McGaw«, wiederholte Pat gleichmütig, »es ist unverkäuflich. Das Haus – ich fürchte, es ist unverkäuflich.«

Jetzt war es an Bat McGaw, den Kopf zu senken und sich zu kratzen.

»Tut mir leid, Pat, aber Sie scheinen immer noch nicht zu begreifen«, fuhr er grinsend fort. »Sehen Sie, ich habe ein Anrecht auf dieses Land. Und Ihre Mutter – das Haus gehört ihr überhaupt nicht!«

»Was?« hörte Pat sich sagen. In seinem Mund sammelte sich Speichel.

»Kommen Sie!« fuhr Bat McGaw fort. »Ich zeige es Ihnen.«

Offenbar ohne die Dung- und Kotflecken wahrzunehmen, die ein hervorstechendes Merkmal seiner paraffinfarbenen Latzhose waren, zog Bat McGaw aus seiner Gesäßtasche eine umfängliche Generalstabskarte hervor, die er vor sich auf dem Boden ausbreitete. Er hätte ebensogut ein Professor sein können, der die verwickelten Geheimnisse der Biochemie oder der höheren Physik erläutert.

»Sehen Sie«, hob er an, »das ganze Land hier gehört den McGaws. Und 1942 – im Krieg, Pat, als Ihr Vater fort war – hat man mir jedenfalls erzählt – nicht daß ich es wüßte, denn ich bin nicht von hier –, hat Ihre Mutter meinem Bruder dieses Stück Land und das hier und dieses verkauft. Sie war knapp bei Kasse, verstehen Sie? Und er erlaubte ihr, das Haus zu behalten, drin wohnen zu bleiben, bis ...«

Bat McGaw brach ab, und Pat spürte, wie sich in seinem Kreuz ein kalter Schweißfleck bildete.

»Bis ...?« fragte er zögernd.

»Bis wir uns der Schafzucht zuwenden oder so. Können Sie mir folgen?«

Pats legte die Stirn in Falten und zupfte mit den Fingern seiner rechten Hand am Ärmel seines Pullovers.

»Nein. Ich kann Ihnen nicht folgen«, sagte er ungerührt.

Bat McGaw durchbohrte ihn mit einem stechenden Blick.

»Wie bitte, Pat?« sagte er.

In Pats rechter Wange zuckte, kaum wahrnehmbar, ein Nerv. Er lächelte sarkastisch.

»Eine ziemlich gute Lüge, Bat«, sagte er, »auch wenn Sie nicht aus der Stadt der Lügner stammen. Das muß man Ihnen lassen – immer noch eine ziemlich gute Lüge.«

Bat zog die Hosen hoch und seufzte.

»Wahrscheinlich wäre sie das, Pat«, sagte er, »wahrscheinlich wäre sie das – wenn's denn eine wäre. Aber es ist keine. Also, was sagen Sie zu zehn Riesen?«

Pat war verblüfft.

»Was?« lautete seine Antwort.

»Zehn Riesen«, fuhr Bat fort, »bar auf die Kralle. Hier und jetzt. Wenn Sie bis Samstag aus dem Haus sind.«

Pat lächelte und senkte den Blick. Aus dem lohfarbenen Wasser einer Pfütze starrte ihm sein lächelndes Spiegelbild entgegen.

»Bis Samstag?« fragte er. »Aber Sie verstehen nicht. Ich kann nicht fort! Das ist Mammys Haus! Alle meine Erinnerungen sind hier!«

Es enstand eine Pause. Dann fragte Bat: »Alle Ihre was?«

Sein Grinsen wurde breiter, und er legte Pat die mächtige Pranke auf die Schulter.

»Pat, Sie sind mir vielleicht ein Kauz«, fuhr er fort. »Ich hab ja allerhand Geschichten über Ihre werte Person gehört. Ich hab gehört – 'ne ganze Menge hab ich gehört! –, aber ich muß schon sagen, Sie übertreffen sich. Erinnerungen«, sagt er, »so ein Stuß!«

Pat errötete zart.

»Haben Sie denn keine Erinnerungen?« fragte er.

Bat schüttelte den Kopf, als könne er die Worte, die er da hörte, um nichts in der Welt glauben.

»Die einzigen Erinnerungen, die ich habe, gelten dem Tölpel, den ich als letztes übers Ohr gehauen habe, Pat! Das sind die einzigen Erinnerungen in dieser Welt, die zu haben sich lohnt!«

Pats Erwiderung fiel langsam, ernst und gemessen aus.

»Raus aus meinen Garten!« sagte er und fixierte Bat McGaw.

Jetzt war Bats Wange mit Zucken dran.

»Wie das, Pat?« fragte er.

Inzwischen war Pats Tonfall, obwohl immer noch gedämpft, eine Spur schärfer.

»Raus aus meinen Garten!« raunzte er und legte die Hand auf den Gartenzaun, als wolle er die bestehenden Eigentumsverhältnisse unterstreichen. Doch seine Besitzergebärde machte überhaupt keinen Eindruck auf Bat McGaw, der einfach nur lächelte und sich mit dicken Fingern durch sein wie ein Akkordeonbalg gewelltes Haar fuhr.

»Ach, nun machen Sie schon, Pat«, sagte er, »ich bin lange genug hier. Kommen Sie, schließen wir das Geschäft ab, dann haben wir's hinter uns und können Schwung in die Sache bringen. Was meinen Sie?«

Pats unmißverständliche, wohlüberlegte Worte quollen ihm über die Lippen, die so zusammengepreßt waren, daß man sie kaum sah. Es war, als habe er ein Stück Teppichboden zum Mund.

»Raus aus meinen Garten, oder ich spieße Sie hiermit auf!«

Die Mistgabel schien ihm von ganz allein in die Hände zu springen. Bat McGaw bedachte das nicht sonderlich bemerkenswerte Werkzeug mit finsteren Blicken.

»Also so soll das laufen!« höhnte er mürrisch. »So wollen Sie's haben? Menschenskind, ich habe ja viel über Sie gehört, McNab, aber ich hätte nie gedacht, daß Sie so blöd sind! Hören Sie auf mit dem Unfug, Sie Knülch, und legen Sie das Ding weg! Ich geh ja schon! Aber eins sage ich Ihnen, Sie Knülch! Das eine will ich Ihnen sagen: Sie sind erledigt!«

☆☆☆

Es besteht kaum Zweifel, daß ein glücklicher, wenn nicht gar triumphierender Pat McNab noch am selben Abend die Tür zu Sullivan's hinter sich schloß und den Büschen und Sträuchern, die die Straße säumten, auf der er seinen Heimweg antrat, *When the Swallows Come Back to Capistrano* vorsang. »*When the swallows come back to Capistrano*«, sang er laut, und seine Wangen glühten vor Stolz. Und in der Tat, wie sollten sie auch nicht? Hatte er Mr. Bat McGaw nicht gründlich die Meinung gestoßen? Und ob! Er hatte ihm gezeigt, daß man jemanden nicht wegen seines Hauses aufsuchen, ihn »Knülch« nennen und ungestraft davonkommen kann! *Nichts da, mein Freund!* Dies waren die Gefühle, die er der riesigen Silhouette eines Bergahorns anvertraute, der keine hundert Meter von seinem Haus entfernt stand, als er plötzlich zu seiner Überraschung irgendwo aus der Dunkelheit seinen Namen hörte. »He, McNab!« rief die Stimme, gefolgt von einer anderen, kaum daß Pat sich an die erste gewöhnt hatte. Leiser, aber nicht so schwach. »Jawohl! Du großer Knülch, du!« rief sie streitsüchtig. Pat schluckte und setzte zu einer Erwiderung an. Aber da war es auch schon zu spät. Ein großer Stock traf dumpf seinen Kopf, und er fiel auf die Knie. Er hob die Arme, um sich, so gut er konnte, vor den heftigen Schlägen zu schützen, die jetzt auf ihn niederprasselten. Er vermeinte, etwas platzen zu hören – vielleicht eine Ader.

»Vielleicht wird dich das Manieren lehren! Vielleicht nimmst du jetzt Vernunft an!« hörte er in der Ferne.

Als Pat den Armen der Ohnmacht entgegentaumelte, hörte er sich, paradoxerweise wortlos, dafür danken, daß seine Qualen ausgestanden waren. Aber es sollte anders kommen. Ein weiterer Hieb erwischte ihn an der rechten Augenbraue, und er schrie auf vor Schmerz. »Vergiß nicht, was er gesagt hat, McNab!« lauteten die letzten Worte, die an sein Ohr drangen, bevor endlich die erlösenden Zwillinge Lady Betäubung und Lady Verzweiflung herbeieilten, um ihn davonzutragen.

☆☆☆

Norman Kidwell von der Anwaltskanzlei Kidwell & McCart legte die Daumen aneinander und musterte den dick verbundenen Klienten, der ihm gegenübersaß. »Ich verstehe«, sagte er und schob unerklärlicherweise die Schreibunterlage aus rosa Löschpapier von sich, »Sie wollen also alles Mr. McGaw verkaufen? Alles? Mit Stumpf und Stiel?«

Pat schob die Zungenspitze gegen die Schneidezähne.

»Ja, Mr. Kidwell«, antwortete er.

Norman Kidwell zog einen Kugelschreiber aus der Tasche und balancierte ihn einen Moment zwischen beiden Zeigefingern. Dabei kniff er ein Auge zu und begutachtete ihn von allen Seiten, als habe er sich vorgenommen, ein für allemal seine genaue Beschaffenheit zu ermitteln. Dann stützte er das Kinn in die Hand und beugte sich über den Schreibtisch.

»Sind Sie sich sicher, daß das eine gute Idee ist, Pat? Glauben Sie, daß Sie ausreichend darüber nachgedacht haben?«

Pat legte seine Hände flach auf die Schenkel und nickte.

»Ja, Mr. Kidwell«, erwiderte er, »ich habe lange und gründlich darüber nachgedacht. Ich habe gedacht, es ist nicht gut, daß ich allein da oben im Haus wohne jetzt, wo Mammy fort ist. Es gibt zu viele Erinnerungen.«

Es war, als sei der Anwalt endlich zufriedengestellt, was sein Schreibgerät anging. Er plazierte den Kugelschreiber wieder neben die Unterlage auf den Schreibtisch. »Ich weiß, Pat«, sagte er, »ich weiß, was Sie meinen.« Er hielt inne und überprüfte ein Stück seines rechten Zeigefingernagels. Dann fuhr er fort: »Übrigens, wo steckt sie eigentlich? Ihre Mutter?«

Pats Schluckgeräusch war unnatürlich laut. Der Anwalt ließ sich jedoch nicht anmerken, ob ihm etwas aufgefallen war.

»Was?« entgegnete Pat mit einer Dringlichkeit, die völlig unnötig war. »Oh, die ist nach Amerika gegangen. Sie sagt, das heiße Wetter dort tut ihren Venen gut.«

»Verstehe«, erwiderte der Anwalt und stellte sich ans Fenster. Die Hände auf dem Rücken gefaltet, starrte er hinaus. »Ach ja, Erinnerungen«, fuhr er fort und betrachtete nachdenklich die unregelmäßig geformten Dächer der Stadt, »manchmal können sie eine schwere Bürde sein.«

In Pats Augen trat unverkennbar ein Hauch von Wehmut. Plötzlich verkündete er: »Manchmal, Mr. Kidwell, muß ich daran denken, wie wir auf die Straße gegangen sind – die Auffahrt vom Haus hinunter und hinaus auf die Straße, um Lämmerschwänzchen zu pflücken.«

Der Anwalt wandte sich vom Fenster ab. Er machte ein verdutztes Gesicht und strich sich übers Kinn.

»Um was zu pflücken, Pat?« fragte er.

»Lämmerschwänzchen«, antwortete sein Klient, »so hat sie sie immer genannt.«

Ein verständnisinniges Lächeln malte sich auf dem Gesicht des jungen Anwalts.

»Ach so!« rief er aus. »Weidenkätzchen! Die Weidenkätzchen im Frühjahr! Hab ich die kleinen Scheißerchen nicht selbst gepflückt?«

Pat ließ den Kopf sinken, als wäre er enttäuscht.

»So dürfen Sie sie nicht nennen, Mr. Kidwell«, bat er leise, »so sollten Sie sie lieber nicht nennen.«

Mr. Kidwell runzelte die Stirn.

»Sie wie nennen, Pat?« fragte er ernst. »Ich wollte Ihnen nicht ...«

»Kleine Scheißerchen«, antwortete Pat. »Es klingt so – nun ja, respektlos, ehrlich gesagt.«

Die Wange des Anwalts zuckte.

»Was?« japste er, dann veränderte er seine Stimme und sagte: »Haha. Ja. Natürlich! Tut mir leid, Pat.«

Er legte seinem Klienten die Hand auf die Schulter.

»Das hätte ich nicht sagen sollen«, murmelte er reumütig.

»Schon gut, Mr. Kidwell«, sagte Pat, »jetzt macht's auch nichts mehr aus. Jetzt, wo die Erinnerungen weg sind. Und das Haus.«

Der Anwalt hatte sich wieder gesetzt.

»Gleichviel, Pat!« sagte er und setzte seine Brille auf. »Ich bin überzeugt, daß Sie ein neues Leben beginnen können. Noch mal ganz von vorn anfangen können mit dem Geld, das Sie von Mr. McGaw bekommen. Der sich freuen wird, meinen Sie nicht? Jetzt, wo alles so gut geklappt hat. Meinen Sie nicht, daß er sich freuen wird, Pat?«

Es war, als hätte sich Pats Gesicht auf wundersame Weise in eine weiße Zeltplane verwandelt. Ohne jede sichtbare Spur einer Gefühlsregung erwiderte er: »Ja. Ich bin mir ziemlich sicher, daß er entzückt sein wird, Mr. Kidwell.«

Es besteht kein Zweifel, daß der kalte Wind, der an den Fensterläden im Büro des Anwalts zu rütteln schien, seinen Ursprung in der arktischen Kälte hatte, die die »innere Landschaft« von Pat McNabs Blick ausmachte.

☆☆☆

Am folgenden Tag Schlag drei klingelte im Haus der McNabs das Telefon. Als Pat den Hörer von der Gabel hob, hörte er eine vertraute Stimme in unverkennbar freudigem Tonfall die folgenden Worte äußern: »Bin überglücklich, Pat! Unsereins sollte wirklich nicht streiten! Hat Ihre Mutter nicht meine Mutter gekannt? Jesses, Pat, das sind ja großartige Neuigkeiten! Und wissen Sie was? Weil Sie so anständig sind, lege ich noch mal fünfzig Pfund drauf! Was meinen Sie, eh? Fünfzig Pfund – kostenlos, gratis und umsonst! Wie finden Sie das, Pat? Und ich bringe sie Ihnen noch heute abend vorbei, zusammen mit einer Flasche vom besten Phwishkey! Wie finden Sie das, eh?«

Pat preßte unwillkürlich die geballte Faust an die Lippen und hustete auf eine höfliche, fast feminine Art. »Die Schafe können Sie auch gleich mitbringen«, sprach er in die Muschel.

Es entstand eine Pause.

»Was höre ich da, Pat?« lautete Bat McGaws Antwort.

»Bringen Sie auch die Schafe mit, Mr. McGaw«, fuhr Pat leise fort. »Sie können ebensogut gleich einziehen. Stehen die Ställe nicht leer? Vor allem der große Heuschober?«

Eine Sekunde lang geriet Bat ins Stottern.

»Was höre ich da, Pat?« sagte er. »Sind Sie sicher? Gott, das ist aber hochanständig von Ihnen! Und wie es der Zufall will, sind zwei Dutzend heute morgen mit dem Viehtransporter gekommen. Danke, Pat, gerne! Ich bringe sie mit, und wir zwei beide saufen uns einen an bis zum ersten Hahnenschrei! Wie alte Kumpel! Wie gottverdammte alte Kumpel, Sie und ich, Pat! Jawoll, Sir!«

Auf Pats Gesicht zeigte sich nicht der leiseste Schimmer einer Gefühlsregung, als er in die Muschel flötete: »Wie alte Kumpel, Mr. McGaw! Wie gottverdammte alte Kumpel!«

»Na, dann viel Glück! Sie sind goldrichtig!« rief Bat vergnügt und legte auf. Die Leitung war tot.

»Viel Glück« wiederholte Pat teilnahmslos, den Blick auf die kleinen Hügel vor dem Fenster geheftet, »viel Glück! Glück, glück, glück.«

☆☆☆

Im Heuschober gab's beträchtliche Mengen zu schaufeln und zu säubern, doch statt Pat die Laune zu verderben und ihm ein mürrisches »Ach, zum Teufel damit!« oder »Wann werde ich mit dem Mist je fertig?« zu entlocken, hatte es ihn paradoxerweise in ziemlich gute Laune versetzt. Ja, er lächelte, als er Schmutz und Staub und Dung zusammenkehrte, wischte sich die Stirn und sagte: »Schließlich müssen wir dafür sorgen, daß die Scheune hübsch sauber ist, wenn sie kommen, nicht wahr? Im Grunde hat niemand Schafe so gern gehabt wie Mammy und ich. Jeden Tag, wenn wir vom Pflücken der Lämmerschwänzchen nach Hause kamen, haben wir bei ihnen hineingeschaut.«

Er fegte kräftig. Hin und wieder hielt er inne, stützte seinen Ellbogen auf den Besenstiel und schaute aus dem Fenster, als wäre es ein kleiner Fernseher, in dem das Bild von Pats jüngerem Ich in seinem grünen Strickpullover mit V-Ausschnitt und seinen zu langen kurzen Hosen zu sehen war, wie er dastand und Mammys Hand hielt. Durch den Drahtzaun betrachteten sie die Schafe, die im nachmittäglichen Sonnenschein gelassen wiederkäuten.

»Sieh nur, Ma!« hörte Pat sein jüngeres Ich sagen. »Sind sie nicht herzig? Und wie sie einen angucken!«

Er erschauerte leicht, als er seine Mutter lächeln sah.

»Ja, Pat«, sagte sie und drückte ein wenig seine Hand, »so ist es.«

Wieder preßte sie seine Hand und zog die Nase kraus.

»Die Schnuckelchen!« sagte sie.

Pat gickerte und legte die Hand auf den Mund.

»Die Schnuckelchen!« wiederholte er. »Haha!«

☆☆☆

Gegen halb vier war die Arbeit getan, und Pat machte sich daran, das Haus aufzuräumen. Er polierte Gläser, schüttelte die Kissen in den Sesseln auf und was nicht noch alles. Nachdem er alles zu seiner Zufriedenheit erledigt hatte, beschloß er, sich ein Schlückchen Bols Advocaat zu gönnen. Er setzte sich ans Fenster, paffte eine Zigarette und sann über die jüngsten Entwicklungen nach. Beim dritten Zug an seiner Zigarette beunruhigte ihn eine kleine Welle der Melancholie, die unerwartet über ihm zusammenschlug, und er dachte: »Trotzdem schade, daß alles verdorben werden mußte. Daß er hergehen und alles verderben mußte. Denn genau das ist doch passiert, oder? Du kannst sagen: ›Nein. Nein, ist es nicht, und der Schmerz, den du die ganze Zeit im Magen spürst, rührt nicht daher, daß alles verdorben ist, sondern von etwas anderem.‹ Das kannst du sagen, solange du willst, aber nur, weil du willst, daß es wahr ist. Einfach nur, weil du es so willst.«

Aus Pats Nasenlöchern stiegen Rauchfahnen auf. Er betrachtete die glühende Spitze seiner Zigarette und sagte leise: »Aber es ist nicht wahr. Und im Grunde deines Herzens weißt du es. Du weißt es mehr als alles andere in der Welt.«

☆☆☆

Als Bat McGaw in seinen Gummistiefeln die Straße entlangwatschelte, fielen noch immer die Sonnenstrahlen durch die Zweige der Bäume wie kleine Schwärme von Pfeilen. Mit einer dünnen, geraden Gerte trieb er seine Schafherde vor sich her. Unterm Arm trug er eine braune Papiertüte, die seine Viertelliterflasche »Phwishkey« enthielt. Als er an der Molkerei vorbeikam, war er in Hochstimmung. »Haha!« gluckste er in sich hinein. »Es ist wirklich zum Lachen! Gott, in dieser Stadt gibt's vielleicht Dämlacks! Hepp! Ho! Brr, Bürschchen! Weg da, du vermaledeites Miestvieh, du blödiges!«

Das gezüchtigte Blackface gehorchte und zog sich aus dem Bachdurchlaß zurück.

Bat war erfreut, als er Pat am hinteren Gartentor auf ihn warten sah.

»Ah, da sind Sie ja, Bat«, sagte Pat, nahm die Hände aus der Hosentasche und streckte ihm die Rechte entgegen. »Sind sie nicht wunderbar, diese langen Abende?«

Bat, der mit einem so freundlichen Willkommensgruß nicht gerechnet hatte, fühlte sich geschmeichelt.

»So ist es, Pat«, erwiderte er munter. »Was bin ich froh, daß der Winter vorbei ist.«

»Ach, fangen Sie bloß nicht davon an«, entgegnete Pat und rieb sich die Hände. »Egal, schaffen wir die kleinen Kerle in die Hürden hier drüben im Heuschober, damit wir uns endlich setzen und einen richtigen Schwatz halten können!«

»Recht haben Sie, Pat«, antwortete Bat und rieb sich seinerseits die Hände.

Es dauerte nur fünfundzwanzig Minuten, bis der Rumpf des letzten Schafes durch die Tür in den Heuschober verschwunden war. Bat wischte sich mit dem Handrücken den

Schweiß von der Stirn und sagte: »So, das wäre geschafft! Bis zur letzten Hammelkeule alle vollzählig versammelt! Jetzt können wir uns einen anständigen Schluck genehmigen, Sie und ich, von Händler zu Händler. Was meinen Sie, Pat?«

Pat grinste bis über beide Ohren.

»Ein Gläschen für den Händler!«

Bat schüttelte den Kopf, und in seinen Augen tanzte ein fröhlicher Funke.

»Das hört sich gut an, Pat!« sagte er und setzte sich in Bewegung. »Das hört sich verdammt gut an!«

☆☆☆

Unterdessen war es drei Uhr morgens, und Bat redete immer noch. Pat betrachtete sein Spiegelbild auf der Oberfläche des Weinbrands und spürte, wie ihn ein kalter Schauder überlief. Er seufzte. Und den Grund für diesen Seufzer kannte er nur zu gut. Denn in seinem Innersten hatte er – vielleicht unvernünftigerweise – gehofft, daß Bat McGaw allen Erwartungen zuwiderhandeln und sich als ein anderer herausstellen würde. Daß sie in der Tat einen »anständigen Schluck« trinken würden und Bat sich dabei unerklärerlicherweise von einer Seite zeigen würde, so freundlich und nett, daß Pat den Plan, den er gefaßt hatte, nicht weiterverfolgen müßte. Und daß er und sein neuer Nachbar allen Widrigkeiten zum Trotz Freunde fürs Leben würden.

»Aber es hat nicht sollen sein«, murmelte Pat im stillen, als er sein Glas an die Lippen setzte. »Leider.«

»Eh?« brüllte Bat McGaw, griff nach einer weiteren Flasche Macardles Ale und hob seinen mit einer Kordhose bedeckten Hintern, um einen Darmwind entweichen zu lassen. »Phwas haben Sie gesagt, Pat?«

☆☆☆

Es war nach fünf Uhr früh, als ein lächelnder Bat McGaw mit trüben Augen bekanntgab, es sei seine Absicht, den Heimweg anzutreten oder sich »auf die Socken zu machen«, wie er es ausdrückte. »Du bischt der beschte Mann in der ganzen Stadt!« verkündete er, als er in die Diele ging. »Ich haww den Awwend wirrlich genossen!«

Die Andeutung eines Lächelns überflog Pats Gesicht.

»Ja, Bat«, erwiderte er, »ich auch.«

Der Besucher hob die Hand in die Höhe und schob sich an einem Korb mit Torfsoden vorbei, der neben der Tür stand.

»Auf bald, Pat!« rief er.

Die Gestalt, die in der Küche stand und ihm nachblickte, hätte auch eine aus härtestem Stein gemeißelte Statue sein können. Eine Gestalt, die dachte: »Aber so wird es nicht kommen, Bat. So wird es ganz und gar nicht kommen. Dafür hast du selbst gesorgt, nicht wahr?«

☆☆☆

Als sich Pat McCab einige Bruchstücke aus den Anfängen des nächtlichen Gesprächs in Erinnerung rief, war der Widerwille auf seinem Gesicht unverkennbar. Vorübergehend dachte er, daß Bat McGaw eine Umbenennung guttun würde. Daß es angemessen wäre, wenn seine Mutter ihn zum nächstgelegenen Taufbecken trüge und den Geistlichen verkünden ließe: »Hiermit taufe ich dich um auf den Namen ›Der nimmer stillstehende Mund‹.«

»Denn so haben sich die vergangenen sechs Stunden angefühlt«, sinnierte Pat, »eingesperrt in eine Küche mit einem Mund, der sich nicht schließen kann. Mit dem größten Plappermaul in der Geschichte der Menschheit.«

Pat hatte einen säuerlichen Geschmack im Mund, als er Bat McGaw vor sich sah, wie er die Hände hinterm Kopf verschränkte und weiterredete – was er zweifellos auch getan hätte, wenn das Zimmer völlig leer gewesen wäre: »Sehen Sie, die Sache ist die – die Sache ist die, Pat! Bat McGaw hat sich an den Stiefelschlaufen hochziehen müssen, verstehen Sie? Wissen Sie, was es bei uns immer zu essen gab, Pat? Knorpel! Das hat die Mama uns immer gemacht! Knorpelsandwiches! Was halten Sie davon? Ich wette, so was hat Ihnen nicht mal Ihre verrückte Mutter vorgesetzt! Huch, Entschuldigung, Pat! Aber nein, im

Ernst, ich wette, das hat sie nicht! Selbst die schwachsinnigste alte Hexe hätte mehr Achtung vor ihren Kindern, als ihnen so was zu essen zu geben! Aber genau das haben wir gekriegt! Knorpelsandwiches – und waren auch noch froh darüber! Pat, gibt's noch was zu trinken?«

Und ob es das gegeben hatte, dachte Pat, und zwar in rauhen Mengen. Dafür hatte er gesorgt. Kisten und Kästen voll, Mr. McGaw, hatte er gesagt. So viel Macardles Ales, wie Sie trinken können.

»Trotzdem, es wird Ihnen bestimmt leid tun, daß Sie gehen! Daß Sie das Haus verlassen, meine ich!« hatte Pats Besucher irgendwann gegen vier Uhr morgens gelallt. »Die alten Erinnerungen, von denen Sie gesprochen haben, eh?«

»O ja«, hatte Pat schwach gelächelt, »ich und meine Erinnerungen, Bat!«

»Ach was, Erinnerungen! Fangen Sie nicht damit an!« Bat schüttelte den Kopf und wischte mit dem Arm über seine Erdbeernase.

»Die können einem das Herz brechen, nicht wahr?« entgegnete Pat, und wieder wurde ihm ganz flau im Magen.

Bat McGaw hieb mit der flachen Hand auf die Sessellehne.

»Aber sicher, aber ja, aber wie, Pat!«

»Wenn ich daran denke, wie sie gesungen hat«, sagte Pat mit wehmütiger Stimme.

»War sie eine gute Sängerin, Pat?« fragte Bat McGaw. »War sie eine gute Sängerin?«

Pat nickte.

»Die beste in der Stadt, Bat. Egal, was für Lügen erzählt werden. Hat gesungen bis zum Umfallen, meine Mutter.«

Bat McGaw zwinkerte anerkennend und nahm einen Schluck von seinem Ale.

»Ach Gottchen, ja, Pat. Und was hat sie gesungen?«

»Das hat sie gesungen«, antwortete Pat und ging zur Musiktruhe, »das hat sie gesungen.«

Eine Melodie von der Farbe flüssigen Bernsteins erfüllte das Zimmer. Bat McGaw schloß die Augen und versuchte, die Worte innerlich zu verarbeiten:

But old flames can't hold a candle to you
No one can light up the night like you do
Flickering embers of love I've known one or two
But old flames can't hold a candle to you.

»Junge, Junge«, sagte Bat, »Mann, das ist gut. Erinnerungen! Fangen Sie bloß nicht davon an! Ich kann mich noch entsinnen, wie mein Bruder und ich oben in Mullingar waren ...«

Es war, als würden die Worte, die darauf folgten, über ein Tal oder einen riesigen Cañon im Wilden Westen hinweggetragen.

Am meisten war Pat enttäuscht, weil McGaw offenbar nicht begriff, daß er, Pat, versuchte, ihm etwas mitzuteilen. Daß er die Hoffnung nicht aufgab, Bat werde ihn auch nur ein ganz kleines bißchen verstehen und ihm so das Unausweichliche ersparen. Denn in Wahrheit hatte Pat gar kein Verlangen danach, das zu tun, was er, wie er wußte, tun mußte, und hätte sich nichts sehnlicher gewünscht als einen Ausweg. Doch McGaw machte es ihm unmöglich. Machte es ihm unwiderruflich, hoffnungslos unmöglich. Durch die folgenden Worte: »Ach, hör doch mit dem Zeug auf, Pat, du mit deinen verdammten Erinnerungen! Du machst einen ja ganz meschugge im Kopf! Hast du noch was zu trinken?«

Mit diesem Satz – dessen Unzweideutigkeit eine willkommene Erleichterung war – waren die Würfel gefallen. Es war, als blicke Pat, als er in jenen letzten schwindenden Nachtstunden vor dem Morgengrauen im Zimmer saß, auf nichts anderes als ein eiterndes Häufchen menschlichen Schlamms.

☆☆☆

Es läßt sich nicht leugnen, daß das Blöken der armen, unglücklichen Tiere mitleiderregend war. Sie stießen Hilfeschreie aus, bei denen auch das härteste Herz geschmolzen wäre. Und um die Wahrheit zu sagen, auch Pats Herz, als er, die Hände in den Taschen, dastand und der riesigen, brausenden, orangefarbenen Flammenwand zusah, die vom Heuschober ins erste fahle, aber klare Tageslicht aufstieg, läßt sich nur mit Hilfe des folgenden Wortes beschreiben – es war gebrochen. Oder wie Bat McGaw sich ausgedrückt hätte – »gebrecht«! Mehrfach gebrecht, und der einzige vernehmliche Satz war der, den er jetzt fortwährend wiederholte: »Hätte es doch nur anders ausgehen können! Hätte es doch nur anders kommen können!«

Als der letzte Dachsparren zu Boden fiel, lag der verkohlte Leichnam Bat McGaws stumm da. Wäre Bat noch am Leben gewesen, vielleicht hätte er sich über einen mit Heu gefüllten Bierkasten gebeugt, hineingespäht und mit erstickter Stimme ausgerufen: »Verdammt, hier gibt's ja nichts zu trinken! Pat, du hast gesagt, hier gäb's was zu trinken – gibt's aber gar nicht! Nicht einen Tropfen! Was geht hier vor – aaauuuu!«

Aber damit hätte es auch schon sein Bewenden gehabt, denn das Esso Blue Paraffin, das wenige Sekunden später kaskadenartig über ihn schwappte, setzte allem Grübeln ein Ende, ebenso der lodernde Feuerball, der ihn einhüllte.

☆☆☆

Einige Tage später ruhte sich Pat in der Kaminecke aus, nippte an einem »Phwishkey« und dachte über die Ereignisse der letzten Zeit nach. Diesmal brannte sogar ein Feuer im Kamin: Torfbriketts, umwickelt von Ausgaben des *Irish Independent* und der *Irish Press*. Pat nippte an seinem Drink und mußte lächeln, als er daran dachte, was seine Mutter seinerzeit über das Kaminfeuer gesagt hatte: »Wenn du lange genug hineinstarrst, Pat, kannst du alles mögliche sehen.« Eines Abends hatte sie aufgeschrien und die Luft mit dem Zeigefinger durchbohrt: »Sieh nur, Pat! Ein Schiff! Gerade eben ist ein Schiff vorbeigefahren!« Pat lachte stillvergnügt in sich hinein. Fiel ihm doch ein, daß er sich beinahe in die Hosen gemacht hätte, als sie das gesagt hatte, so sehr hatte es ihn überrascht. Aber sie hatte wie immer recht gehabt. Wahrhaftig, man konnte Dinge darin sehen, die man sich nie hätte träumen lassen! Manchmal kam es einem in jeder Hinsicht wie ein winziges Tanzfest vor. Eines Abends, lange nach dem »Ende«, wie Pat es bei sich nannte, hätte er schwören könnnen, daß er einen fast lebensgroßen (nun ja, eher winzigen, geschrumpften) Bat McGaw vor sich sah, der ihm aus dem Flammen zuwinkte, als wolle er sagen: »Hey, Pat! Ich bin's! Kein böses Blut! Ich verstehe deine Lage!« Da war Pat McNab vielleicht glücklich! Es war, als unternehme Bat eine gewaltige Anstrengung, damit ihre Beziehung endlich so wurde, wie sie schon die ganze Zeit hätten sein sollen. Ein gewandelter Bat, der im Sessel saß, das Ale in seinem Glas schwenkte und mit großen Augen sprach: »Es gab keine, die ihr gleichkam, weißt du – deiner Mutter. Die Geschichten, die sie auf Lager hatte! Wenn's ums Geschichtenerzählen ging, gab es in der Stadt niemanden, der ihr das Wasser gereicht hätte. Stimmt's, Pat?«

»Ich habe wunderbare Erinnerungen an sie, Bat«, hörte Pat sich sagen und lächelte übers ganze Gesicht.

Und welch schöne Erinnerungen er und Bat gemeinsam gehabt hätten, wenn es denn je möglich gewesen wäre! Die beiden hätten unten bei Sullivan's gesessen, Timmy hätte sich über den Tresen gebeugt, das Kinn auf die Hand gestützt und strahlend gefragt: »Na, Chef! Was darf's denn heute sein?« Und Pat und Bat hätten sich wie wild darum gestritten, wer die Runde ausgeben dürfe.

☆☆☆

Nur war es anders gekommen. »Oder?« seufzte Pat leise, als er aufstand. Das war es wirklich. Denn Bat McGaw war verschwunden und infolge seines Handelns nur noch ein vergessenes Stückchen schwelender Holzkohle.

☆☆☆

Der frühe Morgen breitete seinen Gazeschleier übers Land. Als Pat sich über das fünfstängige Gatter lehnte, war das Feld erschreckend leer. Er bemerkte, daß auf dem Boden und den Disteln Tau lag. In der Ferne fuhr ein Lastwagen davon. »Vielleicht nach Belfast oder so«, seufzte Pat. Jetzt, wo er es hinter sich hatte, war er erleichtert. Natürlich wußte er, was sie sagen würden.

Daß alles seine Schuld sei, allein und unzweideutig Pat McNabs Schuld. Daß Bat McGaw sein ganzes Leben lang keiner Menschenseele etwas zuleide getan hätte, und nur weil er mit Pat zu tun hatte …

☆☆☆

Genau dies war die Anspielung, die er noch am selben Abend über sich ergehen lassen mußte, als er bei Sullivan's am Tresen saß und sich ein geruhsames Gläschen Guinness genehmigte. Ein großer Milchbauer mit Namen O'Coyle, wie Pat sich erinnerte, hatte sich zwischen den Barhockern dicht an ihm vorbeigedrückt und endlich hinter seiner Zeitung (dem *Evening Herald*) düster intoniert: »Nimm dich in acht, daß dir nicht eines Nachts das gleiche passiert wie dem armen Bat McGaw.«

Es war reiner Zufall gewesen, daß die Schachtel Streichhölzer (Maguire & Patterson Friendly) direkt vor Pat lag; denn binnen Sekunden ging O'Coyles *Evening Herald* in Flammen auf.

»Jesses! Jesus Christus, Allmächtiger!« rief O'Coyle und versuchte vergebens, das Feuer mit seinem Sportsakko zu löschen. »Jesses, Maria und Joseph, habt ihr das gesehen? Habt ihr gesehen, was er getan hat?«

☆☆☆

Doch Pat war bereits verschwunden. Die Kommentare zu dem Zwischenfall gingen ihn ebensowenig an wie einige Tage später der Kuhfladen, der direkt neben seinem Fuß lag, als er, leise vor sich hinsummend, eifrig die Weidenkätzchen abschnippelte und vorsichtig in einen Plastikeimer legte, den er eigens zu diesem Zweck mitgebracht hatte. Ja, die Kommentare waren für ihn ohne jede Bedeutung, dachte er, als er die abgeschnittenen pelzigen Zweige in seinen Armen bündelte. Und wieso das? Na, weil er in der Stadt der Lügner wohnte, natürlich! In einer Stadt, wo hinter jedem Vorhang jemand sitzt und darauf lauert, sich Lügen auszudenken, ja, zum einen über euch, vor allem aber über eure Mutter!

☆☆☆

Pat trat zurück und säuberte sich mit einem Lappen die Hände. Die Weidenkätzchen sahen hübsch aus in der Vase auf dem Kaminsims, dachte er. Er wußte, seiner Mutter hätten sie gefallen. Er war stolz.

Und er hatte allen Grund dazu. Wie er so dasaß und den »Flammenballerinas« im Kamin zuschaute, die ihm an dem Abend eine wunderschöne Aufführung darboten, mußte Pat daran denken, daß eines dieser zarten Geschöpfe das Gesicht seiner Mutter hatte, blaß und fahl und heiter, sie lächelte – ja winkte! – ihm zu, öffnete die Lippen und sprach: »Erinnerungen, Pat, Liebling. Vergiß die Erinnerungen nicht!«, und in dem Augenblick, als ihr Kuß zu einem kleinen Schmetterling wurde, sah er seine Mutter und sich auf einem offenen Feld, wie sie Hand in Hand Walzer tanzten, und hoch oben in den Weiden zwitscherten ekstatisch die Vögel; sie zauste ihm das Haar und kniff ihn in die Wange, und ihre Augen waren zwar feucht, aber sie funkelten, als sie rief: »Pat, mein Goldkind! Pat, unsere kleine Melodie!« und die Landschaft jubilierte – wie ein Lebewesen! –, als sie zum Horizont hintanzten, zwei winzige frohlockende Gestalten, die da sangen:

But old flames can't hold a candle to you
No one can light up the night like you do
Flickering embers of love I've known one or two
But old flames can't hold a candle to you.

VIERTES KAPITEL

Südlich der Grenze

South of the Border

South of the border down Mexico way
That's where I fell in love when stars above came out to play
And now as I wander, my thoughts ever stray
South of the border down Mexico way.

Refrain:
Then she sighed as she whispered ›Mañana‹
Never dreamed that we were parting
And I lied as I whispered ›Mañana‹
For our tomorrow never came.

South of the border I rode back one day
There in a veil of white by candlelight she knelt to
pray
The mission bells told me that I couldn't stay
South of the border down Mexico way.

»Ay! Ay! Ay! – – – Ay! Ay! Ay! Ay!«

Es gibt eine Menge Leute, die, was Pats Fall anbetrifft, für mildernde Umstände plädieren würden, sei es aus einem gewissen Verantwortungsgefühl ihm gegenüber, sei es aufgrund ihrer langjährigen Bekanntschaft mit seiner Familie (einige von ihnen dürften Zeugen jenes schicksalhaften Tages im Jahre 1964 gewesen sein, als Captain McNab sich seinen Seesack über die Schulter hängte, seine verdutzte Frau anraunzte: »Ich mach mich davon, du alte Scheißtüte, und glaub nur nicht, daß ich zurückkomme, das tu ich nämlich nicht, darauf kannst du Gift nehmen!«, und das Haus verließ). Sie könnten anführen, daß er unter den gegebenen Umständen ein bemerkenswertes Maß an Findigkeit bewiesen habe. Ja, womöglich gab es unter ihnen sogar welche, die noch ausgefallenere Behauptungen aufstellten, etwa der folgenden Art: »An Pat können wir uns alle ein Beispiel nehmen«, sei er doch eigentlich herzensgut, in Anbetracht dessen, was er alles durchgemacht habe. »Zum Beispiel«, behaupteten sie etwa, »hätte es leicht auch so enden können, daß er Drogen nimmt. Wenigstens das müssen wir ihm als Verdienst anrechnen.« Natürlich ist ihr Wunsch, Pat Gerechtigkeit widerfahren zu lassen und ihm ein gewisses Maß, wie gering auch immer, an Mitgefühl und Zuneigung entgegenzubringen, höchst lobenswert. Denn fraglos hatte Pat auch viele gute Seiten und war von anderem Zuschnitt als einige der üblen Schurken, die heutzutage unsere Gerichtssäle und Gefängnisse überfüllen und sehr viel strengere Strafen verdienen, als sie jemals erhalten. Andererseits aber – und es liegt mir fern, dies unterstellen zu wollen – war er kein Heiliger, das nun auch wieder nicht. Einmal abgesehen von jenen Episoden, wenn er »unter dem Lorbeergebüsch grub«, war er durchaus imstande, sich auf vielerlei Weise zu versündigen. Versündigungen, zu denen leider – und dies soll keine Beleidigung jener großherzigen Menschen sein, die ich bereits erwähnt habe (soll heißen, Pats mögliche Gönner) – auch der Drogenkonsum gehörte. Das ist nun einmal die Wahrheit, auch wenn es ganz zufällig dazu kam und auf Drängen anderer geschah, die es hätten besser wissen sollen.

Ihren Anfang nahm die »Kette von Ereignissen« eines berauschend schönen Sommernachmittags. Pat saß am Straßenrand und hatte ein dickes Philosophiebuch unter den Arm geklemmt, welches das menschliche Wahrnehmungsvermögen und die wechselhafte Natur der Wirklichkeit zum Thema hatte. Gerade sann er, sich heftig das Kinn reibend, über derlei Fragen nach, als er sah, wie sich aus der flirrenden Dunsthaube, die über einer Bodensenke zwischen Maguire's Gap und der Mauer der Molkerei hing, zwei Gestalten lösten. Es dauerte nicht lange, bis er erkannte, daß sich zwei Freunde nahten, die er seit der Grundschule nicht mehr zu Gesicht bekommen hatte und die bereits in seine Richtung gestikulierten.

»Sieh mal einer an! Da ist ja Pat McNab!« rief Pasty McGookin. Auf der goldenen Schnalle seiner zerschlissenen Wrangler-Jeans blitzte das Sonnenlicht.

»He!« rief sein Kumpan Honky McCool und näherte sich in einem Laufschritt, der vom Flattern seines gestrickten mexikanischen Ponchos und der Sperrigkeit seiner Flipflops etwas erschwert wurde.

Nichtsdestoweniger standen sie binnen Sekunden vor Pat.

»Kein schlechter Tag heute, Jungs«, sagte Pat fröhlich. »Die Sonne da oben strahlt 'ne mächtige Hitze aus.«

»So ist es«, stimmte Pasty ihm zu. »Hast du was dagegen, wenn wir uns zu dir setzen, Pat? Wir sind ganz meschugge vom Laufen, was, Honky?«

Honky nickte und machte eine kleine, leicht zerstreute Handbewegung.

»Bitte sehr«, sagte Pat und rückte ein wenig zur Seite. »Schließlich ist es ein freies Land.«

»Ja!« zirpte Pasty und sprang auf den Zaun. »Wer würde es auch kaufen wollen?«

»Wie bitte, Pasty?« fragte Pat, durch Pastys Direktheit ein wenig aus dem Gleichgewicht gebracht. Schließlich darf man nicht vergessen, daß er ihn schon seit geraumer Zeit nicht mehr gesehen hatte. Seit sie in der vierten Klasse gewesen waren, nämlich unter der Fuchtel von Schulmeister Halpin.

Pasty schüttelte den Kopf und fuhr fort.

»Pat, ich sage nur, daß ich völlig geschafft bin. Jeden Morgen dasselbe: in die Stadt, ums Pick & Choose herum, an McCormack's vorbei, dann zu Sullivan's. Mann, ich halt's einfach nicht mehr aus!«

»Was denn, Pasty?« erwiderte Pat etwas unbeholfen.

Während Pasty weitersprach, tauchte in seiner Hand wie aus dem Nichts eine selbstgedrehte Zigarette auf, die wie durch einen Zauber den Weg zu der Öffnung zwischen seinen Lippen fand.

»Ich haue ab, Pat! Ich verdufte! Zur Hölle mit denen! Laß dir's von Honky hier verklickern! Red mit dem Mann, Pat! Der wird dir 'n paar Geschichtchen erzählen! Der wird dir ein paar Bilder in den Kopf setzen!«

»Bilder in den Kopf setzen?« erwiderte Pat fast quieksend.

Pasty nickte leidenschaftlich.

»Red mit ihm! Der wird dir was zeigen! Dich an Orte führen, von denen du dir nie hättest träumen lassen. Stimmt's, Honky?«

In diesem Augenblick merkte Pat, wie erschöpft Honkys Augen aussahen und wie lange er zu brauchen schien, bis er auf die allereinfachste Fragen eine Antwort fand. Aber er dachte sich nichts weiter dabei und nickte nur, während Pasty weiterredete: »Die Sache ist die, Pat, wir haben nur eine Chance. Du hast nur eine Chance – die mußt du nutzen, Mann! Stimmt's, Honky?«

Honky nickte, und zu Pats Überraschung antwortete er in einem Akzent, der nicht ganz zu der Gegend passen wollte, ja etwas Spanisches hatte: »Ääs bleibt dirr keine Wahl. Liegt ääs an dirr, mein Freund.«

»Siehst du! Hab ich's dir nicht gesagt!« rief Pasty und schlug Pat kräftig auf den Rücken. »Honky ist der richtige Mann! Es kostet dich auch nur zehn Pfund!«

Pat zog die Stirn kraus.

»Was?« fragte er. »Was kostet mich zehn Pfund?«

Pasty betrachtete die Spitzen seiner braunen, früher einmal gewichsten Cowboystiefel mit ihren verblichenen Prägungen.

»Ach, Pat, tu doch nicht so!« fuhr er fort. »Honky hat doch nicht den weiten Weg von Mexiko gemacht, daß du ihm damit kommst.«

Pat starrte auf den schmalen Hügel seines Zeigefingerknöchels.

»Mexiko?« fragte er.

Pastys Augen leuchteten auf.

»Ja doch!« rief er. »Hat er sich etwa nicht die letzten zehn Jahre dort herumgetrieben? Wo zum Teufel glaubst du, hat er's wohl gekriegt? Nun tu doch nicht so, Pat!«

»Es gekriegt? Was gekriegt?« fragte Pat verblüfft.

Ohne Vorwarnung sprang Pasty von seinem Sitzplatz auf dem Zaun und nahm seinen Kumpan am Arm.

»Ach, zum Teufel!« sagte er. »Komm, Honky! Hier vergeuden wir nur unsere Zeit!«

Mit dem Zeigefinger stieß er verächtlich gegen Pats Philosophiebuch und sah dessen Besitzer schief an.

»Und du willst ein großer Philosoph sein!«

Honky fixierte ihn mit einem schläfrigen Blick aus den winzigen Luken seiner Augen.

»Die Türren einschließen die Dunkelheit, mein Freund«, bemerkte er mit einem Anflug von Traurigkeit.

»Komm, laß uns gehen«, sagte Pasty und machte einen Schritt.

»Nein! Noch nicht!« rief Pat plötzlich.

Pastys Antwort war prompt und entschieden.

»Du brauchst nicht zu denken, daß du's umsonst kriegst«, sagte er.

Pat war immer noch verblüfft.

»Was kriegst, Pasty?« wollte er wissen.

»Zeig's ihm, Honky«, lautete die Antwort des in Jeans gekleideten jungen Mannes.

Honkys Bewegungen hatten etwas Gewichtiges, Epochales. Langsam ließ er seinen gestrickten Poncho zurückgleiten, und darunter kam seine gebräunte Hand zum Vorschein, in der sich eine kleine, glitzernde Silberpapierkugel befand.

»Die Heilige Wurzel des Samalayuca-Stammes«, intonierte er gravitätisch. »Is Peyote. Vorr vielen Äonen däärr Schlüssel zurr Wahrheit. Du wollen oder nicht?«

Pat zauderte.

»Also, ich ...« begann er.

Pasty zupfte ungeduldig an einer Quaste von Honkys Poncho.

»Komm, Honky!« schnarrte er. »Wir haben was zu erledigen! Hier sind wir am falschen Platz! Wir können genausogut mit dem Mann im Mond reden!«

»Nein!« rief Pat.

»Dann also zehn Pfund!« schnappte Pasty. »Und hör auf, den Blödmann zu spielen!«

Sein Blick war unzweideutig. Hinter ihm auf der Hauptstraße tanzten zwei riesige Beine aus Sonnenlicht eine Pirouette.

»Komm hier hinter den Baum!« sagte er.

☆☆☆

Pat war sich nicht ganz sicher, was genau in den wenigen Momenten danach geschah. Er wußte nur eines: Als das Peyote herumgereicht wurde – wie er feststellte, mit ausgesprochener Hingabe –, trat ein sonderbarer Ausdruck in Pastys und Honkys Augen, und in seine wohl auch. Vielleicht könnte man formulieren, daß es etwas »Schwirrendes« hatte. Doch welcher Terminologie man sich auch befleißigt, um seinen Charakter und seine Textur zu erfassen, unleugbar war die Wirkung, die es ausübte, besonders auf Honky, der mit den Armen zu wedeln begonnen hatte, richtungslos durchs Unterholz flitzte und rief: »Wir von hier wegmüssen. Ist däärr rotköpfige gehörnte Teufel, däärr deine Augen verschlingt! *El conjeito verde! El conjeito verde! Hasta luego! Hasta luego!*«

Sein Kumpan reagierte sofort, wenn auch leicht besorgt.

»Hör auf, Honky!« rief er. »Fang nicht wieder an zu spinnen!«

»Äärr unser Gedärm mit Zunge von Eidechse verschlingt!« erwiderte Honky. »*Y diablos!*«

Pasty drückte fest den Arm seines Freundes.

»Hör auf damit, hast du kapiert?« beharrte er. Dann wandte er sich an Pat und sagte: »Das hat er schon mal gemacht, weiß du?«

Pat antwortete mit einem Lächeln. Er hatte das Gefühl, er sei vom durchsichtigen Licht der Sonne »durchschossen«.

»Der Himmel«, sinnierte er, »ein pfirsichfarbenes Rosa.«

Doch Pasty hörte Pat nicht, denn seine Verärgerung über seinen Kumpan hatte zugenommen, und jetzt schrie er ihn an.

»Hör auf!« rief er. »Hör auf, oder ich kleb dir eine! Hast du gehört, Honky?«

Plötzlich zeigte sich die rot-beige Nase eines Reisefahrzeugs, das sich aus dem dichten Hitzedunst löste. Pat war völlig überrascht von dem fast kindlich schrillen Ton, in dem er rief: »Da kommt der Bus!«

»Gott sei Dank!« rief Honky, und eine geheimnisvolle Ruhe bemächtigte sich seiner.

☆☆☆

»Das macht neunzig Pence, Jungs«, sagte der Fahrer und pfiff geistesabwesend eine Melodie vor sich hin.

Pat rang nach Worten, und es vergingen etliche Sekunden, bevor er die Frage herausbrachte: »Wohin fahren Sie?«

Sein Lächeln – breit, wie es war – schien anzuzeigen, daß es der glücklichste Sonnentag seines Lebens war. Und doch reichte es nicht aus, um ihn davon abzulenken, daß der Fahrer unüberhörbar den Tonfall wechselte und unter dem glänzenden Mützenschirm, der ihm über die Augen hing, die Miene verzog.

»In einer halben Stunde überqueren wir die Grenze«, sagte er.

Pat ächzte.

»In einer halben Stunde?« fragte er.

Die Worte wollten ihm kaum über die Lippen kommen.

»Nächste Haltestelle Ballingad!« rief der Fahrer. Die Türen schlossen sich, und Pat nahm Platz, gefolgt von Honky, der dem Fahrer immer wieder die Hand küßte und sagte: »Gott sei Dank! Bitte, fahre mich durch die Pforten der Träume. Du, mein Freund, den ich immäärr schätzen wäärrde, schönäärr Fahräärr von Busen!«

»Ist er nicht zum Schreien?« zwitscherte Pasty einer Frau zu, die ihn gleichzeitig anstarrte und versuchte, zweifelsfrei festzustellen, ob seine Hand noch in der Tasche seiner Jeansjacke steckte, »der mit seinem Gewäsch!«

☆☆☆

Die Frau hatte an ihrem Mantel einen Pelzkragen und neben sich auf dem Boden zwei Plastiktüten mit Einkäufen. Sie verströmte einen muffigen Parfümgeruch, als sie sich umdrehte (wofür sie eine Ewigkeit zu brauchen schien) und sagte: »Wo soll's denn hingehen, Jungs?«

Pat bemerkte mit Interesse die Ausmaße ihrer Lippen. Sie schienen sich selbst genügen zu wollen, dehnten sich nach Belieben aus und zogen sich wieder zusammen; bald nahmen sie eine röhrenförmige Gestalt an, bald machten sie sich unscheinbar und fadendünn, bis sie fast nicht mehr zu sehen waren.

Pasty spleißte ein Streichholz und schob es unter seinen nikotingelben Fingernagel.

»Wir wollen nach Süden«, sagte er mit einer sonoren Stimme, die unter dem Fußboden des Busses zu verschwinden und aus seinem fettverkrusteten Inneren wiederaufzutauchen schien.

Die Frau nickte und umklammerte die Sitzlehne.

»Wollt's ihr Freunde besuchen oder wollt's ihr nur mal in der Gegend herumgondeln?«

»Ach, nur mal so ...«, begann Pasty. Da hob Honky den Arm hoch und rief: »Pasty! Du mußt mir häälfen, bitte! Däärr Dämon hat Hörner aus funkelndem Jade! Hilf mir, Bruder! Du mußt! Nein! Nein, bitte! Äärr fressen meine Seele zum Frühstück!«

Pasty gab ihm einen festen Klaps auf den Hinterkopf, und wieder senkte sich Schweigen herab.

Dann lächelte Pasty. »Das muß an der Hitze liegen. Haha«, erklärte er der Frau.

Diese hob gutmütig die Schultern.

»Ach, mach dir nichts draus. Mein Paddy ist viel schlimmer«, sagte sie, womit sie vermutlich ihren Lebenspartner der vergangenen fünfunddreißig Jahre meinte.

☆☆☆

Pat hatte nicht damit gerechnet, Bäumen von einem so intensiven Grün zu begegnen, daß man fast eine Polaroid-Sonnenbrille brauchte, um sie anzusehen. Als sie aus dem Bus ausstiegen, passierte jedoch ebendies. Auch daß ihn aus dem verschlungenen Blattwerk einer nahen Ulme ein Vogel mit buntem Gefieder in fehlerfreiem Englisch – wenn auch mit einem Akzent – ansprach, hatte er nicht erwartet, und doch geschah genau dies. Und was die Geräusche um ihn herum anging, so hatte es den Anschein, als seien die Töne selbst zu Farben geworden und funkelten; sie schmolzen wie der Farbstift eines Kindes, der der intensiven Hitze eines brennenden Streichholzes ausgesetzt wird. Als von weither die Stimme des Fahrers erscholl: »So, Jungs. Jetzt seid ihr auf euch gestellt«, nickte Pat.

Binnen Sekunden war das Fahrzeug nur noch ein winziger Fleck aus Beige und Rot, der von einer riesigen Staubwolke verschluckt wurde. In der Nähe war das Pfeifen des Windes zu hören. »Seltsam«, dachte Pat, »dabei war es doch gerade eben noch ein ganz sonniger und angenehmer Tag.«

Pat bemerkte, daß seine beiden Kameraden sich bewegten, als sei jeder von ihnen unerklärlicherweise mit regulären Tiefseetaucherstiefel ausgerüstet worden; auch die Bewegungen ihrer anderen Gliedmaßen waren langsam und träge, wenn auch nicht ohne eine gewisse Poesie, die ihn ebenso sonderbar wie schön dünkte.

»Ich war schon mal hier, du weißt. Is wahr. Alles, was ich sehe, ich kenne schon. Ich war schon mal hier. Mußt du mir das glauben. *La canara prohibida!*«

Pat hatte einen Geschmack im Mund, der ihm vorher noch nicht aufgefallen war. Er erinnerte ihn an Aniskugeln, doch auch das traf nicht ganz zu. »Nein, es ist mehr wie ...«, setzte er an. Da merkte er, daß sich sein Lächeln über die ganze Fläche seines Gesichts ausbreitete; es erinnerte ihn an das gespannte Schnipsgummi der Zwille, die er als Junge gehabt hatte. »Aber nein«, sinnierte er, »eigentlich erinnert es mich eher an ...«

Doch er sprach den Satz nicht zu Ende, denn in diesem Moment legte sich der Staub, und er fand sich den neugierigen Blicken dreier Kies pickender Hühner (von der Rasse der Rhode Island Red) ausgesetzt. Vor dem makellosen viereckigen Weiß zweier Haziendas aus Lehmziegeln vertrieb sich ein schweißnasser Mustang die Zeit. Durch den schwülen glockenläutenden Nachmittag gellte ein bitterer Ruf.

»Das gefällt mir nicht«, bemerkte Pasty und trat zögernd einen Schritt zurück, »das gefällt mir überhaupt nicht. Ich glaube, wir sind an der falschen Haltestelle ausgestiegen.«

Aber es war zu spät. Schon wurde eine Tür aufgestoßen, und zwischen dem Mustang und der trockennasigen Niedergedrücktheit der Dorfpumpe stolperte barfüßig ein Mädchen mit rabenschwarzem Haar heran. »Komm zurück!« ertönte eine knurrende Stimme, und zu ihrem Entsetzen erblickten sie einen grimassierenden hemdlosen Soldaten, der auf den staubigen Platz hinaustrat. Die goldenen Knöpfe seines roten Uniformrocks blinkten in der Sonne, als er sich auf die unglückliche Frau stürzte, um sie mit einem fachmännischen Rugby-Tackling (oder was immer das mexikanische Gegenstück dazu war – denn offensichtlich handelte es sich um einen Mexikaner) zu Fall zu bringen. Ein Stück weit rutschte er mit ihr am Boden entlang, ehe sie lärmend zum Stillstand kamen, und zwar am Fuß der Wasserpumpe, die augenblicklich sonnenschirmartige Gischt von einer Klarheit verspritzte, wie Pat sie in seinem ganzen Leben noch nicht gesehen hatte. Der schauzbärtige Generalissimus erhob sich mannhaft.

»Jetzt du gibst mir, was ich will, Schlampe, du. Du erwartest, daß ich esse den Fraß, den du den Schweinen vorwirfst? Ich dir beide Beine abschneiden und *die* essen!«

In der Stille klang die Art, wie er sie beschimpfte, herzzerreißend. Doch als er ihren Kopf brutal – es gibt kein anderes Wort dafür – unter das sprudelnde Wasser stieß, konnte Pat nicht länger an sich halten.

»He, du! Du da!« rief er. »Laß sie in Frieden!«

»Nein! Nein, Pat!« warnte ihn Pasty, aber es war schon zu spät.

Der Generalissimus fletschte vor seinen Besuchern einen Zahn nach dem anderen, als sei er stolz auf ihre mit der Zeit verwüstete Schwärze und ihre Ähnlichkeit mit umgestürzten Grabsteinen. Von seinen Lippen troff rebengleich der Speichel, ehe er ihn verächtlich in das Zinnoberrot des Nachmittags spie.

»He! He!« höhnte der Generalissimus. »Is nicht gut, mein Freund, däärr Gringo! Hehe, du säährr dummer Mann!«

Pat durchbohrte die Luft mit dem Zeigefinger, als wäre es ein Revolver.

»Ich hab gesagt, laß sie in Frieden!« forderte er abermals.

»Nein, Pat!« rief Pasty besorgt.

»Zurück!« rief Pat dem verzweifelten, staubbedeckten Mädchen zu. »Gehen Sie, Missus! Hören Sie?«

Der Generalissimus wischte sich über den Mund, knöpfte

geistesabwesend seinen staubigen Rock zu und näherte sich langsam Pat. Sorglos scharrten die Hühner weiter an der Stelle, auf die der große, runde Schatten seines Kopfes fiel.

»Weißt du, mein Freund, du säährr großen Fäähler machen! Leber von dir – is mein Abendessen!«

Seine aufgedunsenen Lippen öffneten sich und entblößten die gelichteten militärischen Reihen seiner verwüsteten Mahlzähne.

Er sagte: »Du glaubst, äärr machen großen Fäähler, dein Freund? Ich – ich glaube. Diese Art Fäähler – macht dich traurig, immer wenn du ihn machst. Du weißt?«

Wie das geschehen konnte, wußte Pat nicht zu sagen, aber es hatte eindeutig den Anschein, als wäre auf dem Dorfplatz genau in diesem Augenblick die Zeit stehengeblieben. Und der Generalissimus schien deswegen ebenso unbesorgt wie die Fliege, die jetzt über die Düne seiner Wange auf die Drehbrücke seiner breiten Nase zukroch.

»Einmal«, fuhr er schließlich vor, »einmal ein Gringo, äärr aus dem Bus gestiegen. O ja, äärr weiß alle Antworten. Däärr Generalissimus, äärr versucht ihm gut zuzureden. Sagt: ›Mein Freund, vielleicht du in Bus zurück, eh? Wir vergäässen alles und sind happy.‹ Aber äärr es nicht tun – und jetzt äär ist auf dem Grund des Brunnens.«

Es war das erste Mal, daß Pat den Brunnen bemerkte. Dabei stand der Brunnen unübersehbar mitten im Dorf. Offenbar fiel auch Honkys Blick zum ersten Mal auf ihn. Ebenso Pastys. Und der des Generalissimus. Alle blickten sie zum Brunnen.

»He! Du willst säähen den Brunnen, hä?« knurrte der Generalissimus, griff gleichzeitig in seinen Stiefel und holte im Nu einen Gegenstand hervor, der sich als Derringer-Pistole entpuppte. Aber er hatte nicht mit Pat gerechnet, der sich bereits zu Boden geworfen hatte und mit rasender Geschwindigkeit auf die Winchester-Büchse zurobbte, die neben einem umgeworfenen Wassereimer im Sand lag.

»Nein!« rief Pasty unwillkürlich, als die angelegte Winchester tödliches Feuer spuckte.

Als Pat das Feuer einstellte, wies der Körper des Militärs

drei Einschußlöcher auf, eins über dem Herzen, eines im Unterleib und eines genau zwischen den Augen. Die Schritte, die jetzt zu hören waren, waren die von Pasty und Honky, welche herbeigerannt kamen.

»O nein! O Gott! Pat! Sieh nur, was du angerichtet hast!« rief Pasty fast hysterisch.

Er kniete nieder und fühlte dem Generalissimus den Puls. Es bestand kein Zweifel – da war nichts. Der Mann war tot.

»Du hast den Bullen erschossen! Mann! Du hast den Bullen erschossen!« wiederholte Honky und drehte sich im Kreis. »Ich kann's nicht fassen! Was du getan hast!«

Pasty sah Pat in die Augen, und seine Stimme klang düster und scharf, als er sagte: »Jetzt hast du's getan! Du hast es wirklich getan, McNab!«

Pat war drauf und dran, sich zu erklären, doch ehe er dazu kam, hatte die rabenschwarze Schöne seinen Arm genommen und machte mit ihrem Wutausbruch jegliche Erklärungen seinerseits überflüssig.

»Er war ein Schwein!« fauchte sie. »Tausend Tode für einen Mann wie ihn, so ein Schwein! Ein Schwein ist ein König gegen ihn!«

Dann, an Pat gewandt: »Für das, was du an mir und meinem Dorf getan hast, werde ich dich auf immer lieben.«

Sie küßte ihn achtmal aufs Gesicht und sagte, ihr Name sei Rosa.

»Ich arbeite in der *cantina*«, sagte sie. »Kommt mit.«

Pat nahm ihre Hand und stolperte vorwärts. Seinen Gefährten rief er zu: »Kommt, Jungs!«

Widerstrebend – vielleicht verzweifelt – fügten sie sich demütig.

☆☆☆

Als sie sich Rosas Haus näherten, erwog Pat für den Bruchteil einer Sekunde die Ähnlichkeit, die, abgesehen von seiner fahlen Haut, der ältere, silberhaarige Mann am Fenster mit Hoss McGinnity hatte, der an Samstagabenden häufig bei Sullivan's sang. Erwog für einen Moment sogar die Möglichkeit, daß es sich um ein und denselben Mann handeln mochte. Doch wie er wußte, war dies unmöglich, und seine Anwandlung verdankte sich eher der von dem rundlichen Hoss bevorzugten Melodie, die jetzt mit der nämlichen Inbrunst rein zufällig aus der Kehle eines Fremden quoll und mit ihren herrlichen Wortgemälden von der Liebe zu einer schönen Frau den stillen mexikanischen Himmel erhellte:

South of the border down Mexico way
That's where I fell in love when stars above came out to play
And now as I wander, my thoughts ever stray
South of the border down Mexico way.

»Papa!« rief Rosa, als sie zur Tür hereingestürzt kamen. Die Zärtlichkeit, die sich auf dem Gesicht des alten, in Leinen gekleideten Mannes malte (Leinen, das bessere Zeiten gesehen hatte, namentlich die knielangen zerrissenen Biedermeierhosen, die ihm melancholisch um die Beine schlotterten), war ein wunderbarer Anblick.

»Rosa!« rief er und rannte auf seine Tochter zu. Sie umarmten einander.

»Wie kann ich Ihnen jemals danken?« sagte er zu seinen Besuchern, nachdem Rosa erklärt hatte, was vorgefallen war.

☆☆☆

Einige Stunden später saßen sie in der *cantina* um einen Tisch, während Rosa Blechteller mit schwarzen Bohnen, ganz zu schweigen von zahllosen Karaffen Rotwein, herein- und hinaustrug und allen (besonders Pat) zulächelte. Papa maß alle mit finsteren Blicken und sagte: »Versteht ihr, daß der Bruder des Generalissimus' überall nach euch Ausschau halten wird? Er ist wahnsinnig! Hundert Kinder hat er gemetzelt! Ihm doch egal! Aber zuerst – Rosa, mein Liebling!«

Ohne Vorwarnung schnalzte der Alte mit den Fingern, seine Tochter flog in seine Arme, und ungestüm wirbelten sie auf dem Fußboden umher. Plötzlich hielten beide Kastagnetten in den Händen – wo waren die bloß hergekommen? Was für prachtvolle Menschen! dachte Pat, als das Lied einmal mehr durch die inzwischen paprikascharfe mexikanische Nacht hallte:

She was a picture in old Spanish lace
Just for a tender while I kissed the smile upon her face
For it was »Fiesta« und we were so gay
South of the border down Mexico way.

Pat errötete leicht, als er plötzlich niederblickte und Rosa auf seinem Schoß vorfand; die entropischen Ranken ihrer Haare schienen nach jedem Winkel des Zimmers zu greifen. Der Alte lächelte und sagte: »Sie ist ein braves Mädel, meine Rosa, nein? Der Generalissimus – er will sie für sich! Und seinen Bruder! Und das ganze Dorf! Aber du, Gringo, mein Freund! Du kannst sie haben – wenn du uns von diesem Fluch befreist!«

Der Schmerz in Rosas Augen brach ihm fast das Herz. Sie streichelte Patricks Gesicht und fragte: »Kannst du das tun? Kannst du das bitte für uns tun?«

Unerklärlicherweise strahlten Pasty und Honky vor Stolz, dabei waren sie gar nicht angesprochen.

☆☆☆

Wie erwartet, hatte sich vor dem kleinen Missionssaal, wo die Begräbnisfeier des Generalissimus' stattfinden sollte, eine große Menschenmenge versammelt. Es war am Nachmittag des folgenden Tages, und die Sonne brannte noch heißer herab, wie eine kreisende Kugel, die ein Loch in den Himmel bohrt. Leise spielte ein Harmonium, und seine schwermütigen Klänge ließen den Bruder des Generalissimus' verzweifelt über dem Sarg zusammenbrechen. Die Beileidsbezeigungen des Padre waren vergeblich, und mit einem einzigen Schlag gegen die Schläfe wurde er zurückgeschleudert. Allmählich wurde das Gewimmer den Anwesenden unerträglich. Ebenso die Gefahr, von einem verrückten Soldaten zu Brei geschlagen zu werden, wie etwa dem, der wild um sich schlug und trat und unter einer Kaskade von Speichelbläschen brüllte: »Wer hat meinem Bruder, den ich mehr liebe als meine Mutter, so übel mitgespielt? Ich werde sein elendes Herz den Geiern zum Fraß vorwerfen! Aaah! Aaah!«

Wie viele Menschen bedroht und angerempelt wurden oder sich von den Händen dieses Mannes vorübergehend würgen lassen mußten, läßt sich unmöglich feststellen. Doch zweifelsohne handelte es sich um zweistellige Zahlen, ehe der Bruder des Generalissimus' endlich in die Knie sank und, den Ring des Padre küssend, unsagbare Rache schwor.

☆☆☆

All das wurde von dem Triumvirat registriert, das aus Pat McNab, Pasty McGookin und Honky McCool bestand und von deren Reaktionen sich sagen läßt, daß sie eine gewisse Einheitlichkeit aufwiesen. Am besten läßt sie sich mit Pastys Worten ausdrücken, die da lauteten: »Jetzt reicht's! Jetzt ist Schluß! Wir verschwinden! Morgen! Einverstanden, Pat?«

Widerstrebend senkte Pat den Kopf und willigte ein.

»Uns bleibt keine andere Wahl«, sagte er.

Honkys Stimme wurde fast zu einem hohen Quieksen.

»Freaks! Freaks! Das ist nicht Mexiko! Das ist irgendein irrer Ort! *La canara prohibida!*«

»Wir brechen in aller Herrgottsfrühe auf«, sagte Pat.

Selbst das flüchtige Bild der weinenden Rosa, das ihm kurz durch den Kopf schoß, reichte nicht aus, um Pat McNabs Entschluß umzustoßen.

☆☆☆

Sie verbrachten die Nacht in einem leerstehenden Lehmhaus unweit der *cantina*. Draußen in der erstickenden, augenhuschenden Dunkelheit hielt das unbarmherzige Getrappel marschierender Füße an. Zusammengekauert lagen sie unter dem Fenster, und Honky rief: »Ich halt's nicht mehr aus! Was haben wir hier zu suchen?«

Das war mehr, als Pasty ertragen konnte.

»Wovon redest du?« herrschte er ihn an. »Wer hat denn immerzu von Mexiko geredet, wie toll es da ist?«

Honky erbleichte bis unter die Haarwurzeln.

»Wovon redest du? Das ist doch nicht Mexiko! Das ist eine völlig verrückte Welt irrer Mannsbilder und Weibsteufel!«

»Jedenfalls ist es deine Schuld, daß wir hier sind! Du hast uns hierhergebracht! Das warst du, also hör auf, dich zu beschweren!«

»Ich?« krächzte Honky. »Ich war was? Ich wollte doch nur den Bus nach Dundalk nehmen. Mehr wollte ich doch gar nicht.«

»Und? Warum hast du ihn dann nicht genommen, statt uns mit deinem Geschwätz über Mexiko zu kommen?«

»Mit meinem Geschwätz über Mexiko? Du hast doch damit angefangen, mit deinem ›Erzähl mir von Mexiko! Erzähl mir von Mexiko, Honky! Ich will so gern dahin!‹ Du konntest doch gar nicht genug kriegen von Mexiko!«

In Pat zerbrach etwas.

»Jungs, könntet ihr endlich die Klappe halten?« forderte er.

Pasty zog die Stirn kraus und schirmte mit der Rechten die Augen.

»Halt selber die Klappe! Wer redet denn mit dir?«

»Ach, ich halt's nicht mehr aus! Ich hab die Nase voll! Ich kann nicht mehr, habt ihr gehört? Ich haue ab!« knurrte Honky.

Er sprang auf und stampfte über den Fußboden. Pat rief ihm nach: »Nein, Honky! Warte!«

Doch Honky war schon verschwunden, und die traurige, schlecht zusammengeleimte Tür schwang hinter ihm einsam hin und her.

***

Rosa sah schöner aus denn je, dachte Pat, der gekommen war, um sich zu verabschieden. In der Ecke des kleinen, beengten, aber (bevor dies alles geschehen war) traulichen Heimes klimperte Luis, ein Freund ihres Vaters mit einer kohlschwarzen *mucca*, auf einer Gitarre. Wie er so mit dem Daumen über die Saiten strich, entlockte er dem Instrument eine so schwermütige Melodie, daß Rosas Vater, der am Fenster saß, beinahe die Tränen gekommen wären. Seine Lippen formten die Worte:

Then she sighed as she whispered ›Mañana‹
Never dreamed that we were parting
And I lied as I whispered ›Mañana‹
For our tomorrow never came.

Die abschließenden Worte lauteten: »*South of the border I rode back one day*«, doch wurden sie nie ausgesprochen; denn genau in dem Augenblick, da er sie vortragen wollte, wurde die Tür aufgerissen, Ramón (ein junger Servierer, der Rosa oft in der *cantina* aushalf) stürzte herein und rief: »Papa! Papa! Is däär Gringo! Gefangen, ärr ...!«

»Honky!« japste Pat und sprang auf.

Pasty schlug sich verzweifelt mit der Hand an die Stirn.

☆☆☆

Ein fahles Morgenlicht begann die schlafende Stadt einzuhüllen, und als Pat and Pasty durch die zerbrochenen Latten des Stalles miterleben mußten, wie sich vor ihren Augen Honkys Tragödie entfaltete, ging ihnen der Ernst seiner Lage auf. Als der Bruder des Generalissimus' (Manchita) Honky langsam die Schlinge um den Hals legte, berührten die metallenen Vorderkappen von dessen Stiefeln kaum mehr das Stroh auf dem Boden. Plötzlich wandte sich General Manchita (denn auch er war General) um, stieß die Stalltür auf und rief durch die von Hühnergackern durchbrochene Stille: »Ihr da? Hört ihr mich? Oder habt ihr vielleicht keine Ohren? Ich gebe euch bis morgen um diese Zeit, euch zu äärrgääben! Wenn nicht, dann ihr stäärrbt mit ihm zusammen!«

Die Tür fiel zu, und er widmete sich wieder dem blassen (sichtlich gebrochenen) Honky, dem er den Griff seines zusammengerollten Ochsenziemers auf den Adamsapfel legte.

»So, mein Freund? Du bequem? Haha!« höhnte er.

Sein selbstgefälliges Gewieher klang für Pat, dessen angespannte Knöchel sich weiß verfärbten, wie das Iahen eines Esels. Wie viele seiner Landsleute täuschte er sich hoffnungslos über die Beschaffenheit und das Ausmaß seiner Torheit hinweg.

☆☆☆

Einige Stunden später war Pat in einer schrecklichen Verfassung. Er lief in der *cantina* auf und ab und rief: »Daran sind wir schuld, Pasty! Wir! Wenn er stirbt, sind nur wir schuld!«

»Warum mußte er uns hierherbringen?« lautete Pastys Antwort. »Wenn er das doch nur nicht getan hätte! Pat, es ist mir egal! Morgen früh haue ich hier ab!«

»Aber bis dahin ist er tot! Hör auf, Pasty! Hast du verstanden? Hör auf mit dem Gerede und zwar auf der Stelle, ich sag's dir!«

»Ich steige in den erstbesten Bus! Ich steige ein, Pat, und ich haue ab!«

Niemand war erschrockener als Pat McNab, als er den scharfen, entschiedenen Knall hörte, mit dem seine Hand auf Pasty McGookins hochrote Wange klatschte.

»Hör auf jetzt, Pasty! Hör auf damit, hab ich gesagt!«

Die Wirkung, die die Ohrfeige auf Pasty ausübte, war bemerkenswert. Er hatte eindeutig unter Hysterie gelitten. Fast augenblicklich beruhigte er sich.

»Tut mir leid, Pat«, sagte er ruhig und fügte hinzu: »Aber was sollen wir tun? Honky wird sterben!«

☆☆☆

Die lauten Hammerschläge, mit denen die Nägel in den behelfsmäßigen Galgen getrieben wurden, der just in diesem Moment auf dem Dorfplatz errichtet wurde, bestätigten Pasty in seiner ängstlichen Beurteilung der Lage. Gott sei Dank war dies der einzige Hinweis auf Honkys sich verschlimmernde Situation, dem sie in dieser Nacht ausgesetzt waren; denn alles, was den wirklichen Tatsachen nahegekommen wäre, hätte sich wohl als unerträglich erweisen können.

☆☆☆

Der Lederriemen, mit dem Honkys Handgelenke gefesselt waren, als er sich auf dem wackeligen Küchenstuhl hin und her wand, ließen rote fleischerne Armreife entstehen, die wie aus Feuer schienen. Seine Peiniger hatten es nicht für nötig befunden, ihm in mehr als zwölf Stunden auch nur ein Glas Wasser zu gewähren. Das einzige, was sie ihm gönnten, waren zwei Zigaretten, die sie ihm in die Nasenlöcher steckten, sowie verschiedene lungenerstickende, höhnische Bemerkungen wie »Hahaha! Du Probleme? Du nicht rauchen?«, die sie heiser hervorstießen, während sie sich die Augen wischten und sich gegenseitig stützten, damit sie nicht hinschlugen vor lauter Spott.

Als Honky wieder einmal das Bewußtsein verlor, hörte sich ihr Gelächter an wie eine verrostete Stacheldrahtrolle, die von ihren verkrusteten Lippen rollte, durch ein Loch im Dach hinaussprang und grausam die ganze Stadt umspannte.

☆☆☆

Die Klänge der blanken, goldenen Taschenuhr waren seltsam betörend. Pat, inzwischen so verzweifelt wie noch nie in seinem Leben, betrachtete das verblichene ovale Aquarellporträt. Er spürte, wie Rosas sonnengebräunte Hand zärtlich seine Schulter berührte. »Wer ist das, Pat?« fragte sie sanft. Er legte seine Hand auf ihre. »Das ist Mammy«, sagte er und drückte langsam den Verschluß zu. Rosa nickte. Sie verstand. Sie strich sich den Rock glatt und ließ den Kopf sinken, dann hob sie ihn wieder und blickte mit glänzenden Augen zum hitzeflirrenden Horizont. »Äärr war ein schöner Mann, dein Freund Honky«, sagte sie. »Is kaum zu glauben, daß äärr wird morgen früh sein wenig mehr als ein Leichnam!«

Pats verzerrte Spiegelung auf der Rückseite der gravierten Taschenuhr schien seinen Seelenzustand widerzugeben. Noch während sie sprach, sah er sich und Pasty vor sich, wie sie, ganz in Schwarz gekleidet, die Hände mit ihren seidenen Zylindern vor dem Bauch falteten; vor dem offenen Grab wartete der Sarg, und tiefe Männerstimmen sangen:

Let's all gather at the river
The beautiful the beautiful river
Let's all gather at the river
That flows from the throne of the Lord.

Patt umklammerte die Taschenuhr, so daß seine Finger sie ganz umschlossen, und sprang plötzlich auf.

»Nein!« schrie er. »Wir dürfen es nicht zulassen! Wir dürfen es nicht zulassen, hörst du?«

Rosas Augen glänzten sowohl vor Hilflosigkeit als auch mit der Verheißung aller Verheißungen. Sie spreizte die nußbraunen Hände.

»Aber was können wir tun, Señor Pat?« flehte sie herzzerreißend. »Was können wir tun?«

☆☆☆

Es war Nacht. Der Mond schien. Er wirkte wie ein mattes Auge. Das Militär hatte die *cantina* besetzt, und drinnen herrschte nichts anderes als Chaos. Hemdlose Soldaten schwangen Karaffen mit Wein und legten ihre ungeputzten Stiefel auf die Tische. Hoch oben auf einem baufälligen Podium suchte ein zitternder Gitarrenspieler, wie geheißen, fieberhaft die Moll-Akkorde zu den Worten, die ihm das Leben retten würden:

Out in the west Texas town of El Paso
I fell in love with a Mexican girl
Night-time would find me in Rosa's cantina
Music would play and Felina would whirl!

Um seinen Hals schlang sich kurvenreich ein gelbbrauner, weinbefleckter Schal, und die Luft wurde zerrissen von Schreien wie:

»Hoho! Alle Achtung! Der Mann aus Dundalk! Sing lauter, du Prachtkerl!«

Der Musiker gehorchte.

Blacker than night were the eyes of Felina
Wicked and evil while casting her spell!

Leider sollten seine Bemühungen nicht jedermann zufriedenstellen, und hinter ihm bohrten sich einige Kugeln in die Wand, von denen zwei, drei einer dort aufgehängten bronzefarbenen Kürbisflasche Musik entlockten, andere von dem strahlenden Gesicht einer Bratpfanne abprallten. Als sich jedoch aus der alles einhüllenden Staubwolke zwei Erscheinungen lösten und die übelriechende *cantina* von Grund auf verwandelten, waren solche Mißtöne nicht mehr zu vernehmen: Die hingefläzten, rülpsenden Soldaten fanden sich in Gesellschaft zweier Mädchen wieder, bestimmt der schönsten in ganz Mexiko. Es dauerte nicht lange – sie hatten kaum Zeit, zum Tresen zu gelangen –, bis Pat (denn in der Tat, er war es – von Kopf bis Fuß in Rosas feinste Gaze und schönstes Leinen gekleidet) zum Mittelpunkt der Aufmerksamkeit wurde, wie sie vielleicht nur Frauen, die sich in gewissen Dingen auskennen, als selbstverständlich hinnehmen. Anfangs war Pat seiner Zöpfe wegen, und sicherlich mit einigem Recht, eingeschüchtert, um nicht zu sagen entsetzlich verlegen, doch mit Hilfe von etwas Wein und unter der einwandfreien Anleitung Rosas – die sich offenbar bestens amüsierte – kam ihn allmählich ein Behagen an.

»Hehehe!« knurrte ein Soldat, packte Pat am Schenkel und verdrehte die Augen. »Na, na!« zirpte Pat und tippte ihm mit dem Zeigefinger spielerisch auf die Nase.

My love was deep for this Mexican maiden
I was in love but in vain I could tell.

Durch die offene Tür der *cantina* wehte ein schwaches Echo des Liedes in die schwüle, zikadenzirpende Nacht hinaus zu dem Galgen, wo Honky seines Schicksals harrte. Die Überreste einer der Zigaretten verstopften ihm noch immer die Nase. Eine winzige Tabakfaser, die tief in seinem Nasenloch zitterte und juckte, trieb ihn fast zum Wahnsinn …

Wäre die Fliege nicht gelandet, womöglich hätte er es geschafft, der Qual zu widerstehen. Doch dies war zuviel.

»Hau ab!« rief er (er trug Handfesseln). »Hau ab, du Vieh! Hau ab!«

Er betete darum, daß ihn die letzten ihm verbliebenen Kräfte nicht verließen, doch vergebens. Als habe sein Normalgewicht sich verfünffacht, sank ihm der Kopf auf die Brust.

Da stellte das Insekt – unerklärlicherweise! – seine zögernden Wanderungen ein. Als es eben den Winkel seines linken Augenlides erreicht hatte. Eine an Euphorie grenzende Empfindung bemächtigte sich Honkys. Aber da fing doch das Scheißding schon wieder an zu krabbeln!

***

Der Soldat, der ausgestreckt auf dem Bett lag, war sehr mit sich zufrieden. Señoritas wie diese veirrten sich nur selten in die Kaserne, dachte er. Und noch seltener waren sie bereit, gemeinen Soldaten wie ihm, dazu verdammt, sich niemals über den Rang eines bloßen Wachtpostens zu erheben, mit solcher Inbrunst die Ohren zu kitzeln oder gar in sie hineinzugurren.

»Ihr Señoritas!« rief er mit dem Freudenschrei eines kleinen Jungen, der eine Biene im Glas gefangen hat. »Ihr meine Freundinnen sein wollt? Ihr meine Freundinnen sein wollt? Eh – hehehe!«

Rosa klimperte mit ihren schwarzen Wimpern.

»Du bist der netteste Mann in der ganzen mexikanischen Armee«, sagte sie.

»He, Señorita, du weißt was?« fragte er. »Ich dich mag! Du mehr Wein wollen?«

Die Wangen des Soldaten nahmen eine noch unglaublichere Färbung an: ein glühendes Scharlachrot. Seine fleischige Hand gestikulierte unbestimmt.

»Komm! Mehr Wein, Señorita!« gluckste er.

Und mit winzigen trippelnden Schrittchen kam Pat seiner Bitte nach.

☆☆☆

Etwa fünfunddreißig Minuten später war die Stimmung im Raum völlig umgeschlagen. Rosa schürzte ihren Rock und spuckte dem schnarchenden Soldaten heftig ins Gesicht. »Du Sohn einer Sau!« zischte sie, und Pat nickte. »Du Sohn einer Sau von Mutter, Mutter von tausend Schweinen! Schänder von Jungfrauen! Dieb heiliger Gefäße! Falschmünzer! Bewaffneter Räuber von Banken, Bürgern und Postämtern! Bigamist! Entführer! Hehler! Mörder! Anstifter zur Prostitution! Meineidiger!«

»Komm, Rosa! Wir haben keine Zeit zu verlieren!« sagte Pat, wandte sich zum Fenster und schleuderte seine Zöpfe und seinen Rock aufs Bett.

☆☆☆

Der Keller war kalt und dumpfig, man hätte die Dunkelheit mit einem Messer durchbohren und riesige Scheiben davon herausschneiden können. Pat standen Schweißperlen im Gesicht, als er atemlos eine große Holzkiste anhob, auf der mit schwarzen Lettern das Wort DYNAMIT aufgemalt war.

»Wie kommst du voran, Rosa?« flüsterte er.

Rosa nickte, stemmte ihr ganzes Körpergewicht hinter das Gatling-Maschinengewehr und hievte es mit aller Kraft hoch.

»Ich komm schon zurecht, Señor Pat«, erwiderte sie.

»Bald ist alles überstanden«, erhielt sie von Pat McNab zur Antwort.

☆☆☆

Auf dem Dorfplatz war alles ruhig. Selbst die Hühner hatten sich verkrochen und lagen auf der Seite im Tiefschlaf. Es schien die ruhigste Stadt in ganz Mexiko zu sein. Bis eine ungeheure Explosion den Himmel in Brand setzte und die Luft von dem Gewieher sich aufbäumender Pferde erfüllt war. Der betrogene Soldat in der Kaserne schreckte hoch, griff wutentbrannt nach seiner Pistole, rief »*Caramba!*« und zog sich die Stiefel an.

Was folgte, war nicht etwa Chaos, sondern etwas Darüberhinausgehendes, für das es womöglich kein Wort gibt, das den wilden und willkürlichen – um nicht zu sagen entsetzenerregenden – Charakter dessen, was sich ereignen sollte, wirklich einzufangen vermag. Binnen Sekunden hatte sich das gesamte Dorf aus einem scheinbar friedlichen, verschlafenen Kaff in eine pulsierende, lodernde Flammenwand verwandelt, die ebensogut die Hölle hätte sein können. Durch diese stapften jetzt die Stiefel verwirrter Militärs, und Offiziere bellten mit heiserer Stimme: »Nein! Nicht dort entlang! Hier entlang, ihr Blödköppe!«

Bis die Worte »Gebt acht! Is Falle!« an ihre Ohren drangen und ihre Herzen gefrieren ließen.

»Du Biest!« rief der Bruder des Generalissimus', der aus dem Glied trat und einen mutigen Ausfall versuchte. Mit dem Schwert beschrieb er große Kreise um sich herum, nur um fast von Kopf bis Fuß von dem dichten Kugelhagel durchsiebt zu werden, den Rosa – zu Pats Entzücken (sprang er doch auf und nieder und klatschte zusammen mit Pasty in die Hände, als habe das lange Tragen von Zöpfen endlich seinen Tribut an Leichtsinn gefordert) – aus dem Gatling-Maschinengewehr abfeuerte, das sie fachmännisch auf dem Hügel oberhalb des Dorfplatzes aufgebaut hatte. In weniger als einem Nu war die staubige Hauptstraße mit bleidurchlöcherten Leichen übersät. Doch in diesem Moment läutete die Kirchenglocke, Rosa blickte Pat an, und Pat blickte Rosa an, und sie begriffen, daß sie in ihrem besessenen Rachedurst etwas völlig vergessen hatten.

»Honky!« brüllte Pat, warf Pasty ein Gewehr zu und winkte Rosa, ihm zu folgen. »Auf geht's!« schnauzte er.

☆☆☆

Honky bot einen herzzerschneidenden Anblick – ein gebrochener Mann, der sich fromm wie das frommste Lamm zum Galgen führen und eine weiße Tüte über den Kopf stülpen ließ. Der

Seufzer, den er ausstieß, als der Strick um seinen Hals festgeknotet wurde, war meilenweit zu hören. Der Padre trat zurück und begann zu lesen. Jedes Wort schien schwarz wie Melasse. Bis der Geistliche endlich ein Kreuz in die Luft schnitt und sprach: »Der Herr sei deiner unsterblichen Seele gnädig.« Selbst jetzt wollte der hartherzige Wachtposten, der Honky während seiner Kerkerhaft im Stall gnadenlos verspottet hatte, den Augenblick nicht ungenutzt verstreichen lassen. »Vielleicht du hast eine letzte Bitte, bevor du stirbst – eine Zigarette, nein? Aber ich habe ganz vergessen – du nicht rauchen! Hehehe!« höhnte er durch verfaulte, nikotingelbe Zähne.

Mit aller Kraft, die er aufbringen konnte, krächzte Honky unter der flatternden Tüte hervor (sie kitzelte seine Nasenlöcher): »Eines Tages werde ich es dir heimzahlen, du vermaledeiter Hurensohn!«

Dies sollte schneller eintreten, als Honky sich hätte träumen lassen. Ein Schuß krachte und durchtrennte augenblicklich den Strick. Wer kann sagen, ob für das, was als nächstes geschah, die plötzliche Hochstimmung, von der sich Honky durchdrungen fühlte, verantwortlich war oder ob der Vorfall unvermeidlich war? Wie auch immer, binnen Sekunden lag der höhnische Wachtposten auf dem Rücken, und neben ihm kauerte der tütenlose Honky und versetzte ihm jede Menge Kopfnüsse. Gerade hob er den Kopf, um abermals zuzustoßen, als er zu seiner Freude die vertrauten Gestalten seiner alten Freunde Pat und Pasty (und auch Rosa) entdeckte, die in einem leichten, vierrädrigen Wagen die Straße entlanggebraust kamen. Dicht vor der erhöhten Plattform des Galgens rief Pat: »Spring auf, Honky!« Eine Anweisung, der er zur Erleichterung aller, wie ihr Beifall bewies, mehr als gekonnt Folge leistete.

☆☆☆

Selten war das Dorf von einem solchen Wohlgefühl erfaßt worden. Papa beruhigte mit feuchten Augen die Menge und erklärte jubelnd: »Jetzt siehst du, was passiert, wenn du dich vom Boden erhebst, mein Volk!«

In diesem Augenblick hatte die Gemeinde, die nur in Baumwolle und zerlumpte Leinenhosen gehüllt war, das Gefühl, nach Art der Könige gekleidet zu sein. In aller Augen leuchteten zwei winzige, triumphierende Sonnen.

»Nie wieder dürfen wir ein solches Übel in unserer Mitte dulden!« sprach Papa.

Tausend Jubelrufe stiegen auf, und Myriaden Hosenbeine flatterten, als, was früher einmal als »Pöbel« gegolten hatte, ohne weitere Anweisungen abzuwarten, wie ein Mann auf die Militärkaserne zustürmte. Kopfschüttelnd nahm Papa die Hand seiner Tochter, räusperte sich und setzte erneut zu seinem berühmten Lied an: »*South of the border, down Mexico way* ...«

☆☆☆

Der Abschied sollte in der *cantina* stattfinden, und wieder geruhte fast das gesamte Dorf, ihm beizuwohnen. Da das Gebäude so klein war, blieb vielen der Eintritt verwehrt; diese waren untröstlich, sanken auf dem Dorfplatz in die Knie und weinten. Einige warfen sich sogar in die schwarze Tiefe des Brunnens, wo sie gewißlich zu Tode kamen. Als die Stunde nahte, da Papa sich erheben mußte, lächelten Pat, Pasty und Honky warmherzig. Sie hatten sich die Bäuche mit so vielen Portionen schwarzer Bohnen und *enchiladas* vollgeschlagen, daß sie sich sicher waren, gleich zu platzen.

»Und jetzt ein Hoch auf unsere drei Freunde aus – wo is?«

»Gullytown«, antwortete Pat. »Nur fünfundsiebzig Kilometer von hier.«

Papa lächelte und hob sein Glas.

»Auf alle in Gullytown!« sagte er lächelnd, legte die Hand auf die Brust und begann zu singen:

The mission bells told me that I couldn't stay
South of the border down Mexico way!

Und alle bekräftigten einstimmig und begeistert: »*Aye – yi yi yi! Aye – yi yi yi!*«

☆☆☆

Hinter Rosa versuchte ein kleines Insekt, die leuchtendgrüne, wenn auch gefährliche Neigung eines Palmwedels zu erklimmen. Rosa senkte den Kopf und betrachtete aufmerksam ihre Nägel. Wie wunderschön sie waren, dachte Pat …

»Wirst du je zu mir zurückkommen, Pat?« flüsterte sie mit feucht schimmernden Augen.

»Das weißt du doch, Rosa«, erwiderte Pat.

Das Insekt hatte fast die halbe Strecke zurückgelegt. Seine Ausdauer konnte beinahe als Sinnbild dienen, als Sinnbild für …

»Eines Tages vielleicht«, fügte Pat hinzu. »Eines Tages – wer weiß?«

Rosa schob sich dicht an ihn heran und berührte zärtlich seinen Oberarm. Den Kuß, den sie ihm auf die Wange drückte, würde er noch lange, lange in Erinnerung behalten.

»Auf Wiedersehen, Pat«, sagte sie.

Er nahm sie in die Arme und sah ihr in die Augen.

»Adios, meine Rosa«, sagte er, »ich werde dich nie vergessen.«

In diesem Augenblick drang ein vertrauter Klang an ihre Ohren. Als sie aufblickten, sahen sie Papa am offenen Fenster der Lehmhazienda stehen. Mit schwungvollen Gebärden begleitete er eine sattsam bekannte Melodie:

South of the border down Mexico way!
That's where I fell in love when stars above came out to play …

Rosa errötete leicht, dann schmiegte sie sich an Pats Brust, und ein zärtliches Glucksen überkam sie.

☆☆☆

Als Pat McNab, Honky McCool und Pasty McGookin am Straßenrand standen, war kein Laut zu hören. Eigentlich enthält diese Feststellung nur ein gewisses Maß an Wahrheit, denn einen

Laut gab es doch, wenn auch nur einen sehr leisen, fast unvernehmlichen. Der dazu noch eine schaurig pfeifende Qualität besaß. Pat schauderte und strich sich über die Arme, um sich zu beruhigen. Neben dem starren Wachtposten der Dorfpumpe pickten drei Hühner emsig im Staub. Mit jedem Windstoß, der zufällig vorüberstrich, quietschte das Schild über der Tür einer verfallenen Taverne am Straßenrand, auf dem früher einmal die (längst verblichene) Aufschrift The Border Bar zu lesen gewesen war. Honky musterte Pat unter schweren Augenlidern hervor und erzitterte unwillkürlich. Als wolle sie sein Unbehagen noch verstärken, ertönte hinter den Wolken das blecherne Gebimmel einer Missionsglocke.

»Mann, ist das vielleicht ein unheimlicher Ort«, sagte er.

Als Antwort näherte sich aus dem Hitzedunst über der Straßenkuppe etwas, das sich wie das hellrote verzerrte Grinsen eines unbestimmbaren mittelalterlichen Geschöpfes ausnahm. Es schien eine Ewigkeit zu brauchen, als werde es von flimmernden Hitzewellen unerklärlich festgehalten, bis es plötzlich und unerwartet vorruckte, sein metallener Rachen aufsprang und die schattenhaften Fahrgäste in seinem Innern preisgab.

»Der Bus!« ächzte Pat ungläubig. »Endlich!«

Honky fuhr sich mit dem schweißbedeckten Arm über die Stirn, und Pasty stützte sich gegen den Zaun.

»Na, Gott sei Dank!« sagte er.

☆☆☆

Als er dem rauhen, aber herzlichen Fahrer die Münzen hinzählte, lag ein breites Lächeln auf Pat McNabs Gesicht. Ein Lächeln jedoch, das sich gleich wieder verflüchtigte; denn als er das Wechselgeld in die Tasche steckte und sich umwandte, ließ eine kleine Eishand sanft, aber bestimmt ihre Finger über seine Wirbelsäule gleiten. Auf einem der Sitze am Gang erblickte er eine dunkelhäutige, mit satinschwarzem Schnauzbart geschmückte Gestalt mit fettigem Haar. Sein Herz tat einen Satz. »Der Generalissimus!« japste er.

»Kein schlechter Tag heute!« rief das dunkelhäutige Individuum und wandte sich wieder seinem *Irish Independent* zu. »Großartig!«

Eine ähnliche Erfahrung, obwohl Pat nichts davon mitbekam, machte auch Honky, der Platz genommen hatte und sich direkt hinter dem verachteten Wachtposten wiederfand. Der wandte sich mit geöffneter Zigarettenschachtel um, hielt ihm die Zigaretten vor die Nase und zirpte schamlos: »Fluppe gefällig?«

☆☆☆

Im Laufe der Jahre hat es so manchen Streit über die Natur des Seins und die Vorzüge oder Nachteile von Substanzen gegeben, die das, was wir gemeinhin greifbare, empirische »Realität« nennen, erheblich verändern.

Was Pasty und Honky über solche Themen dachten, sollte Pat niemals wirklich erfahren, denn sie diskutierten mit ihm weder diese noch »jenen Tag«. Sagen läßt sich nur eins: Wäre an diesem Tag, als der Fahrer die Handbremse löste und »Nächste Haltestelle Ballingad!« rief, jemand die Straße entlanggekommen und hätte, was er für den Flügelschlag eines vorbeifliegenden Vogels oder für die verirrten Ausscheidungen derselben Kreatur hielt, genauer untersucht, so hätte er herausgefunden, daß die Quelle des dumpfen Geräuschs nichts anderes war als der flüchtige Aufprall einer kleinen, krummen Peyotepflanze, die der entsetzte Honky (in einem Anfall von Angst, ausgelöst von der »Wiederbegegnung« mit dem Wachtposten) durchs offene Busfenster in den Schlund des sterbenden Sommerabends geschleudert hatte.

☆☆☆

Aber auf ihre Art war es eine Erfahrung, die Pat McNab nie ganz vergessen sollte, und es gab Nächte, in denen er allein in Sullivan's Select Bar saß und über einem schalen Pint Guinness brütete oder Hoss McGinnity lauschte, der, seine Interpretation von *South of the Border* zum besten gebend, wild gestikulierte. Dann sah er sich wieder stolz mit einem karmesinroten Kummerbund bekleidet, Rosa an seiner Seite lächelte und beugte leicht den Kopf zurück, um dem Konfetti auszuweichen, Papa vergoß eine Träne und schüttelte den Kopf, sie fuhren (in einem zerbeulten Lastwagen – aber was machte das schon! – an der Haltestelle, am Gemeindesaal, dem Brunnen und – natürlich! – an den Hühnern vorbei) hinaus in den Staub und die schimmernde Hitze, und zwischen ihnen herrschte eine unvergleichliche Liebe, die, wie er wußte, für immer fortdauern würde, so klar und hell und unendlich wie die Wasser des Rio Grande selbst.

FÜNFTES KAPITEL

Schäkern in der Küche

Courting in the Kitchen

Come, single belle and beau, to me now pay attention
Don't ever fall in love, 'tis the divil's own invention
For once I fell in love, with a maiden so bewitching
Miss Henrietta Bell, down in Captain Kelly's kitchen.

Refrain:
Tooraloora loo, a tooraloora laddy!
Tooraloora loo, a tooraloora laddy!

At the age of seventeen I was 'prenticed to a grocer
Not far from Stephen's Green where Miss Henry used to go, sir
Her manners were sublime, she set my heart a-twitching
And she invited me to a hooley in the kitchen.

Refrain

Next Sunday being the day we were to have the flare-up
I dressed myself quite gay and I frizzed and oiled my hair up
The Captain had no wife, faith, he had gone out fishing
So we kicked up high life down below stairs in the kitchen.

Refrain

Gerade starrte Pat gedankenverloren in die Schaufensterauslage des Obst- und Gemüsehändlers und fragte sich, was er zum Abendessen kochen sollte, als er von der gegenüberliegenden Straßenseite jemanden rufen hörte. Es war Bullock McCoy, der bereits auf Pat zugespurtet kam. Wie läßt sich Bullock am besten beschreiben? Vielleicht als der Typ des Viehhändlers mit riesengroßen braunen Stiefeln und flacher (äußerst speckiger) Kappe, die ihm schräg auf jener Kopfhälfte saß, die man im Ort salopp als »die Kildare-Seite« bezeichnete. »Da sind Sie ja, McNab!« rief Bullock aus und landete mit einem Plumpser neben Pat. »Ich schaue mir gerade die Kartoffeln an, Bullock«, erwiderte Pat, »fünfundzwanzig Pence das Kilo. Ist das nicht ziemlich teuer für Kartoffeln?«

»Wer interessiert sich für Kartoffeln?« sagte Bullock. »Wo ist Ihr Tantchen? Sie wollte mich anrufen.«

Pat blickte Bullock entgeistert an.

»Sie anrufen?« fragte er. »Hat sie das gesagt?«

Bullock nickte.

»Ja. Dienstag, hat sie gesagt. Sie hat gesagt, sie würde Dienstag anrufen.«

Pat strich sich zweifelnd übers Kinn.

»Und sie hat's nicht getan?«

»Nein«, antwortete Bullock bedrückt, »die ganze Nacht hab ich gewartet.«

»Das ist aber schade«, meinte Pat.

Einen Augenblick lang betrachtete Bullock ein platt getretenes Bonbonpapier auf dem Gehsteig, dann hob er den Kopf.

»Wir wollten ins Hotel gehen«, sagte er.

»Ach ja?« fragte Pat.

»Ja. Ich wollte einen Fleischeintopf essen und sie ein Chicken Curry. Haben Sie davon schon mal gehört?«

Pat nickte.

»Ja. Sie hat mir schon mal eins gekocht. In Amerika essen die so was die ganze Zeit.«

In Bullocks Augen flackerte Schwermut.

»Es war schon alles geplant«, sagte er. »Und dann hat sie einfach nicht angerufen.«

Er brach ab, dann fuhr er fort: »Vielleicht hat sie sich verletzt?«

Und fügte hoffnungsvoll hinzu: »Vielleicht ist sie gestürzt und hat sich am Bein verletzt?«

Pat schüttelte den Kopf.

»Nein«, antwortete er gleichmütig, »ihr Bein ist völlig in Ordnung.«

»Ja?« fragte Bullock begierig. »Dann könnten Sie ihr vielleicht sagen, daß sie mich anrufen soll?«

Pat stülpte die Unterlippe vor, dachte einen Moment nach und sagte dann: »Nein, das kann ich nicht.«

Nach einer kurzen Pause fuhr er fort: »Sie ist weg, verstehen Sie?«

In der frühnachmittäglichen Stille war deutlich Bullocks Schluckgeräusch zu hören.

»Weg?« fragte er.

»Ja«, erwiderte Pat. »Zurück nach Amerika.«

Bullocks Stirnhaut straffte sich. Er rückte näher an Pat heran.

»Aber das kann nicht sein!« rief er schrill. »Ich habe ihr doch einen Ring gekauft!«

Pat krauste die Stirn und hüstelte.

»Ihr einen Ring gekauft?« fragte er.

»Ja!« rief Bullock. »Hat mich fünfzig Pfund gekostet!«

Pat dachte einen Moment nach und sagte: »Wenn Sie wollen, könnte ich ihn ihr nachschicken …«

Bullocks Gesicht rötete sich leicht, und seine Stimme nahm fast Falsettqualität an.

»Nachschicken?« rief er. »Man schickt doch niemandem Ringe nach! Wer hätte je gehört, daß man jemandem Ringe nachschickt? Um Jesu willen, wir wollten uns verloben! Pat, wollen Sie mich etwa veräppeln?«

Pat schüttelte heftig den Kopf.

»Nein, Bullock«, besänftigte er den Größeren, »sie ist gestern los, verstehen Sie. Sie hat einen Zettel hinterlassen. Ich glaube sogar, ich habe ihn bei mir.«

Pat durchstöberte eine Weile die Tiefen seines langen schwarzen Mantels, ehe er unter anderem einen Flaschenverschluß mit der Aufschrift Time Ale, ein Kaugummibildchen von Ricky Nelson, eine zerdrückte Schachtel Zigaretten, etliche Kieselsteine und schließlich ein zusammengerolltes Stück Papier zutage förderte.

»Schauen Sie! Hier ist er!« rief er und entrollte die schön geschriebene Notiz. Die Handschrift konnte man nur gestochen nennen.

Lieber Pat, ich fürchte, ich muß nach Hause, hieß es.

Die Farbe wich aus Bullocks Gesicht, als er die Mitteilung studierte. Seine Stimme klang matt (geradeso als habe er von Anfang an das Schlimmste befürchtet). »Du lieber Gott!« stöhnte er traurig. »Dabei hatten wir immer so einen Spaß!«

Pats Lächeln breitete sich über sein ganzes Gesicht aus. Er legte Bullock die Hand auf die Schulter und bemerkte versonnen: »In der Tat, wirklich, einen Mordsspaß! Ich wette, nicht viele hatten derart Spaß wie Sie, Bullock! Denn sie ist ein großartiges Mädel! Ein großartiges Mädel ist sie, das steht fest!«

Bullock ließ betrübt den Kopf sinken und warf einen allerletzten Blick auf den zerknüllten Zettel in seiner Hand.

☆☆☆

Zum ersten Mal hatte Pat den »Spaß«, wie Bullock es nannte, miterlebt, als er eines Tages mit Einkäufen nach Hause kam und sah, wie Tantchen Babbie (seiner Mutter »wie aus dem Gesicht geschnitten«, hieß es in der Stadt), die erst am Vortag aus Amerika eingetroffen war, zwischen den aufgestellten Stühlen hin und her tanzte, während Bullock McCoy in der Ecke stand, den Aufschlag seines Sonntagsblazers umkrampfte und zwinkerte, und zwar ein klein bißchen übertrieben, so als leide er unter einem nervösen Tick. Wenn jemand die Bemerkung fallenließ, Babbie sei Mrs. McNab (d. h. ihrer Schwester Maimie) »wie aus dem Gesicht geschnitten«, so übersah er dabei die wasserstoffblonde, toupierte Hochfrisur, die sie zur Schau trug, und den umwerfend grellen limonengrünen Hosenanzug, der ihr bevorzugtes Kleidungsstück zu sein schien. »Sie zieht ihn wohl niemals aus«, dachte Pat, als er durch die Türritze lugte, ohne daß die Tänzer (inzwischen hatte nämlich auch Bullock sich den schwungvollen Manövern rückhaltlos hingegeben) seine Gegenwart auch nur im geringsten bemerkt hätten. Als sie jetzt mit noch größerer Ausgelassenheit an den Küchenwänden entlangwirbelten, rief Babbie ganz außer Atem in jenem seltsamen Mischmasch, das offenbar all denjenigen gemeinsam ist, die eine gewisse Zeit in Brooklyn *und* in Gullytown verlebt haben: »Phhuh! Willste noch mal rum, Bullock?« Worauf ihr Partner, dessen Wangen vor Erregung glühten, erwiderte: »Teufel auch, warum nicht!« – ein, wie man zugeben wird, wenig überzeugendes Echo großstädtischer Chuzpe. Das entging auch Pats Tantchen Babbie nicht, die Bullock in die Wange kniff und ihn mit einem hingequiekten (wie sollte man das sonst nennen?) »Du solltest dich hören!« neckte, bevor sie winzige Trippelschrittchen imitierte (ihr Hintern war gewaltig, dachte Pat, vielleicht viermal so groß wie der seiner Mutter), quer durchs Zimmer zur Hi-Fi-Anlage hüpfte und eine Langspielplatte auflegte, so daß das ganze Haus von dem schrillen Song widerhallte, den sie flötete und den mitzusingen sie ihren Partner ermunterte:

Come, single belle and beau, to me now pay attention
Don't ever fall in love, 'tis the divil's own invention
For once I fell in love, with a maiden so bewitching
Miss Henrietta Bell, down in Captain Kelly's kitchen.
Tooraloora loo, ri – tooraloora laddy!
Tooraloora laddy!

Das letzte, was Pat mitbekam, war das hohe Gelächter seiner Tante, dann verlor ein offenbar vierbeiniges Tier in Technicolor das Gleichgewicht und verschwand hinter dem Sofa.

☆☆☆

Es gibt einige Dinge, die sich vielleicht nie angemessen erklären lassen, hierzu gehören mehr als alles andere zweifellos gewisse Aspekte menschlichen Verhaltens. Weshalb zum Beispiel das bloße Echo des Gelächters an jenem Tag in Pat genau diese Reaktion hervorrief – sie läßt sich am ehesten als nervös, ängstlich und aufgebracht charakterisieren –, eine Reaktion, die sich am greifbarsten in der Gewalttätigkeit zeigte, mit der er den Beutel voller »Besorgungen« traktierte, wie man sie in dieser Gegend nennt (es handelte sich um ganz gewöhnliche Lebensmittel). Schlag um Schlag ließ er auf den bedauernswerten Stoffbehälter niederregnen, bis nichts mehr übrigblieb als ein unförmiges Häuflein von zerschlagenen Eiern, Zitrusfrüchten und allerlei Nahrungsmitteln, aus dem verschiedene Rinnsale dicker Flüssigkeit sickerten, die sich kreuzten, schlängelten und über die Schwelle der Hintertür quollen. Damit verbunden war auch die Tatsache, daß Pat sich auf sein Zimmer zurückzog, drei Tage lang keinerlei feste Nahrung zu sich nahm, sich die Ohren zuhielt und nach Art eines orientalischen Mystikers, der sich der Beschwörung eines Mantra weiht, wiederholte: »*Ich höre nichts! Ich höre nichts!*« Diesem Verhalten hätte er wohl auch weiterhin gefrönt, hätte seine Tante nicht auf jene intuitive Weise, die Pat in den darauffolgenden Wochen nur allzugut kennenlernen sollte – in jenen glorreichen Tagen vor dem »Dolchstoß«, wie er ihn im stillen nannte –, die Stimme gesenkt und ihm in einem entzückend wollüstigen Timbre zugeflüstert: »Wenn du rauskommst, gibt's vielleicht auch eine kleine Überraschung für dich, Pat. Gibt's vielleicht wirklich! O ja!«

☆☆☆

Daß Pat McNab als Lohn dafür, daß er auf ihren Wunsch sein Zimmer verließ, die schönste Zeit seines Lebens verbrachte, dürfte für die meisten Menschen völlig überraschend kommen, wenn man bedenkt, daß er in einem Alter war, da die meisten reifen Männer einer Arbeit nachgehen und ihren Kindern eine gute Zukunft sichern. Ja, die bloße Vorstellung, daß ein erwachsener Mann in den Armen einer überaus üppigen Frau liegt, die noch dazu seine Tante ist, wäre den meisten Menschen wahrscheinlich ein Greuel. Doch bei Pat McNab lag der Fall anders, und als er in die großen blauen Augen der Schwester seiner Mutter blickte (wie sie einander ähnelten!), fiel es ihm schwer, nicht jedesmal, wenn sie lächelte, die Worte zu äußern: »Ich liebe dich, Tante Babbie. Tut mir leid, daß ich mich eine Zeitlang lang so schlecht betragen habe.« Das nämlich wußte er und fühlte sich zutiefst beschämt, wenn sie in ihr Schneuztuch schniefte: »Ich wollte mich doch nur ein bißchen mit ihm amüsieren, Pat, das ist alles. Weißt du, als Kinder haben wir miteinander auf dem Anger gespielt.«

Kaum hatte seine Tante diese Erklärung abgegeben, legte Pat stumm ein feierliches Gelübde ab, sie nie wieder zu kränken, und seitdem verging nur selten ein Tag, an dem sie nicht beim Aufwachen ihren Lieblingsneffen mit vorgebundener Schürze am Fußende des Bettes stehen sah. Dann hob er die silberne Glocke von dem dampfenden Teller mit gar köstlichen Speisen, die er für sie zubereitet hatte – ein wahrhaft leckeres Mahl, ein herzhaftes Frühstück oder »Frühstückchen«, wie sie und Pat es später nannten. Aber es war nicht einfach nur ein Frühstückchen sondern ein Frühstückchen *nach amerikanischer Art*! Ja, jede Menge Pfannkuchen, mit Ahornsirup bestrichen und so hoch getürmt, wie es eben ging, und daneben knuspriger Frühstücksspeck und beidseitig gebratene Spiegeleier auf so vielen Kartoffelküchlein, wie man sich nur in den Mund stopfen konnte. »Schmeckt's dir, Tantchen?« fragte Pat dann wohl, setzte sich hin und bewunderte sie von der Bettkante aus. Worauf sie unausweichlich erwiderte: »Und ob, Patty!«

So nannte sie ihn zuweilen. »Patty!« Und Junge, Junge, wie ihm das gefiel! Besonders, wenn sie ihre Lieblingsplatte auflegte und ihm jenen ganz besonderen Blick zuwarf, einen Blick, der besagte: »Wie wär's mit einem kleinen Tänzchen, Patty?« Und schon wirbelten sie durch die Küche, zu den Klängen derselben Musik, die an jenem ersten Tag beinahe dafür gesorgt hätte, daß Bullock McCoy die Wildkatze vor lauter Verlangen zu Fall brachte.

☆☆☆

Ohne Zweifel gibt es Leute, die der Meinung sind, daß die Beziehung, in der Pat und seine Tante sich immer mehr verstrickten, von Anfang an zum Scheitern verurteilt war und daß es ganz unabhängig von den Komplikationen, vor die Bullock McCoys Beteiligung sie schließlich stellte, schwierig gewesen wäre, sich eine Situation auszumalen, die einen anderen Ausgang zugelassen hätte. Zweifellos schien dies von dem Augenblick an zuzutreffen, da Babbie – zugegebenermaßen leichthin, denn so faßte sie (tragischerweise, wie sich herausstellen sollte) die Beziehung auf – da Babbie also Pat gestattete, zu ihr unter die Bettdecke zu schlüpfen – und nicht nur das, sondern seinen Kopf an ihre Schulter schmiegte und gurrte: »Du mußt jetzt heia machen, mein Kleiner! Heia-heia für Tantchen Babs! Eiapopeia!« Hätte man die Uhr wirklich zurückdrehen, vielleicht sogar einschreiten können, um die unerbittliche Katastrophe, die da kommen sollte, abzuwenden – dies wäre der geeignete Augenblick gewesen.

☆☆☆

Der Riß, der sich schließlich zwischen Pat und seiner Tante auftat, hat etwas besonders Tragisches, kann doch nicht der geringste Zweifel daran bestehen, daß er diese Frau anbetete, daß er sie, wie Othello, wider alles Erwarten liebte – eine Neigung, die ihn veranlaßte, sie auf ein Podest zu stellen, und folglich eine Kette von Ereignissen auslöste, die – fraglos für sie beide (und am Rande auch für Bullock McCoy) – eine Tragödie bedeutete und sie in einen pechschwarzen Abgrund von unermeßlicher Tiefe schleuderte.

Denn Pat McNab wußte nicht, daß seine soeben aus Amerika heimgekehrte Tante, nach außen hin eine gewöhnliche, in einen limonengrünen Hosenanzug gehüllte Dame reiferen Alters, insgeheim erheblich mehr war, und das schon seit geraumer Zeit. Es scheint unheimlich – fast absurd –, daß Pat nicht mit einiger Besorgnis die sonderbare Einstellung seiner Tante zur Abwesenheit seiner Mutter zur Kenntnis nahm (vielleicht tat er es ja doch und wollte es nur nicht zugeben).

Mit seiner Erklärung »Die ist in England auf Geschäftsreise« gab sie sich zufrieden und schien erleichtert, ja dankbar, wenn sie sich nach wiederholten Verhören, in deren Verlauf sie ihn bei den Schultern packte und atemlos insistierte: »Wo ist sie?«, »Bist du dir sicher?« und »Wo genau?«, schließlich »enttäuscht« zeigen durfte. Jedoch war sie geneigt, sich »dreinzuschicken«, wenn er erklärte, ihre Schwester habe nach England aufbrechen müssen, »um ein paar Sachen in Ordnung zu bringen«.

Eine Reise, die für alle, die sie kannten – namentlich natürlich ihrer Blutsverwandten –, jeder Logik entbehrte, da Pats Mutter noch nie in ihrem Leben in England gewesen war, geschweige denn, in diesem Land Geschäfte getätigt hatte. Geradezu tragisch zu nennen – so doppelzüngig das auch scheinen mag (aber was soll's, wenn es dazu diente, seinem Kummer vorzubeugen!) – war Pats Unvermögen, »*Tantchen Babbies geheime Reisetasche*« schon früher zu entdecken. Einen Gegenstand, der erst ans Licht kam, als seine Tante bereits »abgereist« war, und in seinen beachtlichen Tiefen »*Die Wahrheit über Tantchen Babbie*« enthielt – so müßte man es wohl nennen. Als Pat McNabe die Videobänder in den Händen hielt, an jenem Tag, da alles längst zu Staub zerfallen war (kamen sie ihm vor wie die reine, zu schwarzen Quadern geronnene Lasterhaftigkeit) und Tränen der Reue und des »Was wäre gewesen, wenn ...« liefen ihm über die Wangen. Denn in seinem tiefsten Innern liebte er sein Tantchen immer noch und hätte alles gegeben, um den verwünschten Lauf der Geschichte aufzuhalten, der sie zu dem gemacht hatte, was sie jetzt war.

☆☆☆

Nämlich nicht das, was sie an jenem schönen Frühlingstag im Jahre 1945 gewesen war, als sie auf Ellis Island an Land ging. Angetan mit einem hellblauen Kleid, lief sie beschwingten Schrittes die Madison Avenue entlang, schwenkte ihren Pappkoffer und dachte: »Ich bin Babbie Hawness! Von Gullytown bin ich jetzt schön weit weg, Guys!« Und legte sich, um Eindruck zu schinden, bereits einen amerikanischen Akzent zu. Doch in den düsteren vierziger Jahren, in denen es an Gelegenheiten mangelte, sollte Babbie Hawness bald herausfinden, wie schwierig es war, in New York bei irgend jemanden Eindruck zu schinden. »Mach schnell, räum die Tische ab! Dein aufgesetzter Noo-Yoik-Akzent beeindruckt mich nicht, du Irin!« lautete die ätzende Antwort, mit der ihre Bemühungen bedacht wurden. Oder »Beweg deinen Arsch und zapf endlich Bier!«

So ist es kaum verwunderlich, daß sie sich in den New Yorker Nächten erst spät in den Schlaf schluchzte und den Tag verfluchte, an dem sie sich dazu entschlossen hatte, ihrem schönen, wenn auch verarmten Gullytown den Rücken zu kehren. Wo einer sich um den anderen kümmerte und sämtliche Nachbarn sich allabendlich in der Küche versammelten, den Geschirrschrank zur Seite rückten und wild aufjauchzten, wenn die Fiedler und die anderen Musikanten aus der Umgegend eine Weise spielten, bei der die Rücke flogen:

Next Sunday being the day we were to have the flare-up
I dressed myself quite gay and I frizzed and oiled my
hair up
The Captain had no wife, faith, he had gone out fishing
So we kicked up high life down below stairs in the
kitchen.
Tooraloora loo, a tooraloora laddy!
Tooraloora loo, a tooraloora laddy!

Immer wenn sie nachts von ihrem miserablen Job in Sam's Grill an der Ecke First Avenue/East First Street (oder »Foist an Foist«, wie der schwitzende Dummkopf von Besitzer es immer nannte) nach Hause ging, bohrten sich die Erinnerungen an die Tanzabende – dabei ist zweifelhaft, ob sich derlei Vorfälle wirklich jemals zugetragen hatten, denn die Hawnesses hatten nie einen Geschirrschrank besessen – mit der Schärfe einer glühendroten Nadel in Babbies Herz. Hinzu kamen die Briefe, die sie ständig von ihrer Schwester Maimie erhielt (Wie sie sie haßte! Jetzt mehr denn je!) und in denen diese ihr mitteilte, sie »gehe« mit einem Army Captain, der versprochen habe, sie zu heiraten und mit ihr in ein großes, altes viktorianisches Haus am Stadtrand von Gullytown zu ziehen, wo sie sich gemütlich einrichten und die ersten zaghaften Schritte einer Familiengründung unternehmen würden. Wie Babbie Hawness diese Briefe haßte! Kein mathematisches System verfügt über genügend Zahlen, um zu messen, wie oft sie diese zerknüllt und bespuckt hatte! Manchmal erreichte ihre Feindseligkeit ein solches Ausmaß, daß sie das Fenster des klammen, trüben Wohnheims aufstieß und in das kakophone Hupen der Autoschlangen hinunterrief: »Das Miststück! Die kriegt alles, und ich kriege nichts!«

Etwas, das sich nur sehr schwer leugnen ließ, denn es war eine traurige Tatsache, daß Dodie Hawness (Pats Großmutter mütterlicherseits) Babbie von Geburt an leidenschaftlich gehaßt hatte. »Dem kleinen Fräulein schlabbert wieder mal das Höschen um die Knöchel«, hatte sie oft gehöhnt. »Bild dir bloß nicht ein, daß ich es dir hochziehe! Tut's doch selbst, Eure Ladyschaft mit der Schnute!« Jeder Versuch, den Barbara Hawness als kleines Kind unternahm, um Zuneigung für sich zu wecken, stieß auf schroffe Ablehnung. Ihre psychischer Körper erlitt Prellungen, als sei jemand wiederholt mit einem harzbestrichenen Boxhandschuh über sie hergefallen. Was der Grund dafür sein mochte, daß schließlich – vielleicht unvermeidlich – eine gewisse Pein und Trübsal Babbie Hawness' Seele beschlichen. Um sich einer Terminologie zu befleißigen, wie sie in der Epoche der Hochtechnologie und Telekommunikation geläufig ist, konnte es vielleicht nicht ausbleiben, daß derartige Daten, im zarten Kindesalter heruntergeladen, für einen späteren Zeitpunkt gespeichert wurden. Oder wie die jungen Leute sich ausdrücken würden, wiederauftauchten, *aber hallo!*

☆☆☆

Es passierte ganz unerwartet, an einem herrlichen Sonntagmorgen des Jahres 1948. Im Café ging alles seinen gewohnten Gang, Sam nahm nicht die geringste Rücksicht auf die Gefühle seiner Angestellten, sondern wedelte mit seinem weißen Baumwolltuch und bellte: »Mach dies!« und »Mach das!« Er war starr vor Staunen – ein anderes Wort dafür gibt es nicht –, als das Mädchen, das er für das unterwürfigste – zumindest für das geduckteste – im ganzen Lokal gehalten hatte, auf dem Absatz herumfuhr und ihn mit einer Zunge, die schlangengleich zwischen ihren Lippen hervorschoß, plötzlich anschnarrte: »Warum tust du's zur Abwechslung nicht mal selbst, du dicker, hängebackiger griechischer Fettsack!«

Es genügt wohl, wenn ich sage, daß es für Babbie Hawness

von da an keine Beschäftigung mehr in diesem Etablissement gab. Doch in den darauffolgenden Tagen wurde der Zugewinn an Würde und Entschlußkraft, den sie sich erhofft hatte, von dem Elend, das sie infolge ihres Handelns zu erleiden hatte, völlig unterspült. Oft stiegen unheilvolle selbstzerstörerische Gedanken in ihr auf, die ihr ganz logisch vorkamen und sie süß lockten. Wenn sie auf ihrem Koffer saß und auf die Masse stählernen Streben starrte, die sich über den Hudson spannten, vergrub sie das nasse Gesicht in den Händen und rief: »Ach Gott! Ich wünschte, ich wäre tot!«

Zufällig war dies dieselbe Gefühlsregung, die sie in einem kleinen Café in der 42. Straße (»Dino's«) genau in dem Moment äußerte, als sich ein Mann mit der sachtesten, sanftesten Stimme, die sie je vernommen hatte, zu ihr gesellte. Wie sich herausstellte, hatte auch er Angehörige in Irland, einen McGurty in Dublin und weitere Verwandte in Mayo. Er sei Filmemacher, teilte er ihr mit, und so fing alles an, mit einer Berührung seiner olivfarbenen, mit einem Siegelring geschmückten Hand und den Worten: »Möchtest du noch einen Milkshake, Süße?«

☆☆☆

Als Pat lange, nachdem alles aus und vorbei war, endlich den Mut fand, einen der »Quader schwarzer Sünde« (als solche waren sie Pat natürlich nicht von Anfang an vorgekommen, waren doch die obszönen Titel geschickt mit strategisch plazierten Aufklebern verdeckt worden, die die Wonnen von *Babbies Jahresurlaub*, *National Geographic* und den *Naturwundern der Welt* verkündeten) in das eigens zu diesem Zweck gemietete Gerät einzulegen, schien er ganz und gar von allen guten Geistern verlassen. Zweifellos erwartete er Dinge, die ihn ein wenig peinigen würden; indes hatte er eher mit den lebhaften Ferienschnappschüssen eines früheren Geliebten oder auch mit Aufnahmen gerechnet, wie sie am Strand in einem bunten Badeanzug einen kleinen Tanz vollführte. Doch solche Befürchtungen waren nichts, aber auch gar nichts im Vergleich zu dem, was er an jenem ersten düsteren Tag im Jahre 1982 hinter geschlossenen Vorhängen zu sehen bekam. Eigentlich begann alles ganz harmlos, mit einer einfachen Papptafel, auf der die Worte standen: *Double D Productions präsentiert: Bun Crazy mit Babbie Bazoom in der Hauptrolle*. Doch noch ehe drei Minuten verstrichen waren, glich die Bibliothek, in der Pat McNab es sich bequem gemacht hatte, um etwas über die Frau zu erfahren oder zu »ermitteln«, die er – selbst jetzt noch! – so sehr liebte, dem Nachspiel zu Hiroshima. In den Ecken zerbrochene Stehlampen, Kissen, aus denen die Füllung wie Eingeweide hervorquoll, und Wände, die gänzlich mit Marmelade und verschiedenen Milchprodukten beschmiert waren. Und inmitten der Verwüstung die Gestalt des zusammengekrümmten Pat McNab, der auf eine Weise, wie er sie nur von seinen frühesten, anfälligsten Lebensjahren her kannte, herzergreifend schluchzte. »Warum?« rief er verzweifelt. »Warum?« Und hieb mit den Fäusten auf die Lehne des Schaukelstuhls ein.

Betrüblicherweise hatte sich Pat McNab bis zu diesem Zeitpunkt – eigentlich bis zu der Sekunde, als er auf die Einschalttaste des Fernsehers drückte – in einem Zustand befunden, den die Psychologen als »Wahrnehmungsunfähigkeit« bezeichnen, und er hatte sich mit Erfolg eingeredet, daß es sehr wohl auch eine andere Möglichkeit gab: nämlich daß er pädagogisch wertvolle Dokumentarfilme über Wüsten, Felsenformationen und Gnus sowie erbauliche Reiseschilderungen mit humorvollen Kommentaren aus den ersten Jahren von Babbie Hawness' Aufenthalt in einer der überwältigendsten Städte der Welt zu sehen bekäme. Kein Wunder also, daß – nach *Bun Crazy*, einem unbeschwerten Streifen wohltuender Seichtigkeit, der, mit Ausnahme einer Sequenz, in der seine Tante (anscheinend zu ihrem größten Entzücken) silberne Troddeln kreiseln ließ, im Grunde wenig zu bieten hatte – daß nach *Bun Crazy* also *Domesto Sexo* (in dem sie sich bereitwillig auf eine Gruppe zottelhaariger, in Leder gekleideter Hell's Angels einließ, die in übergroßer Zahl durch die Fenster einer im Vergleich zum Haushalt der McNabs offenbar ultramodernen, mit allem Komfort der Neuzeit ausgestatten Küche einstiegen) ihm mit der geballten Beharrlichkeit eines Abrißhammers brutale Schläge in die Magengrube versetzte.

☆☆☆

Am nächsten Morgen brannte hinter Mrs. McNabs Haus ein großes Freudenfeuer und sandte eine Rauchwolke aus, die weithin sichtbar war. Eine Rauchwolke, die ihren Ursprung nicht in dem »Stoß alter Papiere« hatte, den Pat zur Erklärung heranziehen wollte, falls irgendwelche neugierigen Nachbarn vorbeischauen sollten, sondern in einer kleinen Reisetasche voll schwarzer Quader, deren Plastikhüllen und Titel sich in den Flammen wie geschmolzenes Toffee verzogen und verbogen. Hierzu gehörten auch Titel wie *Martin und Olga*, *Depravos* und *Liebeslager 11*. Sie alle zeigten in der Hauptrolle in verschiedenen Phasen ihres Lebens jene Frau, die Pat unter den Namen Babbie gekannt hatte.

Babbie Hawness, Tante und Geliebte.

Die, wie er jetzt reflektierte, als er durch die Überreste der Asche harkte, nun keins von beiden mehr war, denn sie war fort. Seine Stimme schien eine trockene, nüchterne Qualität anzunehmen, als er auf dem Rückweg zum Haus am Lorbeergebüsch anhielt und zu dem Laubteppich zu seinen Füßen sagte: »Fort. Und es bricht mir das Herz.«

☆☆☆

Was es auch wirklich tat, und es verging kein Tag, an dem Pat nicht am Fenster gesessen, hinausgeblickt und gehofft hätte, sie wieder in Lebensgröße vor sich zu sehen, wie sie in ihrem limonengrünen Hosenanzug dem Bus entstieg, ihm aufgeregt zuwinkte und rief: »Pat! Bist du's? Bin wieder daheim!« Ihr Gesicht verriet nicht die leiseste Spur jener Doppelzüngigkeit, die dazu angetan war, alles Gute, Gesunde und Wahre zu besudeln. Nur irrte er sich auch darin, nicht wahr? Denn vorhanden war sie allemal. Vielleicht blieb sie seinen gutgläubigen Augen verborgen, aber vorhanden war es nichtsdestotrotz – ein dickes, graues Lügengespinst, das sich tückisch und betrügerisch hinter ihrem Äußeren verbarg. Wie schon die ganze Zeit über. »Oh, hallo, Pat!« So hätten die Worte lauten sollen, die sie an jenem Tag sprach.

»Hallo, Pat, Süßer! Bin wieder daheim, werde dich um Haus und Hof bringen! Ich weiß ja, daß deine Mutter weg ist.«

Oder vielleicht: »Bin wieder da, um dir zu zeigen, wie man einen Film macht, Pat! Ja! Um dir all meine gottverdammten Hollywood-Tricks zu zeigen!«

»Ja, das wäre ein Spaß! In der Tat, warum zeigst du mir's nicht?« dachte Pat, als er mit einem gewissen Mutwillen im Blick dasaß: »*Wie man einen verflixt guten Film dreht.* Von Babbie Hawness.«

So wie der, den sie und McCoy gedreht hatten, als sie glaubten, Pat werde über Nacht in Dublin bleiben. Er hatte angerufen, er werde sich wegen eines unerwarteten Busfahrerstreiks verspäten, hatte jedoch das unverhoffte Glück gehabt, von Tommy Caffrey in dessen Kohlenlaster mitgenommen zu werden. Aber es wäre besser gewesen, wenn es nie passiert wäre. Denn die Musik, die an seine Ohren drang, als er die Haustür hinter sich schloß, und die ihn auf eine Szene romantischer Landhausfröhlichkeit eingestimmt hatte – Babbie tanzte oft und gern allein, wie sie und seine Mutter es vor langer Zeit als junge Mädchen getan hatten –, hätte ebensogut in seine Eingeweide greifen und sie herausreißen können: Durch die offene Küchentür erschollen ein übermütiges Banjo und eine lustig fiedelnde Geige, zwei Kolben – die sich später als Beine herausstellen sollten – durchstießen die Luft, und auf den Küchentisch klatschten dikke Schweißtropfen, als Bullock McCoy (seine Stimme ein gelles, himmelhohes Kreischen) sich ganz der Melodie der mit Kratzern übersäten Platte hingab:

Come, single belle and beau, to me now pay attention
Don't ever fall in love, 'tis the divil's own invention

ehe er mit der Ungeschicklichkeit eines Elefanten auf dem Fußboden zusammenbrach. Als Pats Tante zur Tür sah und ihn erblickte, verfärbte sie sich bald rosarot, bald totenblaß, stützte sich auf einen Ellbogen und sprach mit vor Entsetzen erstickter Fistelstimme: »Pat!«

***

In dem stillen Dunkel eines Hauses, das nur den McNabs gehören kann, gibt es mitunter einen Traum, darin erglüht in der Ferne ein sanftes grünes Licht, das sich als eine wunderschöne Frau mit hohen Wangenknochen entpuppt. Sie dreht sich um, breitet die Arme aus und ruft einen Namen. Einen Namen, der einem kleinen Jungen gehört, welcher mit Augen, die glänzen wie die Sonne so hell, über eine Wiese läuft, ehe ihn Babbie Hawness in ihren ausgebreiteten Armen auffängt. Doch meistens gibt es ein anderes Traumbild, eines, das dank der aufreizend niedrigen Auflösung eines Videofilms von geringer Qualität in fünfter Generation für immer unscharf und verschwommen ist: In dem grauen Schnee verliert sich eine einsam winkende wasserstoffblonde Gestalt von vertrauter Üppigkeit, die unablässig, aber ohne jede Hoffnung mildernde Umstände geltend macht.

Und es gibt ein letztes Bild, in dem eine einsame Gestalt in langem schwarzem Mantel vor einem erlöschenden Feuer steht und zusieht, wie ein schwarzer Quader aus Plastik verbrennt, bis er endlich völlig schmilzt und mit ihm ein braun werdender, sich lösender Aufkleber, der den Titel eines einstmals schönen Songs nennt.

***

Als er jetzt neben Pat vor der Auslage des Obst- und Gemüsehändlers stand, stierte Bullock McCoy ein letztes Mal auf den Zettel in seiner Hand. Die Worte waren unmißverständlich, die Nachricht klar und unzweideutig. Und doch konnte er ihr keinen Sinn abgewinnen. Erinnerte er sich doch deutlich daran, daß Babbie ihm gesagt hatte, sie werde ihn am Dienstag anrufen, damit sie im Hotel eine Mahlzeit einnehmen könnten. »Ich wollte einen Fleischeintopf essen«, sagte er zu sich selbst, »und sie Chicken Curry.« Er kratzte sich am Kopf und versuchte es zu begreifen – vergebens. Da wandte er sich um und rief Pat nach: »Vielleicht könnten Sie ihr ausrichten, sie möchte heute abend bei Sullivan's vorbeischauen – sagen wir, gegen neun Uhr? Ich werde dasein und ein paar Pints trinken. Sie könnte einen Manhattan trinken. Sie trinkt nämlich gern Manhattans, Pat.«

Doch Pat war schon fort, und Bullocks flehentliche Bitten verhallten ungehört. Verloren sich im rauchigen Licht eines Abends, der jetzt selbst zur Neige ging, als wetteifere er mit dem Auftritt eines angebeteten parfümierten Geschöpfes, das unter einem Lorbeergebüsch zur letzten Ruhe gebettet war, die einst hoffnungsfrohen Augen auf ewig ein Bild unter den Sternen.

SECHSTES KAPITEL

Drei süße Mädels in Bannion

Three Lovely Lassies in Bannion

There are three lovely lassies in Bannion
Bannion, Bannion, Bannion
There are three lovely lassies in Bannion
And I am the best of them all
And I am the best of them all!

For my father has forty white shillings
Shillings, shillings, shillings,
For my father has forty white shillings
And the grass of a goat and a cow
And the grass of a goat and a cow.

And my mother she says I can marry
Marry, marry, marry
And my mother she says I can marry
And she'll leave me her bed when she dies
And she'll leave me her bed when she dies.

And on next Sunday moming I'll meet him
Meet him, meet him, meet him
And on next Sunday morning I'll meet him
And I shall be dressed like a queen
And I shall be dressed like a queen.

Unstreitig gab es in Gullytown welche, die sich auch weiterhin lautstark über Pats »exzentrisches« Benehmen ausließen, und zwar in der Regel so: »Sicher doch, was würden Sie auch anderes erwarten?« oder »Sie wollen doch nicht etwa behaupten, Sie wären überrascht? Bei denen ist doch die ganze Sippschaft meschugge!« Derlei gefühllose Ansichten waren nun wirklich ungerecht, denn Pats tapfere Bemühungen, festen Boden unter den Füßen zu behalten, verdienten uneingeschränktes Lob. Daß sich Mächte außerhalb seiner Kontrolle gegen ihn verschworen, darf man ihm nicht als Fehler anrechnen. Wie oft hatte er um Fassung gerungen, wenn seine Mutter ihn wieder einmal mit einem Wortschwall wie diesem überschüttete: »Schau nur, wie du aussiehst! Kein Wunder, daß die ganze Stadt über dich lacht!« oder »Dann geh doch zum Tanz, wirst schon sehen, was du davon hast, du elendigliche Vogelscheuche auf Beinen!« So zermürbte sie ihn, bis seine Geduld schließlich erschöpft war. Ein einziger Hieb mit der gußeisernen Pfanne fällte sie; bäuchlings lag sie stumm zu seinen Füßen wie eine lebensgroße ausgestopfte Puppe. Nein, in der Kriminalgeschichte dieser Welt mag es viele Fälle geben, auf die die eiskalten Worte des Barden in *Macbeth* zutreffen – »*Ich bin einmal so tief in Blut gestiegen, / Daß, wollt' ich nun im Waten stille stehn, / Rückkehr so schwierig wär', als durch zu gehn*« –, doch die »Affäre McNab« gehört gewiß nicht dazu. Denn die nackte Wahrheit, lieber Leser, lautet schlicht und einfach, daß Pat ein Stiefkind des Lebens war. Und zwar von dem Tag an, da er seine innig geliebte Mutter – denn damit wir uns nicht falsch verstehen, geliebt hatte er sie! – unterm Lorbeergebüsch in der Erde vergrub (gelegentlich ging er sogar soweit, sie wieder auszugraben und ins »Warme« zu schaffen, damit alles wieder wäre wie »in alten Zeiten«). Die Ereignisse überschlugen sich geradezu und katapultierten einen völlig unschuldigen jungen Mann mitten ins Herz des schwarz dahinwirbelnden Kosmos. Unvermeidliche Folge davon war, daß Pat McNab auf den Gruselseiten eines Wälzers à la *Große Mörder und Soziopathen der Geschichte* landete.

Doch welcher große Mörder möchte einfach eine RayBan-Sonnenbrille aufsetzen, Liedchen trällern und in seiner Stammkneipe mit anderen ein paar Gläschen Macardles Ale trinken? Welcher Soziopath? Keiner. Denn eine solche Beschreibung trifft auf Pat McNab gewiß genausowenig zu, wie wenn man behaupten würde, die Stadt Ballynahinch läge mitten in der O'Connell Street. Nein, Pat war kein Soziopath, und zur gegebenen Zeit wird die Wahrheit ans Licht kommen, und die Welt wird endlich Pats Großmut und Freigebigkeit begreifen. Was schon längst hätte geschehen können, hätte es da nicht jenen Vorfall gegeben, den er selber gern den »Pfannentag« nannte, sowie ein, zwei weitere Unglückstage in dessen Gefolge. Geneigter Leser, wer hätte sich träumen lassen, daß die unbedeutenden Handlungen einiger unschuldiger junger Mädchen in einem meilenweit von Gullytown entfernten Pflegeheim eine so verheerende Wirkung auf Pats Geisteszustand haben würden und schließlich fast ganz allein dafür verantwortlich waren, daß er in eine Gemütsverfassung gestürzt wurde, die zum unvermeidlichen Tod seines alten Schulmeisters Butty Halpin sowie des Gesetzeshüters Sergeant Foley führte? Niemand, doch genau dies war der Fall. Ironischerweise an einem Tag, als Pat erwachte, sich reckte und in einem Ton des lebhaftesten Optimismus, wie er ihn schon für immer verloren geglaubt hatte, bemerkte: »Pat, altes Haus, von heute an wird alles, alles anders. Ich weiß es! Ich hab's im Urin!«

Derlei Gedanken gingen Pat durch den Kopf, als er sich in der Küche zu schaffen machte, nach Teebeuteln suchte und hunderterlei Dinge auf einmal erledigte. Dabei summte er vor sich hin wie einer, der gerade das Große Los gezogen hat. Genau in diesem Moment schoß im Schlafsaal »Theresia vom Kinde Jesu« eines hundertzwanzig Kilometer entfernten Schwesternwohnheims plözlich ein junges Mädchen, dessen Teint so weich wie frische Blumen war, in ihrem mit Äpfeln bedruckten Nachthemd hoch und rief laut: »Heute!«

»Heute!« rief ihre Freundin Ann, die sich ebenfalls im Bett aufsetzte.

»Heute!« quiekste Jo, die schon auf war und mit einer Zahnbürste vor dem Kleiderschrank stand.

»Heute! Heute! Heute ist Feiertag!« kreischte Mary (das Mädchen im Nachthemd) und klatschte in die Hände.

»Hurra!« riefen die drei Freundinnen einstimmig, als das zweite Glockenzeichen ertönte.

Wie soll man die drei, die sich mit verstörend synchroner Präzision die Zähne putzten – sie selbst stuften sich als »Freundinnen fürs Leben« ein –, am besten beschreiben? »Was für ein fabelhaftes Triumvirat lebenslustiger Hupfdohlen sie doch sind!« wäre eine mögliche Wendung.

»Ach, ich kann's nicht erwarten!« rief Mary.

»Das ganze Semester habe ich auf diesen Tag gewartet!« jappte Jo.

»Ich auch!« Ann nickte.

»Wir drei werden ungeheuer einen draufmachen!« zwitscherten sie einstimmig, als wären sie ein einziger Mensch mit drei Köpfen.

Einige Stunden später saßen sie aufgeregt und erwartungsvoll in einem Bus, der sich die Auffahrt hinuntertastete und vorsichtig auf die Landstraße rollte. Als der Fahrer die Farbenpracht der flatternden Röcke und die um die Schultern der Mädchen drapierten Lambswooljacken im Rückspiegel sah, verdrehte er die Augen. Er merkte, daß ihm und den traurigen Schafen und Kühen, die draußen über die Welt nachsannen, hier »Hausgeist« und »Frauen gemeinsam« demonstriert werden sollte.

»Kommt, Mädels!« quiekte Mary, zupfte an ihrer Strickjacke und begann mit ausholenden Gebärden zu dirigieren, während ihre Gefährtinnen sich räusperten und das folgende Lied anstimmten:

There are three lovely lassies in Bannion
Bannion, Bannion, Bannion
There are three lovely lassies in Bannion
And I am the best of them all
And I am the best of them all!

Gerade hatten sie Atem geschöpft und wollten sich voller Elan auf die zweite Strophe stürzen, da gefror Marys ausgestreckte Hand plötzlich in der Luft, und sie rief: »Halt!«

»Hä?« erwiderten Jo und Ann wie aus einem Mund.

Zwischen den Bäumen erhob sich ein kahler, grauer Kalksteinbau. Von der Straße aus war ein unbeholfen bemaltes Schild zu sehen: McNAB's B & B (eine kürzlich eingeführte Neuerung des auf Penunze angewiesenen Pat). Ein spöttisch-schalkhaftes

Lachen umspielte Marys Lippen. Die mutwillige Jo versetzte ihr einen heftigen Rippenstoß.

»Das meinst du doch nicht ernst?« kicherte sie.

»Doch nicht ernst?« fiel Ann ein.

»Halten Sie an!« rief Mary, die Hände als Lautsprecher benutzend. Der Fahrer verdrehte die Augen zum Himmel und zog die Handbremse.

»Wir wollen anhalten, mein feinslieb Fahrerlein«, gurrte Mary, schlängelte sich den Gang entlang und zeichnete mit dem Fingernagel eine kleine Linie auf die Stirn des Fahrers.

»Das dürft ihr nicht«, wandte der ein. »Dafür ist mir mein Job zu schade.«

»Wenn Sie nicht die Tür aufmachen«, entgegnete Jo, »sagen wir, daß Sie ... böse Sachen ... gemacht haben.«

»Wir sagen, daß Sie ...«

Die Farbe wich aus dem Gesicht des Busfahrers.

»Wie Sie wollen, Miss«, fügte er sich kleinlaut.

»Hihi!« lachte Jo, zog ihm die Schirmmütze über die Augen, und sie stiegen aus, lärmend wie ein aus dem Käfig befreiter Schwarm Stare.

Ihr Gelächter hallte durch die Landschaft, als sie nun zwischen Kuhfladen hindurchstaksten und mit ungezähmtem Blätterwerk kämpften, das zum größten Teil aus wuchernden Rhododendronsträuchern zu bestehen schien.

»Machen Sie sich nichts daraus,« schrie Jo, »die ist plemplem!«

»Komm schon, O'Boyle!« jaulte Mary. »Du dumme Kuh!«

In einiger Entfernung ließ der Fahrer müde den Kopf aufs Steuer sinken und murmelte, dem Zusammenbruch nahe: »Die Eltern tun mir leid.« Dann sammelte er sich unerklärlicherweise wieder und rief: »Kommt zurück, ihr Luder! Das lasse ich mir von euch nicht bieten! Kommt zurück, sag ich!«

Doch seine Fracht war schon fast verschwunden, ebenso wie Sekunden später der Bus, der jetzt die Straße entlangraste, gelenkt von einem Fünfzigjährigen mit hochrotem Gesicht, der sich das alles – mit seinen Worten – »nicht länger gefallen ließ, verdammt noch mal!«

Jo gickerte, Ann gickerte, Mary gickerte. Sie kamen an einer hohen Hecke vorbei, hakten sich unter und sangen:

For my father has forty white shillings
Shillings, shillings, shillings,
For my father has forty white shillings
And the grass of a goat and a cow
And the grass of a goat and a cow.

»Hi!« piepste Jo.

»Hihi!« lachte Mary.

»Hihihi!« fügte Ann hinzu.

Neugierig geworden, standen sie unter dem großen, roten, hölzernen B & B-Schild. Leise schaukelte es in der schwachen Brise. Sie betrachteten die unbeholfen gemalte Beschriftung unter den mächtigen Doppelbuchstaben (an etlichen Stellen hatte die Farbe getropft).

»Was steht denn da?« fragte Mary.

»Was?« fragte Jo.

»Was da steht«, sagte Mary.

»Keine Mädchen«, lachte Ann, und alle drei quieksten vor Vergnügen. »Da steht: *keine Mädchen!*«

»Uuh!« zirpte Mary.

»Haha!« lachte Jo.

»Haha!« quiekste Mary. Da öffnete sich langsam die Tür, und Pat McNab stand vor ihnen auf der Schwelle. Seine Haare waren ungekämmt, und er war in seinen langen, schwarzen Mantel gehüllt. Als er sich förmlich angesprochen sah, verfärbten sich seine Wangen scharlachrot.

»Sehen Sie, wir haben Ferien«, fuhr Mary in einem einigermaßen überzeugend wirkenden »Erwachsenen«-Ton fort, »wir haben Ferien ...«

»Und wir dachten ...«, warf Jo ein.

»Wir dachten, wir könnten eine kleine Fahrt ins Blaue unternehmen ...«, sagte Ann.

»Uns in den Bus schwingen«, sagte Mary.

»Und wieder abspringen«, lächelte Jo.

»Schwingen und springen«, lachte Ann.

»Und fahren, wohin wir wollen!«

»Fahren, wohin wir wollen!« sagte Mary.

»Einfach rein in den Bus, und ab geht die Post!« tschilpte Ann.

»Juchhe!« jauchzte Jo.

»Wen schert's, wo er uns hinbringt?« fragte Mary.

»Mich nicht!«

»Mich auch nicht!«

»Mich auch nicht!«

»For we're three lovely lassies from Bannion!« schrie Jo aus voller Kehle und malte mit den Fingern kleine Schlangenlinien in die Luft.

»Scht!« schalt Ann.

»Tut mir leid, aber wie's auf dem Schild steht – ›keine Mädchen‹, versteht ihr?« stammelte Pat und starrte auf die Schwelle. Sein Gesicht hatte einen noch tieferen Rotton angenommen als zuvor.

Es entstand eine Pause, in der die Vögel wenig bemerkenswerte Melodien sangen.

»Ist das Ihr letztes Wort?« fragte Mary.

»Ich fürchte, ja«, sagte Pat voller Bedauern.

»Na schön«, sagte Mary.

»McKenna! Was soll das?« zischte Jo hinter ihrem Rücken und versetzte ihr einen kleinen Stoß.

Wieder entstand eine Pause. Die Vögel sangen immer noch. Mary räusperte sich. Lächelnd wandte sie sich zu Ann und Jo und sagte: »Sehen Sie nur! Ach du lieber Himmel! An Ihrem Mantel ist ja ein Knopf locker!«

Pat mußte schlucken. Der Speichel schien eine Ewigkeit zu brauchen, bis er an seinen Mandeln vorbeirutschte.

»Locker?« erwiderte er, und auf seinen Handtellern prickelte der Schweiß wie Nadelstiche. Er hatte das Gefühl, Handschuhe aus Stacheldraht anzuhaben.

»Ja, locker!« fuhr Mary fort. »Sieht aus, als würde er jeden Augenblick abfallen! Seht nur, Mädels!«

Ihre beiden Freundinnen schoben sich näher heran und

senkten die Köpfe, um besagtes Kleidungsstück und sein schadhaftes Anhängsel in Augenschein zu nehmen. Marys Finger legten sich um den Knopf, und sie begann, ihn auf eine Weise, die man nur anzüglich nennen konnte, ganz, ganz langsam im Uhrzeigersinn zu drehen.

»Mensch! Du hast recht, Mary!« rief Jo mit rauher Stimme.

»Gleich ist er ab!« sagte Ann.

»Stellt euch nur vor, was wir mit ihm hätten tun können, wenn wir rechtzeitig davon gewußt hätten«, sagte Mary.

»Wir hätten ihn wieder annähen können«, sagte Ann.

»Ganz fest, als wäre er nie abgegangen«, sagte Jo.

Mary klimperte mit den Augendeckeln und sagte zu Pat: »Genau das tun wir nämlich, wissen Sie.«

Pat mußte niesen, und unter seinem rechten Nasenloch bildete sich ein kleiner silberner Tropfen Rotz. Mary drehte sich rücksichtsvoll weg und sagte: »Wir kümmern uns um die Leute!«

»Wir kümmern uns um die Leute!« sagte Jo.

»Nehmen sie unter unsere Fittiche!« sagte Ann.

»Und kümmern uns um sie, stimmt's, Mädels?« sagte Mary.

»Wie sonst keine!« riefen sie einstimmig.

Mary hüstelte und hielt zartfühlend den Handrücken vor die Lippen.

»Wenn Sie eine Erkältung haben ...«

»Oder Sodbrennen ...«, sagte Ann.

»Wenn Ihr Blinddarm geplatzt ist ...«, sagte Jo.

»Oder wenn Sie Krebs haben ...«, teilte Mary mit.

» ...kümmern wir uns um Sie«, sprachen alle drei Stimmen auf einmal.

»So wie wir auch einen Knopf annähen würden«, erzählte ihm Mary mit sanfter Stimme.

»Oder einen Herd schwärzen«, sagte Jo.

»Oder Ihre Schlafanzüge bügeln«, sagte Mary.

»Würden wir glatt tun«, sagte Ann.

»Denn wir sind ...«, sagte Mary.

»Denn wir sind ...«, sagte Jo.

»Denn wir sind ...«, sagte Ann.

»*Three lovely lassies from* ...«, sagte Jo.

»Aber, aber, Mädels – scht!« schalt Ann.

Mary berührte mit der Zunge ihre Zahnspitzen und sagte: »Also, wo ist Ihr Faden?«

Über Pats linker Augenbraue zerplatzte ein großer Schweißtropfen.

»Wo ist Ihr Faden?« fragte Jo.

»Wo ist Ihr Faden?« fragte Ann.

Pats Lippe zitterte, als drei Stimmen – heiser und betörend – ihn von ferne zu locken schienen.

»Wo ist Ihr Faden?« fragte die eine.

»Wo ist Ihr Faden?« fragte die andere.

»Wo ist Ihr Faden?« fragte die dritte.

»Wo ist Ihr Faden?« fragte die erste wieder.

Bis die letzte mit einem raschen Klimpern der Augendeckel gellend ausrief: »Nun, dann müssen wir ihn eben selber suchen, nicht wahr?«

Pat saß in seinem Sessel vor dem Kaminfeuer und befingerte seinen frisch angenähten Knopf. In der blitzenden Umgebung, die eine frauliche Note bekommen hatte und nach Luftverbesserern und Duftmischungen roch, kam er sich wie ein Haufen abgelegter, alter Kleider vor. An seinem Tisch saßen die drei »Besucherinnen«, nippten Tee aus Porzellantassen, knabberten an Schokoladenkeksen und zogen mit großer Begeisterung über ihre Kolleginnen her.

»Die Kuh, die Kuh – die Kuh hab ich noch nie ausstehen können!« zischelte Ann und rümpfte die Nase.

»Wißt ihr, daß sie meine Pond's Gesichtscreme genommen und nie zurückgegeben hat?«

»Deine Pond's?«

»Ja, meine Pond's! Und ihr wißt, wieviel die kostet!«

»Als ob ihr das was nützen würde!«

»Die Kuh!« sagten sie unisono.

»Und ihr Gesicht!« fauchte Mary knabbernd. »Wie ein in den Regen gereckter Hühnerarsch! Huch! Tschuldigung, Pat!«

»Kümmern Sie sich nicht um sie, Pat!« quiekste Ann. »Man kann sie wirklich nirgendwohin mitnehmen!«

»Haha!« gickste Jo.

»Haha!« jaulte Mary.

»Haha«, lachte Pat nervös und beunruhigt und zwirbelte weiter an seinem Knopf.

»Nirgendwohin!« rief Ann und schenkte Tee nach. »Ich weiß nicht, warum wir sie überhaupt mitgenommen haben!«

»Nein!« rief Mary. »Wir hätten die Schlampe in St. Ita's lassen sollen!«

»In St. Ita's!«

»St. Ita's!«

»Ah hahahaha!«

»Lang lebe St. Ita's! Das bescheuerte Schwesternwohnheim! Noch Tee, Mary?«

Aber Mary hörte gar nicht zu, denn trotz ihrer ständigen Ausrufe und dem köstlichen Geschmack ihrer Schokoladenkekse hatte sie sich vorübergehend davon ablenken lassen, wie sehr Pat mit seinem Knopf beschäftigt war. Sie hüstelte höflich, bürstete einige Krümel vom Ärmel ihrer Strickjacke aus feinster rosa Schafwolle und sagte: »Pat, stört es dich, wenn ich dich frage, warum du das tust?«

Pat rutschte ganz entgeistert auf seinem Sessel herum.

»Was tue? Ich tu doch gar nichts«, lautete seine schlagfertige Antwort.

Mary fuhr sich mit der Zungenspitze über die Oberlippe, strich den Rock über den Knien glatt und sagte: »Weißt du denn nicht, Pat, wenn du so weitermachst, muß ich den Knopf wieder annähen?«

»Annähen?« erwiderte Pat ein klein wenig heiser. »Also, wenn das so ist, dann lasse ich ihn in Ruhe.«

Mary lächelte zärtlich, etwa so, wie man ein Kleinkind anlächelt.

»Schon gut, ich hab ja nichts dagegen«, fuhr sie fort. »Aber ...«

»Ich lasse ihn in Ruhe«, wiederholte Pat, nestelte unwillkürlich noch stärker an seinem Knopf und wurde ganz rot und aufgeregt. Er merkte gar nicht, mit welcher Lautstärke er ausrief: *»Dann lasse ich ihn in Ruhe, habe ich gesagt! Ich habe gesagt, dann lasse ich ihn in Ruhe! Hast du nicht gehört?«*

Es folgte eine äußerst lange Pause. Falls die Vögel immer noch sangen, sei es draußen in den Bäumen oder noch weiter weg, dann äußerte sich niemand zu ihren Melodien. Das einzige Geräusch, das zu hören war, als die Mädchen einander erschrocken anstarrten, war das Ticken der Standuhr in der Diele. Will sagen, das einzige Geräusch, bevor ein dreifacher hysterischer Lachanfall die Stille zerriß, begleitet von einem fast primitiven Rhythmus überschwenglichen Auf-den-Tisch-Klatschens. Im Vergleich dazu wirkte Pats graues, schuldbewußtes Schweigen beschämt. Sein eigenes Schluckgeräusch gellte ihm in den Ohren wie das Rauschen angeschwollener Stromschnellen. Einen Moment lang befürchtete er schon, daß auch sie es hören könnten, doch da täuschte er sich, denn sie hatten anderes zu tun, waren viel zu sehr damit beschäftigt, sich halb kringelig zu lachen, um irgend etwas wahrzunehmen.

Eine reizende weiße, hochgeschlossene, hinten geknöpfte Nylonbluse mit rüschenbesetzter Brust, langen Ärmeln und Spitzenmanschetten könnte man sehr weiblich nennen, ebenso eine Flasche Chanel No. 19. Doch selbst die Verbindung von beidem war weniger der Inbegriff von Weiblichkeit als das von Pats »Besucherinnen« in Beschlag genommene Schlafzimmer, in dem jetzt Wolken von Körperpuder hingen. Im ganzen Zimmer lagen duftige Pyjamas verstreut, ein ungebärdiges Haarebürsten war im Gange, und auf den Frisierkommoden lagen künstliche Fingernägel verstreut wie Konfetti. Es sah so aus, als sollte hier, im Hause der McNabs, die Mutter aller Schlafanzugpartys stattfinden!

»Aber er sieht doch gar nicht schlecht aus«, sagte Mary und zog mit flinken, aber delikaten Strichen die Bürste durch ihre Frisur. »Ich meine, ich würde nicht sagen, daß er schlecht aussieht.«

»Mag sein, Mary, jedenfalls nicht, wenn man ihn mit einem Schlauch abspritzt«, quietschte Jo.

»Oder ihn mit einer Lötlampe bearbeitet«, warf Ann ein.

»Haltet das Maul, ihr Kühe!« fauchte Mary und schlug Jo auf die Schulter. »Er ist schüchtern, das ist alles.«

»Uuh! Nun hör dir die an!« mokierte sich Jo. »Hör dir die an, Ann Magee!«

»Er ist schüchtern, das ist alles«, äffte Ann boshaft.

Jo zog die Brauen hoch und nahm eine Babystimme an.

»Ich glaube, er hat's ihr angetan«, sagte sie keß.

»Ihr angetan!« quiekste Ann.

»Hat er das, Mary?« fragte Jo. »Ich meine, hat er es dir angetan?«

»Uuh! Er hat's ihr angetan! Ihr angetan!«

Anns Schultern bebten.

»Pat! Huhu! Hallo, Pat!«

Jo ahmte Marys Stimme nach.

»Mary will mit dir reden!«

Mary zuckte die Achseln und zischelte mißbilligend, zwinkerte aber vielsagend.

»Haltet den Mund, ihr Pißnelken!« befahl sie und drohte ihnen mit der Haarbürste. Sogleich ging eine Kissenkanonade auf sie hernieder.

»Schau nur, Mary!« jaulte Jo. »Das Kissen hier ist Pat! Gib ihm einen Kuß! Nun mach schon! Gib ihm einen Kuß!«

Anfänglich schien Marys zu zögern, als kränke sie das Gerede. Doch plötzlich packte sie das pralle Stoffkissen mit beiden Händen, preßte es heftig an sich und drückte einen »Schmatzer« darauf.

»Seht ihr! Ich hab's ja gesagt!« rief Jo.

»Haha!« lachte Ann. »Wenn das die Oberschwester wüßte!«

»Wir würden Pat schon dazu kriegen, daß er ihr einen dicken, fetten Kuß gibt«, lachte Ann.

Als wäre eine geheimnisvolle, dämonisch schalkhafte Macht entfesselt, fingen sie wieder an zu quieksen und sich mit einer Vielzahl von Stofftieren zu bewerfen. Als sie endlich aufhörten, waren ihre erhitzten, drallen jungen Körper erschöpft.

Tags darauf waren die drei Freundinnen wie zum Leben erwachte Flatterschürzen. Aus der Küche zogen Düfte durch die Diele und über die Treppe in jeden Winkel des Hauses. Pat saß in der Ecke und spielte mit seinen Fingern.

»Du wirst es nicht bereuen, Pat«, sagte Mary. »Nur noch ein paar Tage, und das Haus ist blitzblank.«

»Das schönste Haus im ganzen Land«, bekräftigte Jo.

»Das schönste B & B!« widersprach Ann. »Du meinst, das schönste B & B!«

»Ist ja schon gut, du Kuh!« zischte Jo und setzte hinzu: »Pah! Du Kleinigkeitskrämerin!«

»Na, na! Hört auf zu zanken, Mädels!« beharrte Mary. »Ihr wißt doch, was Schwester Bonifatius sagen würde!«

Jo verzog das Gesicht und spottete mit bebender Stimme: »Wenn ihr mich fragt, ihr Mädelchens seid verrückt – verrückt!«

»Jedenfalls verrückt nach allem, was Hosen trägt, Schwester Spekulatius!« echote Ann.

Marys Hand flog vor ihr Gesicht.

»Ach nein!« rief sie. »Ich hab ja gar keine Eier!«

»Keine Eier?« rief Jo.

»Keine Eier?« rief Ann.

»Wie soll ich zu den Kartoffeln und Erbsen ein Omelett machen, wenn ich keine Eier habe?« stöhnte Mary.

»Ich geh welche holen. Ich hole Eier«, erbot sich Jo.

»Und ich komme mit«, erklärte Ann sich bereit. »Wir gehen los und holen welche.«

»Ach, würdet ihr das wirklich?« rief Mary. »Das wäre prima!«

»Keine Sorge!« zwitscherte Jo.

»Denn schließlich …«, sagte Ann, und spontan und ungeheuer melodiös sangen alle: »*We are three lovely lassies from Bannion* – oder etwa nicht?« Dann verschmolzen ihre geschmeidigen jungen Körper in einer Umarmung, die die Illusion einer einzigen eleganten, süß duftenden Person hervorrief, einer Person freilich, die, wie bereits angemerkt, auf ihren Schultern eine Dreiheit fröhlicher, beweglicher, wackelnder Köpfe sitzen hatte.

Nicht lange nachdem ihre Freundinnen in die Stadt aufgebrochen waren, hörte Pat, der dabei war, die Zimmer auszufegen, Mary sagen: »Pat, es macht nichts, wenn du was übersiehst, weißt du. Es macht mir nichts aus.«

Er wußte, daß sie ihn schon eine geraume Weile beobachtet hatte.

»Was?« Er schluckte, ohne hochzuschauen.

»Ich sage nur«, fuhr seine Besucherin fort, »es macht nichts, wenn du versehentlich ein Stück Fußboden ausläßt. Ich kann's später in Ordnung bringen.«

Pat errötete und erwiderte kaum vernehmlich: »Nein. Schon gut. Ich mach's ja schon.«

Mary ging auf ihn zu und streckte die Hand aus.

»Nein, ich mach's«, sagte sie, »ehrlich. Das ist sowieso Frauensache. Im Schwesternwohnheim machen wir das die ganze Zeit. Das sind wir gewohnt, Pat, wirklich.«

»Gewohnt?« antwortete Pat, freilich ohne zu wissen, welche Worte ihm soeben über die Lippen gekommen waren. Ebensogut hätte er auch »Ißt du gern Orangenmarmelade?« oder »Pferde fressen Hafer!« sagen können.

»Ja«, fuhr Mary fort. »Kochen. Putzen. Fegen. Wir haben nichts dagegen. Mädchen haben nichts dagegen. Schließlich arbeiten die Männer draußen auf dem Feld, nicht wahr? Und auch auf dem Hof. All das Heu wenden. Den Acker umgraben. Zum Beispiel die weißen Rüben pikieren.«

Sie hielt inne. Ein zarter Stoßseufzer entrang sich ihrer Brust.

»Ja, den Acker umgraben. Dann haben sie Lehm an den Händen. Lehm und Dreck an den Händen.«

Wieder legte sie eine Pause ein, dann sagte sie: »Hier, laß mich nur.«

Leicht erschrocken wich Pat zurück.

»Nein. Ist schon gut, Mary«, wiederholte.

Sie fing seinen Blick auf.

»Mary«, sagte sie sanft, »du hast mich Mary genannt.«

»Tut mir leid!« rief Pat plötzlich.

»Nein. Ist schon in Ordnung«, beruhigte sie ihn und fuhr fort: »Hier! Bitte, laß mich!«

Langsam reichte Pat ihr den Besen. Schamhaft wandte er den Blick ab, als sie ihn unter den Markisen ihrer wunderschön geformten Wimpern hervor ansah.

»Du hast doch genug zu tun, Pat«, sagte sie und bewegte mit kurzen, kräftigen Strichen behende den Besen, »mußt graben und draußen auf dem Feld arbeiten. Außerdem tue ich es gern für dich. Manchmal, weißt du, manchmal hat man es satt, ständig von Mädchen umgeben zu sein. Mädchen, Mädchen, nichts als Mädchen – weißt du, was ich meine, Pat? Wohin man auch geht, überall Mädchen. Das macht einen ganz krank.«

Pat schluckte, bog seinen Daumen zurück und starrte ihn an, ohne zu wissen, warum.

»Eh?« sagte er.

»Wenn es einen Wettbewerb gäbe, Pat«, fuhr Mary fort, »wenn dich jemand fragen würde: ›Von allen drei Mädchen ...‹ – wir tun mal so, als gäbe es einen Wettbewerb, und du würdest gefragt: › ... welche, findest du, sieht am besten aus? Welche würdest du wählen?‹ Ich meine, es ist ja nur ein Scherz.«

Pat blickte zu Boden, dann hob er den Kopf.

»Welche?« fragte er.

»Ja! Welche!« sagte Mary aufgeregt. »Jo, Ann oder ...«

Pat sah weg. Wieder spürte er, wie ein tiefes Rot seine Wangen überflog.

»Ich weiß nicht«, antwortete er zögernd, »ich bin mir nicht sicher.«

Mary nickte verständnisvoll.

»Das weiß ich doch«, sagte sie, »aber mal angenommen, du *müßtest* eine aussuchen. Angenommen, du müßtest es einfach sagen, und dir bliebe nichts anderes übrig. Welche wäre es?«

Speichel, dick wie Vanillesauce, wollte sich an Pats Adamsapfel vorbeidrücken.

»Die schönste?« fragte er.

»Ja!« Mary nickte. »Die schönsten Haare, die schönsten Augen, die schönsten Lippen – und die schönsten Beine! Nein, ich mache nur Spaß! Nicht die schönsten Beine! Nur insgesamt die schönste!«

»Ich ...«

Pat schob die Zunge in die Backentasche.

»Ja?« fragte Mary neugierig.

»Ich weiß nicht ...«

»Wenn du dir eine zum Heiraten aussuchen müßtest, welche würdest du wählen?«

»Ich glaube«, setzte Pat mit leiser Stimme an, »ich glaube, es wäre ...«

Mary strengte sich an, ihn zu verstehen.

»Ich glaube, es wäre ...«

Zu Marys Verdruß flog genau in diesem Augenblick die Küchentür auf, und ihre beiden Freundinnen platzten herein. Sie sangen:

There are three lovely lassies in Bannion
Bannion, Bannion, Bannion
There are three lovely lassies in Bannion
And I am the best of them all
And I am the best of them all!

»Puh! Ich bin hundemüde!« rief Jo und ließ sich mit ihren Einkaufstüten aufs Sofa fallen.

»Also, hier sind die Eier«, tschilpte Ann und hielt Mary den grauen Karton hin.

»Dann brat man los, Mary McKeogh, du große, häßliche Spinatwachtel, du!«

»Haha!« lachte Ann.

»War nur ein Scherz, Mary«, besänftigte Jo ihre Freundin oder versuchte es zumindest, denn die Art, wie Mary den Karton Eier entgegennahm, hatte etwas entschieden Düsteres und Unnahbares. Was auch Jo nicht entging, die, kaum hatte Mary ihr den Rücken zugewandt, mit Ann Blicke tauschte, Blicke, die unverkennbar sehr nachdrückliche Gefühle vermitteln sollten, etwa: »Hmm! Barmherziger Himmel! Welche Laus ist ihr denn jetzt über die Leber gelaufen?«

Einige Stunden später saß Ann an ihrer Frisierkommode und feilte sich mit einer Diamantfeile die Nägel, Jo lag, in eine Illustrierte (*Modern Screen*) vertieft, mit angewinkeltem Bein auf dem Bett, kaute Kaugummi und malte sich ein angeregtes Gespräch mit verschiedenen Top Twenty Stars aus, als Mary in ihrem wattierten rosa Morgenrock hereinkam. Beiden Mädchen fiel auf, daß sie nicht allzu erfreut wirkte. Mit verschränkten Armen blieb sie mitten im Zimmer stehen und sagte brummig: »Hat jemand meine Pond's Creme gesehen?«

»Mmm?« antwortete Jo, ohne aufzublicken.

Mary preßte die Lippen zusammen.

»Ich habe gefragt, ob jemand meine Pond's gesehen hat. Sitzt ihr auf den Ohren oder was?«

Ann hustete und besah sich ihr rechtes Auge im Spiegel.

»Nein, ich nicht«, antwortete sie, schnippte mit dem Zeigefinger ihre Wimpern und fügte hinzu: »Ich nehme doch gar keine Pond's.«

Mary schnalzte mit der Zunge, blieb jedoch standhaft, wenn nicht gar halsstarrig.

»Jedenfalls ist sie weg«, sagte sie. »Ich kann sie nirgendwo finden, und ich brauche sie. Ich muß mich abschminken.«

»He, hört euch das an!« rief Jo unvermittelt. »In Kalifornien hat eine Frau, die dreißig Jahre lang mit einem Typen verheiratet war, festgestellt, daß er die ganze Zeit über eine Frau war! Mrs. Ellen Mankiewicz, 22 Sycamore, Berkeley, stellte zu ihrem Schrecken fest, daß ihr Mann Errol in all den Ehejahren ein düsteres Geheimnis gehütet hat ...«

Mary stampfte mit dem seidenbestrumpften Fuß auf.

»Rede ich mit mir selbst oder was?« wollte sie wissen. »Wo meine Pond's ist, hab ich gefragt.«

Ann fuhr auf dem Stuhl herum und platzte heraus: »Wir wissen nichts von deiner Pond's! Hör mal, Mary, wenn's dir nichts ausmacht, ich will hören, was Jo da vorliest.«

Jo fuhr fort: »Haha! Hör dir das an, Ann! ›*Und dann stellte sie zu ihrer Überraschung fest, daß der Mann, dessen Bett sie so lange geteilt hatte, in Wirklichkeit eine ...*‹«

Marys Stimme klang ungewohnt eisig, als sie zischte: »Und was, wenn ich fragen darf, nennt ihr das?«

In ihrer Hand lag, wie ein kleiner, weißer indischer Tempel, eine Dose Gesichtscreme mit der Aufschrift *Pond's*.

Die Zeit schien sich zu dehnen, bis Jo schließlich schnauzte: »Ach, warum läßt du uns nicht in Frieden, Mary, du mit deiner blöden Gesichtscreme! Die nützt bei dir doch sowieso nichts! Haha!«

Ihr spöttisches, nadelscharfes Gelächter wurde von Ann lärmend verstärkt.

»Haha!« riefen die beiden einstimmig. »Haha!«

Mary biß sich auf die Wangen und verschränkte die wattierten Arme noch fester auf der Brust.

»Was soll das heißen?« fragte sie frostig. »Habt ihr nicht gehört? Ich habe gefragt, was das heißen soll?«

Jo sah zu Ann. Ann sah zu Jo. Jo sprach als erste.

»Nichts, Mary«, sagte sie mit einem Anflug von Ärger, »war nur ein Scherz. Nicht wahr, Ann?«

Ann nickte.

»Ja«, sagte sie. »Jo, lies doch noch ein bißchen vor, ja? Steht da noch mehr? Was steht denn da über seinen ...«

Doch bevor sie ausreden konnte, war Mary schon aus dem Zimmer gestürzt und hatte laut die Tür hinter sich zugeknallt.

Nach Mitternacht dreht Jo sich im Bett um und flüsterte zum Nachbarbett hinüber: »Ann?«

»Mm«, antwortete Ann schläfrig.

»Findest du das nicht seltsam?«

»Was, Jo?« antwortete Ann.

»Mrs. Mankiewicz«, fuhr Jo fort, »war so lange mit jemandem verheiratet war und hat nichts gemerkt. Hat nicht gemerkt – du weißt schon ...«

Ann leckte sich die Lippen und erwiderte dösig: »Ja, schon seltsam, nicht?«

Jo wickelt sich fester in die Bettdecke und runzelte die Stirn.

»Ich versteh das einfach nicht«, sagte sie. In einer Ecke des Fensters hing dick und rund der Mond. Plötzlich durchzuckte

Ann ein Gedanke, und sie sagte: »Jo, glaubst du, so was könnte uns auch passieren?«

»Was?« erwiderte ihre Freundin.

»Daß wir einen Mann heiraten, und hinterher stellt sich heraus, er ist eine Frau?«

Im Geiste flitzte eine Pfeilspitze der Furcht an Jos Augen vorbei.

»O Gott! Das könnte ich nicht ertragen!« sagte sie.

Auf der anderen Seite der Stadt schlug ein Hund an (kein anderer als Towser McGarry), und Ann, die jetzt beunruhigend wach war, sagte: »Manchmal mache ich mir Sorgen, Jo. Weil – ich meine, soviel wissen wir nun auch wieder nicht, oder? Wenn du immer nur Mädchen siehst, weißt du eigentlich nicht, wie die Männer so sind, oder? Wie es ist, wenn ...«

»Ann?« sagte Jo.

»Hmm?« kam die Antwort.

»Ich möchte ja nicht klatschen, aber du weißt schon, Mary?«

»Ja?« flüsterte Ann gespannt.

»Erinnerst du dich noch an damals, als ihre Strumpfhose verschwunden war? Letzten November?«

»Ja«, nickte Ann, »ich erinnere mich.«

»Weißt du, was sie da zu mir gesagt hat?«

»Was? Was denn?«

Es entstand eine Pause, dann sagte Jo mit einigem Widerstreben: »Sie hat gesagt, daß du sie genommen hast. Ann hat sie genommen, hat sie gesagt.«

Man konnte Anns trockene Zunge gegen ihren Gaumen klacken hören. Über die Zimmerdecke huschten große Schatten.

»Sie hat gesagt, *ich* hätte sie genommen?« japste Ann.

»Ja. Du hättest sie aus ihrem Zimmer gestohlen, hat sie gesagt.«

Plötzlich zischte Ann: »Die Lügnerin! Hab ich nicht!«

»Und das ist noch nicht alles«, fuhr Jo fort. »Sie hat gesagt, du hättest das deswegen gemacht, weil du es dir nicht leisten könntest, dir eigene zu kaufen.«

Ann ballte die Fäuste.

»Ich bringe sie um!« fauchte sie.

»Daß du dir keine leisten könntest, weil dein Vater bloß 'n oller Bauer ist«, fuhr Jo fort, »daß er und seine Kesselflickerhosen in Bannion Stadtgespräch sind.«

Ann war den Tränen nahe. Sie zischte: »Oh, dieses Miststück! Die bring ich um! Das schwöre ich!«

Jo hustete höflich und sagte: »Ich hätte es nicht erwähnt, wenn sie heute abend nicht reingekommen wäre und wegen ihrer Pond's genörgelt hätte.«

»Ich geb ihr gleich Pond's, dieser Kuh!« knurrte Ann. »So was zu behaupten!«

Jo hüstelte wieder leise und sagte: »Weißt du, was ich glaube, Ann?«

»Was?« krähte Ann.

»Ich glaube, sie ist eifersüchtig auf uns.«

Der dünne Strich, zu dem Anns Lippen geworden waren, als sie jetzt dalag, in milchiges Mondlicht getaucht, war ebenso unübersehbar wie das Ressentiment, das jeden Muskel in ihr anspannte und sie ihrer Freundin so viel näherbrachte.

Es war Morgen, und Mary in ihrer Ginganschürze war bienenfleißig. Pat, Jo und Ann saßen am Tisch, vor sich das schön arrangierte Geschirr und Besteck. Mary wandte sich um und sagte lächelnd zu Pat: »Pat, möchtest du noch eine Scheibe Speck?« und fügte, ohne zu zögern, hinzu: »Natürlich willst du.«

Pat lächelte verschämt und sah auf seine Hände, die in seinem Schoß ruhten, während sie ihm mit der Gabel den röschen Speck auftat. Mary war schon wieder auf dem Weg zum Herd, als Pat zu seinem Entsetzen spürte, wie Ann ihre Hand auf seine legte, sanft seine Finger auseinanderspreizte und mit den ihren verschränkte. Folge davon war, daß er an seinem Speck fast erstickte.

»Fehlt dir was, Pat?« erkundigte sich Mary und hantierte geschickt mit dem Fischheber.

»Nein, es geht ihm gut«, erwiderte Ann vergnügt, knabberte an einer Scheibe Toast und tauschte, ohne ihren Griff zu lockern (Pats Hand war schweißfeucht), einen Blick mit Jo.

☆☆☆

Sie hatten im Fernsehen *The Riordans* gesehen, und jetzt, gegen zehn Uhr, war die Sendung zu Ende. Pat saß am Kamin und schlürfte einen Becher Tee, Jo hatte die Beine untergeschlagen und blätterte in einer Illustrierten, Ann war am Nähen und zog einen Schmollmund, während sie hin und wieder den Blick durch das Zimmer mit seinen zuckenden Schatten wandern ließ (sie hatten ein großes Feuer entfacht).

»Hast du auch genügend Zucker, Pat?« fragte Mary und lächelte ihm zu.

Jo hustete, rückte ihre Beine zurecht und fragte: »Warst du heute in der Stadt, Mary?«

»Ja«, antwortete Mary, plötzlich abgelenkt. »Ich war bei Mullaney's. Hab mir 'n neuen Petticoat gekauft.«

Die bloße Erwähnung des Wortes führte dazu, daß Pat sich mit dem heißen Tee überschüttete. Falls sie es mitbekommen hatte, ließ Jo sich jedenfalls nichts anmerken.

»Ach ja?« fuhr sie fort. »Was für eine Farbe denn?«

»Grün«, erwiderte Mary.

Ann war kaum zu verstehen, so gedämpft sprach sie. Doch ihre Worte lauteten: »Grün! Wie ihre Zähne!« Woraufhin Jo in ein Gelächter ausbrach, das sie hinter der Hand zu verbergen suchte. Pats Wangen brannten.

»Es soll Regen geben«, verkündete er unvermutet. In dem Schweigen, das nun entstand, spürte er, wie mit größter Hartnäckigkeit winzige heiße Hämmerchen auf ihn eintrommelten, geradeso als arbeite in seinem tiefsten Innern ein fleischerner Hochofen.

Später – der Uhrzeiger wies bereits auf zwei Uhr morgens – irrte Pat im Niemandsland des Schlafes umher, da klopfte es an der Tür. Ihm war sehr warm, und seine Kehle war schon wieder trocken. Eine unangenehm kratzige Trockenheit, als hätte er Fieber.

»Herein«, sagte er und mußte das Wort wiederholen, da es kaum zu hören war. »Herein!«

In der Tür erschien Mary, von einem Mondstrahl beleuchtet. Ihr grüner, spitzenbesetzter Petticoat stand ab und raschelte leise. Ihre kleinen Füße dagegen machten gar kein Geräusch, als sie jetzt das Schlafzimmer durchquerte. Schon saß sie auf Pats Bettkante. Ihre manikürten Hände lagen im grünen Laubwald ihres Schoßes wie turtelnde Tauben.

»Pat«, murmelte sie sanft. »Kann ich hereinkommen?«

»Mary, natürlich kannst du das«, erwiderte Pat und fügte etwas ungereimt hinzu: »Du bist doch schon drin.«

»Pat«, fuhr die Besucherin zaghaft fort, »du weißt, als wir kamen, waren wir richtig gemein, und du wolltest nicht, daß wir bleiben. Und aufgeführt haben wir uns, als würde das Haus uns gehören ...«

»Ja«, antwortete Pat, und Angst trat in seine Augen.

»Pat, ich möchte dir etwas sagen. Inzwischen ist es anders. Ich möchte, daß du weißt, daß ich mich deswegen schäme. Es war halt so, daß wir nicht wußten, wie wir uns in Gegenwart von Männern benehmen sollten, und da sind wir eben ganz hippelig geworden ... Pat, ist dir jemals etwas passiert, das du nicht begreifen konntest?«

Pats Adamsapfel fühlte sich an, als wäre er zu einem großen Golf- oder Tennisball angeschwollen.

»Was ich nicht begreifen konnte? Was denn zum Beispiel?« Er gab sich größte Mühe, die Worte hervorzupressen.

Mary faltete die Hände und betrachtete sie, als sei sie nicht recht überzeugt, sie dort zu finden.

»Pat, hat dir schon mal jemand gesagt, was für schöne Augen du hast?«

»Mammy früher«, keuchte Pat, »sie hat das immer gesagt.«

Mary senkte die Lider, dann schaute sie ihn wieder an.

»Pat«, fuhr sie fort, »hast du je gedacht, wie es wäre, wenn wir das Haus – dieses Haus hier – ganz für uns hätten? Nur du und ich?«

»Nur du und ich?« würgte Pat. Er schaute auf und sah zu seinem Erstaunen, daß ihre vollen, sinnlichen Lippen seinen ganz nahe waren.

»Ja«, sagte sie, »wie Mann und Frau. Wie der glücklichste Mann und die glücklichste Frau, die je gelebt haben.«

Pat überkam ein heftiges Schwindelgefühl, als würde er über die Dächer und Kirchtürme von Gullytown gehoben und mitten ins Herz des ungeheuren und grenzenlosen Kosmos geschossen.

Es war zwei Tage später, um drei Uhr. Jo und Ann warteten wutschnaubend mit ihren Koffern in der Diele. Mary stand mit umgebundener Schürze hinter Pat. Jo sprach oder, um genauer zu sein, schäumte als erste. »Oh, wir wissen Bescheid!« herrschte sie Mary an. »Mrs. Grüner Petticoat mit ihrer Pond's Creme!« Dann zu Pat: »Aber Sie werden's schon noch lernen, Mister! Warten Sie nur, bis sie die Krallen in Ihnen hat! Dann werden Sie's aber merken! Jeder im Krankenhaus haßt sie! Wir haben uns nur mit ihr abgegeben, weil sie uns leid getan hat!«

»Krummarsch!« rief Jo dazwischen. »Hier kommt sie – der Krummarsch! Das sagen alle!«

»Tut mir leid, Mädels«, protestierte Pat schwach, »ich ...«

»Ach, es braucht Ihnen gar nicht leid zu tun, Mister«, raunzte Ann. »Bald wird's Ihnen so richtig leid tun, keine Bange!«

Ihre letzte Bemerkung – eine Wiederholung ihrer Warnung: »Bald wird's Ihnen so richtig leid tun!« – gellte Pat noch in den Ohren, als sie die Tür hinter sich zugezogen hatte.

Das Schweigen, das auf Jos und Anns Abreise folgte, läßt sich am besten als »düster« beschreiben. Doch hielt es nicht lange vor, denn Pat und Mary gewöhnten sich bald an ihre neue Lage. Und als sie sich an dem Abend zum Essen hinsetzten, hatte es sich fast ganz gelegt. Mary hob ihr Weinglas an die Lippen, klimperte mit den Augendeckeln und sagte zu ihrem Gastgeber: »Ich hätte nie gedacht, das mir derlei widerfahren würde, Pat.«

Pat brach ein Stück Knoblauchbrot ab, und ein Lächeln dehnte sich in seinem Mundwinkel.

»Ich auch nicht«, krächzte er.

»Magst du noch etwas Pawlowa«, fragte Mary.

»Ja, bitte«, erwiderte Pat, und sie löffelte ihm die Nachspeise auf den Teller. Dabei bemerkte sie, daß auf seinem Ärmel ein kleiner Kleckser Sauce hollandaise klebte. Klappernd fiel der Löffel zu Boden.

»Pat!« rief sie unvermutet. »Nun schau dir das an! Gott, manchmal bist du so ungeschickt! Mach das auf der Stelle sauber!«

Ihr aufgerichteter Zeigefinger wies in die Küche.

»Was? Tut mir leid«, stammelte Pat verwirrt.

Mary bückte sich und hob den Löffel auf.

»Ist ja auch egal«, sagte sie kurz angebunden, als Pat vom Tisch aufstand. Dabei warf er einige Messer herunter.

Am Nachmittag darauf zog Pat sich Arbeitskleidung an und werkelte mit seiner dreizinkigen Forke auf dem Hof herum. Mary erschien mit ihrer Handtasche in der Hintertür und sagte: »Ich müßte gegen zwölf zurück sein. Vergiß nicht, den Mist wegzuschaffen, bevor ich zurückkomme. Gott, wie kannst du es nur aushalten, in diesem Durcheinander zu leben! Bis dann, Liebling!«

Als Mary mit klappernden Absätzen den Weg zur Hauptstraße hinunterlief, ahnte sie nicht, daß sich hinter einer Hecke ganz in der Nähe zwei Augenpaare wie Kletten an ihren Rücken hefteten.

»Da geht sie hin«, zischte Jo.

»Scht!« erwiderte Ann.

Nicht lange danach saß Pat drinnen am Tisch und gönnte sich eine Zigarettenpause. Als er aufsah, erblickte er zu seinem Erstaunen Jo und Ann, die auf ihn herabstarrten und ebenfalls rauchten. Die Rauchkringel schienen eine Ewigkeit zu brauchen, bis sie zur Zimmerdecke aufstiegen, ebenso langsam schienen sich ihre Münder in die Breite zu ziehen, bis sie ein vollständiges Lächeln zeigten. Diese sich schmerzlich hinziehende, bleierne Zeit nahm Pat vollständig gefangen, so daß er zusammenzuckte, als sie plötzlich wie aus einem Mund zu singen begannen: »*There are three lovely lassies in Bannion*«.

»*Bannion!*« rief Ann.

»*Ah, Bannion!*« antwortete Jo.

»*There are three lovely lassies in Bannion*
And we are the best of them all!
Ah, we are the best of them all!«

Pat erschauerte, als Jo sich auf sein Knie gleiten ließ und seinen Hals umschlang.

»Komm schon, Pat«, flötete sie. »Sing uns eins, du kleiner Racker, du!« Ann zog die Nase kraus, fuhr ihm mit ihren langen, schlanken Fingern durchs Haar und quiekste (oder tat so, als ob sie quiekste): »Laß dich anschauen, du frecher kleiner Racker, du!«

Kurz darauf fand sich Pat in seinem Schlafzimmer wieder. In stummer Verwunderung sah er zu, wie Jo sich damit vergnügte, Rauchringe zu blasen. Angetan mit einem grünen Petticoat, lag sie rücklings auf dem Bett und spottete grausam: »Oh! Ich werde Stationsschwester! Oh, ich werde dies! Oh, ich werde das! Natürlich werd ich das! Weil ich Mary heiße! Ich heiße Mary und bin die allerbeste! Oh, aber wo ist meine Gesichtscreme? Wo, oh, wo ist bloß meine kostbare Gesichtscreme abgeblieben?«

Pat schob sich vorsichtig Richtung Tür. Ihm war ganz heiß und wirr im Kopf – ein Labyrinth ineinander verknäulter Widersprüche. Gerade griff er nach der Klinke, da durchbohrte Ann mit dem Zeigefinger die Luft und zeterte böse: »Zurück aufs Bett, aber marsch, daß ich dir die Unterhose vom Leib reiße!«

Ihr Quieksen wurde schier unerträglich. Pat lag unter ihren Körpern begraben, sie hatten sich buchstäblich auf ihn geworfen und waren drauf und dran, ihren »Plan« in die Tat umzusetzen, als von unten eine vertraute Stimme ertönte: »Huhu! Pat! Bin wieder da!«

Als diese Worte durch das weiträumige alte Haus schallten, bot Pat einen traurigen Anblick; ein angemessenes Epitheton wäre vielleicht »burlesk«. Wie ein Hofnarr taumelte er durch die Kammer, und die Nylonstrumpfhose, die seine gepuderten Peinigerinnen ihm übergestülpt hatten, flatterte lächerlich um seinen Kopf. Er prustete durch den schiefen Schlitz seiner angemalten Lippen, und dank der großzügig aufgetragenen Pond's Creme glich sein Gesicht dem eines Gespensts in einem englischen Weihnachtsmärchen.

»Sieh nur!« rief Ann. »Was für ein hübsches Mädel! Ich muß schon sagen!«

»*There is one lovely lassie in Bannion*«, zwitscherte Jo.

»*Bannion!*« *antwortete Ann.*

»*Ah, Bannion!*« kicherte Jo ausgelassen.

»*There is one lovely lassie in Bannion*«, sangen sie zusammen und quieksten, »*and Pat is the best of them all!*«

In seinem Netzstrumpfkäfig hörte Pat nur noch den höhnischen Abschiedsgruß: »Tschüßchen, Küßchen, Mullemaus!« In diesem Augenblick flog die Tür auf, die Vorhänge flatterten, und Marys entsetzter Aufschrei gellte hinaus in das schockierte weiche Dämmerlicht, das sich auf die Dächer von Gullytown senkte.

Danach war, was Wunder, nichts mehr so wie früher. Die Tage vergingen, bleiern und schwer wie Tiefseetaucherstiefel. Mary saß in der Ecke, nähte und fauchte dann und wann: »Und wenn du fertig bist mit Fegen, kannst du die Wäsche waschen. Hast du gehört? Überlaß das Graben mir, zu mehr als Wäschewaschen taugst du eh nicht.«

Da beschlich Pat eine zitternde Schwermut, nicht nur weil sie sich weigerte, ihn zu verstehen, sondern auch weil sie nicht bereit war, von ihren Spötteleien abzulassen. Wäre sie dazu auch nur annähernd imstande gewesen, dachte er in stillen Augenblicken (wenn sie ihn in Ruhe ließ, was selten genug geschah), die Dinge hätten eine andere Wendung nehmen können.

»Ich kann einfach nicht verstehen«, zischte sie eines Tages, als er die Wäsche aufhängte, »ich kann einfach nicht verstehen, warum du das mit dir hast machen lassen. Zwei Mädchen! Wie kannst du noch in den Spiegel sehen, Pat McNab?«

»Wenn sie Mammy aus dem Spiel gelassen hätte«, murmelte Pat an dem Abend, als sie endlich in die Stadt gegangen war, »vielleicht wäre alles noch gutgegangen. Aber nein, sie konnte es nicht lassen. Sie konnte sie nicht aus dem Spiel lassen. Jemanden, der nichts, aber auch gar nichts damit zu tun hatte.«

Das ganze Haus schien vor seinen Augen auf eine Handvoll Staub zusammenzuschrumpfen, auf einen Fingerhut voll unerträglichen Trübsinns.

Als er später am Abend in seinem Sessel am Kamin saß,

spürte Pat, wie sie mit ihren langen, scharfen Finger durch sein Haar strich, es langsam, sanft und zärtlich streichelte. Ihre Stimme hatte eine sonderbare Färbung angenommen, dachte er, als sie sagte, als habe sie lange darüber nachgedacht: »Sie hat dich so gemacht, stimmt's, Pat – deine Mammy? Vergiß die beiden Schlampen. Eigentlich war sie's, nicht wahr? Sie hat dir das angetan. Mm, Pat?«

Eine Woge der Scham schlug über Pat zusammen, als er den Kopf sinken ließ und erwiderte: »Ja, Mary.«

Mit den Fingern kitzelte sie seinen Nacken, und er spürte, wie sie ihm zunickte. »Ich weiß«, hörte er sie sagen, »tja, Pat, du brauchst dich nicht länger zu sorgen. Bald verlasse ich dich. Und du kannst uns alle vergessen. Als wären wir nie hier gewesen. Ich – und die beiden falschen Schlangen. Ich und die beiden – Zimtzicken! Stimmt's, Pat?«

»Ja, Mary«, erwiderte Pat mit erstickter Stimme.

Er spürte, wie Mary ihm kräftig auf die Schulter klopfte.

»So, dann geh, sei ein braves Mädchen und mach mir mein Bett.«

»Ja, Mary«, antwortete Pat verzweifelt und schlurfte zur Tür.

Sehr viel später an diesem Abend, die Küche lag in stillem Halbdunkel, machte sich ein äußerst seltsamer Geruch bemerkbar. Zunächst meinte Pat, er bilde ihn sich nur ein. Es schien nach frischen Blumen zu riechen. Aber es war der süß duftende Atem der sanften Stimme, die er jetzt hörte und die aus der Kaminecke kam. Pat fuhr zusammen.

»Mammy!« ächzte er. Die vertraute Schürze mit den gekreuzten Trägern, die Stiefel mit den Reißverschlüssen waren unverwechselbar.

»Natürlich mußte sie mir die Schuld in die Schuhe schieben. Sie konnte mich nicht aus dem Spiel lassen! Wie all die anderen auch, Pat!«

Pat hatte Mühe, die Tränen zurückzuhalten, als er diese Worte hörte.

»Ja, Mammy«, sagte er, »immer schieben sie dir die Schuld in die Schuhe.«

Seine Mutter trat einen Schritt auf ihn zu.

»Pat?« sagte sie leise.

»Ja, Mammy«, erwiderte Pat.

»Komm her, mein Junge«, sagte sie, »ich möchte, daß du etwas für mich tust.«

Pat nickte, als sie seine Hand nahm, mit der anderen seinen Hals umschlang und sanft seinen Kopf an ihre Schulter schmiegte.

Es war schon recht spät, fast halb eins nachts, als Pat sich in seinem Overall auf dem Hof zu schaffen machte und mit seiner Forke den Mist zusammenschaufelte. Auf seiner Stirn glitzerten Schweißperlen. Er hörte Schritte, und als er aufsah, erblickte er Mary, die im Nachthemd an der Giebelwand des Hauses stand.

»Ich hab dich gesucht«, sagte sie eisig, die Arme verschränkt. »Hab ich dir nicht gesagt, du sollst den Herd putzen?«

Pat antwortete nicht sofort, sondern arbeitete weiter.

»Nein, ich mache lieber das hier«, sagte er schließlich.

Mary schürzte die Lippen.

»So, du machst also lieber das hier? Wie wär's denn, wenn du mir die Mistgabel gibst und mal 'ne richtige Frau ranläßt?«

Langsam hob Pat den Kopf. Seine Worte waren gesetzt, gemessen und wohlüberlegt.

»So, du willst sie also? Du willst sie also wirklich, die Mistgabel?«

Mary erstarrte. Ihre Antwort war von einer neuen, kleinlich wirkenden Schärfe.

»Ja, ich glaube schon«, höhnte sie.

»Na gut, hier hast du sie!« antwortete Pat und stieß ihr die drei Zinken mitten in den Unterleib. Als sie auf dem kalten, nicht mal mehr dampfenden Misthaufen niedersank, war ihr dick mit Pond's Creme eingeschmiertes Gesicht von Mondschein überflutet.

Wie wir gesehen haben, gab es welche, die Pat als »komischen Zwickel«, wenn nicht gar als einen »Irren erster Ordnung« verlachten. Die, die solche Bemerkungen von sich gaben – ob in Sullivan's Select Bar oder sonstwo –, verstanden nichts von Pat McNabs Persönlichkeit. Nie würden sie von dem Aufruhr seiner Gefühle oder dem tiefen, undurchdringlichen Schmerz erfahren, der ihn dazu getrieben hatte, Handlungen zu begehen, die in den Augen der »normalen Gesellschaft« unstrittig »unsägliche Schandtaten« waren. Nie von der Zärtlichkeit, deren er fähig war, wenn er die anonymen Ruhestätten pflegte, die in seinem Garten verstreut waren. Auch die Gedanken würden sie nicht erraten, die ihm durch den Kopf schossen, wenn er mit dem Fuß das Laub beiseite schob und leise – mit erstickter Stimme – die Worte murmelte: »Was so traurig ist – es hätte so schön sein können, Mary. Wir hätten nicht einmal zu heiraten brauchen. Wir hätten alle zusammen hier wohnen können; ich habe euch gemocht, euch alle drei. Vielleicht hätte irgendwann einmal sogar Mammy das verstanden.«

Es war ironisch, daß Jo und Ann so nahe bei ihrer sogenannten »Todfeindin« Mary (die sie eigentlich gar nicht war!) geendet hatten, nachdem sie nur wenige Augenblicke nach Marys nächtlichem Wortwechsel mit Pat auf der Bildfläche erschienen waren. Es war betrüblich, wie alles gekommen war, dachte Pat McNab, wandte seinem Lorbeergebüsch (einem Triumvirat frischer und zarter Sträucher!) den Rücken zu und ging aufs Haus zu. In Gedanken hörte er die drei prächtigen jungen Mädchen, duftend und blütenzart in ihren gestärkten Kattunkleidern, *Three lovely lassies in Bannion* singen, und ihre melodiöse Weise flatterte wie ein Blumensträußchen reinsten Rosas ins klare Blau eines herzerhebend flirrenden Sommertags.

SIEBENTES KAPITEL

Der kleine Tambour

The Little Drummer Boy

Come, they told me, pa rup pup pum pum
A new-born king to see pa rup pup pum pum
Our finest gifts to bring pa rup pup pum pum
To lay before the king pa rup pup pum pum
Rup pup pum pum rup pup pum pum
So to honour him pa rup pup pum pum
When we come.

Baby Jesus pa rup pup pum pum
I'm a poor boy too pa rup pup pum pum
I have no gifts to bring pa rup pup pum pum
That's fit to give our king pa rup pup pum pum
Shall I play for you pa rup pup pum pum
On my drum?

Selbst an einem so harschen und gläsernen, klirrend und belebend kalten Dezembermorgen wie diesem besteht nicht der geringste Zweifel, daß es nur wenige Menschen gibt, die in der Lage wären, mit einem gewissen Maß an Genauigkeit die atemberaubend optimistische Zufriedenheit darzutun, die sich auf Mr. Pat McNabs Gesicht malt, da er durch seine Küche schwebt (ach was, »schwirrt« wäre ein passenderes Verb) – eine Küche, die, der Weihnachtszeit zu Ehren, geschmackvoll mit leuchtenden Primärfarben dekoriert ist. Das bis dahin wenig bemerkenswerte Zimmer bietet die reinste Farbenpracht. Der alte Pat, dessen Stirn von Schweißperlen glänzt und den einen oder anderen Mehltupfer aufweist, flitzt hierhin, dorthin und rundherum und hat, wie er sich selber vorstöhnt, »hunderterlei Dinge« zu erledigen, zu denen ihm einfach die Zeit fehlt. Kein Wunder, daß er innehält, sich mit der mehlbestäubten Hand durchs widerborstige Haar fährt und seufzt: »Puh! Ich wüßte gar zu gerne, ob das je ein Ende nimmt!« Dann lächelt er, schüttelt nachdenklich den Kopf und bemerkt, wie wohl viele in der Welt, voller Zuneigung: »Ach, aber eigentlich ist es doch wegen der Kinder!«

Weshalb er einige Zeit später mit erneutem Eifer einen Hut aus leuchtendrotem Kreppapier auftreibt. (»Nanu, genau der gleiche wie der von Captain Pugwash«, hört man Pat im stillen Wohnzimmer sagen, als er ihn sich aufsetzt.) Wie viele Biskuitkuchen er im Laufe von drei, vier Stunden gebacken hat, läßt sich unmöglich feststellen, aber an die fünfundsiebzig dürften es schon sein. Fast genauso viele wie die Süßigkeiten, die der vielbeschäftigte Gastgeber (verbotenerweise!) genascht hat. Ist es denkbar, daß ein erwachsener Mensch derartige Mengen von Cadbury's Lucky Numbers verzehrt? Aber allemal! Ebenso, daß man siebzehn Flaschen Limonade öffnet und deren sprudelnden Inhalt hinunterstürzt. Welchselbigen der stolze Herrscher über den McNabschen Haushalt mit eindrucksvoller Hingabe durch das gestreifte Röhrchen eines völlig überbeanspruchten Strohhalms saugt und schluckt.

Und dann ist da natürlich noch der Puter. Gefeierter Vogel, gefiederter Freund, der zu dieser Jahreszeit wohlklingend in den Tiefen des Ofens brutzelt! Dessen Flügel mit einem Schlag – *schnapp!* – abgetrennt wird, so daß Pat, dem schon das Wasser im Munde zusammenläuft, genüßlich an seiner knusprigen Kruste kauen und lauthals verkünden kann: »Ja! Hinunter mit dir, krosser Flügel eines Federlosen, des ehrwürdigen Bekannten Seiner Herzoglichen Hoheit Puterich Truterich!«

Und Junge, Junge, wie der schmeckt! Nur einer kann es damit aufnehmen, nämlich der alte Pat! Aber nicht der, den wir als Pat McNab kennen! Welcher Pat denn dann? Na, der alte Pat Plum Pud natürlich! Kleiner korinthendurchsetzter Hügel aus kandierten und getrockneten Früchten! Ohne den Weihnachten keine runde Sache wäre!

»Magst du ihn?« fragte Pat aus keinem besonderen Grund die Tülle der Teekanne. »Also *ich* tu's!«

Und um seiner Meinung Nachdruck zu verleihen, ging er

dazu über, die prächtige korinthenbestückte Kuppel direkt anzusprechen.

»Hast du das gehört, Pud?« rief er. »Ich mag dich! Pat mag dich – und wie! Ja, er liebt dich geradezu! Wenn du mir nicht glaubst, werd ich's dir beweisen! Ja, beweisen werd ich's dir!«

Was für ein Schock es für die unschuldige kleine Süßspeise gewesen sein muß, als Pat, ohne die leiseste Kompromißbereitschaft erkennen zu lassen, die ganze Hand in den Pudding eintauchte und in seiner noch warmen Tiefe wühlte wie eine außer Kontrolle geratene Ölpumpe im Innern der Erde! Danach hätte Pat mühelos seinen Namen ändern können. Von da an wäre er nicht mehr Pat McNab, sondern der respektgebietende Mr. Korinthengesicht! Ein Spitzname, mit dem er sich sichtlich wohl fühlte. Mit schriller Stimme erklärt er: »Glaubst du mir jetzt? Glaubst du mir jetzt, Pud? Das möchte ich wetten. Denn es ist wahr. Der alte Pat liebt dich mehr, als du je ahnen wirst. Dachtest wohl, du wärst bloß ein Häufchen Zutaten mit einem Stechpalmenzweig drauf? Aber siehst du, da hast du dich gründlich getäuscht, mein süßer Plumpudding-Freund!«

Das unerschütterliche Schweigen eines Plumpuddings, der solch freizügige Komplimente entgegennehmen muß, hat unweigerlich etwas Ergreifendes. Eine seltsam stumme Niedergeschlagenheit, die vielleicht darauf hindeutet, daß Pat den Bogen womöglich ein klein wenig überspannt, wenn er seine Großherzigkeit so weitertreibt. Nein, denn haben wir's nicht mit Weihnachten, dem Fest der Liebe und des guten Willens, zu tun? Und ist es um diese Zeit nicht *mehr* als statthaft, sich die Arme mit Knallbonbons vollzuhäufen, auf den Küchentisch zu springen und alle Welt wissen zu lassen: »Ja, Pud, ich liebe dich sehr, ob du nun stumm und niedergeschlagen bist oder nicht! Wie ich jeden dieser meiner treuen und bewährten Freunde liebe! Wie zum Beispiel steht's mit diesem Bürschchen? Dem kleinen Mr. Blau? Den dürfen wir aber nicht vergessen, oder? Ist alles in Ordnung, Mr. Blau? Natürlich ist es das! Und dann haben wir da noch den alten Mr. Rot! Hallo, Mr. Rot! Geht's uns gut? Ausgezeichnet! Also, warum fangen wir dann nicht alle an zu knallen? Jawohl, ihr weihnachtlichen Knallköppe! Kommt, wir wollen euch knallen hören! Knall knall knall knipper knupper Knall auf Fall!«

Was für ein Schauer von Papierschnipseln wirbelt da in Zeitlupe linoleumwärts! Das sieht ja ganz aus wie bunte Schneeflocken! Pat springt in die Weiten des Weltraums und ruft: »Hoho! Fröhliche Weihnachten allerseits!« Aber leider landet er mit einem Plumps auf der Nordwand des Tisches und schlägt mit dem Kopf gegen den Kühlschrank. Was ist er doch für ein benommener Mann, ehe er begreift, was ihm widerfahren ist! »Pardauz!« ruft er aus. »Ich glaube nicht, daß ich eine sehr professionelle Landung zustande gebracht habe, oder?« Er braucht eine Weile, bis er sich wieder zurechtfindet. Aber wie er selber bemerkt, als er sich an der Tischkante festklammert: »Was soll's? Schließlich ist Weihnachten.«

Eine Empfindung, die er kurz darauf nicht zögerte, mit seinen Nachbarn und allen anderen zu teilen, die sich in der Umgebung von Gullytown und Hinterland aufhielten, um das Christfest zu feiern. Als er die Hände trichterförmig vor den Mund hielt und wiederholt rief: »Hört ihr mich, ihr Wichser! Es ist Weihnachten! Fröhliche Weihnachten und ein schönes neues Jahr, ihr stummen, dummen Nachbarn! Hört ihr? Ich wünsche euch viel Spaß und gute Laune!«, da hallte sein Ruf gleich dreifach über die steif gefrorenen Felder. Es dauerte mehr als fünfzehn Minuten, bis ihn Wut überkam und er einen Zinkeimer malträtierte, ihm einen kräftigen Fußtritt versetzte und ihn mit einem musikalischen Scheppern quer über den Hof schleuderte. Dann strich er sich die (mit Pomade eingeriebenen) Haare zurück und bemerkte zu sich selbst und keiner anderen Menschenseele: »Na schön! Macht nur weiter so! Mir doch egal! Ich kann mich auch selbst unterhalten! Jawohl! Genau das werde ich tun! Für meine eigene Unterhaltung sorgen! Wie paßt euch das, ihr langgesichtigen Jammerlappen!«

☆☆☆

Einige Stunden später hatte Pat auf der Wiese hinter dem Hof seinen Schneemann halb fertiggebaut. Er amüsierte sich königlich, wickelte seinen schwarzen Mantel fester um sich und rief: »Jawohl! Wenn alles andere mißlingt, sorgst du halt selbst für Spaß! Bist ganz alleine fröhlich! Baust dir einen kleinen Freund! Einen Schneemann! Schließlich, wen schert das schon, wenn niemand zu Besuch kommt, um einem Frohe Weihnachten zu wünschen? Menschenskind, Sie können Ihren eigenen Ringelpiez haben! Jawohl, mein Herr, Sie brauchen sich nur einen kleinen Schneemann zu bauen, eine schöne Putenmahlzeit zu zaubern, und am Abend servieren Sie sich einen leckeren Teller mit warmen Mince Pies und ein hübsches Gläschen heißen Punsch. Und wie lautet die Losung dann? Die Losung lautet: ›Hurra, es ist Weihnachten!‹ Habt ihr gehört? ›Hurra, es ist Weihnachten!‹«

Als er eben einen weiteren Ruf ausstoßen wollte, um das Fest des guten Willens zu würdigen, geschah etwas Unerwartetes. Die Zeit schien stillzustehen, und Pat McNab spürte, wie ihm das Blut aus dem Gesicht wich. Gleichzeitig erblickte er unter sich im weißen Schnee eine kleine karmesinrote Landkarte, die in einem Gewirr unregelmäßig geformter länglicher Ranken bereits ihre Grenzen ausdehnte. Als sich in der Kuppe seines Zeigefingers ein stechender Schmerz bemerkbar machte, hatte Pat McNab den Eindruck, in der Ferne das schwache Echo eines Zapfenstreichs zu hören. Auf einmal sah er etwas Silbernes vor sich aufblitzen, wie die Bahn einer winzigen Sternschnuppe. »Nein! Das kann nicht sein!« ächzte er und steckte den Finger in die feuchte, warme, tröstliche Höhlung seines Mundes. »Das kann einfach nicht sein!«

Der Eifer, mit dem er den festen Schnee unter sich beiseite räumte, läßt sich nur als Raserei bezeichnen. So brauchte er nur wenige kurze Minuten, bis er freigeschaufelt hatte, was er – instinktiv – dort begraben wußte: einen kleinen Zinnsoldaten mitsamt Trommel, scharlachrotem Uniformrock und aufgepflanztem Bajonett – das jetzt natürlich karmesinrot gefärbt war, hatte er sich damit doch in den Daumen gestochen und einen winzigen Blutstropfen vergossen. Das längst vergessene – und doch so vertraute! – Spielzeug seiner Kindertage! Eine Woge der Begeisterung durchströmte Pat McNab, mit beiden Händen ergriff er die kleine Metallfigur und jubelte: »Das hat Gott getan! Das hat

Gott getan – um mich an all die Weihnachtsfeste vor so vielen Jahren zu erinnern, als Mammy noch lebte und alle glücklich waren!«

Er sprang auf und rief abermals aller Welt zu, beziehungsweise denjenigen, die bereit waren, es zu hören: »So glücklich, wie ihr nie sein werdet, all die Weihnachtsfeste vor langer Zeit! Mit ihm, meinem kleinen Freund!« Herausfordernd hob er den Miniaturmusiker in die Höhe: »Mein bester, mein unvergleichlicher alter Kumpel!«

Zärtlich strich Pat die winzigen Erdkrumen vom Gesicht des kleinen Soldaten. Er mußte an all die langen Jahre denken, da dieser in der Erde begraben gelegen hatte, wenn auch in dem Bewußtsein, daß sich das Dunkel eines Tages lichten und er sich geborgen in Gesellschaft jenes Knaben wiederfinden würde, den er sein kurzes Leben lang gekannt hatte. Daß er vielleicht dicht neben ihm lag, in der Gewißheit, daß ihm ebendies für immer vorherbestimmt war.

Ob das, was da vom Auge des Soldaten tropfte, als Pat die letzte Erdkrume entfernte, eine echte Träne war oder nur ein Rinnsal geschmolzenen Schnees, läßt sich nicht leicht feststellen. Sein Besitzer drückte ihn ein letztes Mal an sich und steckte ihn unter seinen molligen Mantel. Dann lief er knirschenden Schritts über die grasbüschelbewachsene Wiese zurück in die wohlige Wärme und das Willkommen des wartenden Hauses.

☆☆☆

In der Bibliothek legte Pat noch zwei Torfsoden auf das prasselnde Kaminfeuer, lehnte sich in der komfortablen Weite des Polstersofas zurück und lächelte dem kurzgewachsenen Soldaten zu. Er hatte seine Hausjacke an. Als die Flammen aufflackerten und interessante wirre Schatten an die Decke warfen, glaubte er, noch nie in seinem Leben so glücklich gewesen zu sein.

»Kleiner Soldat«, sagte er, »glaubst du, es gibt ein Schicksal, das unser Ende bestimmt? Ich schon! Wenn ich daran denke, daß all die Jahre über mein Herz gebrochen war, und plötzlich tauchst du im Schnee auf, um es wieder heil zu machen! Es ist wundervoll! So wundervoll, daß es fast die Erinnerung an jenen traurigen Tag auslöscht, als ich dich, wie ich meinte, für immer verlor!«

Als Pat sich ganz dem Kaminfeuer zuwandte, kam es ihm vor, als würden in dessen innerstem Kern, so orangefarbenen und irrlichternd, jene Tage wieder zum Leben erwachen.

☆☆☆

Man schrieb das Jahr 1962. Pat war sieben Jahre alt. Seine Mutter war mit ihrem Latein am Ende. Da sie befürchtete, er könne ersticken, versuchte sie, ihn zu beschwichtigen, doch im Grund schüttelte sie ihn nur durch.

»Hast du verstanden?« fauchte sie wieder. »Hör zu! Was ist los mit dir? Was ist nur los mit dir?«

Pat gab sich herkulische Mühe, doch die Worte erwiesen sich abermals als widerspenstig. Mit einer schwachen, ziellosen Gebärde streckte er seinen Zeigefinger aus.

»Er ist w-w-w-eg! Mein Fr-fr-fr-freund! Er ist weg!«

Seine Mutter war perplex. Sie schüttelte ihn von neuem.

»Wer? Paul? Liam? Von wem redest du? Von Petey Lynam?«

»Nein«, sagte Pat mit erstickter Stimme. »Das sind doch nicht meine Freunde. Ich hasse sie! Mein einziger wirklicher Freund in der großen weiten Welt ist weg.«

Seine Mutter war erschöpft. Sie mahlte ihre feuchten Kiefer und kniff ihn in die wund geriebene Wange.

»Pat! Hör auf damit!« rief sie. »Hast du gehört? Hör auf mit dem Unfug!«

Kaum war ihr diese Aufforderung über die Lippen gekommen, fiel ein Schatten über sie. Es war ein Schatten, der die Umrisse einer Kapitänsmütze und eines dicken, buschigen Schnurrbarts hatte. Eine teilnahmslose Miene, hart wie Granit, dramatisch. Die Stimme, die zwischen den sich bewegenden Lippen hervordrang, besaß das feindselige Timbre einer großen Trommel. Sie war düster und unheilverkündend wie das Innere des finstersten aller Kellerverliese.

»Was geht hier vor?« fragte sie.

Pat merkte, daß seine Mutter zu stottern begonnen hatte.

»Nichts«, sagte sie, »gerade wollte ich Pat sein Abendessen machen. Ich geh jetzt und richte es her ...«

Sie stand auf und ging zur Tür. Ein baumstammdicker, behaarter Arm in Soldatenuniform verstellte ihr unnachgiebig den Weg.

»Ich habe gefragt, was geht hier vor? Du, hast du gehört? Sieh mich an, wenn ich mit dir rede!«

Ein feuchter Finger der Furcht glitt Pat über den Rücken, als er merkte, daß sein Vater jetzt mit ihm sprach. Auch er stotterte heftig.

»Ich hab – ich hab's verloren ...«

»Was hast du verloren?« dröhnte die Stimme seines Vaters. »Hast du dein Püppchen verloren? Dein kleines Püppchen, ja?«

Plötzlich ertönte die Stimme seiner Mutter.

»Sprich nicht so mit ihm, Victor!«

Binnen Sekunden streckte ein mächtiger Schlag sie zu Boden. Der Aufprall zerriß Pat das Herz, und er rief laut: »Nein!«

Doch vergebens. Sein Vater ragte über ihm auf.

»Hörst du nicht, du Dummkopf, du?« bellte er. »Ich habe gefragt – was hast du verloren?«

Schließlich fand Pat Worte, und er rief: »Ich habe das einzige verloren, das ich je geliebt habe auf der Welt!«

Sein Vater verzerrte den Mund zu einem Zähnefletschen.

»Was sagt du da?« begann er von neuem. »Was sagst du da zu deinem Vater, du dreckiges Parfümfläschchen? Höre ich richtig? So redet man nicht! So redet man nicht mit seinem Vater! Wenn du so redest, knöpf ich mir dich vor, bis du gar nicht mehr reden kannst! So reden die Weiber! Hast du verstanden? Hast du mich verstanden?«

Pat senkte beschämt den Kopf.

»Ja, Daddy«, erwiderte er folgsam.

Sein Vater zog die Luft durch die Zähne, und das schlürfende Geräusch erfüllte das ganze Zimmer.

»Das glaube ich dir nicht!« fuhr er fort. »Das glaube ich dir ganz und gar nicht! Ich glaube, das sagst du nur so dahin! Ich habe gesagt, hast du verstanden, was ich eben gesagt habe?«

»Ja, Daddy«, krächzte Pat.

Sein Vater durchbohrte ihn mit Blicken.

»Ach ja? Was hast du denn verstanden?«

»So reden die Weiber.«

»Richtig. So reden die Weiber. Und wie willst du in die Armee aufgenommen werden, wenn du wie die Weiber daherredest? Erwartest du etwa, in die Armee aufgenommen zu werden, wenn du daherredest wie die Weiber?«

Pat verschränkte die Daumen.

»Nein, Daddy«, sagte er und senkte den Kopf.

Sein Vater hustete.

»Nein was?«

»Ich erwarte nicht, in die Armee aufgenommen zu werden.«

Sein Vater nickte.

»So ist es. Erwarte nichts, denn genau das wirst du kriegen. O ja, Hemden nähen oder Hosenställe flicken, aber ein Gewehr schultern oder Kasernenhofdrill? Nein! Hast du gehört? Nein! Was habe ich gesagt?«

»Nein.«

»So ist es. Und jetzt raus mit dir und steh drei Stunden im Schnee, bis ich dich hereinrufe!«

Seine Mutter kroch unter dem Küchenschrank hervor, versuchte sich aufzurappeln und flehte: »Ach, Victor! Um Himmels willen, tu ihm das nicht an!«

Aber es sollte nichts nutzen, denn er streckte sie mit einem weiteren Schlag nieder.

»Halt's Maul, du!« knurrte er. »Du bist schuld daran, daß er so ist!«

☆☆☆

In dem Schneegestöber gab Pat eine traurige, bibbernde Figur ab. Als er vergebens versuchte, an etwas anderes als an den kleinen Kameraden zu denken, den er eingebüßt hatte, bildete sich in seinem Herzen ein unsichtbarer Eiszapfen. Der schneebedeckte Garten dehnte sich wie ein herzzerreißendes Sibirien hinter ihm. In jenen langen drei Stunden ging ihm die Wahrheit auf: Die Welt war eine sauber geschrubbte Leere, ein weißes Vakuum, das sich immer weiter ausdehnte und am Ende gar nichts galt. Nie würde er verstehen, daß einem das, was man liebte, weggenommen werden konnte und an seine Stelle ein so unvorstellbarer Schmerz trat, daß keine Worte ihn jemals einem anderen Menschen schildern konnten. »Wo ist er? Wo ist mein Freund?« krächzte er von neuem. Eine Frage, die immer wiederkehrte und wie ein hartnäckiger Bohrer in seinem Kopf rumorte, während seine Fingerspitzen langsam zu Stein erstarrten. In diesem Augenblick hörte er die knirschenden Schritte seines Vaters, der durch den Schnee auf ihn zustapfte.

»Kann ich ihn suchen gehen?« bat Pat. »Bitte, Dad!«

Sein Vater kniff argwöhnisch das linke Auge zu.

»Was suchen? Wovon redest du?« zischte er und spuckte Schleim auf den hartgefrorenen Boden. »Hinein mit dir, ich bring dir was über den Krieg bei!«

☆☆☆

Im Kamin der Bibliothek flackerte ein Feuer. Pats Vater kaute an seinem Pfeifenstiel und verschob die kleine schwarze Kanone ein wenig nach Osten. Das Schlachtfeld war mit Reihen napoleonischer Infanteristen in strenger militärischer Formation bestückt. Durch eine Rauchwolke teilte Victor McNab seinem Sohn mit: »Einmal habe ich zwei Männer hinrichten müssen. O ja.«

Pat McNab sehnte sich danach, ihm zu antworten: »Das muß dir aber schwergefallen sein, liebster Vater. Ich meine, so ungeschult, wie du bist in der Kunst beiläufiger Brutalität.« Aber leider brachte er in diesem Moment nicht den Mut auf, statt dessen biß er sich auf den Fingerknöchel und erwiderte: »Ach, wirklich?«

»Ja«, fuhr sein Vater fort, »ich war kaum älter als du. Aber ich wußte, es mußte sein. Eine Frage der Regimentsdisziplin, verstehst du?«

Pat spürte, wie ein Schatten auf ihn fiel. Diesmal jedoch nicht der seines Vater, sondern ein anderer in der Tiefe seiner Seele.

»Was hast du getan?« hörte er ein Echo flüstern. »Hast du ihnen mit dem Gewehrkolben den Kopf eingeschlagen? Hast du sie gezwungen, Dynamit zu essen? War es das, Daddy? Bitte sag schon!«

Sein Vater nahm die Pfeife aus dem Mund und musterte seinen Sohn spöttisch.

»Hast du was gesagt?« fragte er. »Ich hätte schwören können, daß du was gesagt hast ...«

»Hab ich auch«, lächelte Pat, »ich habe gesagt, so schwer es einen ankommt, es muß sein. Alle erwarten es, nicht wahr?«

»So ist es, Junge«, erwiderte sein Vater. Er schien erfreut. Er seckte sich die Pfeife an, die ihm eben ausgegangen war.

»Und sie wissen genau, daß man einen Mann braucht, der den Mut dazu hat«, versicherte er seinem Sohn.

»Also, was hast du getan, Daddy?« fragte Pat, baumelte mit den Beinen und kniff die Augen zusammen. Inzwischen fühlte er sich in Gesellschaft seines Vaters etwas selbstsicherer.

»Ich habe sie dreimal in den Mund geschossen«, antwortete Captain Victor McNab.

Ein blaue Rauchwolke stieg auf, und ein Feldmarschall wurde geschwind nach Westen versetzt.

☆☆☆

Als seine Mutter ihn später ins Bett brachte, senkte sich eine düstere Wolke auf Pat McNab herab. Zärtlich streichelte sie ihm die Wange und sagte: »Mach dir keine Sorgen, mein Sohn. Das sind nur Geschichten. Dein Vater und diese Kriege – er bildet sich Dinge ein. Das verstehst du doch, oder?«

Pat zauderte. Er wußte, daß seine Augen gerötet waren. Er konnte sie fühlen. Wie kleine Fleischstückchen, die auf seinem Gesicht klebten.

»Ja, Mammy« sagte er, »ich glaube, ja.«

Sie schenkte ihm ein mütterliches Lächeln.

»So ist's recht.«

In Wahrheit verstand Pat gar nichts. Als sich sachte die Tür hinter seiner Mutter schloß, wußte er das. Und als er später erwachte, der Mondschein sich über sein Gesicht ergoß und ihm der Schweiß ausbrach, hatte er nicht damit gerechnet, daß die jungen Soldaten, die sein Vater so herzlos ins Jenseits befördert hatte, leichenblaß vor ihm erschienen und sagten: »Er hat mich umgebracht. Warum hat er das getan? Warum hat dein Vater mich umgebracht?«

Er hatte nicht schreien wollen. Das war das letzte, was Pat in dieser Nacht hatte tun wollen. Aber es war schon zu spät. Die Schlafzimmertür flog auf, und vom Gang strömte Licht ins Zimmer. Vor Pat stand sein Vater, einen schweren Ledergürtel (Teil der regulären Militärausrüstung) um die Hand geschlungen.

»Was zum Teufel bildest du dir ein?« brüllte er. »Willst du etwa das ganze Haus aufwecken? Ist es das?«

Ehe Pat sich's versah, waren ihm die Worte schon über die Lippen gekommen: »Du hast ihn umgebracht! Du hast den jungen Soldaten umgebracht!«

In der Schlafzimmertür erschien seine Mutter, die ihren Bademantel übergezogen hatte.

»Was ist, mein Junge?« rief sie, dann wandte sie sich ihrem Mann zu: »Hast du ihn etwa geschlagen?«

»Nein!« knurrte Victor McNab. »Aber beim lebendigen Gott, jetzt tu ich's!«

»Nein, Victor! Bitte nicht!« flehte Mrs. McNab.

»Geh mir aus dem Weg!« rief er, und sie stolperte rückwärts über einen Staubsauger. »Du bist schuld daran, daß er so ist!«

Das Geräusch des peitschenden Ledergürtels hallte laut und lange durch die Nacht.

Es schien, als hätte Pat McNab die endgültige Niederlage vor Augen.

☆☆☆

Einige Tage später beschloß sein Vater, Pat beizubringen, wie man mit einer Schußwaffe umgeht. Zusammen gingen sie auf die

Wiese gegenüber dem Haus, und sein Vater drückte Pat einen Revolver in die Hand.

»Paß auf und halt ihn ruhig«, wies er ihn an. »Halt ihn schön fest und halt ihn hübsch ruhig! Jetzt!«

Die Kugel blieb einige hundert Meter vom Ziel entfernt in einem Baumstumpf stecken.

»Jesses!« rief sein Vater. »Dafür kämst du vors Kriegsgericht!«

Er riß den Revolver an sich.

»Na ja, wenigstens hast du's versucht«, bemerkte er in einem Tonfall, der einen minimalen Anteil an Wärme enthielt.

☆☆☆

Etwa eine Woche später kam die maßgeschneiderte Armeeuniform, und Pat, das Holzgewehr über der Schulter, marschierte stocksteif in der Bibliothek auf und ab. Sein Vater lehnte sich herrisch auf dem Polstersofa zurück und rief: »Links rechts! Links rechts! Schütze McNab! Kehrt marsch!«

»Jawoll, Captain!« erwiderte Pat in untadeliger Haltung.

»Schütze McNab! Weggetreten!« befahl sein Vater, und Pat marschierte im Stechschritt zur Bibliothekstür hinaus.

☆☆☆

Pats Verwandlung erschiene bemerkenswert, wäre da nicht sein zwanghaftes Interesse an dem Militärgeschichtsbuch gewesen, das er in seinem Zimmer versteckt hielt und das zahllose Zeichnungen und Fotos enthielt, die er in einer Art toller Raserei brutal verunstaltet hatte. Die Gliedmaßen von Fliegerhauptleuten, ja Vier-Sterne-Generalen waren in einem Maße entstellt, das nur auf das erbarmungslose Wüten eines groben Bleistifts zurückgehen konnte. Davon abgesehen stand offenbar alles zum besten.

So zu tun, als freute sich Pat McNab jeden Abend, wenn er zu Bett ging, heimlich auf die Träume, die er gleich auskosten würde und von denen viele seinem Vater galten, dessen Hinscheiden in Militärmanövern er miterleben durfte, scheint wirklichkeitsfremd. Und dennoch entsprach dies der Wahrheit. Und war die – einfache und unkomplizierte – Erklärung für das Lächeln, das sich regelmäßig auf Pats Gesicht malte, wenn er in seine Hände hineinkicherte und wiederholt rief: »Los, Deutsche! So ist's gut! Jagt ihn mit Panzerminen und Granaten in die Luft!«

☆☆☆

Den aufregendsten Traum von allen sparte er sich gewöhnlich fürs Wochenende aufs, für Freitag nacht, wenn Pat McNab – *Held!* – endlich all seinen Mut zusammennahm, um selbst die Tat zu vollbringen.

»Na los! Los, Miss Pat! Kleine Miss Patty!« hörte er seinen Vater höhnen. »Mach schon! Erschieß doch deinen Vater! Du großes gefährliches Mädchen, du! Uuuh! Ich hab ja solche Angst!«

Nur, daß es nie soweit kam. Nicht einmal in der Landschaft seiner Phantasie war ihm ein kleiner Hoffnungsschimmer vergönnt. Sein Vater stieß ihn zur Seite und schritt voller Verachtung davon. Pat fiel auf die Knie, Rotz und Tränen vermischten sich und rannen in jämmerlichen Rinnsalen in den aufspritzenden Kot hinab, in dem er jetzt versank.

Manchmal wurde ihm aber auch der schönste Traum von allen zuteil, und dann saß Pat, seinen kleinen Tambour im Schoß, traurig am Kamin, und sein Vater (»Da!« nannte er ihn dann! Wie ein richtiger Junge!) kehrte mit bandagierter Hand aus dem Kriege heim. Wenn Pat und seine Mutter ihn draußen hörten, rannten sie zur Tür, um ihm hereinzuhelfen und ihn ans Feuer zu setzen, und riefen: »Es wird alles gut, Da. Wir werden dich pflegen.«

☆☆☆

Ach, hätte er nicht in der schönsten aller Welten gelebt, wenn wenigstens ein Bruchteil davon in Erfüllung gegangen wäre!

»Schau ihn dir an, wie er am Kaminfeuer schläft«, hörte Pat sich dann sagen, »unser bandagierter Da, unser bester lebender Freund, Ma«, und seine Mutter lächelte und stopfte einen Socken.

»Was, glaubst du, haben sie mit ihm angestellt, Ma?« erkundigte sich Pat, arglos wie nur irgendein Sohn.

»Sie haben ihn in die Luft gejagt, mein Junge«, erwiderte seine Mutter dann.

Und Pat nickte.

»Das hat seine Nerven angegriffen, nicht wahr, Ma?« fragte er.

»Ja, mein Junge. Deswegen schlägt er dich mit dem Gürtel und beschimpft dich, nennt dich zum Beispiel ein Mädchen.«

Und dann ergab alles einen Sinn. Alles hätte einen Sinn ergeben, und er hätte sich nicht so schlecht dabei gefühlt.

»In der Armee zu sein ist anstrengend, nicht wahr, Ma?«

»Ja, mein Junge. Wir machen uns ja keine Vorstellung, du und ich. Wir dürfen deinen Vater nicht verurteilen.«

»Nein, Ma. Das dürfen wir nicht«, sagte er dann und kam sich warmherzig und verständnisvoll vor.

Und das erzählte er später in der Bibliothek seinem kleinen Freund, dem Zinnsoldaten. Er streichelte seine rot-blaue Trommel und sagte: »Kleiner Zinnsoldat. Und wenn es uns auch das Herz zersprengt, wir dürfen ihn nicht verurteilen.« Und wenn er das teilnahmslose, aufgemalte Gesicht seines Kameraden betrachtete, trat ihm ein feuchtes Glitzern ins Auge, und er fügte hinzu: »Nicht einmal, wenn er uns am angeblich schönsten Tag des Jahres das Herz bricht!«

☆☆☆

Leider tat er natürlich genau das. Was war geschehen? Pat (er hatte dummerweise Unfug getrieben und seinen kleinen Freund verloren!) war mit trauriger Miene im Schnee herumgelaufen, der am Weihnachtsmorgen zu fallen begonnen hatte, als sein Herz plötzlich einen Satz machte. Er konnte die Spitze des kleinen Bajonetts sehen, das hinter einem mit einer dünnen Schneedecke überzogenen Stapel Kartons herausragte. Er war so aufgeregt, daß er dreimal stürzte, ehe er dort war! Nur weil er seinen Augen nicht trauen wollte – hatte er doch den besten Freund wiedergefunden! Am schönsten Morgen des Jahres! Es war phantastisch! Es war nur dem Zufall zu verdanken, daß er nicht noch einmal hinschlug, als er zur Hintertür sprang und rief: »Ma! Ma! Rate mal! Du wirst es nicht glauben! Junge, Junge! Was für Neuigkeiten!«

Doch seiner Mutter war es nicht bestimmt, diese Neuigkeiten zu hören, jedenfalls nicht in diesem Moment. Pat hielt plötzlich inne und preßte seinen scharlachrot berockten Kameraden ans Herz. Bei dem Anblick, der sich ihm bot, schienen ihm die Worte im Mund zu gefrieren. Seine Mutter kniete auf dem Küchenboden und hatte ihre Arme wie zwei verworrene Baumäste, die aus einem mächtigen Stamm hervorwachsen, in die Höhe gehoben, offensichtlich in dem Bestreben, sich zu schützen. Die Augen seines Vaters, der sich über sie beugte, brannten mit einem längst vertrauten Feuer.

»Ich habe klar und deutlich ›halb durchgebraten‹ gesagt!« schrie er. »Habe ich nicht gesagt ›halb durchgebraten‹, Frau?«

»Ja! Ja, das hast du, Victor, aber ...«, flehte Mrs. McNab.

»Ja, das hast du, Victor, aber! Ja, das hast du, Victor, aber! Wenn du in der Armee wärst, würden sie dir aberkennen, was immer für einen gottverdammten elenden Rang du bekleidest, und dich Spießruten laufen lassen! Und das hier, nennst du das etwa Rosenkohl? Also?«

»Ja, Victor! Nein, Victor!« lautete Pats Mutter unglückliche Antwort.

»Nein, Victor! Nein, Victor, ist genau die richtige Antwort! Denn weißt du, wie ich das nenne? Pampe! Was hab ich eben gesagt, Frau?«

»Pampe, Victor!«

»Richtig. Und was den restlichen Fraß angeht, der sich als Weihnachtsessen ausgibt, warum verfütterst du ihn nicht an eine Kasernenratte? An wen, Madam?«

»An eine Kasernenratte, Victor!«

»Kluges Mädchen. Schaff das weg und koch noch mal von vorn!«

☆☆☆

Mag sein, daß der anhaltende Streß, dem Pat in diesem Lebensabschnitt ausgesetzt war – denn wie soll man es anders nennen? –, nur zu einem solchen Ende führen konnte. Mag sein, daß es Pat, in Ermangelung eines besseren Ausdrucks, deshalb »über den Klippenrand« trieb, weil er, als seiner Mutter an diesem Abend in der Küche die Tränen (pflaumengroße Tränen, wie er fand) über die Wangen und auf das gemustertes Kleid rollten, direkt neben ihr saß. Wie auch immer, die Veränderung, die an diesem Abend in Pat McNabs Seele vor sich ging, läßt sich nicht anders als seismisch nennen, auch wenn sie für andere nicht wahrnehmbar war. Als er sich hinaufschleppte, waren seine Füße wie geschmolzenes Blei, und die Versicherungen, die er seiner Mutter gegenüber abgegeben hatte (er hatte beteuert, es werde schon alles »in Ordnung« kommen), hingen ihm wie Ketten um den Körper. Ein neunjähriger Junge, der an die neunzig Kilogramm zu wiegen schien, schlüpfte an diesem ereignisreichen Weihnachtsabend unter die Bettdecke. Einem Weihnachtsabend, der, kaum hatte Pats Kopf das Kissen berührt, in Sekundenschnelle noch ereignisreicher zu werden versprach. Ereignisreich weit über die verwegensten Träume hinaus – langsam machte sich eine rote Glut bemerkbar und breitete sich aus, bis sie das ganze Zimmer mit einem Leuchten erhellte, das ungeheuerlich genannt werden muß. Es war, als werde der winzige Trommler von Flammen verzehrt, die sich in seinem Innern entzündet hatten, jedoch überhaupt nicht zu seiner Größe passen wollten. Pat konnte schwerlich seine Aufregung verhehlen, er tastete nach der Bettdecke und richtete sich auf. Denn wahrhaftig, sein bester Freund aller Zeiten ergriff jetzt das Wort – und richtete es an ihn! Mit schmalen Lippen, die sich auf und ab bewegten, und kleinen, vollkommen geformten Zähnen, zwischen denen die Frage hervordrang: »Du weißt, was wir zu tun haben, Pat, nicht wahr?«

Anfangs war der bestellte Vormund des Spielzeugs so verdutzt, daß seine Antwort wenig mehr war als ein trockener, unhörbarer, heiserer Laut, der ihm in der Kehle steckenzubleiben drohte. Doch durch äußerste Anstrengung entstand daraus schon bald das Wort: »Was?« Sobald der vollständige Satz – von dem Miniatursoldaten phlegmatisch vorgetragen – an seine Ohren drang: »*Wir müssen ihn umbringen*«, lief ihm ein Schauer über den Rücken.

Pats Herz begann mit größter Schnelligkeit zu pochen. Er zerrte heftig an den Troddeln der Tagesdecke.

»Aber wie, kleiner Zinnsoldat? Du bist doch nur ein friedfertiger kleiner Tambour. Du kannst doch bestimmt niemanden umbringen«, wandte er ein.

Der kleine Tambour nickte.

»So ist es, Pat«, sagte er. »Aber ich habe es so oft miterlebt, daß ich wirklich glaube, auf diesem Gebiet von Nutzen sein zu können.«

Pats Augen leuchteten auf, als sich der Mondschein in ihnen spiegelte.

»Wirklich?« fragte er.

Der Spielzeugsoldat nickte abermals mit unverkennbarer Begeisterung.

»Ja. Ich könnte Schmiere stehen, und wenn du's mit der Angst zu tun kriegst, könnte ich dich anfeuern: ›Tu's, Pat! Tu's!‹ und so weiter.«

Pat preßte die Bettdecke an seine Brust.

»Ach, kleiner Zinnsoldat! Kleiner Tambour! Nein!«

»Und die Trommel schlagen, damit du weitermachst, bis die Tat vollbracht ist!«

»Zinnsoldat! Das ist unmöglich! Ich kann's nicht! Ich bring's einfach nicht fertig!«

Die dünne Stimme klang leise und zart.

»Heute habe ich deine Mutter weinen sehen«, sagte er und fügte ominös hinzu: »Schon wieder.«

Pat vergrub den Kopf in den Kissen.

»Ich hasse ihn!« weinte er bitterlich. »Ich hasse meinen Vater!«

»Er hat sie in den Magen geboxt. Ich hab's gesehen.«

»Warum? Warum tut er das?« heulte Pat.

»Ich hab gesehen, wie er sie gezwungen hat, auf allen vieren herumzukriechen, mit einer Kartoffel im Mund. Es war furchtbar!«

»Nein! Bitte sag, daß das nicht stimmt!«

»Er hat sie gezwungen, ihn General zu nennen. ›Nenne mich General!‹ hat er gesagt. ›General‹ Pat!«

»Er ist kein General!« kreischte Pat und sprang im Bett auf. »Er ist doch bloß ein doofer, alter Captain!«

Wenige Momente später erscholl auf dem Gang eine vertraute dröhnende Stimme.

»Was zum Teufel geht hier vor? In der Christnacht das ganze Haus aufzuwecken!«

Der Schlafzimmertür flog auf, und Pat sah sich einem geifernden Koloß im Morgenmantel gegenüber, der seinen Zeigefinger drohend auf die kleine, buntbemalte Figur richtete, die Pat an seine Brust preßte.

»Gib das Ding her!« schnappte Pats Vater.

Die bemalte Metallfigur flog durch die Luft, prallte scheppernd gegen die Wand und gab dabei ein herzzerreißendes Geräusch von sich – *boing!*

☆☆☆

Was ein Fehler war, wie Pat, so viele Jahre später, jetzt dachte, als er mit glasigen Augen – und nicht ohne einen Anflug von Lächeln – ins Kaminfeuer starrte. Natürlich hatte sein Vater nicht begriffen und war dazu vermutlich nicht einmal imstande, daß ein so abscheuliches Verbrechen unweigerlich eine Wirkung auf seinen Sohn ausüben würde. Und so war es auch gekommen, denn Pat – na, was auch geschah, er machte sich nichts daraus. »Eigentlich«, erinnerte er sich jetzt, »hätte mir mein Vater gar keinen größeren Gefallen tun können. Hat er mir doch endlich zu meinem ganz persönlichen Weihnachtsfest verholfen! Das nur mir gehört und dem einzigen Menschen im gesamten Universum, auf den es mir je angekommen ist – dem kleinen Tambour!«

☆☆☆

Ebendies schien zuzutreffen, denn nach diesem Zwischenfall verbrachten Pat und sein handhoher Kamerad offenbar die beste Zeit ihres Lebens. Kaum eine Nacht verging, in der sie nicht darüber sprachen, und das glänzende kleine Emaillegesicht setzte ein so böses Grinsen auf, daß man glauben mochte, alles, was sie sagten, sei genauso wirklich, als geschähe es wahrhaftig. Eine kleine, graue Hand zupfte Pat am Ärmel, und mit seltsam umwölkter Miene sprach der farbenprächtige Trommler: »Und ich schleich mich hinter dir in sein Zimmer, ja?« Und Pat schlug die geballten Fäuste gegeneinander und schwärmte mit weit aufgerissenen Augen: »Au ja, kleiner Tambour!«

Als sich Pat, wie um sich selbst zu beobachten, langsam durchs Schlafzimmer seines Vaters – oder des »Schweins«, wie sie ihn inzwischen nannten – schlich, verspürte er ein entzückendes Gefühl im Magen, wie er es noch nie zuvor empfunden hatte. Das Schwein schnarchte so laut, als würden zwei große Bögen Wellpappe entzweigerissen.

»Jetzt, Pat! Jetzt!« flüsterte sein Freund und Vertrauter – sein Gewissen! –, und im gespenstisch bleichen Licht des Mondes funkelte seine geschärfte Bajonettspitze.

Pat spürte, wie sich sämtliche Muskeln in seinem Körper spannten. Als er vor dem Kleiderschrank stehenblieb, war er steif wie ein Ladestock.

»Captain Victor McNab«, verkündete er. »Das hohe Gericht hat Sie für schuldig befunden und die Todesstrafe über Sie verhängt. Bekennen Sie sich schuldig?«

Der einsame Trommelschlag schien das ganze Zimmer zu erfüllen.

»Ich habe gefragt, bekennen Sie sich schuldig?« wiederholte Pat in unbeugsamem Tonfall.

Zwischen den beiden hölzernen Zahnreihen schien das erste schwache Echo einer zarten, verlorenen Melodie hervorzudringen:

Ta ra ra ra ra ra ra – bump a bum bum
Me and my drum!

☆☆☆

Im Grunde seines Herzens wußte Pat, daß es gar nicht sein konnte, doch nach den ersten beiden Noten dieser durchdringenden, betörenden Melodie kam es ihm vor, als würden all die traurigen, gekränkten Seelen, deren Leben Captain Gemetzel (einer ihrer immer farbigeren Namen für seinen Vater) ruiniert hatte (gewiß ein Euphemismus, wenn man bedenkt, daß die meisten von ihnen grausam ihren ewigen Lohn bekommen hatten), bei ihm in der Bibliothek weilen. Hohe Schattenwände umgaben ihn.

»Ich habe gefragt, bekennen Sie sich schuldig?« hatte er in jener schicksalsträchtigen Nacht vor vielen Jahren wissen wollen.

Die rasenden Schmerzensschreie und die erstickten Gurgellaute, die sich der Kehle seines Vaters entrangen, als dieser im Bett auffuhr und Hals und Ohren umkrampfte, waren – zwecklos, es zu leugnen – trotz Pats langer psychologischer Vorbereitung fast unerträglich.

☆☆☆

»Natürlich ist das alles schon so lange her«, murmelte Pat am folgenden Morgen, als er sich gegen den Torpfosten lehnte und auf den Garten hinabsah. Er strich über die Steinsäule, die mit wunderbar filigranen Mustern aus Schnee bedeckt war. »Schade nur«, sagte er, und sein Atem gefror in der klirrend kalten, stillen Luft, »daß man immer auf einen Ausweg hofft, und wäre Mammy an dem Tag nicht nach Dublin gefahren, wäre er vielleicht noch am Leben. Aber anders betrachtet, hatte es nun mal so kommen sollen.«

Seine Augen leuchteten, als er seinen kleinen Kameraden in der rechten Hand sah und zärtlich die geschmolzenen Schneetropfen auf seinen rosaroten Wangen betrachtete. Von seiner kleinen blau-roten Trommel war schon längst die Farbe abgeblättert und verblichen.

»Es ging nun mal nicht anders«, schien sein alter Kumpel zu sagen. »Es ging nicht anders, mein Freund. Er wollte es so.«

☆☆☆

Es war wie gestern. Das Unausweichliche hatte seinen Lauf genommen. Pat saß am Küchentisch und machte seine Hausaufgaben, als seine Mutter aus Dublin zurückkehrte. Sie steckte den Kopf zur Tür herein und sagte: »Sieh einer an! Wer ist ein fleißiger Bursche?« Auf Zehenspitzen schlich sie sich zu ihm und rief: »Rat mal, was ich dir mitgebracht habe!«

Pat wäre beinahe in Ohnmacht gefallen, als sie das Päckchen aufschnürte.

Die Uniform ähnelte der seines Kumpels bis ins letzte Detail: die weißglänzende Kniebundhose und ein wunderschöner scharlachroter Soldatenrock mit Schwalbenschwänzen und Messingknöpfen. Pat traute seinen Augen nicht, als er sich im Schlafzimmerspiegel sah. Ihm stockte der Atem.

»Mammy! Die sieht genauso aus wie seine!«

Instinktiv küßte er sein kleines Spielzeug und ließ es in die Tasche seines Uniformrocks gleiten. Seine Mutter drückte ihn an sich.

»Wir werden doch noch ein schönes Weihnachtsfest haben, du und ich – zur Hölle mit ihm! Was, Liebling?

Pat hatte so heftig genickt, daß er schon befürchtete, sein Kopf könnte abfallen.

***

Was hatten sie ein paar Tage später für Spaß, als sein Vater in Carrickmacross war: Mammy marschierte mit rhythmischen Armbewegungen auf der Wiese hin und her, und Pat, der direkt hinter ihr lief, trommelte den Zapfenstreich.

»*Ta ra ra ra ra boys oh boys!*« sang seine Mutter voller Stolz.

»Weiter, Mammy! Weiter!« rief Pat.

»*Rup pup pup pum pum me and my drum!*« fuhr seine Mutter fort.

»Ach, Mammy! Das ist der schönste Tag meines Lebens!« rief Pat McNab. Seine Mutter schloß ihn in ihre üppigen Arme, bedeckte seine Stirn mit Küssen und rief: »Pat McNab, mein kleiner Tambour!«

☆☆☆

Daß er seinen Besuch in Carrickmacross vorzeitig beenden mußte, war günstig für den Captain, sollte sich aber für Mrs. McNab und ihren Sohn letztendlich als tragisch erweisen. Auch wenn es ihnen nicht so vorkam, als sie an dem Abend zur Haustür hereintaumelten und so herzlich lachen mußten, daß ihnen die Tränen übers Gesicht liefen. Zweifellos hätte jeder Betrachter angenommen, daß beide, Mutter und Sohn, hoffnungslos berauscht waren.

»Ach, Pat«, rief seine Mutter vor lauter Frohlocken, »du bist mir vielleicht einer! Wie du trommelst!«

»Und dann, Mammy ...« quietschte Pat und wäre mit seinem Uniformrock beinahe in der Tür hängengeblieben, »...wärst du fast über die Distel gestolpert!«

Es dauerte nicht sehr lange, bis sie etwas Geisterhaftes im Zimmer verspürten und sich einer vertrauten nervösen Gestalt gegenübersahen, die düster in einem Ohrensessel thronte.

»Victor!« rief Mrs. McNab unglücklich. »Wir waren gerade in der Stadt!«

Als sie diese Worte aussprach, hatte Pat McNab trotz der Makellosigkeit seines maßgeschneiderten Sonntagsstaats das Gefühl, vom Scheitel bis zur Sohle mit Schleim bedeckt zu sein.

Das knurrende Husten seines Vaters füllte mühelos die ganze Küche.

»Einkäufe machen«, intonierte er feierlich.

»Ja«, erwiderte Mrs. McNab.

Ihre Stimme war hörbar von reinem Entsetzen erfüllt.

»Natürlich«, entgegnete ihr Mann. »Und wie ich sehe, hast du was gekauft.«

Er hielt inne.

»Für deinen Sohn«, fügte er bissig hinzu.

»Es war doch nur ein kleines Geschenk, Victor. Eine Kleinigkeit, bevor er wieder zur Schule geht.«

Die Worte seines Vaters waren von Grabeskälte.

»Und so also möchtest du ihn haben? Mein Sohn – ein kleiner Weichling von Tambour, der mit kleinen Schlegeln herumstolziert und seinen Vater demütigt! Stimmt's? Stimmt's?«

»Nein, Victor!« quiekte Mrs. McNab.

»Nein, Victor! Bei Gott, wenn dieses Weihnachstfest vorbei ist, gibt's keinen Victor mehr! Komm her, du!«

Binnen Sekunden hatte er grob sämtliche Messingknöpfe abgerissen und Pat den Uniformrock vom Rücken gezerrt. Weswegen diesem der kleine Tambour aus der Tasche rutschte und hell scheppernd auf die Fliesen fiel. Sein Vater hob ihn augenblicklich auf und hieb mit ihm auf seine Mutter ein, bevor er ihn zum offenen Fenster hinausschleuderte, wo er abermals von der endlosen Steppe des McNabschen Gartens verschluckt wurde.

Worte können nicht beschreiben, was an jenem Tag folgte. »Das Grauen«, das Joseph Conrad in seiner Erzählung vom kongolesischen Wahnsinn schildert, reicht nur annähernd.

☆☆☆

Es war ein geschlagener und schwer gekränkter Pat McNab, der, von verzweifelten Schluchzern gequält, die Ferien damit verbrachte, mit einem abgebrochenen Stock im schneebestäubten Knöterich und arg lädierten Huflattich herumzustochern, von denen das arktische Ödland, das seinen Freund für immer verschlungen hatte, übersät war. Er war untröstlich, daß er ihm so nahe sein konnte und doch so fern. Und Pat hoffte vergebens, daß das Sonnenlicht auf dessen Bajonettspitze spielen und ihm auf diese Weise die Lage seines kalten, einsamen Grabes verraten würde, jener schneeverkrusteten Grube, in die sein kurzgewachsener Kumpel aus Metall so gefühllos geschleudert worden war. Aber an diesem Abend sollte es nicht soweit kommen, ja, vierzehn derartige Suchaktionen, bei denen er mit tauben Fingern den Garten durchkämmte, waren nötig, bis Pat seinen Kameraden endlich entdeckte, und der Schrei, der aus tiefster Brust aufstieg und den Kosmos durchschnitt, war wahrhaft herzzerreißend.

☆☆☆

»Nun ist es schon so viele Jahre her«, dachte Pat McNab. Er hörte auf, das Feuer zu schüren, und trat ans Fenster, um einmal mehr die stille, friedliche Landschaft zu betrachten. Er lächelte. »So viele Jahre, und jetzt endlich war Gott sei Dank eine Art Friede über die Erde gekommen.«

Wie schließlich auch über sie, seine Mutter Maimie, an jenem Weihnachtsfest vor langer Zeit. Er lächelte, als er daran dachte, wie sie in jener schicksalsträchtigen Nacht nach dem »Vorfall« zur Schlafzimmertür hereingestürzt war und das Erbrochene aufzufangen versuchte, das sich in einem graubraunen Schwall aus ihrem Mund ergoß. Äußerste Gelassenheit erfaßte ihn, als er den Kopf seines pintgroßen Gefährten streichelte und auf seine glasigen Augen und sein zerkratztes Gesicht blickte. (In seinem Ohr steckte ein Grashalm, und unter seinem rechten Auge war ein winziger Farbkratzer zu sehen, der ganz den Eindruck einer Träne erweckte.) Pat streichelte ihn und sagte: »Ich weiß, einige Leute behaupten, kleine Zinnsoldaten hätten keine Gefühle. Alles sei nur Einbildung. Mag sein. Mag sein, kleiner Zinnsoldat, für alle Zeiten mein Freund.«

Pat küßte den Scheitel seines kleinen Kopfes und steckte die Figur wieder in seine Tasche, bevor er nach oben ging. Dabei wiederholte er: »Vielleicht ist wirklich alles nur Einbildung.« Ein Gedanke, über den er viele Monate später lange nachdachte. Er durchstöberte dieselbe Tasche, die das Zuhause des Spielzeugs geworden war, nur um – wieder einmal – das größte aller Löcher und den schmerzlichsten aller Verluste zu finden.

☆☆☆

Aber so schien es ihm nicht in jener Christnacht, als knarrend die Schlafzimmertür aufging und ein mondbeschienener Schatten über das Kopfkissen fiel, auf dem Captain McNab jetzt lag, auf seinem Gesicht jener Friede, den er den anderen so lange vorenthalten hatte.

☆☆☆

Zuerst erwies sich Mrs. McNab als untröstlich und schluchzte verzweifelt am Küchenfenster. Pat tat sein Bestes, ihr gut zuzureden.

»Alles wird wieder gut, Ma«, sagte er, »ich versprech's dir. Er wird uns nie wieder quälen.«

»Aber ich habe ihn geliebt, mein Junge«, wandte sie ein. »Du verstehst nicht. Du hättest es nicht tun dürfen.«

Pat zuckte zusammen und schlug ihr gegenüber unwillkürlich einen sarkastischen Ton an. Er umklammerte ihre Schulter.

»Das darfst du nicht mehr sagen, Ma!« rief er. »Das ist ungerecht! Er hat uns das Weihnachtsfest verdorben! Er hat alles verdorben!«

Seine Mutter nahm seine Hand und tupfte sich mit einem Papiertaschentuch die Augen. Sie nickte.

»Ich weiß, mein Sohn, ich weiß. Es ist nur so, daß ich nicht damit gerechnet habe ...«

Der Anblick ihres toten Mannes, der da lag – aus seinen Ohren ragten abgebrochene Trommelschlegel, und in seiner Kehle stak die glänzende Spitze eines blutbeschmierten Bajonetts –, kam ihr wieder in den Sinn, und beinahe hätte sie aufs neue losgeschluchzt.

Pat lächelte, und seine Augen funkelten. Er drückte ihre Schulter.

»Ich versprech's dir, Ma«, sagte er. »Jetzt wird alles wieder gut. Du wirst schon sehen.«

☆☆☆

Es dämmerte, und die letzten Schneeflocken rieselten herab. Pat saß am Küchentisch. In der Mitte stand sein Freund mit schlagbereiten Trommelstöcken – vielleicht leicht angegriffen, aber was machte das schon nach scheinbar jahrhundertelanger Abwesenheit! Wie wunderprächtig das Leben wider Erwarten doch manchmal sein konnte, dachte Pat, es vergönnte einem Erinnerungen so rein, so makellos und unverfälscht, wie sie früher nur im Traum möglich waren! Er schüttelte den Kopf. Für den Bruchteil einer Sekunde kam es ihm vor, als zwinkere sein kleiner Freund ihm zu, wie um zu sagen: »*So ist es, Pat!*«

Leider verhielt es sich anders. Nur eines stand fest: Sie waren wieder vereint, und als er sich die letzten Korinthen des Plumpuddings in den Mund stopfte, dachte Pat McNab, wie schön es doch war, daß ihnen entgegen allen Erwartungen ein Weihnachtsfest beschert worden war, das ihn und alle Kinder der Welt auf eine Weise glücklich machte, wie sie es sich nie hätten träumen lassen. Schließlich lief ihm eine Träne über die Wange, er nickte dem kleinen alten Krieger zu, dessen weihnachtlicher Zapfenstreich in den letzten Dämmerstunden des Tages erklang, stimmte in die Weise ein und sang mit ihm stolz ein Lied, das ihnen für immer gehören sollte. Auf seinen rotglühenden Backen flackerte das Licht der weihnachtlichen Kaminscheite, und mit weltabgeschiedener Majestät sandten sie die Worte *pa ra ra rup pup pum* hinaus ins ersterbende Abendlicht.

ACHTES KAPITEL

Flieg mich zum Mond

Fly Me to the Moon

Poets often use many words to say
A simple thing
It takes tho' time and rhyme to make
A poem sing
With music and words I've been playing
For you I have written a song
To be sure that you'll know what I'm saying
I'll translate as I go along:

Fly me to the moon
And let me play among the stars
Let me see what spring is like
On Jupiter and Mars.
In other words darling kiss me!

Fill my life with song
And let me sing for evermore
You are all I hope for
All I worship and adore
In other words please be true
In other words I love you.

Manche Zeitgenossen sind der festen Überzeugung, daß die Ursprünge dessen, was man Pats »Fieberphantasien« oder den »Verlust seines Verstandes im Terrain ungehemmter Wahnideen« nennen könnte, einzig und allein durch eine Begegnung ausgelöst wurde, die wir bereits erwähnt hatten und zu der es an einem ansonsten eher belanglosen Sommernachmittag kam, als sein Kumpan Honky McCool beschloß, ihn mit mexikanischen Halluzinogenen zu versorgen. Doch tatsächlich wäre es irrig anzunehmen, daß dies die alleinige Ursache für die außergewöhnlichen Delirien und allgemeinen Phantasmagorien in Technicolor sei, die um diese Zeit zu einem festen Bestandteil von Pat McNabs Leben wurden. Um es klipp und klar zu sagen: Letztere sind nur dann verständlich, wenn man jene Nacht in Betracht zieht, in der er einen harten Schlag auf den Schädel verpaßt bekam. Der zur Folge hatte, daß er unsicher zwischen seinen vier Wänden umherwankte, vorsichtig die Stuhllehnen berührte und wiederholt »Autsch!« rief, als er sich die schmerzlichen Ereignisse dieser beunruhigend finsteren Nacht ins Gedächtnis rief.

»Daran ist nur der Papst schuld«, murmelte er und rührte Zucker in seinen Tee, als ihn – schon wieder! – direkt über der linken Augenbraue ein stechender Schmerz durchfuhr und er zusammenzuckte. »Er hätte es nicht sagen dürfen. Selbst wenn er daran glaubte – er hätte es trotzdem nicht sagen dürfen.«

Worauf bezog sich Pat? Auf eine Bemerkung, die der Pontifex Maximus der italienischen Zeitung *L'Osservatore Romano* gegenüber gemacht hatte. Wie die *Irish Press* berichtete, hatte er gesagt: »Wenn es auf dem Mond Menschen gäbe, wären sie vermutlich so wie Adam und Eva im Paradies.« Pat umfaßte seinen blaugestreiften Becher, runzelte die Stirn und sinnierte: »Hätte er das nicht gesagt, nie hätte ich angefangen, darüber nachzudenken. Darüber, daß es ein wunderschöner Ort sein soll. Hatte ich bis dahin je darüber nachgedacht? Nein. In Wirklichkeit mache ich mir nämlich nichts aus dem Mond. Nie habe ich ihm auch nur die geringste Beachtung geschenkt. Das letzte, was mir in den Sinn gekommen wäre, ist: ›Ich wünschte, ich wohnte dort oben auf dieser wunderschönen Silberkugel. Vielleicht wäre ich dann glücklich.‹«

Zögernd befühlte Pat seinen großen turbanähnlichen Verband und spürte, wie eine Woge der Trauer über ihm zusammenschlug. In einer Ecke des Fensters hing teilnahmslos – ohne jeden Hohn – die pralle Scheibe des Mondes und musterte ihn wie ein einzelner blauer Augapfel.

☆☆☆

Es schien gar nicht lange her zu sein, daß Pat bei Sullivan's am Tresen gesessen hatte. Er hatte seine dritte Flasche Macardles Ale zu drei Vierteln geleert, als er von seiner Zeitung aufsah, die Stirn runzelte und zu Timmy Sullivan bemerkte: »Timmy, glaubst du, der Papst hat recht?«

Timmy schob seine Unterlippe gegen die Vorderzähne, so daß es »blupp!« machte, legte die Stirn in Falten und fragte: »Womit denn, Pat?«

Pat starrte in die Bläschen, die sich auf der Oberfläche seines Getränks gebildet hatten. Dort ging's so hoch her, daß es ebensogut neue Lebensformen sein mochten, die da vor seinen Augen geboren wurden. Eine Schaumflocke mittlerer Größe machte »Pop«. Pat antwortete: »Ich meine die Sache mit den Menschen auf dem Mond, Timmy. Daß sie so sind wie Adam und Eva im Paradies und so weiter.«

Timmy Sullivans Antwort folgte auf dem Fuße und war unmißverständlich.

»Haha!« rief er, warf sein Geschirrtuch über die Schulter und wandte sich an die anderen Gäste: »Habt ihr das gehört, Jungs? Pat, es gibt doch gar keine Menschen auf dem Mond! Haben wir nicht gestern abend erst davon gesprochen?«

Pat seufzte, ein wenig enttäuscht über Timmys, wie er fand, übertriebene und unnötig heftige Reaktion.

»Das weiß ich, Timmy«, nickte er, »ich weiß, vielleicht gibt es gar keine. Aber in der Zeitung habe ich gelesen, daß der Papst gesagt hat: ›*Wenn* es welche gäbe – *wenn* es welche gäbe –, dann müßten sie so sein wie Adam und Eva.‹ Sie müßten einfach so sein.«

Pat war überrascht, als wie aus dem Boden gewachsen das Gesicht des Wirts vor ihm auftauchte, und zwar so nahe, daß sich die Iris des einen in der Iris des anderen spiegelte.

»Wo hast du denn das gelesen, Pat?« rief Timmy und schlug mit der flachen Hand auf die marmorne Theke. »Nun sag schon, wo hast du das alles aufgeschnappt? Mach zu, sag's mir!«

Als Pat nach Worten suchte, mit denen er seinen Fall erklären konnte, hatte er einen Kloß in Hals.

»Hier hab ich's gelesen, in der *Irish Press*«, setzte er an. »Er hat es einer italienischen Zeitung gegenüber gesagt. Er hat gesagt… hier steht …«

Timmy Sullivan schlug abermals auf die Theke und donnerte: »Pat! Er hat gesagt! Hier steht! Pat, willst du wirklich alles glauben, was du in der Zeitung liest? Hör zu, Pat! Ich hab ja nichts gegen die *Irish Press*, und Schreiberlinge müssen ihre Arbeit tun wie alle anderen auch. Aber eins will ich dir sagen, Pat, wenn's um den Mond geht, weißt du, wieviel der Mann weiß? Weißt du, wieviel Seine Heiligkeit über das Stück Felsen da oben weiß? Mm, Pat?«

Pat senkte den Kopf und antwortete leise: »Nein, Timmy.«

Der Wirt durchbohrte ihn mit grimmigen Blicken. Mit einer Geste, die einem Preisboxer wohl anstand, wickelte er das Geschirrtuch um die Fingerknöchel.

»Etwa so viel wie mein Hintern über die Schnepfenjagd«, verkündete er, »und weißt du auch, warum? Weißt du, warum, Pat?«

Pat schluckte und studierte sorgenvoll den Abdruck seiner Finger auf seinem Glas.

»Nein, Timmy«, erwiderte er, »warum?«

Der Wirt schlug mit der geballten Faust auf die Theke, daß es einen dumpfen Schlag machte.

»Weil sie's nicht wissen können, Pat!« wetterte er schrill. »Weil sie's nicht wissen können? Und weißt du auch, warum, Pat? Weißt du, warum?«

Pat schüttelte den Kopf. Vertraulich und verschwörerisch beugte sich der Wirt zu ihm. Jedes seiner Worte schien gründlich überlegt zu sein.

»Weil sie nie hingekommen sind! Die waren überhaupt nicht auf dem Mond!«

Pat starrte in die frostige und doch muntere Miene ihm gegenüber. Er hatte das Gefühl, irgendwo im Weltraum zu schweben.

»Waren überhaupt nicht auf dem Mond?« krächzte er.

»Nein«, schnauzte der Wirt. »Die haben die ganze Sache oben in Washington ausgekungelt! Und in der Wüste von Nevada gefilmt! Das wirst du doch wohl wissen, Pat! Erzähl mir nicht, das hast du nicht gewußt! Haben wir nicht gestern abend erst darüber gesprochen?«

Der Wirt drehte sich auf dem Absatz um, und das fleckige Geschirrtuch auf seiner Schulter verkümmerte zu einer traurigen Epaulette.

»Josie!« rief er. »Nun hör dir das an! Pat glaubt doch tatsächlich ...«

Pat zupfte den Wirt am Ärmel, und ihm entfuhren die Worte: »Nein! Tu ich nicht!«

Sämtliche Muskeln in Timmy Sullivans Körper schienen sich zu entspannen. Er lächelte und sagte, lebhafter werdend: »Natürlich nicht, das weiß ich doch! Wofür hältst du mich eigentlich, Pat, eh? Glauben die etwa, wir sind Vollidioten? Wir sind das Volk!«

»Wir sind das Volk und keine Vollidioten!« schrie Josie (Jones) genau in diesem Moment und kletterte voller Verachtung von seinem Barhocker. »Das Volk hat genausoviel auf dem Kasten wie irgendeiner von denen!«

Der Wirt kniff ein Auge zu und nickte dankbar.

»So ist es. Du sagst es, Josie. Das Volk hat was auf dem Kasten und läßt sich nichts vormachen, schon gar nicht von den Jungs von der NASA. Hab ich recht? Jeden hier in der Bar kannst du nach Eisenkernen und Magnetfeldern ausfragen, sogar nach den Mondphasen. Glaubst du vielleicht, das wüßten die nicht? Und ob sie das wissen! Was Lithosphären und Fließzonen angeht, haben sie mehr vergessen, als Mr. Cape Canaveral Einmal-auf-den-Knopf-gedrückt je wissen wird. Stimmt's, oder hab ich recht, Josie, was meinst du?«

»Das hast du sehr gut zusammengefaßt«, erwiderte Josie sichtlich erfreut.

Timmy Sullivan zwinkerte ihm zu, wandte sich an Pat und sagte: »Siehst du, Pat! Du hast's gehört!«

Pat lächelte und bestellte mit schwacher Stimme ein weiteres Glas Macardles, begleitet von einem dreifachen Johnnie Walker zum Nachspülen. »Also wirklich, der war gut, Jungs, der war gut!« lächelte Timmy Sullivan und registrierte mit einem Nicken das Handzeichen eines trinkfreudigen Gasts am anderen Ende der Bar.

☆☆☆

Gegen Ende des Abends hatte Pat eine erkleckliche Anzahl leerer Gläser vor sich auf dem Tresen stehen. Sie standen so dicht gedrängt, daß er für Timmy Sullivan, der durch die Bar flitzte, heftig mit seinem Geschirrtuch schlenkerte und »Feierabend, Herrschaften! Wir machen Feierabend!« rief, kaum zu sehen war. Von dem hektischen Treiben bekam Pat fast nichts mit. Aus irgendeinem unerfindlichen Grund lächelte er ausdruckslos in sich hinein und kramte nach seinen Zigaretten. Da hörte er dicht neben sich jemanden bemerken: »Da ist er! Sag schon, warum tust du's nicht?«

Pat hielt einen Augenblick inne. Sein Kopf war übermäßig schwer. Zu seiner Überraschung erblickte er vor sich ein scharlachrotfarbenes Gesicht, das ihn zornig anfunkelte, als er endlich eine Antwort zustande brachte, nämlich: »Huh?«

»Los, hab ich gesagt! Sag's schon!« hörte er abermals. »Mach dich nur lustig über den Papst!«

Pats Speichel fühlte sich widerlich dick an. »Was?« fragte er.

»Komm mir nicht mit ›Was?‹«, fauchte die Stimme rauh wie rostiger Stahl. »Komm mir nicht mit ›Was?‹, du Protestant, du! Du kannst doch gar nicht trinken!«

Pat war erleichtert, als er die tröstlich beruhigende Stimme Timmy Sullivans vernahm, dessen Geschirrtuch wie eine Friedensfahne in sein Blickfeld flatterte. »Macht zu, Jungs! Es ist längst Feierabend!« rief er und fügte feixend hinzu: »Laßt mir unseren Pat in Ruhe! Höchste Zeit, daß er sich in die Falle haut! Stimmt's, Pat?«

Das Lächeln, das Pat zur Antwort gab, fiel schwach und kränklich aus.

☆☆☆

Eine wundersame Gelassenheit bemächtigte sich seiner, als er später auf dem Heimweg war. Das unangenehme Zwischenspiel hatte er beinahe vergessen, war er doch ganz mit den bläulichen Lichtstrahlen beschäftigt, die die pralle Scheibe direkt über ihm aussandte.

»Wie ein geheimnisvolles Zauberlicht«, dachte Pat und kramte wieder nach seinen Zigaretten. Für den Bruchteil einer Sekunde hätte er schwören können, daß er ganz in der Nähe Stimmen hörte. »Pah!« murmelte er abfällig und steckte eine Major zwischen die Finger. Doch als er einen Stoß gegen die Schulter verspürte, war an weitere »Pahs!« oder ähnlich wegwerfende Ausrufe gar nicht zu denken.

»Sag das Vaterunser!« knurrte eine ihm aus Sullivan's Select Bar vertraute Gestalt.

»Ja!« heischte sein Kumpan, ein beleibter, in eine zerfranste Strickjacke und einen dicken Schal gehüllter Kerl. »Aber zack!«

Pat kannte die beiden Männer nicht. Sie stammten nicht aus der Gegend. Unter den gegebenen Umständen hielt er es für das Beste, zu gehorchen.

»Vater unser, der du pißt im Pimmel ...«, setzte er etwas unbeholfen an. Die Worte in seinem Mund waren schwer wie überreife Pflaumen.

Ein Lächeln tiefer Genugtuung malte sich auf dem Gesicht seines Gesprächspartners.

»Siehst du?« sagte er und versetzte Pat einen weiteren Stoß. »Hab ich's dir nicht gesagt?«

»Und ob du's gesagt hast«, lautete die Antwort. »Und ob du's gesagt hast! Wenn ich mir vorstelle, daß ich dir nicht glauben wollte!«

Der erste Schlag traf Pat in die Magengrube. Hilflos krümmte er sich zusammen. Die Prügel, die er nun bezog, kann man nur mitleidlos nennen. Der Stock, den die beiden – rein zufällig – aufgetrieben hatten, wurde mit brutalster Gründlichkeit eingesetzt. Schlag auf Schlag prasselte auf Pat McNabs Kopf herab, als er mit dem Gesicht nach unten auf dem Schotter lag.

»So! Wie gefällt dir das, du Atheist?« hörte Pat es in der

Ferne rufen, danach das Geräusch des zu Boden fallenden Stocks, gefolgt von dem Galopp sich entfernender Schritte und dem Ruf: »Beeil dich!«

Es wäre nicht verkehrt, zu sagen, daß Pat – unerklärlicher-, auf jeden Fall aber unangemessenerweise – ein seltsames Gefühl innerer Ruhe überkam, geradeso als habe Luna, der blasse und zerbrechliche Planet – das letzte, was er wahrnahm, bevor seine zuckenden Augenlider sich endlich schlossen –, ihm gelbe Netze aus Licht und Trost übergeworfen, wie um ihn zu sich zu ziehen und zu dem Mann in ihr, der unablässig zu lächeln schien.

Anfangs war Pat recht eigenartig zumute. Er verspürte ein nagendes Unbehagen, das er einfach nicht abzuschütteln vermochte. Das war durchaus verständlich, denn schließlich rechnet man nicht damit – wie sollte man auch? –, daß man elegante Kleidung, wie man sie nur im Traum erlebt, im winzigsten Bruchteil einer Sekunde mit den Händen zu greifen vermag. Und doch, da stand er, Pat McNab, untadelig in einen pflaumenblauen Samtanzug mit Fliege und Manschetten aus handgeklöppelter Spitze gekleidet. Ebenso unerwartet – und ebenso belebend – war der Anblick von buchstäblich Hunderten von »Teenyboppern« (wie frühere Generationen sie genannt hätten), die in einer einzigen Woge vorstürzten und mit einer solchen Leidenschaft kreischten, daß ihre Stimmen einen nahezu unerträglichen, übernatürlichen Pegel erreichten. Ekstatische Rufe wie »Pat! Bitte! Gib mir ein Autogramm!« quollen über ihre Lippen, und sie weinten: »Ach! Wären wir doch nur alt genug, um bei deiner Show im Copacabana eingelassen zu werden!« Tränen liefen ihnen über die Wangen, und ihre zarten, jungen Leiber sanken ohnmächtig zu Boden. Wäre nicht wenige Sekunden später Bud O'Kane aufgetaucht, Pat hätte sicher nicht gewußt, wie er vorgehen sollte. Er befand sich in einem Dilemma, wie er es noch nie zuvor erlebt hatte, und verfügte weder über die Entschlossenheit noch über die Sprache, die ihm helfen mochte, einen Ausweg zu finden.

Bud klopft Pat fest auf die Schultern. Seine Pranke bedeckte fast die Hälfte von Pats Rücken.

»He, Pat!« grinste er. »Da bist du ja! Hör zu, ich hab da

ein paar Leute, die du kennenlernen solltest. Wie wär's mit 'nem Bierchen im Copa? Du hast doch nichts dagegen?«

Mit einem Mal schien Pat McNab seine Orientierung wiederzufinden. In Bud O'Kanes Gesellschaft fühlte er sich wohl. Aus der Brusttasche seines Jacketts zog er seine RayBan-Brille, in deren Gläsern sich ein winziger Bud O'Kane spiegelte.

»Also?« fragte Bud hoffnungsvoll.

»Klar doch, Bud!« erwiderte Pat strahlend, ja fast glühend. »Ich habe nichts dagegen!«

☆☆☆

Um diese Stunde waren nur wenige Gäste in der Copacabana Lounge, aber das störte Pat nicht weiter, denn in diesem Augenblick, er zwirbelte gerade an dem schrägen Schirmchen in seinem türkisfarbenen Cocktail, war er so ziemlich der glücklichste Mann der Stadt. Er lächelte und dachte: »Also, ich weiß nicht, ob ich im Paradies bin oder nicht, aber eins steht fest, näher dran war ich noch nie! Das könnt ihr mir glauben!«

Was Pat im besonderen meinte, war der wohltuende Anblick jener lieblichen Erscheinung, die soeben über die Tanzfläche geschlendert – geschlendert? ach was, geschwebt! – kam und direkt vor ihm stehenblieb. Eine Sekunde lang kam es ihm vor, als weise sie eine höchst sonderbare Ähnlichkeit mit einer Frau auf, die man unter dem Namen Bridie Cunningham kannte. Mit ihrem kupferfarbenen Haar und ihren sommersprossigen Grübchen war sie wie ein Traumgeschöpf.

»Pat!« grinste Bud und legte Pat die Pranke auf die Schulter. »Darf ich dir Lee vorstellen? Sie ist ein großer Fan von dir!«

Pat McNab sah, wie seine Hand sich im Zeitlupentempo bewegte; es schien eine Ewigkeit zu dauern, bis er sie ganz ausgestreckt hatte. Die einzigen Worte, die ihm einfielen, lauteten: »Wenn die nicht jeder Zoll wie Eva aussieht, die allererste Frau auf Erden, kann ich nur sagen, daß nichts von dem, was ihr fehlt, es wert ist, daß man deswegen Theater macht!«

Die Worte in Pats Kehle schienen sich langsam und eins nach dem andern zu formen wie winzig kleine Samenkörner.

»Sie sind eine sehr schöne Dame, Lee« – seine Stimme klang heller als beabsichtigt – »hat man Ihnen das schon einmal gesagt?«

Das hauchzarte Rosa, das Lees Wangen überflog, als sie den Kopf senkte, verwandelte Pats Beine in dünne Spaghettifäden. Ein Umstand, der ihm Sorgen hätte bereiten sollen. Warum also fühlte er sich beschwingter denn je zuvor in seinem Leben?

☆☆☆

Fly me to the moon
And let me play among the stars
Let me see what spring is like
On Jupiter and Mars!

Pat schnippte mit den Fingern. In der gigantischen Glaskuppel, die den brechend vollen Nachtklub überwölbte, bewegte sich sein Spiegelbild. Die Außentemperatur betrug 150 Grad. Hinter dem Glas glitzerten und gleißten Planeten und Sterne wie Abermillionen Murmeln.

»Ich möchte diesen Song der Frau widmen, die ich heiraten werde«, sagte Pat und schnippte mit den Fingern, »Miss Lee Stravoni.«

Miss Lee Stravoni blickte schüchtern zur Seite, als die Streicher des Orchesters den unausbleiblichen Aufschrei jugendlich hoffnungsloser Liebesnot und Eifersucht übertönten. »Und die behaupten, hier gäb's keine Atmosphäre! Los, Jungs!« sagte Pat und koste das Mikrofon wie ein langgeliebtes Kind.

☆☆☆

Die Karriere von Pop- und Kabarettmusikern ist voll von der ausgeglühten Asche falscher Entscheidungen, fehlgeleiteter Entschlüsse und von den Folgen des Hochmuts. Doch nichts dergleichen sollte Pat McNab widerfahren, der drei Wochen später die schönste Frau heiratete, der er je begegnet war. Und die jetzt in ihrem mit Vergißmeinnicht gemusterten Nachthemd in seinen

Armen lag und ihm tief in die Augen sah. Kaum einen Monat zusammen, dachte er, und schon war es, als hätten sie eine Million Meilen hinter sich.

»Eine Million Lichtjahre«, wiederholte er, spielte mit ihren kupferroten Locken und dachte, wie sehr der Papst recht behalten hatte.

»Er hatte von Anfang an recht«, flüsterte er seiner Frau zu, »von Anfang war er der Allergrößte, Schatz.«

Lee nickte und schmiegte sich an seine Schulter.

☆☆☆

Noch nie hatte in der Paradise Bar ein solches Gedränge geherrscht. Draußen schluchzten Scharen enttäuschter Fans. Bud O'Kane ergriff das Mikrofon.

»Meine Damen und Herren! Der Augenblick, auf den Sie alle gewartet haben, ist gekommen! Ich weiß, wie viele von Ihnen von weither angereist sind, um heute abend hierzusein, deshalb darf ich Ihnen jetzt, meine Damen und Herren, vorstellen – Mr. Pat McNab!«

Kein Wort würde angemessen die Darbietung beschreiben, die Pat an jenem Abend in seinem pailettenbesetzten Freizeitanzug mit der Goldmünze zum besten gab. Der vor Erregung tobenden Menge konnte die Zugabe – *Fly Me to the Moon* – nicht genügen.

☆☆☆

Über Zeit und Raum, über alternative Universen und den Begriff der Wahrnehmung angesichts der unermeßlichen Weite des Kosmos ist viel geschrieben worden, doch wenig davon war für Pat interessant. Er wußte nur eines: Jeden Morgen, wenn er aufwachte, sah er die Welt in einem Licht wie noch nie zuvor. Vielleicht, könnte man argumentieren, in demselben Licht, in dem die meisten Menschen sie seit unvordenklichen Zeiten wahrgenommen hatten. Nicht jedoch Pat McNab. Und als er jetzt den Blick hob, wollte er nichts weiter als unbeirrbar auf sein Telefon zuschreiten und sich zum Vatikan durchstellen lassen, direkt zum Oberhaupt der Einen Wahren Kirche. Als er an die Worte dachte, die er benutzen würde, mußte er lächeln. »Papst«, würde er sagen, »du hattest recht. Du hattest von Anfang an recht. Sie sind wirklich wie Adam und Eva. Sie ist das blasseste, reinste Geschöpf, das je aus einer bloßen Handvoll Lehm erschaffen wurde. Ich danke dir. Ich danke dir sehr, Papst.«

☆☆☆

Pats im Stil des Weltraumzeitalters erbautes Haus war unübertroffen; der Videobildschirm, den man an der nach Süden gehenden Wand herabzog wie einen Kalender, war ein unvergeßlicher Anblick. Die würfelförmigen Sessel, aus einer seltenen, nur auf dem Mars zu findenden Metallegierung gefertigt, sorgten dafür, daß den Besuchern der Unterkiefer herunterklappte. Das »lebendige Geschirr«, das sich von ganz allein deckte, je nachdem, welches Gericht man zu einem beliebigen Zeitpunkt benötigte, machte die ödeste Hausarbeit zu einem prächtigen Volksfest. Das Haustier – Argo, der Eidechsenhund – war ein ständiger und herzerwärmender Begleiter. Pats und Lees Kinder Anco und Zok liebten ihn über alles. In ihrem von einer silbernen Kuppel überdachten Haus in der Nähe des Mare Tranquillitatis schien das Glück selbst beinahe menschliche Gestalt anzunehmen.

»Pat«, sagte Lee eines Tages und spielte mit einem der Haare auf ihrem Pullover (er war eintausend Jahre alt), »weißt du, was ich manchmal denke?«

Pat ließ die Nachrichtenkonsole sinken und lächelte. »Was denn, Liebling?« fragte er.

Seine Frau setzte sich auf sein Knie und fuhr ihm mit ihren langen, schlanken Fingern durchs Haar. Die durchsichtige, arglose Großmut in ihren Augen war nicht zu verkennen. »Ich glaube, wir sind im Paradies«, sagte sie. Argo gurgelbellte, und die Kinder kicherten verlegen. Draußen sonnte sich Saturn, der als Halsband Ringe aus Gas trug. Pat drückte seiner Frau die Hand.

☆☆☆

So vergingen die Tage. Pat saß in Hemdsärmeln vor seinem glänzendweißen (mit Achtel- und Viertelnoten bemalten) Konzertflügel, zog die Stirn in Falten und kratzte sich am Kopf, während er an seinem Bleistift kaute und auf den Notenblättern Korrekturen notierte.

»Komm, Liebling!« rief Lee, wenn sie mit einem Tablett voll appetitlicher Knabbereien in der Tür erschien. »Mach mal Pause! Du verdienst es!«

In der Tat, das konnte Pat nicht leugnen, sank er doch jeden Abend erschöpft neben der Frau, die er liebte, ins Bett. Vor seinen ermatteten Augen wirbelten Konstellationen von Noten, die nicht zueinanderpassen wollten, und die Gesichter seiner begeisterten Fans verwischten sich zu einem Nebel der Bewunderung. Doch wer wollte bestreiten, daß all dies es wert war? Jeden Tag um dieselbe Stunde flimmerten Nachrichtensprecher über den Videobildschirm, die sich aufgekratzt und mit trockenem Mund über den »sensationellen Sänger Pat McNab« verbreiteten, dessen Erfolg »weiter anhält«, und selbst die abgebrühtesten alten Hasen im Musikgeschäft staunten, wenn seine ausverkauften Konzerte das gesamte Weltall zu immer neuen Begeisterungsstürmen hinrissen. Wie ein eifriger Talkshowteilnehmer es ausdrückte: »Pats Version von *Fly Me to the Moon* ist der heißeste Tip der Saison und wird im September bei der Marc Serenitatis-Party mit Sicherheit den begehrten ersten Preis einheimsen.«

☆☆☆

Von allen eindeutig am meisten entzückt war Bud O'Kane. Schließlich hatte seine Karriere – nach einer Reihe von Skandalen, die seinem früheren Schützling Ned »Mr. Moog« McGerry gegolten hatten – vor dem Ende gestanden, als Bud zufällig Pat begegnet war. »Pat«, sagte Bud strahlend und legte dem weltraumweit gefeierten Songschmied die Hand auf den Arm, »du bist ein Wahnsinnstyp, ein Star – und das meine ich wirklich!«

Ihr Glücksstern schien nicht sinken zu wollen. Horden schluchzender Teenager versammelten sich in Flughäfen, Talkmaster warfen den Kopf zurück und bewunderten die witzigen

Bemerkungen, die Pat aus dem Stegreif machte; Frauen mittleren Alters warfen sich vor die Bühne, wenn Pat sein Mikrofon streichelte und säuselte: »*Let me know what spring is like on Jupiter and Mars!*« Die Day-Glo-Inschrift auf tausend Videobildschirmen verkündete verzückt: »McNab erneut Nummer eins!«

Auch an der häuslichen Front war es wie ein Magnetfeld des Glücks. Der Lehrer hatte Pats Kinder die »hellsten Planeten am Firmament« genannt, und als ihm seine zehnjährige Tochter ihr Zeugnis mit dem Vermerk »Klassenbeste« vorlegte, fiel es Pat schwer, eine Träne des Stolzes zurückzuhalten. War es da ein Wunder, wenn er spätnachts darüber nachsann, daß er fast mit zuviel Glück gesegnet war, daß ihm mehr zuteil geworden war, als ein Mann ertragen kann? Und daß er infolgedessen einen leichten Schauder der Angst und Beklommenheit verspürte, dies alles könnte ihm wieder entrissen werden?

Doch Pat brauchte sich nicht zu sorgen. Denn als er eben den drohenden Verlust der vielfachen Gunst des Schicksals und eines fast unerträglichen Glücksgefühls bedachte, standen die Kräfte, die über ihn wachten, kurz davor, ihn mit weiteren Ehren zu überhäufen.

Jedenfalls hatte es den Anschein.

☆☆☆

Nach einer weiteren großartigen Zugabe trocknete Pat sich gerade mit seinem monogrammbestickten Handtuch ab, als es an seiner Garderobentür klopfte. Als er summend den Knauf drehte, stand Bud in seinem karierten Sportsakko und seinem gelbem Schlips in der Tür und strahlte ihn an. »Hallo, Kumpel, altes Haus!« tschilpte sein Manager. »Ich glaube, da ist jemand, der dich sprechen möchte! Darf ich sie heraufschicken, Sir?«

Pat lächelte und nickte. »Natürlich, Bud«, erwiderte er, fuhr fort, sich abzutrocknen, und ging pfeifend wieder in seine Garderobe. Wenige Minuten später hörte er, wie sich die Tür auftat. Als er hochschaute, erblickte er im Spiegel das Bild seiner Mutter. Zuerst sah es ihr überhaupt nicht ähnlich, und es hätte durchaus gepaßt, wenn ihm der Ausruf entschlüpft wäre: »Ha!

Das ist doch nicht Mammy! Nie im Leben! Was hätte die hier auch verloren?« Zugegeben, es war eine kultiviertere, weltgewandtere Ausführung der Frau, die ihn zur Welt gebracht hatte, aber es ließ sich nicht leugnen – es *war* die Frau, die ihn zur Welt gebracht hatte. Sobald sich Pat, wie heimlich auch immer, den Sachverhalt eingestanden hatte, begann dieser unverzüglich zu wirken. Pats Unterlippe zitterte, und er brach in überschwengliche Tränen aus. Die Frau in der Tür schien lautlos auf ihn zuzugleiten, streichelte ihrem Sohn sanft übers Haar und barg seinen Kopf an ihrer Schulter. Für Pats Schluchzer läßt sich keine treffendere Beschreibung finden als das Wort »gewaltig«, und sein gesamter Körper, vom Scheitel bis zur Sohle, bebte heftig.

»Es ist nur, weil ich nicht mit dir gerechnet hatte«, stammelte er. »Ich hatte nicht damit gerechnet, dich zu sehen, Mammy.«

Die Stimme seiner Mutter klang wie Samt und Honig.

»Schon gut, Pat«, sagte sie, »schon gut. Jetzt bin ich ja hier. Mammy ist hier.«

In den darauffolgenden Tagen und Wochen war Pat sich bewußt, daß es Leute gab, die sagen würden: »So was aber auch! Was sagen Sie dazu? Taucht die alte McNab einfach so aus heiterem Himmel auf! Tut, als wollte sie sich um ihre Enkelkinderchen kümmern! Dabei konnte sie nicht mal ihren Mann halten oder ihren Sohn großziehen, ohne ihn kopfkrank zu machen!«

Pat wußte, daß die Leute so reden würden, und noch während er das dachte, geschah es auch schon. Er konnte die Stimmen ganz deutlich hören, so als sprächen sie direkt mit ihm, hier, in seinem Wohnzimmer. Aber er wußte auch, was für ein Schrott das war! Kompletter, totaler, absoluter Schrott, der noch am selben Abend auf den Müll gehörte! War doch seine Mutter nicht nur willens und in der Lage, sich um die Enkelkinderchen zu kümmern – Himmel noch eins, sie war ein Genie darin!

»Noch mal, Omi!« bettelten die Kinder, wenn sie mit ihnen »Hoppe hoppe Reiter« spielte, und dann trat ihr eine kleine Träne ins Auge, weil sie wieder mit ihrem Sohn vereint war, etwas, wovon sie schon so lange geträumt hatte.

»Gebt mir ein Busserl!« forderte sie und jubelte triumphierend, wenn sie ihr mit feuchten Lippen einen Kuß auf die Wange schmatzten.

☆☆☆

So war es denn eine glückliche Großmutter (und Mutter!), die in den frühen Morgenstunden in ihrem Bett lag. Da öffnete sich leise die Tür, und in einem Winkel von genau fünfundvierzig Grad fiel ein dünner Lichtstrahl ins Zimmer.

»Mammy?« flüsterte Pat und nestelte an der Kordel seines Pyjamas. »Psst! Mammy?«

»Pat?« hörte er sie antworten. »Bist du's?«

»Ja, Mammy«, erwiderte er und fuhr fort: »Kann ich hereinkommen und mit dir reden?«

»Natürlich, mein Junge«, hörte er sie sagen, »aber natürlich. Natürlich, Liebling.«

Draußen schien das ganze All im Schlaf zu liegen. Pat setzte sich aufs Bett, flocht die Finger ineinander und beteuerte verlegen: »Ich wollte nur sagen, daß es mir leid tut, Mammy. Ich wollte nur sagen, daß es mir leid tut.«

Er spürte, wie ihre Finger sich um eine seiner Haarlocken wanden. Dann sagte sie: »Pat?«

»Mm?« fragte er, den Tränen nahe.

»Pat, Liebling? Darf ich dir etwas sagen?«

»Was, Ma?« gab er zur Antwort.

»Mir auch, mein Junge. Mir auch.«

Bei diesen Worten war es, als zögen sich die synthetischen Vorhänge auf und eine lachhaft orangefarbene Sonne durchflutete das ganze Zimmer mit ihrem Licht. Als hätte es einen Beckenschlag gegeben und Pat hätte – mysteriös! – magisch! – magnifik! – seinen pflaumenfarbenen Samtanzug mit der eleganten Weste angezogen. Er versetzte der Luft einen sieghaften Faustschlag, und seine üppige, trostreiche und doch kultivierte Mutter klatschte in die Hände und rief: »Du hast dich nicht verändert! Du hast dich kein bißchen verändert, Pat!«

Worauf ihr rotbackiger Sohn mit einer solchen Wonne, daß

er beinahe zu fisteln begann, erwiderte: »Du dich auch nicht, Mammy! Du dich auch nicht!«

Da segelte die Frau, die ihn neun Monate in ihrem Leib getragen hatte, unter vollster Ausnutzung der Sprungfedern mit Schwung durch die Luft und rief: »Gib mit sofort dein Patschhändchen, du kleiner Teufelskerl, du!«

Was kann man sagen, wenn zwei winzige Figuren – Figuren, wie man sie etwa auf einer Hochzeitstorte sehen mochte – vor der schrägen, schwarzen Samtkulisse des unendlichen Weltraums im Takt Walzer tanzen? Daß sie der Inbegriff der Ruhe – ja, ein wahres Meer der Ruhe – zu sein scheinen, da sie, umringt von Sternen und Planeten, durch die Galaxie sausen. Und für immer gemeinsam singen:

Fly me to the moon
And let me play among the stars
Let me see what spring is like
On Jupiter and Mars!
In other words, hold my hand!
In other words, darling kiss me!

Pat senkte den Kopf und murmelte: »Ich liebe dich, Mammy.«

Worauf seine beglückte Mutter erwiderte: »Und ich dich auch, mein kleiner Pat McSkilly McNab! Wir brauchen sie jetzt nicht mehr, diese Lee! Sie ist ja nicht mal aus Gullytown!«

Das gedämpfte Lachen, das Pat in seine Hände prustete, drang wie ein Speer durch Lee Stravonis Herz. Sie lag allein im Elternschlafzimmer, und für sie war der Lichtstreif des »gütigen« Mondes ein Wurfspieß, der ihre Herzkammern durchbohrte.

☆☆☆

Wie groß kann der Abstand sein zwischen einer solchen *danse célèbre* und der hingestreckten Gestalt Pat McNabs, der, zerschlagen und zerschunden, in seinem langen, schwarzen, zerfetzten Mantel unter den Dorn- und Ginstersträuchern der Gemarkung Gullytown liegt? Jede Anzahl Lichtjahre, und selbst das ist eine sehr zurückhaltende Schätzung. Und der Abstand wird noch größer, als endlich sein linkes Bein sich regt und seine Hand ihre erste zögerliche Reise zum Umfeld seines rechten Auges antritt, über dem ein Schmerz, der sich nur als »heftig« beschreiben läßt, zu seinem allgemeinen Gefühl der Entrücktheit und Verstörtheit beiträgt. Aus dem Nichts scheint eine Flutwelle der Schwermut über ihm zusammenzuschwappen, und auf seinem Unterarm machten sich erschreckend deutlich blaue Flecken bemerkbar. Die Erinnerung an den »Knüppel«, mit dem man ihn traktiert hat, ist so lebhaft, als würde er die Szene in diesem Augenblick von neuem durchleben. Doch als er sich aufrafft und sich von Kopf bis Fuß in ein vertrautes milchiges Licht getaucht sieht, weiß er, daß dies nicht der Fall ist. Er schüttelt den Kopf über den absurden Gedanken – die Übeltäter haben längst das Weite gesucht – und ruft: »Natürlich sind sie fort! Sie werden schwerlich den weltraumweit gefeierten Pat McNab überfallen! Haha!« Eine Behauptung, die er gerade wiederholen will, als er einige Breitengrade südlich des großen Bergahorns bei Brennan's Field lautstark von etwas unterbrochen wird, das bei Shakespeare oft »Lärm und Getümmel« genannt wird. Nämlich von Ausrufen wie »Da ist er ja! Endlich haben wir ihn gefunden!« So benommen er auch sein mag, erkennt Pat doch gleich Timmy Sullivans Stimme. Binnen Sekunden waren sie bei ihm angelangt, und Pat konnte sehen, daß der Begleiter des Wirts niemand anders war als Sergeant Foley, der ihm eine tröstende Hand auf die Schulter legte und mitfühlend sagte: »Jesses, Maria und Joseph! Also das haben sie mit dir angestellt, Pat? Kennst du sie, Timmy? Hast du dir ihre Gesichter genau anschauen können?«

Timmy schüttelte wehmütig den Kopf.

»Nein, Sergeant«, erklärte er und fügte bedauernd hinzu: »Ich glaube, sie stammen aus dem Norden.«

»Ich muß zum Copacabana Club«, sagte Pat mit seltsamer, fast tonloser Stimme, »ich trete heute abend im Copacabana auf, versteht ihr? Ja doch!«

Timmy Sullivan nahm ihn beim Arm – er betrachtete Pat als äußerst geschätzten Stammgast – und sagte: »Natürlich, Pat. Aber jetzt sei hübsch brav und komm mit nach Haus.«

Pat McNabs ganzer Körper, ja, sein ganzes Wesen schien in ein unsagbar trauriges blaues Licht getaucht.

☆☆☆

Einige Wochen später saß Pat bei Sullivan's an der Theke und hörte einer Band zu, die man durchaus als die grottenschlechteste der Welt bezeichnen konnte – Synthesizer mit eingebauten Schlaginstrumenten. »The Two Lads« preschten auf den Refrain eines mit stürmischem Beifall begrüßten Songs zu und waren sich nicht bewußt, daß sie, zusammen mit Timmy Sullivan, dem Inhaber, für das nahezu steinerne Grau verantwortlich waren, das sich über Pat McNabs Augen zu legen schien, als dieser auf sein schweißgetränktes und mit zahlreichen Fingerabdrücken übersätes Glas Macardles Ale stierte.

»Ach ja!« sagte Timmy Sullivan, warf klatschend sein Geschirrtuch über die Schulter und flüsterte, indem er Pat einen schiefen Blick zuwarf, mit hochgezogener Braue: »Hab ihm 'ne gehörige Standpauke gehalten! Seitdem ist er nicht mehr wiederzuerkennen. Vor zwei Nächten hab ich ihm das Maul nicht stopfen können! Buchstäblich das Maul nicht stopfen können! Er und der Mond! Wollte die ganze Nacht von nichts anderem schwätzen! Und wenn man's jetzt erwähnt, glotzt er einen nur an.«

Timmy Sullivan wischte ein Glas und starrte (vergebens) seinen einsamen, stummen Gast an. »Will überhaupt nicht mehr davon reden!« beteuerte er. »Komisch, wie die Leute so sind, was? Was meinst du dazu, Josie?«

Josie Jones dachte einen Augenblick lang nach, doch am Ende antwortete er nicht, sondern drehte lediglich die schlanke Röhre seiner Zigarette zwischen den Fingern und hob sie an die Lippen. Die Band wollte schon einpacken, doch die wiederaufbrandende Begeisterung für ihre Bemühungen hielt sie davon ab. Der Leadsänger im Smoking sammelte eine Handvoll Luft und sandte sein Mikrofon himmelwärts, aus den Tiefen seiner Kehle stieg ein Wort nach dem anderen auf und schoß wie ein Sputnik in den Weltenraum:

Fill my heart with song
And let me sing for evermore
You are all I long for
All I worship and adore!

Pat McNab rührte sich nicht. In seinen Augen spiegelten sich die Schaumblasen eines lauwarmen Macardles Ale, das auch dreihundertundachtzigtausend Kilometer hätte entfernt sein können.

NEUNTES KAPITEL

Waka waka

Waka Waka

Waka waka waka waka waka
Waka waka waka
Waka waka waka waka waka
Waka waka waka
Waka waka waka waka waka
Waka waka waka
Waka waka waka waka waka
Waka waka waka
Waka waka waka waka waka
Waka waka waka

Es gibt so viele Theorien über »Wahrnehmung« und die Beziehung, die man zwischen ihr und der »unentrinnbaren Modalität des Sichtbaren« herstellen könnte, daß wir, wenn wir an dieser Stelle versuchen wollten zu verstehen, wie sie Pats Leben zu dieser Zeit beeinflußte, vermutlich bis zum sprichwörtlichen Sankt Nimmerleinstag darüber rechten könnten. Vielleicht genügt es, wenn wir festhalten, daß die »Verbiegung« der Wirklichkeit oder die »Verschiebung« der Welt um ihn herum auf sonderbar vertraute und doch unvertraute Weise eine Folge der immer wiederkehrenden, nahezu tropischen Wetterverhältnisse war, die in der Gegend geherrscht hatten. Zuweilen war die Hitze so dicht, daß man sie fast in große, klebrige Scheiben schneiden konnte. Auch Pats Vorliebe für den Alkohol spielte eine Rolle. Ganz zu schweigen von den Überresten der angenehmen und doch beunruhigenden Gefühle leichter Erschütterung, die seine Psyche noch Monate nach seinem »mexikanischen Abenteuer« mit dem respektgebietenden Pasty McGookin und seinem Spießgesellen Honky McCool heimsuchten. Was vielleicht erklärt, weshalb Pat in sich hineinlächelte – man muß sagen, es war ein elastisch zuckendes Lächeln –, als er eines gewöhnlichen, nicht weiter bemerkenswerten Juniabends an O'Hares Busch vorbeikam. Bedrückt – denn so war ihm ungeachtet aller ausdrucksvollen, scheinbar optimistischen Gebärden zumute – murmelte er: »Hoho! Willkommen in Gullytown! Der berühmten Metropole, wo es so aufregend zugeht, daß man sich in acht nehmen muß, damit einem nicht das Herz stehen bleibt!« Er schüttelte den Kopf und lachte über nichts Besonderes. Für den winzigen Bruchteil einer Sekunde glaubte er, einen kleinen Vogel mit verblüffend buntem Federkleid zu erspähen, der in der Krone einer Eiche vor ihm sang, doch als er noch einmal hinschaute, war da nichts. »Nein. Überhaupt nichts«, fuhr er fort. »Was erwartet ihr auch? Ich meine, schließlich reden wir hier von Gullytown!« Derlei Wortwechsel – im Grunde mit niemandem oder vielleicht mit dünner Luft – mögen einem sinnlos vorkommen, doch hatten sie die Wirkung, Pat ein wenig aufzuheitern, und er war schon drauf und dran, sich des langen und breiten über dieses Thema – giftige Anprangerungen seiner Heimatscholle – auszulassen, als er plötzlich von laut quietschenden Bremsen aufgeschreckt wurde. Zu seinem Erstaunen sah er, wie aus einer Staubwolke nicht einmal hundert Meter von seinem Standort (nahe Hudie Maddens Scheune) entfernt ein großer amerikanischer Personenwagen (genauer gesagt, eine glänzend polierte schwarze Limousine) auf ihn zugeschossen kam. Er war sich nicht ganz sicher, ob jemand »Paß doch auf!« oder »Aus dem Weg, Freundchen!« gerufen hatte oder ob es seine eigenen Reflexe gewesen waren, die ihn gerade noch rechtzeitig aufgerüttelt hatten, doch als er sich faßte und – mit Zweigen gesprenkelt und nicht wenig verdreckt – aus dem Straßengraben kletterte, in den er sich gestürzt hatte, bekreuzigte er sich unwillkürlich, ging ihm doch auf, was für ein Glück er gehabt hatte. Er fing sich, so gut er konnte, und versuchte das bizarre Bild in sich aufzunehmen, das sich seinen Augen bot. Für einen Sekundenbruchteil drohte ihn eine Welle fiebriger, fast verzweifelter Mattigkeit zu ereilen, vergleichbar der, die ihn in den heißen, unruhigen Nächten der letzten Zeit häufiger übermannt hatte, und ihm ölig und beharrlich zuzuflüstern: »Bis du schon wieder dabei, dir etwas zurechtzuphantasieren, Pat?« Wie etwa die flüchtigen Phantomgestalten, die jetzt durch sein Unterbewußtsein zogen – Pasty und Honky McCool – und in jeder Hand eine pulsierende tödliche Wurzel hielten. Nicht weniger bedeutsam in dieser Hinsicht war das entsetzliche Kreischen der Bremsen, bevor die Limousine sich in die Eiche bohrte, an der Pat erst wenige Minuten zuvor vorbeigekommen war. Bald wurde deutlich, daß dies kein düsteres Schattenspiel auf der Bühne einer wunden, überempfindlichen Psyche war. Binnen einer Nanosekunde dachte Pat an seinem Standort dicht am Graben: »Jeder, der das glaubt, wird tot enden! Ist Geschichte!« Aus der zerquetschten Kühlerhaube stieg eine riesige Rauchwolke auf, und aus dem Inneren des Wagens – der zerknittert war wie Papier – sprang ein hochgewachsener Mann mit schwarzer Brille, der sich über den Boden rollte, bevor er geschickt auf beiden Füßen landete. Mit den Händen umklammerte er heißwütig einen Revolver. Die übrigen Fahrgäste und der Fahrer, der (ebenso heißwütig) eine schwarze Aktentasche an die Brust preßte, saßen noch im Wagen und hatten die Gesichter wie Geistermasken ans Fenster gedrückt.

»Raus aus dem Wagen!« rief (brüllte!) der Bewaffnete. »Raus aus dem Wagen!«

Ein anderer Mann – kleiner, mit einem seidenen Anzug und einem flachem Hut, der nun verrutschte und in einen Kuhfladen kullerte – purzelte aus dem Wagen und schrie: »Leg ihn um, Jacy! Verspritz sein Hirn über den Baum!«

»Halt die Fresse! Kapiert? Verdammt, komm her!«

Die Tür flog auf, und der Fahrer erschien, die Aktentasche noch immer an die Brust gepreßt.

»Immer mit der Ruhe, Jacy. Das ist nun wirklich nicht nötig. Meinst du nicht, wir können uns einigen? Können wir bestimmt.«

Zwei scharfe Schüsse aus dem reglosen Revolver setzten seinem Satz und seinem Leben ein Ende. Pat wollte nicht glauben, wieviel karmesinrotes Blut in hohem Bogen aus seinem Mund spritzte. Es war das karmesinrotetes Blut, das Pat je gesehen hatte. Der andere Mann rannte zu der Leiche hin, die jetzt auf dem Boden lag.

»Himmel, Jacy!« rief er. »Du hast ihn umgenietet! Was wird Bobbie-Ann dazu sagen?«

Jacy schob seinen Revolver wieder in die Tasche und schnauzte: »Malt's Haul!« (Anfangs fragte sich Pat, ob er richtig gehört hatte, doch dann war er überzeugt, daß genau diese Worte gefallen waren.) Jacy fuhrt fort: »Hast du gehört? Seit wir von Mary's weg sind, redest du von nichts anderem. Hast du sonst nichts zu sagen? Weißt du, was ich von Bobbie-Ann halte? Weißt du, was ich von dem Fackermacker Kackerlacker halte? Das hier!«

Pat zuckte zusammen, als sich zwei weitere Kugeln in die Brust des bereits toten Mannes bohrten. Jacy fiel auf die Knie, ließ die Aktentasche aufschnappen und bestaunte ihren Inhalt: zahlreiche aufeinandergeschichtete Bündel brandneuer Dollarnoten. Begeistert rief er: »Haha! Na, mal sehen, wie dir das gefällt, Bobbie-Ann! Mal sehen, wer jetzt der Fitzfotz Lutschfutsch Lahmsack ist! Haha!«

In seiner Aufregung hatte Jacy ganz den einzig verbliebenen Insassen des Wagens vergessen, der sich jetzt langsam über das Sitzpolster schob und in seinen Mantel griff. »Du schleimiger Hosenscheißer!« rief er und ließ sich auf die Straße rollen. Das Metall des Revolverlaufs funkelte munter in der Sonne.

»Nein! Nicht doch, du Idiot!« riefen Jacy und seine Gefolgsleute wie aus einem Mund.

Mehr Metall blitzte.

»Nicht!« schrie Jacy.

Aber es war schon zu spät. Drei pfeifende Kugeln, und in der Sonne lagen drei Leichen. In den glitzernden Strahlen der ersterbenden Nachmittagssonne bauschte eine leichte Brise die funkelnagelneuen Banknoten.

Pat kam es vor, als habe sich sein Herzschlag in diesem Moment auf ein Drittel des normalen Tempos verlangsamt. Es war, als sei die Welt hinter der Hecke zu einem riesigen pulsierenden Herz geworden, das immer wieder *buppedipu* machte. Er spürte, wie der Schweiß auf seiner Stirn prickelte. Als wären es winzige Nadeln. Er rang nach Luft. Alles um ihn her hatte sich von Grund auf verändert. Es war, als habe die ganze Welt einen neuen Anstrich erhalten. Aber einen Anstrich, der einen erblinden ließ. Sein Herz pochte wieder, und er hatte einen eigenartigen Geschmack im Mund. Er wußte, daß er vor einer schwierigen Wahl stand. Rasch ging er auf die offene Aktentasche zu.

☆☆☆

Die Gestalt, die in Mackie's Wald, einige Kilometer von der Stadt entfernt, durchs Unterholz brach, mochte ebensogut ein gehetztes Stück Wild sein. In ihren Ohren hallte der Lärm stampfender Füße, das unablässige Stakkato von Gitarren mit Fuzzbox-Effekt. Es läßt sich nicht leugnen, daß Pat McNab der Schweiß übers Gesicht lief. Keine winzigen Nadeln mehr – in großen Rinnsalen strömte er an ihm herab, bis sein ganzer Mund mit Schweiß gefüllt schien. Auf seinem Gesicht große Schlammstreifen, abstehende Haare wie ein Wachregiment Zweige. »Nein!« rief er und hob die Arme, um sich, wie er meinte, zu schützen. Aber es war niemand zu sehen. Pats Herz pochte wieder. »Was habe ich getan?« sagte er, als er hinter einen Baum stürzte (glücklicherweise ein großer, stämmiger Baum, der ihm viel Deckung bot). »In Gottes Namen, was habe ich getan?«

Hätte Pat nach den »Täuschlingen«, wie Pasty und Honky McCool die Zauberpilze genannt hatten, gegriffen, von denen sich ihm bequemerweise eine feinsäuberlich angeordnete Gruppe anbot, als er sich unter dem breitgefächerten Astwerk ausruhte, so wäre dies äußerst verwegen von ihm gewesen, schließlich mußte er all seinen Verstand zusammennehmen. Doch er tat genau dies – und noch dazu in nicht unbeträchtlichen Mengen. Als er sich seiner Handlung bewußt wurde, dachte er: »Irgendwas muß ich schließlich essen« und »Es kann ja nicht schlimmer kommen«, und ließ die kleinen kegelförmigen Kerle seine Kehle hinunterrutschen.

Vielleicht ist damit erklärt, weshalb er sich jetzt trotz des Ernstes der jüngsten Vorkommnisse – immerhin hatte er einer Schießerei mit tödlichem Ausgang beigewohnt, nach der die normalerweise friedliche Landstraße buchstäblich mit Leichen gepflastert war, ganz zu schweigen von seiner Flucht mit einer Aktentasche voller Geld, die ihm nicht gehörte – willig einem hoffnungslosen Gekicher anheimgab, das zumindest unabhängigen Beobachtern wie jene Art mutwilliger Ausgelassenheit vorkommen mußte, die man von einem Drei- oder höchstens Vierjährigen erwartet.

☆☆☆

Als sich Pat im Schutze von Mackie's Wald im kühlen Schatten jener breiten Ulme vergnügte, wußte er freilich nicht, daß etliche Kilometer entfernt in einem Etablissement namens Mary's ein gewisser Gentleman, der in der Tat auf den Namen Mary hörte, soeben eine Mitteilung erhalten hatte, die ihm nicht gerade das Gefühl gab, daß es mit der Welt in irgendeiner Beziehung zum besten stand. Was die Person am anderen Ende der Leitung schon seit geraumer Zeit wußte. Mary war ein beleibter Mann, der an die 115 Kilo wog. Er trug ein orangenes Hemd, das mit purpurroten sich wiegenden Palmen verziert war. Sein Kopf war dick, und die Augen darin blickten starr und tot.

»Der Witz ist gut«, sagte er, »der Witz ist so gut, daß ich mir in die Hosen gemacht habe. Soll ich den Hörer an meine Hosen halten, damit du siehst, wie naß sie sind? He, wie geht's denn, Ben? Was zum Teufel treibst du in dieser gottbeschissenen schietbegossenen Welt, he?«

Plötzlich versetzte Mary dem Tisch einen Tritt.

»Was«, fauchte er. »Ben, das gefällt mir nicht, was du da tust. Es gefällt mir ganz und gar nicht, wenn du mir das antust. Was hast du gesagt?«

Von dem grünen Boi, wo sie friedlich geruht hatte, hob er eine rosa Billardkugel. Dumpf schlug sie gegen das Lederpolster der Geheimtür.

»Na, dann leg ihn um, den Drecksack! Hast du gehört? Leg den Seckdrack um! Leg ihn um!«

Mary drohte mit einem – äußerst zittrigen – Zeigefinger und schöpfte Atem.

»Denn wenn du das nicht tust«, fuhr er fort, »wenn du das nicht ...«

Er brach ab.

»Ben«, bellte er in den Hörer, »zieh deine Socken aus.«

Es trat eine Pause ein, in der Mary den Verstand zu verlieren schien.

»Ich hab gesagt, zieh deine Socken aus!« brüllte er.

Die Antwort, die in der Leitung knisterte, befriedigte ihn.

»Das ist schon besser.«

Mary hustete höflich. Er schien das Spiegelbild seines Scheitels in dem blanken, rostfreien Stahl eines Brieföffners zu studieren.

»Also«, fuhr er fort, »wie viele Zehen siehst du?«

Die Antwort war unverständlich. Offenbar jedoch zufriedenstellend.

»Genau«, säuselte Mary, »und weißt du, was es mit den Zehen auf sich hat? Einen schuldest du mir schon.«

Das Geräusch des Hörers, der auf die Gabel knallte, war ohrenbetäubend. Wie ein großer Bär seine Höhle durchmaß Mary nun sein Büro, betrachtete verschiedene Gegenstände und vergriff sich an anderen, ehe er endlich entschied, was zu tun war, und mit dem Daumen den Summer betätigte.

»Ja, Mary?«

»Sag Celia, daß Mary ihn sprechen will!« schnauzte er.

»Klar doch, Mary! Wird gemacht!« antwortete der Empfangschef.

Ein dürrer Angestellter in einem Seidenanzug fing versehentlich den Blick seines Arbeitgebers auf und sah sofort weg. Eine Billardkugel sauste haarscharf an seinem Ohr vorbei und donnerte gegen die Wand hinter ihm.

»Was zum Teufel glotzt du mich so blöd an? Hast du gehört? Raus mit dir!«

Einige Stunden später flog die ledergepolsterte Geheimtür auf, und herein trat ein Paar spitzer Stiefel aus Schlangenleder. Gefolgt von einer rosa Hose und einem Leopardenfellhemd, das Celia gehörte, einem eins achtzig großen Schwarzen, der unter seinem weitkrempigen Schlapphut von einem Ohr zum anderen grinste. Er mochte Schmuck, Celia. Vor allem solchen aus Gold. An den Händen trug er jede Menge Ringe. »*Schwarz wie die*

Reitstiefel des Höllenfürsten« wäre eine angemessene Beschreibung. Mary lächelte, als er sich vom Fenster abwandte. Ihre Blicke trafen sich.

»Ich glaube, wir haben da ein Problem«, waren seine Worte.

☆☆☆

Das Haustier war ihm vorgestellt worden. Pongo. Als Celia den winzigen, zitternden Terrier aufs neue betrachtete, mußte er lächeln. Dem Tier stand buchstäblich das Fell zu Berge, wie es da in einer Ecke hinter der Waschmaschine kauerte. Florrie Connolly war eine stille Frau, die in ihrem Leben nichts anderes getan hatte, als ihre Rente zu kassieren und sich um ihre eigenen Angelegenheiten zu kümmern. Jetzt sah sie sich unerklärlicherweise an die Wand genagelt und wegen etwas angebrüllt, was sie nicht getan hatte, nicht getan haben konnte und wovon sie nichts wußte. Aber das langte Celia nicht. Einmal mehr legte er ihr seinen muskulösen Arm um den schlanken Hals und sagte: »So, jetzt gehen wir die ganze Chose noch mal durch, werte Frau. Und diesmal rücken Sie raus damit, weil Sie mir nämlich roten Pfeffer in den Arsch streuen. Sonst schiebe ich, was von Ihnen übrig ist, diesem kläffenden Drecksköter in den Rachen, kapiert?«

Pongo zitterte hinter einem Pullover, und Florrie Connolly, Inhaberin eines Süßwarenladens (und eine der beliebtesten Bewohnerinnen von Gullytown), nickte. Ihre Wildlederstiefeletten schwebten fünf Zentimeter über dem Fußboden.

»Bitte! Was immer Sie vorhaben, tun Sie ihm nichts!«

»Dann sagen Sie mir, was Sie wissen, aber *presto!*«

Während Celia wartete, holte er aus seiner Tasche ein kleines rechteckiges Zellophanpäckchen hervor, in dem sich ein weißes Pülverchen befand. Er nahm etwas davon heraus und leckte es von seinen Fingerspitzen.

Florrie Connolly humpelte davon und dankte Gott, daß ihre Mutter nicht mehr am Leben war.

»Bitte, Mister«, flehte sie zitternd, »ich weiß nur, daß das der Mann ist, den ich durchs Fenster gesehen habe. Und es gab eine Art Streit. Ich weiß nicht, worüber, ich glaube, es ging um Geld. Sie haben ...«

»Weiter!« schnappte Celia und schnupfte etwas »Schnee«.

»Nein! Tun Sir mir nicht weh! Sie haben gestritten und geschrien. Und dann – hat einer von ihnen einen Revolver gezückt.«

»Und?«

»Dann habe ich Schüsse gehört. Mehr weiß ich nicht. Und als ich wieder hingesehen habe, waren alle tot. In dem Augenblick tauchte der andere Mann auf.«

»Welcher andere Mann?« schrie Celia, und geisterhaft stieg eine kleine weiße Staubwolke zwischen ihnen auf. »Was zum Teufel reden Sie da? Wie hat er ausgesehen? Wer war bei ihm? Was hat er angehabt? Was hat er gesagt? Wie lange ist er geblieben? Wie heißt er?«

Florrie Connolly bedeckte die Augen mit dem Handrücken und schniefte.

»Gott ist mein Zeuge, Mister, ich weiß es nicht«, flehte sie, »ich sage Ihnen nur, was ich weiß. Daß ich den Mann gesehen habe und daß er das Geld genommen hat und weggerannt ist.«

Celia hieb mit der Faust gegen die Wand.

»Wie hat er ausgesehen? Wie hat er gesprochen? Was hat er angehabt?«

Florrie Connollys Schrei war ein herzzerreißendes Flehen aus den Tiefen der Hölle.

»Ich weiß es nicht, Gott steh mir bei. Ich weiß nur, er hatte einen großen, langen Mantel an.«

»Einen Mantel? Was für eine Farbe?«

»Schwarz. Wie Ihrer«, erwiderte Florrie.

Celia ließ sie los und trat einen Schritt zurück. Die Küche schien von seinem Keuchen erfüllt.

»Hoffentlich hast du recht, Muschi«, sagte er, denn wenn nicht ...«

Er küßte den Griff seiner Walther PPK. Florrie Connolly schauderte. Die schuldbewußten Augen ihres getreuen Schoßtiers schienen verschlüsselte Signale auszusenden, die verkündeten: »Wenn ich doch nur größer wäre und helfen könnte!«

Als die Tür hinher dem kaltblütigen, Ringe tragenden Auftragskiller zuschlug, wurde das kleine Cottage bis in seinen Grundfesten erschüttert.

☆☆☆

Der folgende Tag war der regnerischste seit Monaten. Keine Aussicht auf ein Nachlassen. »Für die nächsten drei Wochen wird mit sintflutartigen Regenfällen gerechnet«, hatte es im Radio geheißen. Celia parkte den Wagen in einer Parkbucht und sah zu, wie die Scheibenwischer in einem eklen Tanz wäßriger Langeweile hin und her fegten. Um das Maß vollzumachen, war die einzige Kassette im Auto *Sergio Mendes – Brasil 66, Greatest Hits Compilation.*

»Wie zum Fickfack ist das Scheißding hierhergekommen?« knurrte er und schleuderte die Kassette hinaus in den strömenden Regen. Mit seinem Amethystring klopfte er auf das Armaturenbrett aus Walnußholz. Wie sehr er sich nach Detroit zurück wünschte! Vor sich einen kühlen Longdrink und in der Hi-Fi-Anlage Quincy Jones. »Verdammt!« rief er. »Gottverdammte Riesenscheiße!«

☆☆☆

Der alte Mann mit dem Schirm und dem lohfarbenen Regenmantel schüttelte heftig den Kopf.

»Nein«, wiederholte er verdrießlich. »Sie haben sich völlig verfahren. Sie müssen umkehren.«

Fluchend kurbelte Celia das Lenkrad und setzte das Coupé durch ein Gewirr von Schlaglöchern und Pfützen zurück.

»Sie sind nicht auf der Route 66! Das glauben Sie wohl!« rief ihm der Rentner nach. »Ja? Sind Sie aber nicht.«

Sein dünnes, verknöchertes Gesicht regte Celia auf. Wie gern hätte er in seine Tasche gegriffen und – aber nein. Er war's nicht wert – dieses Stück Sch—

Als das Coupé vorüberbrauste, schlug eine riesige Gischt schmutzigbraunen Wassers über dem Rentner zusammen.

»Du verdammte Drecksau!« schrie er und stach mit seinem Regenschirm vehement in die Luft. »Schau mich an, du großer schwarzer klotziger Kotzbrocken! Komm bloß zurück, und ich ramm dir die Route 66 in den Arsch!«

☆☆☆

Es war klar, daß bei Sullivan's was abgehen würde, wenn Pat auf sein allabendliches Bierchen käme. Was er jetzt tat, todschick angezogen mit piekfeinem Paisley und dazu passender Krawatte, ganz zu schweigen von einer beigen Safarijacke, die den Verkehr garantiert zum Stillstand bringen würde. Timmy sprach als erster. Er spreizte die Hände auf der Marmortheke und staunte: »Na so was, Pat! Siehst heut abend aber mächtig fein aus! Willst du tanzen gehen?«

Pat lächelte und machte es sich auf dem Barhocker bequem.

»Vielleicht, Timmy, vielleicht«, antwortete er, rieb sich die Hände und musterte das bunte Xylophon umgestülpter Flaschen vor ihm.

»Na dann, Pat«, fuhr Timmy fort, »was darf's denn sein? Ein Pint, nehme ich an, wie immer?«

Pat schürzte die Lippen und dachte lange nach. Er strich sich übers Kinn und sagte: »Nein, Timmy. Irgend etwas sagt mir, daß ich mir heute abend einen Martini genehmige.«

Timmy trommelte mit den Fingern auf der Theke und sagte: »Gott segne uns, ich weiß nicht, was in letzter Zeit in dich gefahren ist, Pat. Na ja, könnte schlimmer sein.«

Der Wirt lächelte und fing leise und sehr melodisch zu singen an, eine vertraute Weise: *»Its' the right one, it's the bright one…«*

Worauf Pat mit einem sonnigen Lächeln begeistert einstimmte: *»That's Martini!«*

»Stimmt«, lachte Timmy Sullivan, »stimmt genau, Pat. Kommt sofort!«

Pat lächelte glücklich, als ihm sein Getränk mit einer großen Kirsche auf einem Cocktailstäbchen vorgesetzt wurde. Er fand die bunten Farben beruhigend.

»Weißt du, Timmy«, sagte er, »weißt du, ich denke, ich rauche zur Gesellschaft eine alte kubanische Zigarre.«

Timmy steckte seinen kleinen Finger ins Ohr und drehte ihn einen Moment lang geistesabwesend.

»Menschenskind, Pat«, sagte er gutmütig, »manchmal glaube ich, es wird immer schlimmer mit dir.«

»Prost«, lachte Pat und hob sein herrlich garniertes Getränk an die Lippen.

☆☆☆

Einige Stunden später standen elf leere Martini-Gläser vor Pat auf der Marmortheke. Obwohl man sagen könnte, daß seine Krawatte mit dem großen Knoten etwas schief saß, war Pat, wie er selber fand, doch noch recht gut beisammen. Er kniff ein Auge zu und betrachtete im Spiegel gegenüber sein Widerbild (die inzwischen leicht in Unordnung geratene Batterie umgestülpter Flaschen beeinträchtigte sein Gesichtsfeld). Er mußte lächeln, als er unmittelbar hinter sich die in Satin gekleidete Sanduhrgestalt Winnie Mc Adams gewahrte, die von Kopf bis Fuß mit einem süßduftenden Parfüm bestäubt war und sich ihr Haar im Stil von Farrah Fawcett-Major zurückstrich. Elegant ließ sie sich neben ihm auf den Barhocker gleiten, kratzte sich mit dem kleinen Fingernagel am rechten (mit hellgrünem Lidschatten bemalten) Augenlid und rief aus: »Wie steht's, Pat? Gehst du heute abend etwa in die Disko?«

Pat hob die rechte Augenbraue, rückte (ohne es zu merken) seine Krawatte zurecht und antwortete: »Bei Gott, das ist vielleicht gar keine so schlechte Idee.«

Winnie lächelte und schaute auf ihre Handtasche, ein kleines Schminktäschchen mit goldener Schließe. »Pat«, sagte sie und streifte flüchtig den Ärmel seiner Safarijacke, »hast du Glück im Lotto gehabt oder was?«

Pat war leicht verdutzt. Er sah sie an und fragte: »Was? Wie kommst du denn darauf, Winnie?«

Winnie schloß die Lippen und schwieg einen Moment. Dann zeigte sie auf ihn und sagte: »Na, und erst deine Kleider. Und Timmy hat erzählt, daß du Martini trinkst!«

Pat nickte begeistert und rutschte sanft von seinem Hocker, ehe er sagte: »Stimmt, Winnie! Und ich werde noch 'ne ganze Menge davon trinken, bevor der Abend zu Ende ist!«

Wie von Zauberhand erschien aus seiner Innentasche eine riesige Havanna. »Magst du eine Zigarre?« rief er und grinste breit.

Winnie kicherte und drückte die Schließe ihres Schminktäschchens.

»Pat! Du bist verrückt, weißt du das?« lachte sie. »Mädchen rauchen doch keine Zigarren!«

»Da hast du recht«, sagte Pat, und jetzt mußte *er* kichern. »Und sie zünden sie auch nicht mit Pfundscheinen an!«

Gleich darauf hielt Pat eine brennende Banknote in der Hand und paffte fröhlich vor sich hin. Die Zigarrenspitze begann zu glühen und hüllte ihren Besitzer in süßduftende blaue Rauchwolken ein.

»Herrschaften, wir schließen!« rief Timmy und ließ sein Geschirrtuch schnipsen. »Kommt, Leute, es ist schon längst Feierabend!« Winnie legte die Hände an den Mund und betrachtete amüsiert Pat – will sagen, Pat, den berühmten Raucher!

Als es Zeit war zu gehen, half Winnie Pat in seinen Mantel, streichelte ihm sanft über den Rücken und sagte: »Jedenfalls immer noch der alte Überzieher, Pat. Das ändert sich wohl nie?«

Pat warf lässig den Kopf zurück. »Ach geh!« lachte er und stieß aus Versehen mit dem Fuß gegen die Tür. »Das braucht 'ne Masse Geld, bis ich mich von dem trenne, Winnie!«

Winnie spreizte die Finger und ließ sie über Pats rechten Mantelaufschlag gleiten.

»Pat«, fragte sie (obwohl »gurren« der angemessenere Ausdruck wäre), »warst du schon mal auf Barbados?«

Einen Augenblick lang schienen Pats Augen zusammenwachsen zu wollen. Winnie fuhr fort: »Was glaubst du, wie's da ist?«

☆☆☆

In Harry Carney's Textilgeschäft war nicht viel los, als am folgenden Tag die knirschenden Reifen eines Wagens auf dem

Schotter durchdrehten und schließlich zum Stillstand kamen. Doch nur wenige Augenblicke später sollte sich das ändern. Ein hochgewachsener Neger mit scheinbar polierter Haut betrat das Geschäft, zog den überraschten Eigentümer am Schlips über die Theke und schrie ihm ins Gesicht: »Ich hab keine Zeit, viel Umstände zu machen! Ich brauche eine Visage! Ich brauche einen Namen! Ich will wissen, wer hier kauft! Wer diesen Scheiß kauft!«

Mit dem Arm beschrieb Celia einen unerbittlichen Bogen und schleuderte mit verblüffender Geschwindigkeit eine lange Reihe Mäntel (und etliche Jacken) zu Boden.

Harry Carney, ein offenbar milder, sanftmütiger Mann Mitte Vierzig, erbleichte.

»Jetzt haben Sie aber was angerichtet. Jetzt haben Sie wirklich was angerichtet, Mister.«

Seine Stimme bewies eindrucksvolle Festigkeit. Was Celia, dessen einzige Antwort ein »Haha!« war, jedoch entging. Unglaublich, aber der Berufskiller lachte selbst dann noch, als Harry mit erhobenem Baseballschläger neben ihm stand. Die Gemütsruhe des kleingewachsenen, feisten Tuchhändlers war einzigartig.

»Was bilden Sie sich eigentlich ein?« fragte er Celia lächelnd. »Sie glauben wohl, Sie hätten's mit einem Schnickschnack-Kackfack-Rotzkotz-Hosenmatz-Albino von weißärschigem Mädchen zu tun, das einfach zuläßt, daß Sie ihm den Laden auseinandernehmen? Ihm den Laden auseinandernehmen, einfach reingestürmt kommen, als wär's 'ne plattärschige Mäuseshow, aber da haben Sie sich getäuscht, Mister! Denn Harry Carney – dieser Wahnsinnstyp! – hat in Brooklyn schon rumgefackelt, da waren Sie noch 'n Wickelkind, 'n Hemdenscheißer und Dreikäsehoch! Kapiert?«

Noch ehe Celia Gelegenheit hatte zu antworten, traf ihn das hölzerne Instrument hinter dem linken Ohr, und Harry Carney ließ weitere Schläge auf den hochgewachsenen Neger niedersausen, bis dieser auf dem Boden krumpelte wie ein Papiertaschentuch. Dabei setzte Harry seinen seltsam ausdrucks-, ja fast tonlosen Monolog fort: »Kommt doch dieser Großkotz-Muskelprotz-Hotzenplotz in meinen Laden und stößt mir die Mantelstange um! Mit mir nicht, Sir! Da täuschen Sie sich, und zwar gewaltig, Sie großes huttragendes Zuckerbrot mit Peitsche, Sie Popgangster, mit mir nicht, vielleicht bilden Sie sich da was ein, Mr. Schnickschnack-Kackerlack-Mantelsack! Da! Und da!«

Durch schiere Willensanstrengung und dank der vorübergehenden Ablenkung durch einen auf der Straße vorübergehenden Fußgänger gelang es Celia, sich aufzurappeln und seinen Ballermann zu finden. Über einen Berg von Mänteln und – absurderweise! – ein Hochzeitskleid stolpernd, richtete er ihn auf den kleinen, feisten Tuchhändler, der immer noch seinen Baseballschläger schwang.

»Zurück«, knurrte er, »zurück, du verrückte Drecksau! Hast du gehört?«

Harry Carney lächelte säuerlich und bitter.

»Aber sicher doch«, sagte er kühl, »aber sicher doch, du große Schlägertype! Aber du hättest Rambazamba-Remmidemmi machen sollen, bevor du meinen Laden betrittst! Sperr die Ohren auf, du großer Popkornkern!«

»Zurück!« warnte Celia und zielte mit seinem Revolver.

Aber es war schon zu spät, und der rundliche Verkäufer, die behelfsmäßige Waffe in die Höhe gereckt, kam auf ihn zugestürzt.

»Ich hab dir gesagt, du sollst ...«, rief Celia.

Noch ehe er den Satz zu Ende gesprochen hatte, spie sein Ballermann Feuer, und Harry Carney lag neben einer zerfetzten Windjacke im Sterben. Der mit Ringen geschmückte Söldner (denn was war er sonst?) sank neben dem stöhnenden Händler aufs Knie.

»Gott! Gott noch mal, das tut mir aber leid!« entschuldigte er sich.

☆☆☆

Als Harry Carney so im Sterben lag, trat ein seltsames, fast zufriedenes Leuchten in seine Augen. Er schien etwas sagen zu wollen, denn er berührte den Neger am Arm, doch die Sirenen des nahenden Überfallkommandos bereiteten seinem Satz ein Ende, noch bevor er dazu ansetzen konnte.

»Tut mir leid, Mann«, rief Celia, »bei Gott, das tut mir echt leid!«

Der Neger griff nach einem grünen Anorak und schob ihn dem sterbenden Mann als Kissen unter den Kopf. Das Röcheln des Tuchhändlers füllte den Raum aus. Celia sprang hinter den Tresen und stopfte sich sämtliche Geldscheine und Quittungen, die er finden konnte, in die tiefen Taschen seines knöchellangen Hermelinmantels. Als er den Klammergriff des Sterbenden an seinem rechten Bein spürte, erstarrte er.

»Scheiße, Mann!« rief er in einem Ton, der überraschenderweise fast Falsettqualität hatte. »Laß mich los! Das sind die Bullen!«

»Die werden dich auf Jahre einlochen, du schickschacker Pelztuter!«

Obwohl ein Teil von ihm es bedauerte, blieb Celia nichts anderes übrig, als dem sterbenden Ladenbesitzer ins Gesicht zu treten. Es hatte etwas Ergreifendes, als die pendelnde Glastür knarrend zufiel, die Reifen des großen blauen Coupés durchdrehten und Celia mit heulendem Motor entschwand.

☆☆☆

Winnie rümpfte die Nase und entfernte ein winziges Staubkorn von Pats Sonnenbrille, pflückte noch eine Beere von der großen Weintraube und drückte sie an die Lippen. Sie holte tief und lange Atem, dann fuhr sie fort: »Aber nur mal angenommen, wir *wären* dort – auf Barbados –, was würden wir tun? Pat, was würden wir tun?« Pat lehnte sich auf der Chaiselongue zurück und verschränkte die Finger hinter dem Kopf. Er schnalzte mit der Zunge, ließ einen leisen Pfeifton durch den Raum schweben und sagte: »Am Swimmingpool sitzen, denke ich. Vielleicht einen kühlen Longdrink zu uns nehmen. Und am Abend mit dem Hubschrauber in die Berge.«

Winnie berührte mit der flachen Hand seine Brust, und ihre Augen weiteten sich.

»Pat!« japste sie. »Mit dem Hubschrauber? Du bist ja verrückt!«

Pat setzte seine RayBan-Brille ab und sah sie an.

»Vielleicht, Baby«, sagte er, »vielleicht bin ich das.«

Winnie war wie vor den Kopf gestoßen, als er eine Handvoll grüner Banknoten aus der Brusttasche zog und sie ihr in den Blusenausschnitt stopfte. Sein Grinsen war so breit wie das Zimmer.

☆☆☆

Mary grinste nicht. Er versetzte dem Stuhl einen Fußtritt, daß er quer über den Teppich rutschte. »Wovon zum Teufel redest du?« bellte er in den Hörer. »Nein, ich will von deinem Wischiwaschi-Larifari-Ballerballer-Gewäsch nichts mehr hören. Du sollst ihn finden! Ihn finden, hast du gehört? Oder du bist im Arsch, du rosahäutiger, zuckerschleckender Waka-waka-Versager, kapiert?« Er knallte den Hörer auf die Gabel, und in dem Moment schien das gesamte Gebäude zu explodieren.

☆☆☆

Celia wußte, daß die Zeit knapp wurde. Mit quietschenden Reifen brauste das Coupé die Landstraße entlang. Wo Celia mehrfach auf das Armaturenbrett aus Walnußholz eingeschlagen hatte, wies es Dellen auf. »Scheißding«, sagte Celia immer wieder, und in diesem Augenblick sah er es. Einem unbeteiligten Beobachter wäre bei dem Anblick eines dreiundfünfzigjährigen Farmers, der aus einem Eimer Erdkastanien löffelte und seinen hungrigen Tieren in den Trog streute, nichts weiter aufgefallen. Doch Celia war alles andere als unbeteiligt, als er außer Atem aus seinem Coupé kletterte. Er ging auf das Feld zu, und seine samtene Hüfthose mit dem Leopardenmuster wurde über und über mit bräunlichem Wasser bespritzt.

»Ich weiß nicht, wovon Sie reden«, stammelte der Bauer, als Celia ihn gegen die Molkereimauer preßte und ihm einen Zettel vor die Nase hielt. Es war eine Quittung von Harry Carney für die Reinigung eines Mantels. »Ich hab den Mantel noch nie in meinem Leben reinigen lassen«, krächzte er.

»Du Affenarsch, du verdammte Schweinebacke!« schnappte Celia und schleuderte den glücklosen Schweinezüchter zu Boden. Als das Fahrzeug dem Horizont entgegenfuhr, bekam das polierte Armaturenbrett einen weiteren Schlag ab.

☆☆☆

Für den Angestellten der Chemischen Reinigung war es der schlimmste Alptraum seines Lebens. Der Tag war wie immer ohne größere Zwischenfälle verlaufen, der Mann hatte die verschiedenen Kleidungsstücke zurechtgelegt, die gemangelt werden mußten, und jetzt steckte er mit dem Kopf in der Kloschüssel und wurde von einer polierten schwarzen Hand erbarmungslos wieder hochgezerrt. Celia belferte: »Komm mir nur nicht damit, du Landgewächs! Ich hab die Nase voll von Lügenbolden, von dies und das und nein, ich war nicht da! Kapiert?«

»Ich sage die Wahrheit«, stöhnte der Angestellte, »ich habe ihn vor Jahren weggegeben. Es ist die nackte Wahrheit, ganz bestimmt!«

Ein entsetzliches Zischen und Gurgeln füllte die Ohren des Verkäufers.

☆☆☆

Die Vogelscheuche stand dunkel und starr mitten auf dem Feld. Trotz ihres Rübenkopfs strahlte sie einen gewissen Adel aus. Den ein einziger Schuß aus einem Winchester-Schnellfeuergewehr in Sekundenbruchteilen zunichte machte. Fetzen des Gemüses lagen kilometerweit verstreut, und in den Aufschlag des langen, schwarzen Mantels war ein Loch gebrannt.

»So eine Scheiße! Fahr zum Himmel!« schrie Celia, der seine Aufmerksamkeit jetzt den neuen Autoreifen zuwandte, die er unablässig mit Fußtritten traktierte. Es war so frustriert, daß er zum weiten Himmel hätte aufheulen können.

☆☆☆

Die Diskothek war in vollem Gange. Celia saß in sich zusammengesackt an der Theke. Der DJ spielte einen seiner Lieblingssongs, *Oops Upside Your Head*, aber das war ihm egal. Der Wirt wischte vor ihm den Tresen ab. »Finden Sie nicht, daß Sie genug hatten, Mister?«

In Celias Augen stand Verletzlichkeit.

»Sie wissen nicht, wie Mary ist«, erklärte er, »er …«

Bevor er weiterreden konnte, warf der Wirt den Kopf zurück und schnaubte: »Und ob ich das weiß! Meine Cissie ist ganz genauso. An Ihrer Stelle würde ich nach Hause gehen, Mister. Aber eins muß ich Ihnen lassen, Sie haben einen verdammt schönen Pelzmantel an.«

»Mm?«

Celia war vorübergehend abgelenkt, doch dachte er über den Ratschlag des Wirtes nach. Er kletterte von seinem Hocker und sagte: »Ja, wahrscheinlich haben Sie recht.«

Als der DJ seine neue Scheibe auflegte, *The Bump* von Kenny, und Celia sich dem Ausgang näherte, sah er, was er sah. Der Anblick hatte eine solche Wirkung auf ihn, daß ihm das Blut aus dem Gesicht wich und er schon befürchtete, kalkweiß zu werden. Er mußte sich auf eine der gepolsterten Eckbänke stützen. In diesem Augenblick nämlich hatte Pat McNab, mit seiner Sonnenbrille und dem langen, schwarzen Mantel prächtig anzusehen, mit Winnie McAdam im Arm den Schankraum betreten und führte sich auf wie jemand, der davon überzeugt ist, ein »zu Besuch weilender Würdenträger« zu sein.

Der Wirt traute seinen Augen nicht, als er die Verwandlung seines bisher so geknickten, wenn nicht gar zerbrechlichen Kunden bemerkte. Plötzlich sah er sich an seiner Krawatte über den eigenen Tresen gezerrt.

»Der weiße Typ mit der Sonnenbrille!« schnauzte Celia ihm an. »Wer ist das? Ich habe gefragt, wer das ist?«

Der Wirt schluckte. Er hatte wirklich Angst.

»P-P-P-P-Pat McNab«, stotterte er. »K-K-K-K-Können Sie nicht sehen, daß Sie mich erdrosseln?«

»Erzähl mir was über ihn! Red schon! Schnell!«

»Ich weiß nichts über ihn, außer daß seine Mutter verrückt ist und er vor kurzem einen Haufen Geld geerbt haben muß.«

»Was sagst du da?« schnarrte Celia.

»Seine Mutter. Sie ist durchgedreht. Und mit ihm steht es auch nicht viel besser.«

»Nein! Die Sache mit dem Geld!«

»Vielleicht hat er es gewonnen. Ich weiß es nicht. Ich schwöre es bei Gott. Ich weiß nur, daß er es verpraßt, als gäb's kein Morgen mehr.«

»Verpraßt, ja?«

»Ja. Wirft in letzter Zeit damit um sich wie ein Millionär.«

Ein breites Grinsen überflog Celias Gesicht. In seinem Goldzahn spiegelte sich die Stroboskopkugel.

»Ach ja, tut er das?« sagte er langsam und voller Genugtuung. Er ließ den Wirt los, ballte die Faust in der Tasche seiner Leopardenfellhose und bewegte sich auf die Tanzfläche zu, während Quincy Jones aus den übereinandergestellten Lautsprechern einen Song im »Waka-Waka«-Stil brüllte.

☆☆☆

Der Tanz, den Pat auf der Tanzfläche hinlegte, ließe sich als Paradebeispiel für das anführen, was in Amerika unter dem Namen »Überbiß des weißen Mannes«, in bestimmten Gegenden auch als »Sozialarbeiterschlurfschritt« bekannt ist. Die Art, wie er wild mit Armen und Beinen fuchtelte und mit den Lippen Worte zu einer Melodie formte, die in Wahrheit eine Instrumentalnummer war, wies weder irgendein Muster noch irgendwelche Koordination auf. Aber das machte ihm nichts und Winnie auch nicht. Die beiden amüsierten sich königlich. Zumindest, bis eine große schwarze Hand sich auf Pats rechte Schulter legte.

»Mary will reden«, dröhnte Celia und kniff unheilverkündend die Augen zusammen.

Daß Pat McNab soviel Geistesgegegenwart an den Tag legte wie bei dieser Gelegenheit, scheint unglaublich. Daß er die Lage binnen einer Nanosekunde vollkommen richtig einschätzte und, nachdem er instinktiv ihren Ernst erkannt hatte, keinen Augenblick zögerte, seine Analyse in Aktion umzusetzen. Celia taumelte zurück, als ihn Pats erster Schlag mitten in den Unterleib traf.

»Lauf, Winnie! Lauf!« rief Pat.

Winnie – vielleicht war sie schockiert – starrte ihn entgeistert an.

»Wohin denn, Pat?«

»Frag nicht so lange!« rief er. »Lauf endlich! Ich komme gleich nach!«

Ein zweiter Schlag fällte Celia, Pat folgte seiner Partnerin, und gemeinsamen entfleuchten sie in die Nacht.

☆☆☆

Während das Zischen der Beckenschläge und das stakkatoartige *Wah-wah* der Gitarren in der Diskothek anhielt, erwogen Pat McNab und Winnie ihre begrenzten Alternativen. Auf der menschenleeren Straße gab es keine Zodiacs, keine Zephyre oder andere Hochleistungsfahrzeuge, mit denen sie mühelos eine triumphale Flucht hätten antreten können. Das einzige Vehikel, das ihnen zur Verfügung stand, war ein rot-weißer Traktor der Marke Massey Ferguson, der in zweiter Reihe vor Donie Halligan's Schuhgeschäft geparkt war. Pat stieß Winnie auf den hinteren Sitz und rief: »Los!«

Der Traktor donnerte auf zwei Rädern um die Ecke. Winnies Haare flogen in der Brise. »Pat«, bettelte sie zitternd, »willst du mir nicht sagen, was in Gottes Namen hier vor sich geht?«

»Dazu haben wir jetzt keine Zeit, Winnie«, erklärte Pat. In diesem Augenblick —

»Jesses!« rief er mit kreidebleichem Gesicht.

Der Traktor war stotternd zum Stillstand gekommen. Eine Sekunde lang schien alles – Stadt, Straßen, Bäume – verschwommen. Doch Pat hatte sich rasch gefangen. »Raus, Winnie!« brüllte er. »Denk nicht nach!«

Auf Larry O'Halloran's weitem Feld standen zwei Gestalten. Zwei händchenhaltende, verängstigte, gehetzte Gestalten unter einem Himmel, an dem zahlreiche Hubschrauber schwirrten und nach ihnen fahndeten. Zwei Menschen, die ganz auf sich angewiesen waren, und ihre Namen waren Pat McNab und Winnie McAdam.

☆☆☆

Pat saß, den Kopf in beide Händen vergraben, auf einem algenfleckigen Trog. Winnie berührte sanft seine Schulter.

»Aber warum hast du mir das nicht gesagt, Pat?« fragte sie teilnahms- und verständisvoll. »Warum hast du nichts gesagt?«

Pat sah ihr in die Augen. Noch nie zuvor hatte er einen solchen Schmerz gesehen. »In was hab ich dich nur hineingeritten, Winnie?« fragte er. »Was sollen wir tun?«

Winnie drückte seine Schulter.

»Wird schon noch alles gut, Pat. Wir brauchen nur nachzudenken«, sagte sie.

Pat nickte heftig.

»Du hast recht«, sagte er, »nachdenken.«

Er legte die Stirn in Falten.

»Nachdenken«, wiederholt er.

☆☆☆

Die rosa Kugel glitt lautlos über die weite Fläche des grünen Boi und wurde von der Tasche links oben dankbar verschluckt. Mary grinste und rieb sein Queue mit Kreide ein. Dann sagte er: »So, dann hat der große Punzenbrenner seinen Zickzack-Mann also gefunden, he? Na, wenn das kein Glückspilz ist, he? Wenn das kein Schlickerschlecker-Ratzfatz ist!«

Der Ganove an der ledergepolsterten Geheimtür trat nervös von einem Fuß auf den anderen und hatte Angst, jede unangemessene Geste könnte ihm eine durch die Luft segelnde Billardkugel einbringen und ihn zahlreiche Zähne kosten.

☆☆☆

Pat war alles so einfach vorgekommen, als er am Fenster saß und sich erinnerte. Während er in seiner Badehose auf einer Sonnenliege saß – die sengende Sonne spiegelte sich in seiner Sonnenbrille –, stand Winnie am Swimmingpool. »Magst du einen Martini, Liebling?« hatte sie gefragt.

»Nein, Schatzi«, hatte er erwidert, »ich glaube, ich geh noch mal schwimmen!«

Das Blau des Swimmingpools um ihn herum hatte so echt gewirkt, daß er es fast zu spüren vermeinte. »Ich schätze, das war mein Fehler«, dachte er Jahre später des öfteren. »Ich habe nicht gesehen, daß alles viel zu leicht war.«

☆☆☆

Sie hatten verabredet, daß sie in verschiedenen Schlangen anstehen und getrennt einchecken würden. Als Winnie sich dem Schalter näherte, winkte sie ihm verstohlen, aber liebevoll zu. Pat blickte instinkiv weg. Sie sah schön aus, fand er. Schöner denn je. Besonders jetzt, wo sie eine Polaroid Brille trug. Ein warmes Gefühl überkam ihn. Ein warmes Gefühl, welches besagte, daß er in sechs Stunden frei sein würde. Für immer frei und mit ihr vereint. Er lächelte, als er sie wieder fragen hörte: »Magst du einen Martini?«

»Guten Morgen, der Herr«, sagte die attraktive Angestellte und inspizierte Pats Flugschein.

»Genau das ist es«, hörte Pat sich antworten, während er mit den Fingern auf dem Tresen trommelte, »ein guter Morgen.«

☆☆☆

Aber das war nur Phantasie; das Paradies auf Erden, Barbados, war noch ziemlich weit entfernt, und als er seine Augen von seinem Standort hinter dem Strauch über das Feld huschen ließ, klang ihm noch immer das *Waka waka* in den Ohren, Der Mond hing rund und feist am Himmel. »Lauf!« rief Winnie und versetzte nunmehr *ihm* einen kleinen ermutigenden Stupser ins Kreuz. »Nun lauf schon, Pat!« Im Nu war er verschwunden, eine

Silhouette, die über die nächtlichen Felder schoß. Tragischerweise hörte keiner von ihnen das Quietschen der Räder oder das Knirschen des Kieses in einer nicht einmal zwei Felder entfernten Auffahrt.

☆☆☆

»*Geh auf! Geh endlich auf, verdammt noch mal!*« stöhnte Pat atemlos und rüttelte an dem Riegel der Hintertür, der einfach nicht nachgeben wollte. Ebensogut hätte er fünfundzwanzig Finger haben können. Endlich flog die schwere Eichentür auf. Das Porträt seiner Mutter lächelte ihn an, als er es abhängte und den Safe freilegte. Jetzt war es, als hätte er sich zehn weitere Finger zugelegt. »*Geh auf! Verdammt noch mal, geh endlich auf!*« rief er zitternd. »Wirst du wohl endlich aufgehen!« Die Safetür fügte sich, und endlich hielt er die schwarze Aktentasche in den Händen. Fieberhaft begann er, die grünen Banknoten in seinen Mantel zu stopfen; keine Tasche blieb leer. Wie lange Celia dagestanden hatte – mit gekreuzten Armen und einem Grinsen im Gesicht! –, läßt sich unmöglich sagen. Zuerst dachte Pat, daß ihm wieder einmal seine Phantasie einen Streich spielte. »Vielleicht die Täuschlinge. Die machen, daß ich Dinge höre! So wie ich das Blau des Swimmingpools um mich her gespürt habe! Täuschend echt!« dachte er.

☆☆☆

Doch wie er bald merkte, hatte es mit »Täuschlingen« oder Swimmingpools nichts zu tun. Celia trat vor, strich sich übers Kinn und sagte: »Mich trifft der Schlag, wenn das nicht der parfümierte Duft von Grünen ist!«

Ein Schneesturm aus Geldscheinen wirbelte um Pat herum.

»Nein! Ich kann alles erklären!« rief Pat.

»Nimm's nicht persönlich, du Schnösel«, erklärte Celia und schoß Pat mausetot.

☆☆☆

Viele Tage später teilten sich Mary und Celia – mittlerweile enger befreundet denn je – lachend eine Flasche Bourbon und zogen sich wegen irgendeines »komischen Kauzes« in Washington DC gegenseitig auf. Celia paffte eine kubanische Zigarre, warf den Kopf zurück und grinste über die feineren Details dieses Raubüberfalls. Plötzlich war er so fürbaß erstaunt, daß ihm seine Zigarre zwischen den Lippen hing. »Ja? Und dann?« bellte Mary. »Du kannst doch jetzt nicht aufhören. Hast du die Sprache verloren oder was?«

In den folgenden Sekunden war aus Celias Kehle kein Laut zu vernehmen. Der einzige Laut im Zimmer war die Stimme von Pat McNab, der sagte: »Na, hallo aber auch, Zuckermädel! Zeit zum Einchecken!«

Es war ein bleicher Pat, der da sprach, sein Gesicht war ein grimmiges Grau und ausdruckslos wie eine Betonplatte. Nichtsdestotrotz, er war's.

»Was zum …?« schnappte Mary und griff nach der Schublade.

»Waka waka, Micky Mocko!« bellte Pat, und wie aus dem Nichts tauchte in seinen Händen das Winchester-Schnellfeuergewehr auf. In einem Karneval zersplitternden Glases flog Celia durch die Fensterscheibe.

»Warten Sie, bitte«, bettelte Mary jämmerlich, »Sie verstehen nicht.«

»Ich will mein Geld«, sagte Pat eiskalt.

»Aber – Sie sind doch tot!«

»Ich will mein Geld. Ich habe gesagt, ich will mein …«

»Ihr Geld? Klar! Hier, nehmen Sie alles! Es sind Ihre Grünen! Wir möchten, daß Sie sie haben!«

Er schob die Aktentasche über den Tisch. Pat war vorübergehend abgelenkt, und Mary griff nach einer Billardkugel, schleuderte sie nach ihm. Im Nu hatte er die Hand auf den Summer gelegt.

»Machen Sie nicht auf«, warnte Pat, den die Billardkugel knapp verfehlt hatte. Doch es war schon zu spät, die Geheimtür war bereits halb aufgeschwenkt.

»Haha!« rief Mary triumphierend, bis ihn zwei Gewehrschüsse in den Magen trafen. Binnen Sekunden hatte Pat McNab Gangster, Schläger und Lakaien auf den Schultern wie andere Menschen Schuppen. Weswegen eine Minute später Marys berühmtes »Hinterzimmer«, wie unabhängige Beobachter sich ausgedrückt hätten, einem »Schlachthaus« ähnelte. Pat schüttelte – nicht ohne einen Anflug von Trauer – den Kopf und zerbrach sein Schnellfeuergewehr. Eine letzte rosa Kugel rollte bedeutungsvoll in eine Tasche.

☆☆☆

Das Paar, das – in derselben Schlange! – händchenhaltend nebeneinanderstand, mit den Flugscheinen wedelte und einander tief in die Augen blickte, hatte etwas Zauberhaftes. Ebenso die braungebrannte Gestalt mit der schwarzen Sonnenbrille und dem rosanen Schlapphut (Celias!), die sich nachlässig auf der Sonnenliege am Swimmingpool fläzte und augenzwinkernd Pina Colada trank. Die er sich über die Brust schüttete, als er spürte, wie ihm der kalte Stahl eines Revolvers in den Nacken gepreßt wurde. Ihm wich das Blut aus dem Gesicht, und er verkrampfte sich.

»*Waka waka!*« hörte er Winnie kichern, die herumhüpfte.

»Jesses, Maria und Joseph, Kleine! Du drehst mir noch das Herz im Leib herum!«

☆☆☆

Es ist eine wunderschöne Szene, vielleicht die schönste, die es gibt. Der Himmel so blau, daß man ihn fast fühlen, fast berühren kann. Und weit enfernt von einem kalten, grauen Haus, einem Haus aus Stein, in dem keine Menschenseele atmet, in dem das einzige Geräusch das Klappern eines zerbrochenen Fensterladens ist und die Fliegen, die ihre ersten zaghaften Schritte auf Pat McNabs Leichnam wagen. Und in dem er, einen einzigen Streifen geronnenen Bluts auf der Wange, die blauen Finger steif abgespreizt, daliegt und von Rache träumt. Von Rache, die ihm nun, da er von dieser Erde geschieden ist, nie mehr vergönnt sein wird, ebensowenig wie seine Liebe zu Winnie.

ZEHNTES KAPITEL

Love Story

(Where do I begin) Love Story

Where do I begin to tell the story of a love as brave as life can be
The sweet love story that is older than the sea
The secret truth about the love she gave to me
Where do I start?

With the first hello, she gave a meaning
To this empty world of mine
There'll never be another love like the time
She came into my life and made the living fine.

She fills my heart, she fills my heart with very special things
With angel songs, with wild imaginings
She fills my soul with so much love
That everywhere I go I'm never lonely
With her around who could be lonely?

Was läßt sich über ein verstorbenes fünfundzwanzigjähriges Mädchen sagen? Daß sie schön war und klug? Daß sie Mozart liebte und Bach? Und die Kilfenora Ceilidh Band? Daß sie Patsy Traynor niemals hätte heiraten dürfen?

Daß der verfluchte Dreckskerl, denn nichts anderes war er, niemals in ihre Nähe hätte kommen dürfen? Dies waren die Gedanken, die Pat McNab durch den Kopf gingen, als er auf der vordersten Kirchenbank von St. Bartholomew's saß. Er versuchte, die Tränen zurückzuhalten, als der Deckel des Kiefernsargs festgeschraubt wurde, in welchem der Leichnam des Mädchens lag, das er fast sein gesamtes Erwachsenenleben hindurch geliebt hatte. Sie trug eine gestrickte Wollmütze, einen Schottenrock und eine schwarze Strumpfhose, und ihr Teint war von jenem Alabasterweiß, das ihm stets in Erinnerung bleiben würde. Er konnte kaum hinsehen, als die sechs Zoll lange Holzkiste ihre unaufhaltsame Reise auf die kohlschwarzen Vorhänge zu antrat. Und es war noch schwerer, als diese auseinanderglitten. In seinen Händen war der Hut zu einer fast nicht wiederzuerkennenden Filzmasse zerknittert.

Wie nicht anders zu erwarten, hatte es draußen zu regnen begonnen. Pat spürte, wie sich ihm eine spatengroße Hand auf die Schulter legte. »Die arme Bridie«, sagte Big Jim Thompson mit gesenktem Blick, »Gott sei ihrer schönen jungen Seele gnädig.«

☆☆☆

Bis auf ein paar weibliche Bankangestellte, die gehässig über ihren Vorgesetzten herzogen, waren nicht allzu viele Gäste in Sullivan's Select Bar. Pat saß trübsinnig an der Theke, ließ die Ereignisse des Tages an sich vorüberziehen und nippte an seinem sechsten Pint. »Tja, Pat«, bemerkte Timmy Sullivan barsch und wischte mit einem Tuch über die nasse Marmorplatte der Theke, »die Bridie ist nun dahin.«

Pat reagierte auf der Stelle. Er schlug mit der flachen Hand auf die Theke, wobei er etwas Bier auf den Boden verschüttete. »Laß mich in Frieden!« rief er. »Warum könnt ihr mich nicht alle in Frieden lassen?«

Timmy Sullivan klappte die Kinnlade herunter.

»Gott im Himmel, Pat!« rief er. »Deswegen brauchst du doch nicht gleich so ein Trara zu machen!«

Aber Pat war bereits gegangen.

☆☆☆

Ja, er saß schon, von Dunkelheit umhüllt, zu Hause am erloschenen Kaminfeuer und dachte an Patsy Traynor. Daran, daß dieser stets die Oberhand behalten wollte, einerlei, wie anderen dabei mitgespielt wurde. Wenn man etwas hatte und er es wollte, mußte er es kriegen. Ganz gleich, was es war, wenn Patsy Trayer etwas wollte, mußte Patsy Traynor es kriegen. Dies waren die Regeln, die in »Patsyland«, wie man es nennen könnte, galten. Und schon immer gegolten hatten. Seit ihren ersten gemeinsamen Schultagen in St. Cashie's.

Pat schauderte, als er an jene so weit zurückliegenden Tage dachte. Mit der Schuhspitze stupste er ein verglühtes Stück Holz zurecht, jedoch nicht ohne ein gequältes Lächeln, denn vor seinem geistigen Auge sah er sich wieder die Straße entlangschlendern, eine fröhliche Melodie auf den Lippen, die damals in der Hitparade ganz oben stand – *Do Wah Diddy Diddy Diddy Dum Diddy Do!* von Manfred Mann und seiner Band. Bis er plötzlich eine Stimme rufen hörte: »Oi! McNab! Komm mal rüber!«

Widerstrebend ging Pat hinüber zu McGurk's Corner, wo Patsy Traynor mit einem Kumpan herumlungerte. Er sah die Szene wieder ganz deutlich vor sich.

»Na, McGush«, höhnte Traynor, »was hältst du denn von dem Kerlchen hier?«

Henry McGush rieb sich die Hände (»Tatzen« wäre eine genauere Bezeichnung gewesen!) und warf den Kopf zurück.

»Das ist doch 'n Baby!« erwiderte McGush. »Das ist doch 'n Baby, Patsy! Mehr läßt sich über den nicht sagen.«

Patsy nickte und zwinkerte entzückt.

»Siehst du den Schlips, den er umhat?« fuhr er fort. »Ich muß schon sagen, die hat dir heute wieder mal den Schlips verpaßt, Pat. Was hat sie?«

Aus seiner fleischigen Hand wurde eine Art behelfsmäßige Trompete. Er hielt sie ans rechte Ohr und wartete geduldig auf Pats Antwort.

Pat ließ den Kopf hängen.

»Sie hat mir heute wieder mal den Schlips verpaßt«, erwiderte er schamhaft.

Jetzt war es an Patsy, sich die Hände zu reiben.

»Sie hat mir heute wieder mal den Schlips verpaßt«, wiederholte er und durchbohrte Pat mit einem grimmigen Blick.

»Sie hat mir heute wieder mal den Schlips verpaßt – Eure Majestät!« sagte er mit Nachdruck.

Wieder führte er die behelfsmäßige Trompete ans Ohr. Und zog prompt eine Augenbraue hoch.

»Sie hat mir heute wieder mal den Schlips verpaßt – Eure Majestät.«

Patsy nickte befriedigt.

»Schon besser«, verkündete er. »Alle müssen König Patsy mit ›Eure Majestät‹ anreden. Stimmt's, McGush?«

»Oh, aber allemal, Eure Majestät! Haha!« antwortete Henry McGush, als hätte sein Kumpel ihm soeben den besten Witz der Weltgeschichte erzählt.

Patsy hüstelte mit gespielter Höflichkeit.

»Und nun, Pat, wärst du bitte so freundlich vorzutreten, damit wir mal so richtig pitschen können?« Er hielt inne. »Mr. McGush«, intonierte er, »was wollen wir?«

»Den Schlips mal so richtig pitschen!« kam die Antwort, zusammen mit einem offenbar instinktiven, fast militärischen Zusammenschlagen der Hacken.

»Vorgetreten!« schnauzte Traynor.

Die Wogen der Scham, in denen Pat nun versank, kann man nur als unauslotbar bezeichnen. Seine Wangen schienen vor generationenalten Demütigungen zu glühen. Zu schrillen Entzückensrufen ertönte wie Donnerschlag ein Händeklatschen.

»Du gute Güte! Was es heute zu pitschen gibt, McGush! Das ist der bisher beste Tag zum Pitschen!«

Patsy schüttelte den Kopf.

»Das muß man ihr lassen«, sagte er. »Ich sage, das muß man der Schreckschraube lassen, McNab. Sie läßt uns nie im Stich, McGush.«

Henry McGush nickte anerkennend.

»Läßt uns nie im Stich, sagt er!«

»Da kann sie noch so verrückt sein!« rief Patsy Traynor und suchte mit pflaumengroßen Augen Bestätigung. Die er auch sogleich erhielt, als nämlich Henry McGush in höchsten Tönen krächzte: »Da kann die blöde Kuh noch so verrückt sein! Haha! Hoho!«

Patsy kicherte und zeichnete mit der Stiefelspitze einen kleinen Kreis in den Kies.

»Haha hoho stimmt genau«, sagte er. »Und ich wette, daß sie dem Bürschchen ein paar glänzende Schillinge fürs Mittagessen mitgegeben hat. Würdest du sagen, das kommt hin, McGush?«

Henry McGush furchte seine Stirn und strich sich langsam und nachdenklich übers Kinn.

»Ich würde sagen, in dem Bereich läßt sie's an nichts fehlen, Patsy, würde ich sagen.«

»Mm«, sagte Patsy, »Und die er jetzt herausrücken wird, um den Patsy Traynor/Henry McGush-Fonds zu unterstützen. Stimmt's, Pat McNab? Gehe ich recht in der Annahme?«

Pats Wangen waren rotfleckig wie die eines Typhusopfers.

»Aber das ist alles, was ich habe«, antwortete er mit klagender, dünner Stimme.

»Na, was glaubst du denn, wieviel wir wollen?« entgegnete Patsy und senkte bedeutungsvoll die Stimme. »Wir wollen doch nur alles, was du hast. McGush, der glaubt, wir wollten mehr. Was glaubt er denn, was wir sind – Gierlappen?«

Henry McGush heuchelte Verwunderung.

»Also wirklich, Pat«, sagte er, »nun sei doch nicht so! Du darfst nicht so schlecht von uns denken.«

»Nun mach schon, Pat«, fuhr Patsy Traynor fort, »sei so gut und rück's raus.«

Pat steckte die rechte Hand in die Tasche seiner Hose aus grauer Serge und holte die Münzen hervor. Auf seinem Handteller glänzten zwei silberne Schillinge. Patsy Traynors Augen leuchteten in ihren Höhlen wie flammende Streichhölzer.

»Ah, der Segen Gottes und seiner Heiligen Mutter sei mit dir, Pat, das wünschen dir deine alten Freunde Patsy und McGush. Knete für die Jungs zum Versaufen! Und gleich 'ne ganze Masse!«

»'ne ganze Masse Knete für Double Diamond, Smithwick's Ale und …«

»Phoenix, das beste!«

»Phoenix, das Helle!«

»Nur das beste aller Biere für Patsy und seinen alten Kumpel Henry McGush! Na, dann viel Glück, Pat McNab. Wir müssen uns auf die Socken machen. Jetzt sag uns noch hübsch Auf Wiedersehen, bevor wir unseren Brand löschen, so ist's recht!«

Pats Mund war so trocken wie ein langvergessener Brunnen in der weitesten und dürrsten aller Wüsten.

»Auf Wiedersehen«, quetschte er fast unhörbar hervor.

Patsy zog langsam eine Augenbraue hoch, lächelte sarkastisch und erkundigte sich in geheuchelter Hoffnung: »Und was meinst du, läßt du uns noch ein letztes Mal pitschen?«

Pat schluckte und hatte das Gefühl, sein Gesicht sei ein lodernder Dornbusch.

»Bitte«, flehte er.

»Ach, komm schon«, sagte Patsy, »nun sei doch nicht so 'n Spielverderber, Pat! Hier, McGush! Pitsch noch mal!«

Pats Körper verwandelte sich in einen Zustand fast vollkommener Elastizität. Das Gesicht boshaft verzerrt, bewegte sich Henry McGush auf den Absätzen vor und zurück, und der Augenblick, bevor er das dünne, geknotete Stück Baumwollstoff losließ, das er mit der Rechten umklammert hielt, kam Pat wie eine Ewigkeit vor.

»*Pitschu!*« rief McGush laut aus, als er losließ, und im Nu prallte der weinfarbene Knoten gegen Pats Adamsdapfel wie ein kleines Geschoß, das durch den Weltraum saust. In diesem Moment hatte Pat ein Gefühl vollkommener Desorientierung, übelkeiterregender, fast unerträglicher galaktischer Einsamkeit. Er lehnte sich gegen die Fassade von Linencare Dry Cleaners, und ihre in der Ferne verklingenden Stimmen waren wie Kleckse, wie winzige Schmutzflecken, die sich unter ihm drehten.

»Also, Pat! Wir müssen los! Bis später!« rief ihm der verhaßte Traynor zu.

»Double Diamond wirkt Wunder! Wirkt Wunder! Double Diamond wirkt Wunder! Wirkt wirklich Wunder!« kicherte Henry McGush.

»Hahaha!« lachte Patsy Traynor.

Seine beiden Gegner wurden von dem dichten, warmen Schummer von Sullivan's Select Bar auf der anderen Straßenseite verschluckt. Pats Versuche, seinen Schlips zurechtzurücken, hatten unleugbar etwas hoffnungslos Niedergedrücktes. Es war, als sei ein anderer in seinen Körper geschlüpft, als er benommen den Heimweg antrat in dem vollen Bewußtsein, was für ein Empfang ihm bereitet würde, wenn er nach Hause kam. »Aber warum hast du es zugelassen?« würde seine Mutter sagen. »Willst du etwa dein ganzes Leben lang dastehen und Leute wie Traynor über dich hinwegtrampeln lassen? Nein, das wirst du nicht, ich gehe jetzt hin und sag der ganzen frechen Sippschaft, was ich von ihr halte. Traynors! Landstreicher, Zigeuner und lächerliche Windhunde!«

Sein Flehen wäre, wie er wohl wußte, vergebens.

»Nein, bitte, Mammy! Ich bitte dich – nein!« würde er rufen, aber sie würde schon ihren Mantel anziehen.

»O doch! Mit denen werde ich Fraktur reden, so wie die mit meinem Sohn umgesprungen sind. Aber kein Wunder. Bei dem Vater, der jeden Abend, den Gott schickt, vor Sullivan's auf dem Melodion liegt. Und was die Mutter angeht, falls man sie so nennen kann. Jeden Sonntag den Hut auf dem Kopf und die Nase in die Luft gereckt. Wo doch das ganze Land weiß, daß Jemmy McQuaid ihr's besorgt hat, bevor sie geheiratet hat. Was die wohl dazu sagen werden, wenn ich ihnen ein paar unbequeme Tatsachen ins Gesicht schleudere, die und ihre diebischen Söhne?«

»Bitte, Mammy!« würde Pat von neuem betteln, und sie würde ihn vor dem Kamin durchschütteln und darauf bestehen, daß er sich so etwas nie wieder gefallen lassen dürfe.

»Pat McNab«, würde sie bebend rufen, »du mußt lernen, dich zu behaupten. Wenn er dir heute Schillinge abnimmt, wie soll das erst später werden? Um Himmels willen, frag dich das doch mal! Wie soll das erst später werden?«

☆☆☆

Die zitternde Lippe seiner Mutter kam Pat jetzt wieder in den Sinn, als er vor dem Kaminfeuer saß und in die ersterbende Glut blickte. In den Händen hielt er den Goldrahmen, der das ovale Foto des einzigen Mädchens enthielt, das er je geliebt hatte. Die Inschrift darunter lautete: *Bridie Cunningham, März 1972.* Er schluckte schmerzlich, als er eine Linie von ihrem Scheitel bis zu ihrer Kinnspitze zog und dachte, wie recht seine Mutter doch gehabt hatte: »So wie jedesmal«, dachte er. Denn in der Tat ließ es Traynor nicht dabei bewenden, ihm ein paar Schillinge abzupressen. Er hatte es nie vorgehabt.

Pat betrachtete Bridie in ihrer gestrickten Wollmütze und ihrem schwarzen Rollkragenpullover, zu dem sie manchmal eine goldene Kette trug. Er stand auf, schaute aus dem Fenster und dachte an die (längst vergangenen) Zeiten, als er auf der gegenüberliegenden Seite der Klosterschule gewartet hatte, bis sie und ihre Klassenkameradinnen in einer Explosion aus marineblauer Serge aus dem Tor traten. Er lächelte. Auf eine verquere Art wußte er, daß alles unvermeidlich gewesen war. Denn sobald Patsy Traynor mitbekommen hatte, wie innig Pat sie liebte, lag auf der Hand, daß es nur eine Frage der Zeit wäre, bis er mit aller Macht versuchen würde, sich auch um diese kleine Angelegenheit zu kümmern und nicht eher nachzugeben, als bis er ihm die einzige Frau (außer seiner Mutter natürlich) ausgespannt hatte, die Pat McNab je zu lieben vergönnt gewesen war.

☆☆☆

Es war im Herbst 1971. Bridie kam in ihrer Straßenkleidung – grellrot-orangener Pullunder und mit Zeitungsschlagzeilen bedruckte Jeans – am Gemüseladen vorbei.

»Hallo, Pat«, sagte sie.

»Hallo, Bridie«, antwortete Pat.

»Schöner Tag heute, Pat«, sprach Bridie weiter.

»Bridie«, begann Pat mit trockener, erstickter Stimme, »gehst du vielleicht am Freitag auf den Tanz?«

»Und ob ich da hingehe, Pat!« rief Bridie aufgeregt. »Den würde ich um nichts in der Welt verpassen! Da spielt meine Lieblingsband!«

»Wirklich?« rief Pat. »Meine auch! Wie heißt sie denn?«

»Was, Pat? Na, die Square Pennies natürlich! Haha!«

»Dann sehe ich dich also dort?«

»Ja! Ich freu mich schon drauf!«

»Auf Wiedersehen, Bridie!«

»Auf Wiedersehen, Pat!«

☆☆☆

1971, 16. Oktober, 0 Uhr 35. Der Tanz war aus, die Musiker verstauten ihre Ausrüstung im Lieferwagen (The Square Pennies! Irlands neuestes Sensation!), und die Leute strömten auf den geschäftigen, erleuchteten Parkplatz. Pat stand mit Bridie zwischen den Autos. Allmählich dämmerte ihm, daß das, was er erlebte, womöglich die schönste und aufregendste Nacht seines Lebens war. Er mußte schon wieder Bridies Hände betrachten. Er kam einfach nicht darüber hinweg. Es waren die schmalsten Hände, die er je gesehen hatte. Seine Erregung überwältigte ihn so sehr, daß er schon befürchtete, jeden Augenblick in die Pfütze vor ihm zu fallen.

»Sieh nur, wie schmal deine Hände sind!« rief er laut. Ein Mann und seine Freundin vor einem Audi 1100 drehten sich zu ihm um.

»Was, Pat?« fragte Bridie.

»Nichts, Bridie«, antwortete Pat, »es tut mir leid.«

Bridie errötete ein wenig und nahm Pats Hände in ihre schmaleren.

»Deswegen braucht es dir doch nicht gleich leid zu tun«, versicherte sie.

Pat hustete und sagte: »Bridie, magst du nächste Woche wieder mit mir auf den Tanz gehen?«

Bridie nickte und drückte ein wenig einen seiner Finger.

»Ja, das will ich«, antwortete sie und setzte hinzu: »Pat, weißt du, daß ich bald nach Dublin gehe?«

Pats bestürzte Entgegnung sprang unaufgefordert von seinen geöffneten Lippen.

»Was?« rief er.

Bridie senkte die Augen.

»Ja. Ich bin ins College aufgenommen worden. Ich will Lehrerin werden, weißt du.«

Pat drehte sich der Kopf.

»Lehrerin? Was? Rechnen und all das ...?« rief er, und seine Brust spannte, als hätte man sie unversehens mit einen stählernen Draht umwunden.

»Ja. Ich möchte Grundschullehrerin werden. Das wollte ich schon immer, schon als kleines Mädchen. Ach, ich kann's kaum abwarten!«

Pat zitterte unwillkürlich. Er konnte seine Erregung kaum meistern. Jetzt war er es, der ihre Hand drückte.

»Aber das ist ja wunderbar!« rief er. »Du wirst die beste Lehrerin aller Zeiten sein, Bride! Das weiß ich!«

Bridie rückte näher an ihn heran und schlang ihre kleine kalte Hand um seinen Hals. Sie verströmte einen lieblichen Cremeduft.

»Ach, Pat«, sagte sie, »du bist so lieb.«

Als ihre Lippen ihn ganz sanft auf der Wange berührten, wäre Pat beinahe in den Weltraum hinausgeschossen.

☆☆☆

Vielleicht waren die folgenden Monate der schönste Sommer, den ein Teenagerpaar je genossen hatte. Vielleicht verhielt es sich aber auch anders, denn derlei ist bestimmt nicht leicht zu quantifizieren, und bekanntlich läßt sich darüber nicht streiten. Doch daß die Tage, die Bridie Cunningham und ihr Freund Pat McNab miteinander verbrachten, zu den angenehmsten zählten, die zwei Erdenkinder je genossen haben, läßt sich nicht leugnen. Es verging kein Tag, an dem sie sich nicht heimlich im Lido Grill trafen, einander tief in die Augen blickten und in der Jukebox unzählige Hits auswählten. Bridie legte ihre winzige Hand – wie ein kostbarer aus Porzellan geformter Vogel – auf die Resopalplatte und sagte: »Pat, gefällt dir der?«

Pats Antwort – stets war er darauf bedacht, ihr zu Gefallen zu sein – ließ leider an Deutlichkeit zu wünschen übrig.

»Ich weiß nicht. Dir denn?«

»Ja. Ich finde ihn toll. Ich hoffe, er wird die Nummer 1!«

»Ich auch! Ich finde ihn phantastisch!«

Manchmal spazierten sie zur alten Wassermühle, wo Bridie sich auf den Stein setzte, gedankenverloren die Knie an die Brust zog und die ungezählten Möglichkeiten überdachte, die die Zukunft für sie bereithielt. Wann immer er den Mut aufbrachte, sagte Pat: »Ich werde dich vermissen, wenn du in Dublin bist, Bridie, weißt du das?«

Und Bridie sagte, an einem Grashalm kauend: »Ich weiß, Pat. Ich dich auch.«

»Wie wird das sein, was glaubst du? In Dublin, meine ich?«

»Ich weiß nicht. Aufregend, hoffe ich.«

»Es heißt, daß man da jeden Abend was unternehmen kann.«

»O ja! Wetten, daß da großartige Bands spielen?«

»Das möchte ich wetten! Wahrscheinlich wirst du mich ganz vergessen.«

Und wann immer ihm diese Worte über die Lippen kamen, zwinkerte Pat traurig mit den Augen.

»Pat, sag das nie«, erwiderte Bride scharf, »du weißt doch, daß ich dich nicht vergessen könnte. Ich werde dir jeden Tag schreiben.«

Ein Satz, den Pat niemals vergessen sollte.

»Jeden Tag?« fragte er.

Er traute seinen Ohren nicht.

»Jeden Tag«, sagte Bridie, »das verspreche ich von ganzem Herzen.«

☆☆☆

Wie er jetzt am Fenster stand, erinnerte Pat sich wieder der Briefe. Er lächelte, als er daran dachte, wie er sie gelesen hatte. »Lieber Pat«, entsann er sich, »die Vorlesungen sind sehr gut, aber Französisch finde ich ziemlich schwer. Das Essen ist – *igitt!* Ich vermisse Dich so sehr! Pat, hast du je von einem Film namens *Love Story* gehört? Ich und die Mädchen sind gestern abend hingegangen. Ich werde Dir davon erzählen, wenn ich nach Hause komme. Bis bald, Pat. Alles Liebe, Bridie.«

Briefe, die auch weiterhin mit herzstärkender Regelmäßigkeit eintrafen bis zu jenem Tag, als sie mit dem Bus nach Hause kam und Pat der freudetrunkenste Jugendliche in der ganzen Stadt war. Ihm war ganz schwach in den Knien, als er die Erscheinung sah, die sich ihm bot. Denn die Frau, die er liebte, war eine Erscheinung, wie sie in gestreiftem Halstuch, gestrickter Wollmütze, Schottenrock und schwarzer Strumpfhose auf dem Trittbrett des Busses vor ihm stand. Kaum konnte er den Klang ihres Namens aus der Tiefe seiner Kehle entlassen.

»Bridie!«

»Pat!«

Wie in Zeitlupe überquerte Pat McNab den Platz und zerschmolz in den Armen von Bridie Cunningham.

☆☆☆

Diese Weihnachtsferien funkelten in seiner Erinnerung. Wie Bridie an einem Bleistift kaute und über ihrem Heft brütete. Hinter ihr ein prasselndes Kaminfeuer. Und aus dem Lautsprecher der Reynolds-Stereoanlage, die ihr Vater ihr in Dundalk gekauft hatte (»ein Geschenk für dich, Bridie!«) klimperten die ersten hohen Töne, fielen wie milchiger Regen herab und kündigten die Musik zu dem Film an, den sie in der Welt des Zelluloid am meisten liebte. Erinnerungen wie diese hatten für ihn nicht ihresgleichen.

»Ich muß den Aufsatz in zwei Wochen fertig haben, sonst bringen sie mich um«, sagte seine Freundin dann.

»Sonst bringen sie dich um, wirklich, Bridie?« fragte Pat zögernd (denn um die Wahrheit zu sagen, waren die akademischen Gefilde für ihn eine Quelle fast undurchdringlicher Rätselhaftigkeit, wenn nicht gar Einschüchterung). »Wovon handelt er denn?«

»Von Mallarmé und den französischen Symbolisten«, erklärte Bridie mit einem leisen Anflug von Ungeduld.

»Ach so«, entgegnete Pat, als verstünde er vollkommen. Tat er aber nicht. Er sah weg und spürte, wie sich der Speichel in seinem Mund verdickte. In diesem Augenblick ging die Tür auf, Bridies Mutter steckte den Kopf herein (sie hatte eine wunderbare Dauerwelle) und sagte leise. »Na, wäre den jungen Leuten vielleicht ein Täßchen Tee gefällig?«

Noch während er sie erlebte, wußte Pat, daß dies Tage und Nächte waren, wie sie nie wiederkehren würde. Wie sollten sie auch?

»Möchtest du etwas Zucker, Pat?« hörte er Bridie mit sanfter Stimme fragen.

Kaum zu glauben, daß sich jemand wie Pat McNab der Worte bediente, die er wenige Sekunden später verwendete. Aber er tat es. Er sagte »Liebling« und »Schätzchen«. Und sie lachte nicht. Es war, als hätte er den größten Preis aller Zeiten errungen.

☆☆☆

Sie hatten länger als eine Stunde im Park auf der Wippe gesessen, als die ersten zögerlichen Schneeflocken zu rieseln begannen.

»Bridie«, sagte Pat, »wenn du mit jemandem verheiratet wärst, würdest du vielleicht ein Kind mit ihm haben wollen?«

Bridies Antwort kam wie aus der Pistole geschossen.

»Aber ja, Preppie«, sagte sie, »Unmassen.«

Pat war überrascht.

»Wie hast du mich eben genannt?« fragte er.

»Preppie«, antwortete Bridie munter, »Preppie McNab. Das paßt zu dir, findest du nicht?«

Pat wußte nicht, was er sagen sollte. Er starrte sie an mit ihren baumelnden Beinen und funkelnden Augen und den winzigen Perlen geschmolzenen Schnees auf ihrem Rollkragenpullover und sagte: »Ich weiß nicht, Bridie.«

Sie kräuselte die Nase, wie sie es immer tat.

»Natürlich weißt du das, Dummerchen«, schalt sie ihn schelmisch, bevor sie von der Wippe sprang und ihn frech mit Schneebällen bewarf. Worauf Pat es ihr prompt gleichtat, und im Handumdrehen kreischten und quieksten sie beide: »Hör auf!« und »Jetzt reicht's!« und »Au!«, bevor sie sich – »Schnee-Engel« mimend – rücklings auf den weiten weißen Teppich fallen ließen und einander in den Armen hielten.

☆☆☆

Es war ein glücklicher Pat McNab, der sich da an diesem Abend von Bridies Haus auf den Heimweg machte. Sein Kopf war mit Schnee gesprenkelt, seine Hände tief in den Taschen seines schwarzen Mantels vergraben, und auf seinem Gesicht zeichnete sich ein breites Lächeln, als er merkte, daß er sich bereits ein gemeinsames Leben als Mann und Frau ausmalte. Zumindest, bis er den Schlüssel im Schloß der Haustür umdrehte und, als er sie hinter sich zudrückte, spürte, wie sich eine gemeine Angst seiner ganzen Person bemächtigte (er wußte instinktiv, daß er es sich nicht einbildete) und sich (wie ein Lebewesen!) über das Linoleum der Diele bis zur Treppe erstreckte. Bis dorthin, wo seine Mutter stand, von Kopf bis Fuß in Grau gkleidet (selbst ihre Nachtmütze war grau), der Mund in ihrem Gesicht die dünnste aller Linien. Ihm war, als sei jeder Lidschlag von ihr wie der Verschluß einer Kamera und nehme Bilder auf, die eines Tages unweigerlich als erdrückende Beweislast gegen ihn verwendet würde. Sie holte tief Atem, bevor sie ihre ersten Worte äußerte. Die da lauteten: »So was aber auch! Gott, du bist mir vielleicht ein Kerl!«

Es war, als hätte Pat einen nicht unbedeutenden Teil eines Ölteppichs verschluckt.

»Was ist denn, Ma?« gelang es ihm mit großer Mühe zu antworten.

»Du hast wohl Schneemänner gebaut?« sagte sein Mutter.

Die Worte klangen hart und kompromißlos wie der Stahl der Guillotine.

»Schneemänner gebaut, Ma?«

»Schneemänner gebaut, und sie zieht los und erzählt Traynor von deinen großen Abenteuern!«

Pat spürte, wie sich die Haut zwischen seinen Brauen zusammenzog.

»Traynor, Mammy? Erzählt Traynor ...?«

Diesmal kam die Antwort schroff und pfeilschnell.

»Ja, Traynor! Du wirst schon noch merken, mit Schneemännern gibt der sich nicht ab! Sie macht ihm Kuhaugen, sobald sich eine Gelegenheit bietet! Da sieht doch jeder Idiot, daß sie ihn um den kleinen Finger gewickelt hat, dabei ist das kleine Flittchen kaum aus den Socken raus! Allmächtiger, steh uns bei, was habe ich da großgezogen! Süßer Jesus und Seine gebenedeite Mutter, was habe ich mir da nur großgezogen!«

☆☆☆

Es läßt sich nicht bestreiten, daß Pat McNab bitterlich weinte in dieser Nacht. Auf einem Papiermeer aus Bridies Briefen treibend (von denen er viele bereits dreizehn- oder vierzehnmal gelesen hatte), vergoß er eine wahre Tränenflut. Doch am Ende wußte er, daß seine Mutter – ganz gleich, was andere Leute meinten – ihm nur hatte helfen wollen. Als tragisch sollte sich erweisen, daß sie ihm lediglich half, den wohl größten Fehler seines Erdenlebens zu begehen.

Bridie lehnte mit dem Rücken an der Schaufensterscheibe von Linencare Dry Cleaners. Ihr Gesicht war so bleich wie der Schnee, in dem sie nur wenige Tage zuvor »Engel« gespielt hatten, und sie hatte sichtlich Mühe, die Worte über die Lippen zu bringen.

»Wovon redest du? Bitte, Pat, kannst du mir bitte sagen, wovon du redest?«

Es bestand kein Zweifel mehr – ihre Stimme bebte.

Pat wirbelte herum und wandte ihr den Rücken zu. »Liebe heißt niemals sagen zu müssen, daß es einem leid tut«, rief er sich ihre Worte ins Gedächtnis, und es war, als fülle sich sein Mund mit vorwurfsvoller Galle. »Nichts! Ich rede von gar nichts!« herrschte er sie an.

Bridie Cunninghams Augen schimmerten feucht.

»Weißt du, was dein Problem ist, Pat?« wagte sie sich unsicher vor. »Du errichtest um dich eine hohe Glaswand, damit man dir nicht weh tut. Aber sie verhindert auch, daß man dich berührt.«

In Pat McNabs Augen brannte Groll. Ohne sich umzuwenden, sagte er: »Das heißt also, niemals sagen zu müssen, daß es einem leid tut, he? Das ist ja zum Lachen.«

Bridie zerknüllte die gestrickte Wollmütze, die sie in den Händen hielt.

»Wie kann ich sagen, es tut mir leid, wenn ich gar nichts verbrochen habe? Um Himmels willen, so sag doch – wie soll das gehen?«

Pat bedeckte seine Augen mit der Rechten und sagte: »Verrat mir nur eins, magst du Patsy Traynor oder nicht? Ja oder nein?«

Zu ihrer Überraschung starrte Bridie mit glasigem Blick ins Leere. Das Zickzackmuster der schwarzen Strickmütze tanzte wild vor ihren Augen.

»Nun ja«, setzte sie an, »ich mag ihn. Ich meine, er ist nett und so, aber ... ach, Pat! Pat, was ist mit dir?«

Pat sah zu Boden, wo einige Kieselsteine lagen. Und sich ein großer Ölfleck ausbreitete.

»Ich habe nur dauernd das Gefühl, daß etwas in mir gestorben ist, das ist alles.«

Was aus Bridies Mund hervorquoll, läßt sich nur als ein Heulen bezeichnen.

»Pat! Pat! O Gott!« rief sie.

Die Tränen flossen aufs neue. Pat kehrte ihr wie versteinert den Rücken zu und starrte ausdruckslos auf die unregelmäßigen Muster der Kieselsteine und die zerknautschten Zigarettenschachteln, die in verschiedenen Bierlachen unter der Tür von Sullivan's Select Bar festgefroren waren.

***

Später an dem Abend saß Pat mit ausdrucksloser Miene am Tisch. Es war, als sei er eingeschlossen in einen aus reinstem Schwarz gemeißelten Sarkophag. Die Pantoffeln seiner Mutter klatschten, als sie ihm sein Abendessen vorsetzte und sagte: »Du wirst schon noch Vernunft annehmen, mein Junge. Ihresgleichen ist doch nur auf das eine aus – auf alles, was sie kriegen kann!«

Das war mehr, als ihr Sohn verkraften konnte. Er knallte seine Gabel auf den Tisch und rief: »Was weißt denn du? Du kannst doch nur schlechtes über sie sagen! Du kannst sie einfach nicht in Ruhe lassen! Du Schreckschraube! Denn nichts anderes bist du!«

Ein Schatten mit den Umrissen Australiens huschte über das Gesicht seiner Mutter. Aber er hatte weiter keine Bedeutung, ein draußen vorbeifliegender Vogel hatte ihn geworfen. Und doch ließ er Pat frösteln.

»So redest du nicht mit mir«, hörte er daraufhin, und jedes dieser Worte war wie eine dünne Schlange, die ihren Kopf aus der winzigen Öffnung des mütterlichen Mundes streckte.

☆☆☆

In den darauffolgenden Tagen wurde der Lido Grill zu einer Welt, die von der unsichtbaren Hand eines Menschenfeinds schlachtschiffgrau angestrichen war. Pats Augen verglasten vor Schmerz, als er der Frau, die er liebte, gegenübersaß und dachte: »Du versuchst, etwas zu sagen. Du kannst die Worte schon hören. Aber was herauskommt, hat mit ihnen keine Ähnlichkeit. Was herauskommt, sind Worte, die so weit weg sind, daß sie ebensogut einem Fremden gehören könnten.«

»Bridie?« begann Pat.

In den Zinken seiner Gabel konnte Pat verzerrt seine blutunterlaufenen Augen erkennen. Sie kamen ihm eher wie Wunden denn wie Augen vor. Und er konnte bereits sehen, was hinter diesen Augen oder Wunden, wie immer man sie nennen wollte, geschrieben stand. Worte, die, wie er wußte, ihn bis ans Ende seiner Tage verfolgen würden. Worte wie: »Sie ist tot, Pat. Sie ist für immer tot. Und beide wißt ihr, wer sie getötet hat.«

☆☆☆

Um die Gemütsverfassung zu beschreiben, in der sich Pat an diesem Abend um zehn Uhr befand, als er auf seinem schweißdurchtränkten Kissen lag und aus seinem tiefsten Innern Schreie des Schmerzes und des Kummers hervorpreßte, wie er sie noch nie empfunden hatte, wäre das Wort »elend« völlig unangemessen. Die Sprache, die ein solches Leid ausdrücken kann, ist noch nicht erfunden worden. Leid, das einen Mann dazu bringt, seiner eigenen Mutter zuzurufen: »Du hast sie gemordet! Meine Liebe! Du hast sie gemordet! Du hast sie gemordet, hörst du?«

Und all das am Ende vergebens. Denn Mrs. McNab, die geduldig wartete, bis er sich verausgabt hatte, machte kein Hehl aus ihren Gefühlen gegenüber einer in ihren Augen (auch wenn sie es nicht offen zugab) trügerischen Zurschaustellung roher Empfindungen. »Ach, halt doch den Mund und hör auf, dich lächerlich zu machen! Halt den Rand!« keifte sie schließlich.

Die neuerlichen Schmerzensschreie, die eine zerrissene und gepeinigte Seele von sich gab, wurden vom Geräusch der zuschlagenden Schlafzimmertür übertönt und vom Geklapper der Teller und Schüsseln in der Küche vollends ausgelöscht.

☆☆☆

Es sollte etliche Wochen dauern, ehe Pat völlig bewußt wurde, wie töricht die Antwort war, die er bei dieser Gelegenheit gegeben hatte. Denn natürlich war es überhaupt nicht seine Mutter, die an allem schuld hatte. Und was er erlebt hatte, war nur ein weiteres Beispiel dafür, daß er ihr an allem, aber auch allem die Schuld gab. »Wie konnte ich nur so hirnrissig sein?« schalt er sich unbarmherzig. Er schüttelte den Kopf. »Puh!« sagte er und sah aus dem Schlafzimmerfenster. Es war, als würde die Sonne aufgehen. Eine schöne, feste, gleißende und glänzend optimistische Sonne. Für den Bruchteil einer Sekunde hatte er nicht übel Lust, der Luft einen Fausthieb zu versetzen. Nun, da ihm endlich am Tag zuvor alles klar geworden war.

Er war gerade aus der Kirche gekommen (hatte er sich doch Beistand von der Religion erhofft), als eine vertraute Stimme über die Straße hallte.

»Oi! McNab! Komm mal her!«

Unwillkürlich gehorchte er, obwohl er inzwischen neunzehn Jahre alt war.

»Na, McGush!« bellte Patsy Traynor. »Was hältst du denn von dem Burschen hier?«

»Oho!« schnaubte Henry McGush. »Seltsame Geschichten hab ich über den Jungen gehört! Und ob! Oho, wie ich höre, hat er sich in letzter Zeit wie ein Baby aufgeführt.«

Patsy Traynor zwinkerte und stieß seinen Kumpan übertrieben verschwörerisch in die Rippen.

»Ich auch, McGush! Schlimme Geschichten, sag ich dir! Was hast du denn so getrieben, McNab, du Gauner?«

»Ein gewisses Mädel gepitscht, höre ich!«

»Aha, sie gepitscht? Jetzt wo er keinen Schlips mehr umhat, pitscht er sie!«

»So was treibst du also, McNab? Hast sie mal so richtig gepitscht? Uuh, Mann, das gefällt ihr aber, oder? Ich würde sagen, das mag sie aber sehr, Pat, du nicht auch?«

»Sie jault geradezu danach, gepitscht zu werden, würde ich sagen! Das würde ich jetzt sagen, Henry!« grinste Patsy Traynor.

»Sie jault geradezu danach, Mann, würde ich sagen!«

»Sie jault danach! Da führt nichts dran vorbei!« jubelte Henry McGush.

»Bei Gott, sie jault danach, würde ich sagen!«

»Und McNab ist der Mann, der sie pitscht!«

»Bis auf eine Kleinigkeit«, sagte Patsy Traynor.

Es war der Moment, wo der tödliche Daumen über dem Knopf schwebt. Und dann – die Katastrophe.

»Daß ich zuerst da war! Der freche Patsy hat sie zuerst gepitscht!«

Ihre Zwillingsgesichter brachen in scharlachrotes Gelächter aus. Pat war sprachlos.

»Und der blöde Heini hat nichts davon gemerkt!«

☆☆☆

Von wie vielen Briefen (rosa und manche parfümgetränkt) Pat umgeben war, als er im Schneidersitz auf seinem Bett saß, läßt sich unmöglich sagen. Mit Ausdrücken wie »Wirrwarr« oder »Lawine« kommt man der Anzahl vielleicht nahe. Vielleicht fällt es ja auch gar nicht ins Gewicht. Was dagegen ganz bestimmt ins Gewicht fällt, ist der eine Gedanke, der ihm ohne Unterlaß im Kopf kreiste – hatte er sich die ganze Zeit getäuscht? Hatte er (nein, das konnte einfach nicht wahr sein!) die schönen Tage, die sie miteinander verbracht hatten, vielleicht nur geträumt? Die Zuckerwatte, den Schnee, das Gelächter am Fluß, ihre Gekreische, als er die Schaukel immer höher schubste – hatte er sich den kostbarsten, unvergänglichsten, glitzerndsten Stein die ganze Zeit vielleicht nur eingebildet, wo doch alles, was er in der Hand hielt, verglühte Hölzer waren wie jene, die er wahllos aus dem Kamin greifen und verächtlich mit dem Absatz zertreten konnte? Eine Knochenhand schien nach seinem Magen zu greifen und ihn mit saurer Bitterkeit, jedenfalls ohne Erbarmen zu zerquetschen.

☆☆☆

An einem Grab steht ein Mann in einem langen Mantel. Der Tag scheint für den Zweck wie geschaffen, ausdrücklich gemacht für eine solch einsame Wacht, wenn Regenschleier über den Berghang fegen und sich in dem Schlund grauen Lichts verlieren, das über der Abendlandschaft liegt. Man sollte meinen, daß der Mann weint, doch dem ist nicht so, denn über Schmerzen und dergleichen ist er längst hinaus. Ja, in seinem Innern glimmt noch immer ein Funke Hoffnung. Denn wie er jetzt auf die fachmännisch in den grauen Kalkstein gemeißelte elegante Schrift – *Bridie Traynor, entschlafen 1980* – starrt, gestattet er sich ein Lächeln in dem Bewußtsein, daß seine ärgsten Befürchtungen sich nicht bewahrheitet haben. Daß sie die ganze Zeit die Seine und nur die Seine gewesen war. Und daß er sie, wären die Dinge anders gekommen, vielleicht glücklich gemacht hätte.

»Glücklicher, als er es je vermochte«, denkt Pat McNab, und seine Augen heften sich erneut auf ihren Namen. Schließlich wendet er sich zum Gehen. Er erwidert den Gruß eines anderen Hinterbliebenen, vergräbt die Hände tief in seinen Hosentaschen und steuert auf das Tor zu. Ein vorüberfahrendes Auto bespritzt die Friedhofsmauer mit kaltem Pfützenwasser. Als er das Gesicht der Stadt zuwendet, fallen ihm wieder ihre Worte ein (*Komm, Liebling!*). Wie kalte Eisklumpen setzen sie sich in seinen Mandeln fest, liefern die Musik zu dem vertrauten Bild, das ihm allnächtlich vor Augen steht, und untermalen die Tage, die sie mit Patsy Traynor geteilt, Pat McNab jedoch versagt hatte.

☆☆☆

Sonst war niemand auf dem Spielplatz, und die Schaukel gehörte ihm allein. Auch Schnee gab es keinen, nur das unablässige Zischen des Regens und das fast kindische Gurgeln der Gossen. Ein Bobonpapier wehte über das Gras, kämpfte eine Weile mit einem Abfallkorb und flog weiter. Pat umklammerte die Ketten der Schaukel und versuchte, nicht an ihr Gesicht zu denken, das vor ihm aufstieg, wenn er sich das Hirn zermarterte; nicht an die Lichter, die über der Tür des Tanzsaals funkelten, oder an Traynor, der hinter den Autos hervorkam und ihre schmale, wie gemeißelte Hand in seiner hielt, während eine sanfte, aber grausig kecke Stimme rief: »Der arme, alte, arglose Pat ist endlich nach Hause gegangen, Patsy! Jetzt können wir so richtig schön miteinander turteln!«

Pat hatte einen Kloß im Hals, als er jetzt nach Hause ging. Es läßt sich nicht leugnen. Genau wie damals am ersten Abend, als er (drei Wochen, nachdem Bridie ihren Traynor geheiratet hatte) in der Hoffnung, einen Blick auf sie zu erhaschen, unter ihrem Fenster gestanden hatte. Eine Woge der Abscheu war über ihm zusammengeschlagen, als er den Anblick verarbeitete, der sich seinen Augen bot. Auf ihrem sanften Alabastergesicht klebte Blut, »Scheusal« Traynor nahm erneut das Melodion zur Hand, er schonte sie nicht, und die entsetzliche, gequetschte Kakophonie des Instruments schien Pats Schmerz auszudrücken. Sein Gewicht drückte sie abermals zu Boden, und das Ungeheuer – denn was war er sonst? – knurrte: »Wo ist mein Abendessen? Ich hab dir gesagt, du sollst kochen! Hab ich dir nicht gesagt, du sollst kochen?« Mit dem Stiefel traf er sie genau in den Magen, und seine Frau brach geschunden zu seinen Füßen zusammen.

☆☆☆

Pat wandte sich vom Fenster ab und ging in die Küche, um sich einen Imbiß zuzubereiten. Bald wäre es an der Zeit, sich zu Bett zu legen – allein. Als er Kakao in seinen Becher löffelte, dachte er, daß am Ende alles noch recht gnädig abgelaufen war. Es hatte nicht lange gedauert. Er hob den gestreiften Becher an die Lippen und murmelte mit bitterer Ironie: »Wahrscheinlich so lange wie unsere Liebe.«

Bevor ihn an jenem Abend der Schlaf ereilte, errichtete er eine marmorne Statue, die ganz allein mitten auf einem Friedhof stand. Eine Statue, die ihn an weiße, wie gemeißelte Hände erinnerte. Und dann sah er ein schwaches, gejagtes, grün und blau geschlagenes Geschöpf, über das sich ein Schatten beugte, ein fallengelassenes, ramponiertes Musikinstrument, blutbespritzt. Und es läßt sich nicht leugnen, daß Pat McNab in diesem Augenblick Haß in seinem Herzen nährte. Doch als ihn die sanften Finger des Schlafes endlich in sein friedvolles Boudoir hinüberstreichelten, kam ihm ein anderer Gedanke. Und mit ihm weiche Schneeflocken, die, sanft wie der Gedanke selbst, lautlos auf eine grüne, wellige Parklandschaft herabrieselten. Bis die ganze Welt davon bedeckt schien. Und es ist, als sei kein anderer zugegen als er allein, bis er aufsieht und sie erblickt, wie sie aus dem blassen, reinen Gestöber hervortritt, und die Worte, die sie ihm zuflüstert, klingen ihm in den Ohren: »Es ist nicht wahr, Pat, was du über unsere Liebe sagst. Denn was wir erfahren haben, wird ewig währen, ganz gleich was geschieht. Ich weiß, sie wird uns wiederfinden. So wie du mich eines Tages wiederfinden wirst.«

Pat schrie auf, doch als er hinsah, war sie verschwunden, und es blieb nichts zurück als der Schnee, der sich, weiß und unverändert, bis ins Unendliche erstreckte. Als er erwachte, wußte Pat McNab, daß er sie eines Tages, wenn er die Augen schlösse, wiedersehen würde in ihrer gestrickten Wollmütze, lebensgroß. Und wenn er spräche: »Wie lange diesmal, Bridie Cunningham?«, würde sie lächeln und antworten: »Für immer, Pat, für immer«, und sie würden dastehen, auf ihren Schultern würden sich spitzenartige Flocken sammeln, und die leiseste Berührung ihrer Lippen würde ein Klimpern erzeugen wie winzige Tröpfchen Milch, die wie durch einen Zauber vom Himmel fallen.

ELFTES KAPITEL

Der Garten,
wo die Krumbeeren wachsen

The Garden Where the Praties Grow

Have you ever been in love, me boys, have you ever felt the pain
I'd sooner be in jail, me boys, than be in love again
For the girl I loved was beautiful and I want you all to know
That I met her in the garden where the praties grow.

Chorus
She was just the sort of creature, boys, that nature did intend
To walk right through the world, me boys, without the Grecian bend
Nor did she wear a chignon I'd have you all to know
And I met her in the garden where the praties grow.

Says I ›My pretty Kathleen,
I'm tired of single life
And if you've no objection sure
I'll make you my sweet wife.‹
She answered me right modestly
And curtsied very low,
›O you're welcome to the garden where the praties grow.‹

Wie über viele andere Aspekte im Leben unseres »Helden« Pat gingen die Meinungen, auch was seine schauspielerischen Ambitionen anbetraf, auseinander. Oder was Dr. Toss Hamblyn (langjähriger Stammgast in Sullivan's Select Bar) des öfteren seine »Abenteuer im Leinwandgewerbe« nannte. Während die einen die Auffassung vertraten, es sei ebendiese Abenteuersucht gewesen, die schließlich dazu führte, daß Pat »nicht mehr ganz dicht«

war, beharrten die anderen darauf, daß sie ihm »eine völlig neue Welt« eröffnet hätten. Eine Welt, die sogar den Keim zu seiner Erlösung in sich trage. Daß er schließlich »in den Wahnsinn getrieben« wurde, behaupteten sie, sei die Schuld eines einzigen Mannes, Schulmeister Butty Halpins, dessen kleingeistige Selbstsucht nicht zu Pats Besserung oder Vervollkommnung als Mensch geführt habe, sondern zu weiteren Lorbeersträuchern, von Pat McNab in der Absicht angepflanzt, »grausige Geheimnisse« zu verdecken. Das Erdreich in seinem Garten barg bereits eine stattliche Zahl davon. Die, dank der Arroganz und Selbstgefälligkeit des zwergwüchsigen, dickleibigen Pädagogen, mittlerweile zweistellig war.

☆☆☆

»Wenn das alles erst einmal ausgestanden ist«, verkündete Alo McGilly eines Abends bei Sullivan's, »wird die Geschichte offenbaren, daß ein Bürger von Gullytown und nur er die Verantwortung für diese entsetzlichen, entsetzlichen Tragödien trägt, und dieser Mann heißt Butty Halpin.«

Ob dem nun so war oder nicht, eines läßt sich nicht leugnen: daß der Pat McNab, der Butty Halpin die Tür aufmachte, eine erheblich lebhaftere und unbeschwertere Ausgabe jenes Pat war, der etliche Monate lang im düsteren Innern des McNabschen Haushalts herumhantiert hatte. Und dafür gab es einen einzigen Grund, nämlich die Tatsache, daß er, als er wenige Tage zuvor die Treppe heruntergekommen war, in der Diele ein Schreiben der Dubliner Schauspielschule vorgefunden hatte, in dem man ihn einlud, sich zu einem Interview einzufinden (eine Antwort, mit der er nie im Leben gerechnet hatte!). Dies erklärt auch die Vielzahl unterschiedlichster Stimmen (»Bring mich nicht zum Lachen, Chan!« und »Guten Abend, Miss de Soto!«), die er nunmehr stundenlang zu vervollkommnen suchte, sowie den munteren Ausdruck in seinen Augen, als er dem kleinen, zwiebelförmigen Mann, der, eine große Bruyèrepfeife zwischen die Kiefer geklemmt, vor ihm auf der Schwelle stand, die Hand entgegenstreckte und ausrief: »Mr. Halpin! Wie schön, Sie zu sehen!«

Zugegeben, Pat war leicht verblüfft, als er hörte, was sein ehemaliger Lehrer als Grund für seinen Besuch angab: er suche eine Wohnstatt (Pat hatte nämlich die Absicht, seine gesamte Freizeit auf seine »Phantasiereisen«, seine »thespischen Kunstgriffe«, oder wie immer man seine Wanderungen im Geiste bezeichnen mag, zu verwenden und jede häusliche Betätigung zu unterlassen) – doch als der »Meister« (wie man ihn häufig nannte) erklärte, er wolle »lediglich für drei Wochen oder so Quartier nehmen«, war Pat erleichtert, ja, er fühlte sich insgeheim geehrt, daß der angesehene Erzieher seinen Haushalt auserwählt hatte.

☆☆☆

»So also steht's, Pat«, fuhr Mr. Halpin fort und wischte sich den Rest seiner Fischstäbchen von den Lippen. »Jetzt wo Dots nicht mehr ist, fühle ich mich da unten sehr einsam, und ich dachte, bis der neue Bungalow fertig ist, könnte ich ebensogut bei dir unterschlüpfen.«

»Warum auch nicht, Meister? Möchten Sie noch einen Schluck Tee?«

»Aber ja, Pat, aber immer« erwiderte der Schulmeister und hielt ihm seinen blaugestreiften Henkelbecher hin.

Manche behaupten, der verhängnisvolle Augenblick, will sagen: jener Augenblick, der die Wiederbelebung des Grolls auslöste, den Pat gegen seinen früheren Lehrer hegte, sei gleich nach diesem Wortwechsel eingetreten. Nämlich als Pat in seiner Aufregung sämtliche Einzelheiten seines neuentdeckten Glücks ausplauderte. Es gab nichts, das ihn auf die kalte, wortkarge Antwort des Schulmeisters vorbereitet hätte. Oder auf das grausam ersterbende Lächeln, das nun folgte, während er mit einem Streichholz (wie gut sich Pat an diese unangenehme Eigenart erinnerte!) in seinen Zähnen herumstocherte und mit leiser, kaum vernehmlicher Stimme murmelte: »Schauspielschule? Aber du könntest doch nicht mal schauspielern, wenn dein Leben davon abhinge, Pat!«

Pat setzte zu einer unverfänglichen Antwort an, errötete

aber nur bis in die Haarwurzeln. Er stammelte: »Ich muß zum Vorsprechen hin. Meine Rollen habe ich schon fast alle gelernt.«

Butty Halpin lächelte und spielte mit den wenigen Krumen des Marmorkuchens, die noch auf seinem Teller lagen. Dann sah er Pat an, zupfte an seinen Hosenträgern (es waren dieselben, die er schon getragen hatte, als sein Gastgeber noch in die vierte Klasse ging) und sagte: »Ich kann nur sagen, ich hoffe, daß du dich darin besser schlägst als im Gälisch-Fußball. Der Herr segne und schütze uns! Wenn ich nur daran denke!«

Pat fühlte, wie ihm die Worte in der Kehle steckenblieben, doch er faßte sich tapfer und erwiderte überzeugend gutgelaunt: »Jaja! Ich war ein ganz Schlimmer, Meister, nicht wahr?«

Butty schüttelte den Kopf, und sein linker Hosenträger machte *boing!*

»Ein ganz Schlimmer?« entgegnete er. »Gott im Himmel, Pat! Du konntest doch kaum deine Schnürsenkel binden, geschweige denn einen Ball treffen!«

Pat drehte an einem Faden, der aus der Tasche seiner schwarzen Hose hing, und erwiderte heiser: »Erinnern Sie sich noch an den Tag, als Mattie Skutch mir den Ball genau ins Gesicht geschossen hatte?«

»Genau ins Gesicht, das stimmt«, bestätigte Butty. »Genau ins Gesicht ...«

»Und von da direkt ins Tor!«

Butty schüttelte verzweifelt seinen unbehaarten, eiförmigen Schädel.

»Hat uns den verdammten Pokal gekostet. Nach all meiner harten Arbeit. Die ganze Spielzeit für nichts und wieder nichts!«

Pat schluckte, und seine Nasenflügel bebten unwillkürlich.

»Jaja, Meister«, sagte er, immer noch an seinem Faden drehend, »das war vielleicht ein Tag!«

Butty wischte sich mit dem Zipfel seiner Serviette ein letztes Mal den Mund, rückte den Tisch weg und stand auf. Er sah Pat an, wie man einen Alkoholiker ansieht, den Frau und Kinder verlassen haben, und meinte: »Ich kann nur eins sagen, Pat, hoffentlich bist du bei der Schauspielerei besser als beim Gälisch-Fußball!«

☆☆☆

Als Pat in den frühen Morgenstunden wachlag und sich die Ereignisse durch den Kopf gehen ließ, stieg hin und wieder etwas Heldenmut in ihm auf, aber er langte nicht aus, und als schließlich der Morgen kam und Butty nach seiner Aktentasche griff, um zur Schule zu hasten, und ihm zurief: »Danke, Pat. Bis um halb vier«, blieb nur wenig davon zurück. Statt dessen waren dort, wo er in Pats Augen aufgeleuchtet hatte, zwei unheilvoll graue, halbkreisförmige Schatten zu sehen. Ein Fremder wäre auf sein Lächeln bestimmt hereingefallen, als Pat jetzt wiederholt zu niemandem im besonderen – denn das Haus war völlig leer – die Sätze sprach: »Vielen Dank für Ihre freundlichen, ermutigenden Worte. Aber wenigstens habe ich nie behauptet, Lehrer zu sein. Wenigstens das habe ich nie getan, Sie verdammte menschliche Wurst, Sie verfluchter Kartoffelmann!«

Das Spinnennetz von Rissen, welches das Glas des Spiegels überzog, war nicht zu übersehen. Pat rieb sich die wunden Fingerknöchel und zog sich stocksteif ins Innere der düsteren Bibliothek zurück. Doch zum Glück begann er im weiteren Verlauf des Tages die lustigere Seite des Vorfalls zu sehen. Gegen drei Uhr zog er schließlich die Vorhänge auf, um das Tageslicht einzulassen, und wiederholte – neue Tatkraft in den Augen – dem Bildnis seiner Mutter zuliebe fröhlich: »Was geht mich dieser olle Glatzkopf von einem Zwerg an? Denn etwas anderes ist er doch nicht! Um Gottes willen, der hält sich doch für Clark Gable!«

Er war immer noch am Kichern, als das flotte, selbstbewußte Pfeifen des Schulmeisters durch die Diele schallte.

☆☆☆

Einige Tage später traf mit der Post, feinsäuberlich in Zellophan gewickelt, eine Frackschleife ein. »Ja, die ist für mich, Pat«, gab der Schulmeister bekannt und entwand sie geschickt seinen Händen. »Hast du nicht gehört, daß ich beim Talentwettbewerb unten bei Sullivan's mitmache?«

»Talentwettbewerb?« krächzte Pat ziemlich verdutzt.

»Ja. Donnerstag abend messe ich mich mit den Besten. Denen werd ich's zeigen, was, Pat? Aber hallo!«

»Zeigen ...« wiederholte Pat geistesabwesend.

Der Schulmeister fuhr fort: »Aber du wirst ja nicht dabeisein, oder? Du willst ja unbedingt nach Dublin, um in deiner – ehem! – Schauspielschule vorzusprechen!«

Es war, als litte Pat vorübergehend unter Gedächtnisschwund.

»Ja, das stimmt!« rief er plötzlich. »Natürlich!«

»Natürlich«, schniefte der Schulmeister. »Die wirst du in den Schatten stellen, was, Pat?«

Ein säuerliches Übelsein packte Pats Unterleib.

☆☆☆

Aber es war ein glücklicher Pat McNab, der am Freitag abend aus Dublin zurückkam. Butty Halpin, der einen schweren Arbeitstag in St. Cashie's Boys' National School hinter sich hatte, stand in der Tür, ihn zu begrüßen. »Na, Pat? Wie ist die Sache gelaufen? Das Vorsprechen, meine ich?« fragte er eindringlich.

Pat in seinem Kellerfaltenmantel strahlte.

»Meister, ich hab's geschafft!« rief er stolz. »Sie sagen, es sei alles nur noch eine Frage der offiziellen Benachrichtigung!«

»Alle Achtung, Pat! Daß du so schwierige Wörter ganz ohne fremde Hilfe aussprechen kannst! Offizielle Benachrichtigung! Haha!«

Pat zwinkerte unsicher und wußte nicht, was er antworten sollte. Aber er brauchte gar nichts zu sagen, denn schon hatte sich ihm eine plumpe Hand auf die Schulter gelegt.

»Pat! Komm rein, sofort!« forderte der Schulmeister. »Ich muß dir den Preis zeigen, den ich beim Talentwettbewerb gewonnen habe.«

Auf der Anrichte funkelte die Karaffe aus Waterford Crystal im spätabendlichen Sonnenschein wie Diamanten.

»Was hältst du davon, Pat?« fragte der Schulmeister.

»Wunderschön, Meister«, antwortete Pat und sperrte voller Bewunderung den Mund auf.

Der Lehrer sang melodiös:

Have you ever been in love, me boys,
Have you ever felt the pain
I'd sooner be in jail, I would,
Than be in love again ...

Dann fügte er hinzu: »Das hat mir den Preis eingetragen – der kühne John McCormack, Pat!«

»Ich sollte jetzt lieber zu Bett gehen, Meister« sagte Pat und rieb sich die Stirn.

»Ja, Pat«, erwiderte Butty, »nach all der anstrengenden Schauspielerei wirst du müde sein, haha!«

»Was, Meister?« fragte Pat, der nicht mehr richtig denken konnte, war sein Gehirn doch vollgestopft mit einer verwirrenden Fülle von Akzenten und Dialogfetzen.

»Na, dann gute Nacht, Pat«, entgegnete der Schulmeister und schüttelte gedankenverloren den rundlichen Kopf, als stelle ihn die Welt mit ihren ganz und gar nicht zu verwirklichenden Ambitionen vor lauter Rätsel.

☆☆☆

Am folgenden Morgen hörte Pat, der im Bett lag, um etwa fünfzehn Minuten nach acht das wehmütige Pfeifen Tommy Nobles, des Postboten, der die Auffahrt heraufgeschlendert kam, gefolgt vom unwiderstehlichen Klappern des Briefkastens. Im Nu sprang er die Treppe hinunter, fiel in der Diele auf die Knie und öffnete die Briefe in einem Zustand, der sich fast als »Raserei« bezeichnen ließe. Als auf verschiedene Steuerbescheide in ihren garstigen braunen Umschlägen nichts als Werbezettel für *Reader's Digest*, Stromrechnungen und Angebote für den Ratenkauf eines Staubsaugers folgten, sank sein Mut. Langsam dämmerte ihm, daß er keinen Brief von der Schauspielschule erhalten hatte. Die Prozedur wiederholte sich mit bestürzender Gleichförmigkeit am nächsten Morgen, und in der Tat am übernächsten: Pat auf wunden Knien in der Diele, umgeben von zerknüllten »Bällen« unerwünschter Briefe, doch nirgendwo der eine, den er sich so sehnlichst herbeiwünschte.

Als er am folgenden Freitag morgen am Küchentisch saß, senkte sich eine Wolke der Niedergeschlagenheit auf ihn herab. Er hörte, wie die Haustür ging und sein Mieter die Diele entlangkam, und war auf der Hut. Schon stand der Schulmeister in der Tür und bemerkte mit bebenden Nasenflügeln: »Da bist du ja, Pat! Wonach riecht's denn hier? Nach Rüben? Gott steh uns bei, Pat, du bist wirklich ein Pfundskerl, weißt du das?«

Der knollenförmige Pädagoge zog einen Stuhl unter dem Tisch hervor und setzte sich zu seinem Wirt. Aus der Tasche seiner Kavallerieköperhose holte er ein großes, weißes Schnupftuch, schneuzte sich lärmend und sagte mit hellroten Wangen: »Rate mal, wem ich begegnet bin, als ich die Auffahrt hochgekommen bin, Pat!«

Pat spürte, wie eine Flutwelle unverhoffter Möglichkeiten in ihm anstieg.

»Tommy Noble!« rief er erregt wie ein kleines Kind.

»Nein! Timmy Sullivan!« entgegnete der Schulmeister. »Er hat mich für den allirischen Talentwettbewerb am kommenden Montag angemeldet!«

Geschäftig stopfte er sich seine Serviette in den Hemdkragen und widmete sich ganz dem dampfenden Mahl, das vor ihm stand.

»Junge, Junge!« sagte er und rieb sich die Hände, »Junge, Junge, diese Rüben schmecken aber verdammt lecker!«

Pat McNab versuchte, seine Hände im Schoß zu falten, damit sie nicht zitterten, und die gespenstische Blässe seines Gesichts war unverkennbar.

☆☆☆

Am folgenden Morgen kauerte Pat auf dem Treppenabsatz und wartete auf Tommy Noble. Aber es sollte nicht sein. Und als gegen halb vier nachmittags der »Mieter« fröhlich die Auffahrt hochgeschlendert kam, kehrte Pat McNab an den »Ort ewiger Nacht« zurück, denn mittlerweile war sein Lebensmut fast so gänzlich zermalmt, wie es ein Mensch nur verkraften konnte. Was die Brüskheit des Schulmeisters nur um so herzloser und ohne Zweifel indiskreter machte. Beschwerte er sich doch: »Um Gottes willen, Pat, nicht schon wieder Rüben!«

Pat hielt am Herd inne und bemühte sich aufrichtig, höflich und rücksichtsvoll zu sein.

»Ich dachte, Sie essen Rüben gern, Meister«, erwiderte er.

Der kugelrunde Pädagoge erstarrte und stellte seine Aktentasche ab.

»Tue ich auch. Aber doch nicht jeden Tag, den Gott uns schenkt. Jesses, Mann, das weiß doch jeder Trottel!«

Pat entgegnete mit unmißverständlicher Schärfe: »Etwas anderes habe ich nicht, tut mir leid, Ihnen das sagen zu müssen.«

Der Schulmeister war sichtlich überrascht, nahm die Sache aber leicht.

»Gott segne uns, Pat, hast du vielleicht gute Laune heute. Vermutlich hat sich Tommy Noble schon wieder nicht blicken lassen, was? Gehe ich recht in der Annahme, Pat? Was meinst du, habe ich recht?«

Die Pfanne, die Pat in der Rechten hielt, veranstaltete eine schrille Musik auf dem vollgestellten Tresen.

»Was geht mich Tommy Noble an?« antwortete er mit einem Anflug stählerner Härte.

Der Schulmeister hakte die Daumen in die Hosenträger, reckte seinen Bauch vor und grinste übers ganze Gesicht.

»Als ob ich das nicht wüßte, Pat«, sagte er. »Deswegen wirst du wohl auch nicht hören wollen, wem ich auf der Auffahrt begegnet bin!«

Pat fuhr herum und wischte sich gleichzeitig die Hände an der Schürze ab.

»Tommy Noble!« japste er ungläubig.

»Nein! Timmy Sullivan!« gluckste der Schulmeister.

Pat verlor den Mut und wollte sich schon wieder abwenden, als er eine Hand mit Wurstfingern auf der Schulter verspürte und den triumphalen Ausruf hörte: »Nein! Tommy Noble!«

Pat traute seinen Augen nicht. Er stöhnte auf, als er ihn vor sich sah, den schlichten, makellosen weißen Umschlag, den Butty Halpin fachmännisch auf dem improvisierten Tablett seiner ausgestreckten Finger balancierte.

Wenige Augenblicke später saßen sie gemeinsam in der Stille der Bibliothek, Buttys Kopf fast ganz von bläulichem Pfeifenrauch eingehüllt und Pat, der, von den Papierschnipseln des Umschlags umflattert, versuchte, sich zu der Mitteilung vorzuarbeiten, die er soeben in Empfang genommen hatte.

»Ach, Meister«, rief er, »ich kriege ihn einfach nicht auf. Ich bin ganz schusselig.«

Butty Halpin paffte an seiner Bruyèrepfeife und riet ihm onkelhaft: »Geduld, Pat! Laß dir Zeit, mein lieber Junge!«

Pat stöhnte. Über seinem rechten Auge zuckte ein Nerv, als hämmere eine winziger, gewissenhaft arbeitender Kobold mit einem Schuhmacherwerkzeug auf ihn ein.

»Das stimmt!« sagte er. »Da haben Sie recht, Meister! Geduld!«

Bis auf das ferne Muhen einer Kuh war kein Laut zu hören, als Pat den Brief überflog, den er jetzt zitternd in der Hand hielt. Seine Miene war von reinstem Horror entstellt.

Butty Halpin runzelte die Stirn und nahm die Pfeife aus dem Mund.

»Was ist, Pat?« fragte er und kratzte seine Wange mit dem Zeigefinger.

»Es ...«, begann Pat mit belegter Stimme.

»Was? Was willst du sagen, Pat? Mann, nun sag schon!« fuhr der Schulmeister fort.

»Es ...«, wiederholte Part mit zitternder Unterlippe.

»Hier! Laß mal sehen!« verlangte Butty Halpin plötzlich mit unerwartet gebieterischer Stimme.

Während der Schulmeister den Inhalt des Briefes verdaute, hätte Pat ebensogut auch eine in der Mitte der Bibliothek aufgestellte Marmorstatue sein können.

»Oje! Oje! Ist das nicht jammerschade?« sagte der Schulmeister und fuhr sich mit der weichen Hand über die glänzende Startbahn seines Schädels.

»Vielleicht ist es ja ein Irrtum. Vielleicht ist es ja ein Irrtum, Meister!« rief Pat hoffnungsfroh.

Butty senkte den Kopf und faltete auf eine sonderbar zärtliche Art den Brief zusammen. Es war wie die bedauerliche Verweigerung einer Begnadigung.

»Ich fürchte, nein, Pat. Leider muß ich dir sagen, diese Leute begehen keinen Irrtum.«

Pat ließ den Kopf sinken.

»Nein, Meister«, erwiderte er unterwürfig. »Das würden sie nicht, oder? Die würden keinen Irrum begehen.«

Der Schullehrer reichte seinem Vermieter das zusammengefaltete weiße Viereck.

»Wer weiß, Pat«, sagte er, »vielleicht nächstes Jahr. So Gott will. Hmm?«

Pat nickte kleinlaut.

»Ja, Meister. So Gott will.«

»Na, dann viel Glück«, fuhr der Schulmeister, plötzlich wieder heiter, fort. »Ich habe heute abend Probe bei Sullivan's und komme erst spät nach Hause. Es dauert nicht mehr lange bis zum großen Tag.«

»Richtig, Meister. Nicht mehr lange. Es dauert nicht mehr lange.«

»Wie der Affe sagte, als ihm der Schwanz abgeschnitten wurde! Haha! Na, dann viel Glück, Pat, alter Knabe!« erwiderte der Schulmeister.

☆☆☆

Den ganzen Abend über gab Pat sich alle Mühe, den Blick von der funkelnden Kristallkaraffe abzuwenden, die auf der Anrichte stand, und als sein Mieter am folgenden Nachmittag bemerkte: »Gott, Pat, ich mußte gestern vielleicht lachen, als ich dein Gesicht gesehen habe! Du hast wohl wirklich geglaubt, daß du bestanden hast, nicht wahr?«, mußte er all seine Kraft zusammennehmen, um fröhlich zu lächeln und, vermeintlich sorglos, zu antworten: »Ach, Meister, fangen Sie nur nicht damit an! Da sehen Sie mal, was für ein Weichkeks ich in Wirklichkeit bin!«

Der Schulmeister schüttelte den Kopf.

»Und deine beiden Äuglein, die haben richtig getanzt vor ungebremster Hoffnung!«

Jetzt war es an Pat, den Kopf zu schütteln.

»Fast so schlimm wie damals, als ich glaubte, ich würde in die Schulmannschaft aufgenommen!«

»Ja! Erinnerst du dich noch daran?« erwiderte Butty und zündete seine Pfeife an.

»Schön wär's gewesen! Als würde ich je einen Ball treten können, was, Meister?«

»Ach geh, Pat, hör doch auf damit!« lautete die Antwort des angesehenen Pädagogen, der sich in seinem Sessel aufrichtete und sinnierte: »Weißt du, was ich denke, Pat? Ich hätte nichts gegen ein winziges Schlückchen Du-weißt-schon-was einzuwenden.«

»Du-weißt-schon-was?« versetzte Pat leicht erstaunt.

»Ja«, antwortete sein Mieter und rieb sich erwartungsvoll die Hände, »schließlich sollten wir meine wunderschön gravierte Karaffe aus Waterford Crystal einweihen, die ich neulich im heiß umkämpften Talentwettbewerb gewonnen habe, meinst du nicht? Meinst du nicht auch, Pat, du großartiger, berühmter Mime, du?«

Pat hatte einen trockenen Mund, als er antwortete: »Ja, Meister. Ja, natürlich.«

Der Schulmeister strahlte stolz von einem geröteten Ohr zum anderen, als er sich behutsam die bernsteinfarbene Flüssigkeit eingoß.

»Ah!« murmelte er und strich mit der Nase am Rand des Glases entlang. »Es besteht kein Zweifel, Pat. Ein Schluck Whisky schmeckt doch ganz anders, wenn man ihn aus einem aristokratischen Behältnis wie diesem einschenkt.«

»Ja«, stimmte Pat ihm zu. »Wie hatten Sie's doch gleich bei einem anderen Anlaß genannt? Irgend was mit Elo-elo-quock ...«

»Eloquenz, Pat. Eloquenz in Glas.«

Pat schüttelte bewundernd den Kopf und starrte auf das Lebenswasser, das vor ihm stand.

»Wissen Sie, Meister«, sagte er, »von allen, die je hier im Haus gewohnt haben, sind Sie der gescheiteste.«

Es war, als hätte sich eine kleine Verwandlung vollzogen, denn plötzlich schien aus Butty Halpins ganzem Wesen die Sonne hervor.

»Meinst du wirklich, Pat?« fragte er bescheiden.

»Nein! Das hab ich mir nur ausgedacht!« lachte Pat unerwartet und versetzte ihm einen festen Klaps auf die Schulter.

Der Schulmeister lachte verlegen, dann sagte er: »Ach, Pat! Du warst schon immer ein Schlitzohr!«

»Haha!« lachte Pat, als die bernsteinfarbene Flüssigkeit erneut seine Lippen berührte.

So nippten sie noch ein Stündchen oder so, und schließlich reckte sich der Schulmeister und sagte: »Also, Pat, ich muß mich in die Falle hauen. Morgen kommt der Schulrat zu mir in die Klasse.«

»Hoffen wir, daß alles gut verläuft, Meister«, sagte Pat und setzte sein Glas ab.

»Und ob es das tut«, versicherte ihm der Schulmeister, »ich weiß, womit ich zu rechnen habe.«

»Natürlich! Sie wissen doch alles!«

»Haha!« lachte der Schulmeister leicht verunsichert.

Pat antwortete nicht, sondern starrte ihn nur an aus flinken, zielbewußten Augen.

☆☆☆

Es war gegen drei Uhr, als plötzlich eine unheimliche Gestalt stumm den Gang durchquerte und mit einem wilden, fast unerträglichen Hämmern an der Schlafzimmertür, hinter der Butty Halpin bis dahin fest wie ein Säugling geschlummert hatte, das alte, düstere Haus bis in seinen Grundfesten erschütterte. Aus einem Traum von Dots (er und seine geliebte Frau hatten auf einer Wiese mit Gänseblumen Walzer getanzt) wachte er jählings auf und rief: »Aaaahhh!« Er war über und über von feuchtem Schweiß bedeckt, und aus der Tiefe des Hauses gellte ein Schrei, der einem das Blut in den Adern gefrieren ließ. Dann nichts als Schweigen.

☆☆☆

»Pat«, erkundigte sich Butty, als er anderntags am Frühstückstisch seinem röschen Speck zusprach, »hast du gestern nacht gegen drei Uhr vielleicht etwas Ungewöhnliches gehört?«

Pat schob einen Teller mit Brot beiseite und fragte kühl: »Gegen drei? Gegen drei Uhr, Meister?«

»Ja«, antwortete Butty und butterte ein Kartoffelküchlein (man muß sagen, mit einiger Mühe, denn mehrere Male rutschte sein Messer gefährlich über den Teller).

»Was denn?« fragte Pat.

»Ein Klopfen an meiner Tür«, sagte der Schulmeister und fügte hinzu: »Eigentlich eher ein Hämmern. Ein lautes Hämmern.«

Pat schüttelte entschieden den Kopf.

»Nein, Meister. Ich habe um die Zeit geschlafen«, sagte er.

Der Schulmeister zog die Stirn in Falten, das dreieckige Küchlein verharrte direkt vor seinen Lippen.

»Eine äußerst merkwürdige Angelegenheit«, sagte er und spitzte die Lippen, bis sie ein rund gekräuseltes »O« bildeten.

Pat erstarrte, wandte sich jäh um und preßte die Handteller an die Wangen.

»O Gott!« sagte er. »Ich hoffe, es fängt nicht noch an zu spuken im Haus!«

In der Antwort des Schulmeisters schwang trotz seiner leicht gezwungenen Heiterkeit eine winzige Spur ängstlicher Sorge mit.

»Spuken? Ha! Das meinst du doch wohl nicht im Ernst, Pat!«

Pat schüttelte lächelnd den Kopf und rieb sich die Hände an der Schürze ab.

»Nein, Meister!« sagte er. »Hören Sie nur! Ich fange schon wieder an. Werde ich je dazulernen? Jesses, mit jedem Tag werde ich ein größerer Idiot!«

☆☆☆

Abends kam Butty, wie er behauptete, »ausgelaugt« nach Hause und freute sich auf nichts mehr als auf ein winziges Schlückchen aus dem Innern des »eloquenten« Behältnisses. »Stimmt's, oder hab ich recht, Pat?« fragte er seinen Wirt, während er sich einschenkte, wartete Pats Antwort aber gar nicht ab, sondern spie im selben Augenblick auf die Blumen, die die Tapete ihm gegenüber verzierten.

»Jesses, Maria und Joseph!« quiekste er und wischte sich mit dem Ärmel seines Sportsakkos heftig über den Mund.

»Was ist los, Meister?« rief Pat und wollte ihm zu Hilfe kommen.

»Der Whisky. Der schmeckt wie ...«

»Wie denn, Meister? Wie schmeckt er denn?«

»Wie *Pische*!« rief der entsetzte Pädagoge aus, der sich nur selten so ungehobelt ausdrückte.

Pat legte die Hand auf die Lippen und erbleichte. Hinter dem Fenster der Bibliothek, so schien es, hob die ganze Stadt entsetzt die Hände.

☆☆☆

Als Pat sich am Tag darauf die Schürze umband und das Frühstücksgeschirr abwaschen wollte, verlor in der Diele jemand die Fassung. »Gottverflucht!« und »Herrgott noch mal!« und »Heilige Muttergottes!« sind nur einige wenige Beispiele für die erzürnten Ausrufe, die an Pats Ohren drangen. Stehenden Fußes begab er sich in die Diele, wo er den Schulmeister in größter Verwirrung antraf.

»Meister ...«, hob er an.

»Pat«, sagte der Schulmeister, »hast du vielleicht zufällig irgendwo meine Bücher herumliegen sehen?«

»Bücher, Meister?« fragte Pat mit gerunzelter Stirn.

»Ja. Rechenbücher. Und Schreibbücher«, fuhr der Schullehrer fort.

Pat zog die Augenbrauen zusammen.

»Nein, Meister«, sagte er, »ich hab keine Bücher gesehen, tut mir leid.«

Der Schulmeister kratzte sich am Kopf und dachte nach.

»Ich weiß nicht, was zum Teufel in den letzten Tagen mit mir los ist.«

»Vergessen Sie nicht, sich auf Montag vorzubereiten«, riet ihm Pat.

»Auf Montag?« erwiderte der Schulmeister. »Was soll denn am Montag sein?«

»Kommt da nicht der Schulrat zu Ihnen in die Klasse?« fragte Pat. »Hatten Sie das nicht gesagt?«

»Jesses, Maria und Joseph, Pat, du hast recht! Das hab ich ganz vergessen!«

Pat mußte lächeln, als sich auf der rechten Wange des Schulmeisters ein leichtes Zittern andeutete.

☆☆☆

Auf dem polierten Mahagonitisch in der Bibliothek lagen vor Pat insgesamt sieben Bücher, darunter die *Algebra* von Hall und Knight, *Abenteuer auf englisch*, und *Mein Freund Matso*. Gutgelaunt setzte er die Schere an, und bald war von den Büchern nichts mehr übrig, nichts als ein tragisches Häufchen Schnipsel, die Pat fröhlich dem Abfalleimer überantwortete. Jedoch nicht ohne vorher vor dem gerahmten ovalen Bildnis seiner Mutter stehenzubleiben und zu bemerken: »Dem werden wir's zeigen, diesem Fettarsch und Großmaul! Und ob, Mammy!«

Den Rest des Tages nutzte Pat, die Küche zu putzen und hunderterlei Aufgaben nachzugehen, die den Alltag ausmachen. Dazu gehörte es auch, dem erschöpften Schulmeister, der nach dem Besuch des Schulrats bestimmt bald nach Hause kommen würde, einen schönen heißen Becher Complan vorzusetzen. Als Pat den Inhalt der Packung – ein feines, weißes Pulver – in die Tiefen der flüssigen Kraftnahrung leerte, mußte er lächeln, denn so etwas hatte er bislang noch nicht verbrochen.

☆☆☆

Der Schulmeister zeigte sich entzückt über Pats Fürsorglichkeit.

»Der beste Becher Complan, den ich je getrunken habe, Pat«, erklärte er.

»Danke, Meister«, erwiderte Pat, und eine fast mädchenhaft zarte Röte überflog seine Wangen.

»Pat, ich weiß nicht, was ich ohne dich anfangen würde.«

»Trinken Sie aus, Meister«, sagte Pat, »dann werden Ihnen, wie Mammy immer gesagt hat, Haare auf den Zähnen wachsen.«

»Haare auf den Zähnen? Hat sie das immer gesagt, deine Mutter, Gott habe sie selig?«

»Ja, Meister. Das war einer ihrer Aussprüche.«

»Junge, Junge. Pat, hast du was dagegen, wenn ich dich etwas frage? Pat, hättest du was dagegen?«

»Nein, Meister. Natürlich nicht. Um Himmels willen, schießen Sie los!«

»Es ist nur – findest du, daß ich mich in letzter Zeit ein bißchen absonderlich verhalte?«

»Absonderlich? In letzter Zeit? Ganz und gar nicht, Meister! Es ist nur der Streß wegen kommendem Montag! Das Finale beim Talentwettbewerb und so! Ich wette, das ist es! Sie werden schon sehen!«

Der Schulmeister zog die Stirn kraus und umfaßte seinen Becher mit Complan.

»Es ist nur so ...«, fing er an. »Es ist nur so, daß ich heute morgen meine Schlüssel verloren habe. Und gestern – weißt du, was ich gestern getan habe? Ich habe den falschen Weg zur Schule genommen!«

»Den falschen Weg zur Schule?« erwiderte Pat ungläubig.

»Ja, Pat. Es stimmt. Ich bin unten beim Süßwarenladen vorbei statt oben bei den Higginses.«

Pat lächelte, bog einen seiner Finger zurück und streckte ihn wieder.

»Gott, Sie sind mir vielleicht einer! Jesses, wenn Sie so weitermachen, werden Sie noch so böse enden wie ich!«

Der Schulmeister mußte schlucken und stellte den Becher auf den Tisch.

»Ich glaube, ich sollte heute früher ins Bett, Pat.«

Pat nickte verständnisvoll und erhob sich.

»Ich glaub auch, Meister, wenn Sie nächsten Montag den Preis gewinnen wollen!«

Der Schulmeister lächelte ein seltsames, fast mattes Lächeln, sagte Pat gute Nacht und verließ das Zimmner. Pats Augen und die auf dem gemalten Ebenbild seiner Mutter schienen miteinander zu verschmelzen. »Er tut's schon wieder«, schien ihre sanfte Stimme zu sagen, die sich wie ein weißer Rauch aus ihren weißen, teilnahmslosen Lippen kringelte. »Nach all dem Leid, das er uns zugefügt hat, hat er's schon wieder getan. Stimmt's, Pat?«

Pat wünschte, es wäre nicht so. Denn er erinnerte sich noch gut an jenen Tag vor langer Zeit, als er aus dem Fenster der vierten Klasse geblickt und zu seinem Entsetzen gesehen hatte, wie seine Mutter in ihrem kleinen Hut und dem Mantel mit den großen Knöpfen zornig auf das Schulgebäude zugeschossen kam. Und dann stand sie auch schon in der Tür zum Klassenzimmer und kollerte wutentbrannt: »O ja, Halpin! Sich über ihn lustig machen, das können Sie, aber Rechnen können Sie ihm nicht beibringen, wie Sie's sollen! Schicken ihn mir jeden Tag der Woche mit zerschlagenen Händen nach Hause! Meinen kleinen Pat! Schauen Sie sich doch mal an, Sie Rübe – denn nichts anderes sind Sie! –, Sie könnten einem das Buchstabieren ja nicht mal beibringen, wenn's um Ihr Leben ginge!«

☆☆☆

Tragischerweise war der Lehrer am nächsten Morgen wieder der alte, nur allzu vertraute Butty Halpin. Es hatte den Anschein, als wären die »menschlichen Schwächen«, die die Persönlichkeit des Mannes in letzter Zeit ausgezeichnet hatten, nichts anderes als eine vorübergehende, kurzlebige Anomalie ohne bleibende Folgen gewesen. Was Pat traurig machte, als er sah, wie Butty die Auffahrt hinuntermarschierte, selbstsicher – keß! – die Aktentasche schwenkte und sang: »*Have you ever been in love, me boys, have you ever felt the pain?*«, um für den Wettbewerb am Abend zu üben. In Wahrheit nämlich hatte Pat zu seiner totalen Überraschung eine Art Zuneigung zu dem »neuen« Butty gefaßt, wie man ihn nennen könnte. Doch schon bald hatte er das Gefühl – eine Hypothese, die sich schließlich bewahrheiten und ihm das Herz brechen sollte –, derartige Empfindungen gehörten in die Verliese der Vergangenheit.

Und zwar mit einer Schnelligkeit, die nicht einmal Pat – ungeachtet einer tiefverwurzelten Vorsicht, was Butty Halpin anging – vorausgeahnt hätte.

☆☆☆

Es war lange nach Mitternacht, als Pat, der in ein Buch *Die Kunst der Schauspielerei* vertieft war, aufgeschreckt wurde. Auf dem Kies knirschten schwere Stiefel, jemand brach in ein lautes, stoßweises Husten aus und sang mit lärmender, frohlockender Stimme ein mittlerweile sehr vertrautes Lied. Pat wurde ganz flau im Magen, als er hörte:

For the girl I loved was beautiful and I want you all to know
That I met her in the garden where the praties grow – yeehoo!

Pat erstarrte. Im Schlüsselloch drehte sich der Schlüssel, und das Zimmer stank augenblicks nach abstoßenden Körperausdünstungen und schalem Whisky. Sollte Pat Zweifel gehegt haben, so war jetzt offensichtlich, daß der »neue« Butty Halpin sich in Luft aufgelöst hatte und der »alte« unverfroren seine triumphale Rückkehr feierte. Die Augen des Lehrers waren wie zwei in einen rosa glühenden, breiigen Fleischball eingelassene, irre flackernde Perlen. Er taumelte vorwärts und fuchtelte mit seinem Haustürschlüssel sinnlos durch die Luft.

»Was liest du da, McNab? Gib her!«

»Ein Buch über die Schauspielerei. Mammy hat mir ein Abonnement geschenkt, verstehen Sie?«

»Die? Diese verfluchte Irre! Unten im Pub haben wir gerade über sie gesprochen. Verdammt, was habe ich mit dieser Potzmosche für einen Ärger gehabt!«

»Potzmosche, Meister?«

Pat fröstelte von Scheitel bis zur Sohle.

»Ja! Potzmosche! Hab ich das nicht gesagt? Kommt in mein Klassenzimmer reingestürmt und gibt mir Befehle! Die lahme alte Knalltüte! Kein Wunder, daß du halb schwul bist! Haha, tut mir leid, Pat!«

Unter Pats Auge zuckte ein Nerv.

»Schon gut, Meister!«

Der rundliche Lehrer trat zurück und öffnete eine in braunes Packpapier eingeschlagene Schachtel, die er unter dem linken Arm trug.

»Also, Pat! Ich habe ihn! Ich habe den größten Preis aller Zeiten gewonnen! Ich muß schon sagen, Pat, die Eloquenz aller Eloquenz! Ein wunderschöner Federkiel, ganz aus Waterford Crystal – Symbol meiner Gelehrsamkeit, verstehst du?«

Der spitze Speer des Federkiels war wirklich wunderschön, wie er so im Licht funkelte. Bei seinem Anblick zerfielen die Städte, die es in der geistigen Landschaft Pats geben mochte, zu nichts.

»Na ja, Pat. Ich hau mich jetzt lieber in die Falle. Ich glaube, ich habe ein Nickerchen verdient, nachdem sich meine lebenslangen Ambitionen erfüllt haben. Meinst du nicht auch, Pat?«

Es folgte eine lange Pause, bevor der alte Butty – wieder ganz der alte Butty! – wie früher die Stimme hob und sarkastisch schnarrte: »Meinst du nicht auch, Pat?«

»Ja. Ja, Meister«, kam die unwillkürliche Antwort, und Pat hob automatisch den Hintern wie damals, als er an einem alten Pult aus Kiefernholz gesessen hatte.

☆☆☆

Es gibt einen Traum – eine Träumerei in Eastmancolor, ein in einem Phantasiegarten getanztes psychedelisches Menuett –, der jene befällt, die ihren Seelenfrieden aus Triumphen auf dem Gebiet langgehegter privater Aspirationen beziehen; ein Traum von Planeten, welche an einem Firmament explodieren, das von einem für Menschenaugen fast unerträglichen Licht durchglüht wird; von turmhohen Sonnenblumen, die aus dem Nirgendwo sprießen; von Blütendüften, die auf einer ewig sommerlichen Brise vorüberwehen. Stets wird sich ein Anblick bieten, der dieser ätherischen Landschaft und keiner anderen angehört, geradeso als strebe jede private Anstrengung zu dem Punkt, da das Irdische sich wie durch Zauberei in etwas wahrhaft Himmlisches verwandelt. Der Anblick Butty Halpins, nahezu vierzig Jahre lang unauffälliger Schulmeister in einer kleinen, zweiklassigen Zwergschule in einem fast unbekannten Flecken an einer windgepeitschten Landstraße, wies alle Merkmale einer Apotheose solcher Qualitäten auf, als er, unaussprechlich elegant und theatralisch, am Tresen stand und selbstvergessen die der Spatzen spottenden Noten von *The Garden Where the Praties Grow* tirilierte – eine warm leuchtende Großtat. Da erschien – wider alle Vernunft und ohne jede Warnung! – auf der Bildfläche wer? Niemand anders als Mrs. McNab, Pats Mutter, übers ganze Gesicht lächelnd und von Kopf bis Fuß in ein Brautkleid aus weißer Spitze gewandet. Durch die Luft segelte, gekonnt aus ihrer gemeißelten, blaugeäderten Hand entlassen, ein prächtiges Bouquet, und ihre Stimme klang, wie er bemerkte, seltsam – rauher, als er sie in Erinnerung hatte, als sie psalmodierte: »Hallo auch, Meister.«

Die Welt der Maskeraden und Hirngespinste hat etwas zutiefst Zögerliches, Zerbrechliches, das, in seiner rohesten Erscheinungsform, schockierend wirken kann; ein Dunkel, das jene karmesinrot explodierenden Planeten umhüllt, ein unheilvolles Flehen rund um die Köpfe der Sonnenblumen, die jetzt zu welken, wenn nicht gar zu verwelken drohen; etwas herzzerreißend Stumpfes in dem Blitzschlag, der – wie eben jetzt, in diesem Augenblick – den Himmel durchzuckt und im Nu niemand anderen als Maimie McNab erkennen läßt! Ihre in Spitze gekleidete Gestalt hat nicht länger jene schimmernde Gloriole um sich, die die Signatur der Poesie, der Phantasie und der Einbildungskraft ist, sondern steht kalt und kerzengerade, das Gesicht eine Maske aus kalkweißer Haut, aus der jedwedes Gefühl längst entwichen ist. Sein Traum in nichts aufgelöst, ein Fenster von einem geschleuderten Stein zertrümmert, eine Papiertüte von einer geballten Faust zerknüllt, schoß Butty Halpin in die Höhe, Niagarafälle des Schweißes auf dem Rücken.

»Mrs. McNab!« rief er erstaunt und zog sich den gestreiften Kragen seines Schlafanzugs fester um den Hals.

Es folgte eine lange Pause, ehe Mrs. McNab in einer unerwartet tiefen und sonoren Stimme, die durchs ganze Zimmer hallte, erwiderte: »Meister, es tut mir leid wegen Pat. Er machte ihnen bestimmt wieder Scherereien?«

Butty Halpin schluckte. Mrs. McNab warf einen ungeheuren, erschreckend riesigen Schatten an die Wand.

»Nein, nein, Mrs. McNab«, antwortete er wenig überzeugend.

»Doch, doch, Mr. Halpin«, entgegnete Mrs. McNab. »Er kann nicht rechnen. Und im Gälisch-Fußball ist er auch nicht gut.«

Butty spürte, wie seine Lippen austrockneten. Das Klacken der klebrigen Zunge in seinem Mund war fast ohrenbetäubend.

»Im Gälisch-Fußball auch nicht gut?« versetzte er schwach. »Nein, Mrs. McNab, da ist er ausgezeichnet. Er versucht sein Bestes. Er versucht sein Allerbestes.«

Mrs. McNab tat einen kleinen Schritt auf ihn zu und senkte den Kopf. Dann sah sie traurig auf und sagte: »Ich weiß, Meister. Aber versuchen allein langt nicht, oder? Das haben Sie selbst immer gesagt. Versuchen allein langt einfach nicht!«

Butty Halpin versuchte, mit der Zunge seine Lippen zu befeuchten, und sprach: »Missis, würde es Ihnen etwas ausmachen, wenn ich jetzt gehe? Ich habe Pat schon lange genug belästigt. Also, ich mach mich auf den ...«

Als wäre er sich des eigenen Verhaltens nicht bewußt, sah er seine Füße den Boden berühren und seine pfeifenrauchgelben Finger nach der Hose greifen, die über einer Rückenlehne hing. Er fühlte Mrs. McNabs Gegenwart. Ihr tiefer, regelmäßiger Atem zermürbte ihn über alle Maßen. Er spürte, wie ihm der Schweiß ausbrach. Mit rhythmischer Präzision traten ihm Schweißtropfen auf die Stirn, als wollte jede von ihnen verkünden: »Hier! Vollzählig angetreten!«

»Warum haben Sie ihn auch beschimpft?« hörte er sie sagen. »Er war doch nur ein Junge, Mr. Halpin!«

»Mrs. McNab«, krächzte er und hob ein Bein, um in seine Hose zu steigen, »ich muß jetzt gehen. Ich würde ja wirklich gerne bleiben, aber ich fürchte, es bleibt mir keine andere Wahl.«

»Er war doch nur ein Junge, aber Sie mußten ihn beschimpfen. Warum haben Sie das getan, Mr. Halpin?«

In diesem Augenblick – sein Fuß verfing sich im Hosenbein – schoß dem Schullehrer unglücklicherweise das Blut ins Gesicht und veranlaßte ihn zu dem unwillkürlichen Ausruf: »Ach, um Himmels willen, gute Frau, können Sie's mir verübeln? Sie sind doch an allem schuld! Sie mit ihrem verrückten Gehabe!«

Fast im selben Augenblick, seine Hose bauschte sich um seine Knöchel, legte er die Hand auf die Lippen und rief: »Nein!« Über ihm ragte ein riesiger, düsterer Schatten auf, und ein jäher blauer Blitzstrahl draußen verwirrte ihn. Mit dem Sockel des funkelnden – funkelnden? ja, funkelnden! – und makellos geblasenen Glases aus Waterford, eines wellenförmig geschwungenen Federkiels, wurde ihm ein Schlag auf die Schläfe versetzt, sein fuchtelnder Arm gewann dem hin und her schwankenden Lampenschirm wilde Kreise aus Schatten und Licht ab, und die gellenden Schreie seines Angreifers schienen aus einem tiefen Abgrund heraufzudringen, ehe sie in die Worte mündeten: »Wie Sie ihn behandelt haben, Sie mit Ihrem Gehabe!«

Angesichts des wütenden Angriffs konnte Butty Halpin, seines Zeichens Schulmeister, nur eins antworten, nämlich: »Aaahhh!« Eine rasche Folge großer, klatschmohnroter Blutlachen spritzte gegen das Fenster und wurde zu schmalen, unregelmäßigen Strömen, die an der sporadisch von blauen Blitzen erhellten Scheibe herabliefen.

☆☆☆

Eine grübelnde Gestalt, allein auf einer Wiese, Ellbogen auf den hölzernen Stiel eines Spatens gestützt, Seele von Schwermut niedergedrückt, murmelt leise in der mückenverseuchten Stille der Abenddämmerung: »Wenn Sie es doch nur einmal gesagt hätten, Meister. Einmal gesagt hätten: ›Ich will nicht mehr den starken Mann markieren. Heute mag ich nicht den starken Mann markieren. Statt dessen gehen wir beide zu Sullivan's und plaudern ein bißchen über die Zukunft und wie's von nun an zugehen soll.‹ Von jetzt an nicht mehr Vergangenheit, nicht die alten Tage. Sondern nichts als Zukunft, Meister. Die Zukunft, Sie und Pat McNab. Aber Sie haben's nicht fertiggebracht, Halpin, oder? Haben's einfach nicht fertiggebracht, Sie trippelnder Zuber voll verschimmelter Scheiße!«

☆☆☆

Eine einsame Gestalt in einer Küche, die behutsam eine Schublade aufzieht, worin sich eine traurige, schlaffe Perücke befindet und ein verwelkter Blumenstrauß von einer längst ins Land der Sepia verblaßten Hochzeit. In seinen Augen steht noch immer ein Hauch von Schwermut, und er flüstert: »Nein. Mußte den starken Mann markieren, mehr ist dazu nicht zu sagen. Ein trippelnder Zuber voller Gedärme, der immer nur seinen Willen durchsetzen wollte und uns andere der Schwermut überläßt.«

Einer Schwermut, die für verirrte Passanten kaum erkennbar ist, nachts, wenn der Mond seine gespenstischen Strahlen aussendet und über die Ziegel eines Hauses ergießt, über den Wohnsitz von Pat McNab, dem ehemaligen Schüler von Bernard »Butty« Halpin, Bachelor of Arts (in der Abendschule), Gullytown. Obschon man anfügen sollte, daß es auch Gelegenheiten gab, da selbst der beiläufigste Betrachter innehalten, die Hand ans Ohr legen und bemerken mochte: »Nanu, ich glaube fast, im Hause McNab gibt's eine Party!«

Was auch durchaus zutreffen mochte. Pat McNab freilich hätte die Sache anders beschrieben. Ein solches Wort wäre ihm nicht über die Lippen gekommen, als er – ein Teil von ihm war infolge des Benehmens seines ehemaligen Erziehers bereits abgestorben – die Teekanne hob und seine »schlummernde« Mutter fragte (ohne auch nur im geringsten die »Mini-Tiere« zu bemerken, die sich unübersehbar in ihren Augenhöhlen einquartiert hatten wie in einem »Hotel für Mini-Tiere«, lange bevor er sie von ihrer horizontalen Ruhestätte unter dem Lorbeergebüsch hereingetragen hatte) – seine Mutter also fragte, ob »noch etwas Tee gefällig« sei, ehe er sich ein scheues Lächeln gestattete und in der Bibliothek verschwand, wo er die Lichter dämpfte, seinen Füllfederhalter zückte und, leise vor sich hinsummend, in schönster Reinschrift schrieb: »Das sind alles Bazillen, Mammy. Das weißt du doch, nicht wahr? Genau das. Jeder einzelne – Bazillen, die sterben müssen!« Ein herzerquickendes Wohlgefühl kam ihn an, als sein Federhalter sich verselbständigte und die Zufriedenheit, die er jetzt empfand, mühelos in Worte faßte, die einen Augenblick lang auf seinen Lippen zitterten, bevor sie sich – *exultate, jubilate!* – von ihnen lösten und wie lebende, atmende Glühwürmer durchs Fenster in die Lüfte stiegen:

Have you ever been in love, me boys, have you ever felt the pain
I'd sooner be in jail, me boys, than be in love again
For the girl I loved was beautiful and I want you all to know
That I met her in the garden where the praties grow.

ZWÖLFTES KAPITEL

Insel der Träume

Island of Dreams

I wander the streets and the gay crowded places
Trying to forget you but somehow it seems
My thoughts ever stray to our last sweet embraces
Over the sea on the island of dreams.

High in the sky is a bird on the wing
Please carry me with you
Far, far away from the mad rushing crowd
Please carry me with you.

Again I would wander where memories enfold me
There on the beautiful island of dreams.

High in the sky is a bird on the wing
Please carry me with you
Far, far away from the mad rushing crowd
Please carry me with you.

Again I would wander where memories enfold me
There on the beautiful island of dreams.
Far, far away on the island of dreams.

Im Laufe der Zeit hörte man im beschaulichen Flecken Gullytown und Umgebung immer häufiger die Bemerkung: »Mit McNab wird's immer schlimmer, finden Sie nicht auch?« Und wenn er Pat begegnete, wie er, klirrende Flaschen Double Diamond und Macardles Ale in der Tasche, durchs Dorf strolchte, an seinem Daumennagel kaute und ohne jeden ersichtlichen Grund in ein Gelächter ausbrach, das man beim besten Willen nur als nervöses Jaulen beschreiben kann, hätte kaum ein vernünftiger Mensch den Mut gehabt, dieser Behauptung zu widersprechen. Tatsache war, daß man ihn in Sullivan's Select Bar mehr oder weniger aufgegeben hatte. Sogar Timmy Sullivan legte nur noch den Kopf in den Nacken, wenn man ihn auf seinen Kunden ansprach, wie jemand, der sich monatelang stoisch, ja fast heroisch in Geduld geübt und nunmehr das Handtuch geschmissen hat. »Gestern abend war er wieder da«, bemerkte er dann wohl und trocknete ein Glas ab, »und hat uns von seinen Auftritten in einer Show auf dem Mond erzählt, unglaublich! Was habe ich gesagt? Huh! Vorgestern abend hat ihm ein Kung-Fu-Meister nachgestellt! Ich geb's auf.« Woraufhin die noch nüchternen Stammgäste (und von denen gab es einige) den Kopf schüttelten und seufzten. Denn ihnen und allen, die auch nur im entferntesten mit Pat in Berührung gekommen waren, war sonnenklar, daß er, wenn er so weitermachte, bald unrettbar verloren wäre. »Ein kompletter und absoluter Vollidiot!« lautete Josh Mulrooneys Urteil. »Ist ja auch kein Wunder, oder? Bei so einer Mutter! Die war ja noch schlimmer als er!« Das mag herzlos klingen, aber in Gullytown und Umgebung wäre es äußerst schwierig gewesen, jemanden aufzutreiben, der widersprochen hätte. »Ich weiß noch, wie sie eines Tages die Straße entlanggekommen ist und einen Wellensittich aus Plastik auf dem Hut hatte«, erinnerte sich Tom O'Halloran.

»Einen Wellensittich aus Plastik? Das ist noch gar nichts! Ist sie nicht in die Schule gekommen und hat dem armen Butty Halpin eins übergezogen, daß sich die ganze Schule über ihn lustig gemacht hat? Butty war weiß Gott kein Engel, aber das hatte er nicht verdient!«

»Mir hat sie mal 'ne Ohrfeige verpaßt – hier im Pub!« fiel einem anderen ein.

Nein, Mrs. McNab hatte in der kleinen Gemeinde, die unter dem Namen Gullytown bekannt ist, nicht eben viele Freunde. Die hatte auch ihr verstorbener Ehemann nicht, der allgemein »Frontsoldat McNab« genannt wurde (die Nachricht von seinem Hinscheiden, er war im Krieg »in die Luft geflogen«, wurde in Sullivan's und anderen Wirtschaften mit Freudengeschrei begrüßt). Und deshalb hatte man Pat und seiner Art stets ein leises, wenn auch unausgesprochenes Mitgefühl entgegengebracht. »Ach ja, Gott steh ihm bei«, lautete eine der Floskeln, deren man sich gewöhnlich bediente. Doch selbst in ihren bösesten Träumen hielten nur sehr wenige – falls überhaupt – Pat des verabscheuungswürdigsten aller Verbrechen fähig. Vermutlich hätte man sich zu der Bemerkung herabgelassen: »Phh! McNab! Der Trottel nimmt doch eher Reißaus, als daß er so was tut! Mann Gottes, der hat doch sogar vor seinem eigenen Schatten Schiß!«

Wäre Pat tatsächlich durch die Tür von O'Sullivan's gestürzt und hätte mit glasigen Augen verkündet: »Ich war's! Endlich hab ich's getan!« – höchstwahrscheinlich wäre er mit Hohngelächter begrüßt worden. Weil niemand es über sich gebracht hätte, ihm zu glauben. Genausowenig, wie sich jemand vorstellen konnte, daß er seinem alten Schullehrer Butty Halpin auch nur ein Härchen krümmen könnte. Aber ach, da täuschten sich die Leute, in diesem wie in vielen anderen Fällen! Denn jetzt, wo Pat einige Male an dem erregendsten, dem prickelndsten aller Kelche genippt hatte, genügte allein schon die Aussicht, die belebende Flüssigkeit erneut auf den Lippen zu spüren, daß ihm das Herz mit einer bis dahin ungeahnten Geschwindigkeit schlug. Jedenfalls in der Einsamkeit des McNabschen Hauses! »Dir werd ich's geben!« hatte er gekreischt, als er das tödliche Instrument aus Kristallglas wieder und wieder auf den armen Butty niedersausen ließ! Unter irrem Gekicher klatschte er sich kaltes, klares Wasser ins Gesicht, um sich zu säubern, und rief hingebungsvoll: »Frei! Jawohl, endlich frei!« Von nun an waren seine Widersacher nichts anderes als wandernde Säcke menschlichen Komposts, die zu keinem anderen Zweck auf Erden weilten, als den Garten hinter Pat McNabs Haus zu düngen. Hin und wieder gab es Stimmen, die phlegmatisch murmelten: »Mrs. McNab, wo ist die eigentlich abgeblieben?« Doch diese wurden schnell zum Schweigen gebracht mit Beteuerungen wie: »Och, die ist in Amerika. Schon ein ganzes Weilchen, wie man hört.«

Ähnliche Schlußfolgerungen wurden auch im Falle Butty Halpins gezogen. Auf die Frage: »Wo zum Teufel steckt eigentlich Butty? Der kommt anscheinend überhaupt nicht mehr hierher«, erfolgte prompt die Antwort: »Ach, seit ihm seine arme Frau weggestorben ist, ist er nicht mehr der alte. Er wohnt bei seiner Schwester in Dublin, heißt es.«

Und alle verfielen in Schweigen.

Ganz anders dagegen sah es in Pat McNabs Kopf aus, in dem zu diesem Zeitpunkt ein »chaotischer« und »mißtönender« Höllenlärm herrschte, besonders seit er etwa um die Zeit der »Mond-Episode« mit Stöcken verprügelt worden war und danach von den »Wurzeln« genossen hatte, die ihm von einem begeisterten Honky McCool verabreicht worden waren. Ganz zu schweigen davon, daß er sich unlängst zur Welt der »Horrorvideos« bekehrt hatte, einer Welt, in der er jetzt, wenn er nicht gerade schlief, einen Großteil seiner Zeit verbrachte. Dann machte er es sich mit Kartoffelchips und roter Limonade in seinem Sessel bequem, bediente mit dem großen Zeh die Knöpfe, und die Braunsche Röhre strahlte ihr durchdringendes Licht aus, zusammen mit den rauhen Stimmen von Chuck Norris, Jackie Chan und Jean-Claude Van Damme. Und für neunzig Minuten breitete sich ein Gefühl von Frieden, Glück und unaussprechlicher Zufriedenheit in Pat McNabs Seele aus. Doch in diesem labilen Zustand (nach der Mond-Episode hatte er noch immer eine luftballongroße Beule am Kopf) war es möglicherweise nicht ratsam, daß Pat dieser »fiktiven Welt« einen so großen Teil seiner Zeit widmete. Denn die Unterschiede zwischen der Welt, die die Videos repräsentierten, und der greifbaren, irdischen Welt, auf die wir anderen uns jeden Tag aufs neue einlassen müssen, diese Unterschiede verwischten sich – ohne, daß es ihm bewußt wurde – immer mehr.

☆☆☆

Vielleicht war dies der Grund, weshalb Pat, der sich an einem ganz gewöhnlichen Dienstag abend – es war grau und nieselte ziemlich – von Sullivan's auf dem Heimweg begab, nach einem seiner sporadischen Hustenanfälle den Kopf hob und bemerkte, daß ein nicht unbeträchtlicher Teil seiner ländlichen Umgebung in grünes, seidig schimmerndes Licht getaucht war (vor allem das Feld zwischen Henry's Buche und dem Hoftor). Er beobachtete es beunruhigt, und als er den eisigen Wind vorbeipfeifen hörte, der ihm sein fettiges schwarzes Haar hinter die Ohren wehte, beschlich ihn eine gewisse Kälte. Es ist nicht übertrieben, zu behaupten, daß Pat McNab den Tränen nahe war, als er endlich Zuflucht in der Bibliothek fand und sich in seinem Sessel zurücklehnen konnte, wo er den Kopf in den Händen vergrub und rief: »Warum nur finde ich keine Ruhe? Warum verfolgen mich diese Gedanken? Warum hört das nicht auf, dieses hartnäckige Getrommel meiner Schuldgefühle?«

☆☆☆

Drei Stunden lang saß er in dieser Nacht im Sessel, ohne sich zu rühren. In der Ferne konnte er den Donner rollen hören, als wäre auch dieser unzufrieden, und der Regen strömte in winzigen, sich stetig vermehrenden Rinnsalen an den Scheiben herunter. Pat phantasierte, er stehe in Flammen und sei zugleich in arktischem Schnee ausgesetzt. »Wann ist es endlich soweit?« flüsterte er, halb im Delirium. »Wann ist es soweit, und ich bin endlich frei? Damit ich endlich Stille um mich spüre? Was? Was hast du gesagt? Wessen wunderschöne Stimme hat mir in diesem Augenblick langersehnten Trost gespendet? Oder bilde ich sie mir nur ein? Oh bitte – laß es keinen Traum sein! Bitte, laß es keinen Traum sein!«

Als er plötzlich von weither das Dröhnen von Bongotrommeln vernahm, umspielte ein zufriedenes Lächeln seine Lippen. Dann hörte er eine Stimme, die leise etwas flüsterte und sich in der unermeßlichen Weite des riesigen Kleiderschranks verlor.

»Pat?« sprach sie. »Pat, mein Kleiner?«

Pats schwere Augenlider zitterten unmerklich, er lächelte schwach und sagte: »Daß ein solches Wort geflüstert würde und in dieser Welt, wäre für mich wie Salbe in Gilead. Aber es kann nicht sein. Es können nur meine Fieberträume sein.«

»Pat, mein Liebling? Hörst du mich?«

Die Stimme war wie ein blinkendes Pünktchen in der unendlichen Weite des Kosmos.

»Mammy?« hörte Pat sich sagen, und sein ganzes Wesen schien von Hoffnung durchdrungen.

In der Ferne, an einem Ort, den er nicht kannte, schrien Vögel.

»Bist du's, Mammy?« wiederholte er mit zittriger Stimme.

Als hätten die Vögel sich einstimmig gefügt, konnte er die ihm so vertraute weibliche Stimme jetzt deutlicher hören.

»Ich bin's, Liebling. Hier drüben bin ich«, flüsterte sie.

Es war, als löse sich ein anderer, ein unbekannter, durchsichtiger, aus reinem Licht erschaffener Pat aus seinem schwerfälligem Körper und als umschwebe, angeführt von einer pulsierenden, faszinierenden Musik, begleitet von der Schranktür, die hypnotisierende Melodie eines Ara zauberhaft seinen Schädel.

»Mammy?« fragte er ängstlich.

»Ja, mein Liebling«, hörte er seine Mutter antworten.

»Bist du da drin?«

Es war, als befinde er sich am Scheideweg zwischen vollkommenem Glück und abgrundtiefer Verzweiflung.

»Mach die Tür auf, Schatz«, drängte seine Mutter.

»Die Tür?« erwiderte Pat leicht verwirrt.

»Ja«, sagte seine Mutter, »ich warte auf dich.«

Das folgende geschah in einem Hui, war aber ganz und gar nicht unangenehm – genausowenig wie der Anblick, der sich jetzt seinen Augen bot und ihn fast zu Tränen rührte. Erblickte er doch seine Mutter – eine Erscheinung in einem mit Mangos und Papayas gemusterten einteiligen Badeanzug, die unter der höchsten Kokospalme auf ihn wartete. In seinem knielangen schwarzen Mantel fühlte Pat sich unbeholfen und schlecht vorbereitet. Hinter seiner lächelnden Mutter erstreckte sich weißer Strand und ein türkisfarbenes, klares Meer, das bis in die Unendlichkeit zu reichen schien. Wie leuchtend bunte Farbtupfer saßen zahlreiche Papageien in den üppigen tropischen Palmen. Pat spürte einen Kloß im Hals.

»Mammy! Bist du's wirklich?« hörte er sich sagen.

Seine Mutter lächelte.

»O ja, ich bin's. Ich habe so lange auf dich gewartet, mein Sohn«, antwortete sie.

Pat schluckte.

»O Mammy«, sagte er.

»Auf diesen Tag gewartet«, wiederholte seine Mutter mit feuchten Augen.

»Mammy, ich halt's nicht aus«, sagte Pat.

»Komm her, mein Liebling«, sagte seine Mutter und hielt ihm ihre Hand hin.

☆☆☆

Sie lagen beide unter dem riesigen Baum, der sich vor dem errötenden Himmel zu verbeugen schien. Die Wellen plätscherten sanft, als wollten sie den Strand necken. Weit draußen schwamm ein Tümmler und wurde von dem warmen Wasser verschluckt.

»Wie viele Nächte habe ich davon geträumt. Daß du mich hier besuchen kommst«, sagte seine Mutter und reichte ihm ein Stück Brotfrucht.

»Ich auch, Mammy«, antwortete Pat mit erstickter Stimme.

»Du tanzt. Ich singe. Davon habe ich immer geträumt – und gedacht, das wäre das Allerschönste auf der Welt.«

Pat sah sie schüchtern an.

»Ist es auch, Mammy«, erwiderte er, nahm ihre Hand und begann zu singen, wobei er mit ihren Fingern auf seiner Handfläche den Rhythmus trommelte:

I wander the streets and the gay crowded places
Trying to forget you but somehow it seems …

Sie strich ihm die Haare aus den Augen und sagte: »Sing, Pat. Bitte sing für Mammy, mein Liebling.«

Pat zögerte, aber sie drückte ihm ermutigend die Hand.

»*My thoughts ever stray*«, sang er, »*to our last sweet embraces …*«

»*Over the sea on the island of dreams!*« sang sie mit lauter Stimme, zog ihn an sich, und er rief: »Mammy!«

»Pat!«

»Das ist der schönste Tag seit der Erschaffung der Welt!«

☆☆☆

Und das war er auch. Von nun an, das wußte er, würde jeder Tag so sein. Während es langsam Abend wurde, schaute er ihr zu, wie sie in der Hütte den Tisch deckte, behutsam das kunstvoll gefertigte Tongeschirr hinstellte. Die zahme Ziege in der Ecke nippte an ihrer Milch und käute still wieder.

»Hier, Pat«, sagte sie und reichte ihrem Sohn einen Kürbis. »Trink von dem Fruchtsaft.«

»Danke schön, Mammy«, erwiderte Pat wohlerzogen.

»Sei brav und trink aus – und nimm dir, was immer du möchtest, ja? Ich muß das Fell nach draußen bringen.«

Leise vor sich hin summend, trat seine Mutter durch die Peddigrohrtür ins Freie und wurde vom Sonnenschein verschluckt. Pat starrte einen Augenblick auf den verfitzten Bart der Ziege und dachte: »Was bist du doch für ein Glückspilz, Pat McNab! Wie kommt es, daß du deiner Mutter so etwas Böses angetan hast, und eines Morgens wachst du auf und erhältst eine zweite Chance? Und damit nicht genug, auch noch ein so wunderbares Leben, daß es kaum zu fassen ist! Ein Schlaraffenleben mit Mangos, Bananen, Kokosnüssen, Tümmlern, Sittichen und Paradiesvögeln! Wie phantastisch! Kein Wunder, daß du ausrufen möchtest: ›Aber das kann doch nicht wahr sein! Bestimmt wird diese Märchenwelt heute noch zerfallen und alles darin zu Staub werden!‹«

☆☆☆

»An sich ist nichts weder gut noch böse, das Denken macht es erst dazu«, so beteuert der Barde. Und gradeso wollte es Pat McNab vorkommen, dessen (völlig unbegründete und höchstwahrscheinlich durch die sengende Hitze ausgelösten) Ängste sich in grauenvollsten nächtlichen Angstschweiß verwandelten, als er in der strohgedeckten Lehmhütte lag, die er und seine Mutter inzwischen ihr Zuhause nannten, und verzweifelt um Schlaf rang. »Nein! Nein!« schrie er, als er auf seinem primitiven Holzgestell schlagartig erwachte und die Ziege in der Ecke auf der Seite liegen sah – *tot!* Und über ihrem traurigen, entseelten Leichnam hing – bedeutungsschwanger! – ein Talisman, ein Arrangement aus exotischen Früchten, die wie aufgeplatztes Fleisch aussahen! Pat schrie erneut auf, als er das unregelmäßige Rinnsal purpurroten Bluts wahrnahm, das sich im Zickzack auf die Türöffnung zubewegte – und in der nordöstlichen Ecke angenagelt sah er ein flammendes menschliches Herz, ein einziger, schändlich eindeutiger Beweis für Voodoo! Ein Heulen, das nicht von dieser Welt zu sein schien, ließ ihm das Blut in den Adern gefrieren. Neben ihm tauchte eine Gestalt mit einer riesigen, furchterregend bemalten Maske auf, die Armbänder aus Stroh trug und aus deren Mund der Schrei quoll: »*Whoah – hu – ha – hi – ho!*« Dann, als sie verschwand, als habe es sie nie gegeben, herrschte völlige Stille.

»Pat! Pat! Was ist los?« hörte er seine Mutter rufen. Sein Herz hämmerte wie wild in seiner Brust. Erst da wurde ihm bewußt, wie still es in der Hütte war. Seine Mutter stand neben ihm, im Haarschmuck der Eingeborenen sah sie bezaubernd aus.

»Oh, Mammy! Ich hatte einen schrecklichen Traum!« rief Pat. »Hoffentlich träume ich so etwas nie wieder!«

In diesem Augenblick traf ihn echtes – *echtes!* – Entsetzen bis ins Mark. Denn seine Mutter verzog bitter das Gesicht und zischte: »Dann hättest du nicht die schändlichste aller Sünden begehen dürfen! Muttermord!«

»Nein! Nein! Mammy! Das stimmt nicht! Es war doch keine Absicht!«

Aber es war ja nichts, nur ein Bild des Fieberwahns, und wieder besänftigte ihn seine Mutter: »Schon gut, mein Liebling. Schlaf weiter, ja?«

Zitternd antwortete Pat: »Oh, Mammy! Ich bin so froh, daß wir wieder zusammen sind, du und ich!«

Seine Mutter lächelte und nickte.

»Ja. Es hat lange gedauert. Aber jetzt bist du ja da! Sch, jetzt schlaf ein, mein Schatz.«

Der Gesichtsausdruck seiner Mutter hattes etwas Beunruhigendes, und der schwache Rhythmus der Bongotrommeln in der Ferne tat nichts dazu, seine Sorgen zu verringern.

☆☆☆

Ja, es ist tragisch, daß sich seine Vorahnung in diesem Fall als richtig erweisen sollte. Denn nur wenige Stunden später, noch bevor das Licht der Morgendämmerung die Peddigrohrtür ihres Heims berührte, stand die Frau, die er als seine Mutter kannte, mit kältester Miene über ihn gebeugt da – die Haut spannte sich straff wie eine Papaya über ihre groben Backenknochen –, und ihr Gesichtsausdruck schien die unverkennbare Eiseskälte ihrer Worte nur zu unterstreichen: »Nie hat eine Mutter ihren Sohn so geliebt wie ich dich, Pat McNab. Warum hast du das getan? Warum nur mußtest du das tun? Warum?« Der angestrengte Atem der nicht mehr jungen Frau (sie war mit einer einfachen Kittelschürze aus Fell bekleidet) schien die kleine Hütte auszufüllen. Sie holte die scheußliche Nachamung eines Voodoo-Lexigramms hervor und legte es unter sein Kissen. Mit zusammengepreßten, unnachgiebigen Lippen sagte sie: »Vielleicht hätte ich dir verzeihen können, wenn du früher gekommen wärst. Aber mit deinem Vater hab ich wirklich genug durchgemacht, wie du sehr wohl weißt. Und trotzdem hast du dir soviel Zeit gelassen. Warum bist du erst so spät gekommen, Pat?«

☆☆☆

»Mammy!« plärrte Pat und riß die Augen auf, nur um von dem phosphoreszierenden Leuchten, in das die Hütte plötzlich getaucht war, geblendet zu werden. Das durchdringende Gekreisch eines phantasmagorischen Teufelsvogels durchschnitt die Luft, ein Speer bohrte sich krachend in die Wand der Hütte, und das angstvolle Meckern der Ziege klang wie die Leidensrufe der Verdammten. In diesem Augenblick drangen Pat McNab, diesmal jedoch wie von einer Harpyie gesungen, die wohlbekannten Worte ans Ohr: »*I wander the streets and the gay crowded places / Trying to forget you but somehow it seems …*« Eine allesverzehrende Übelkeit befiel ihn, Dunkelheit umfing ihn, und als er wieder erwachte, erblickte er einen Veitstanz züngelnder Flammen. Vor sich sah er eine bekannte Gestalt mit einer abscheulichen

Maske (große Augen, in denen die Farben hin und her schossen), die mit einer Tierstimme sprach.

Pat kreischte auf, als er gepackt und bis auf einen Stofffetzen, der mehr schlecht als recht seine Scham bedeckte, aller seiner Kleider beraubt wurde. Der Medizinmann winkte mit seinem Speer, und die Eingeborene mit den großen Brüsten zog sich schweigend zurück.

»Nein! Nein!« schrie Pat hilflos, als er von drei Kriegern hinweggetragen wurde, deren ölige bronzefarbene Haut im Mondenschein glänzte. Seine Hände wurden fachmännisch an ein Bambusgestell gebunden. Wie der Gekreuzigte hing er da und ahnte die zusammengerollte Kobra mehr, als daß er sie sah – zu beiden Seiten standen dampfende Kessel mit kochendem Öl. Sogleich begannen die Bongos ihren komplizierten Rhythmus, der wie ein vielfingriges Foltersolo auf seine Schläfen einschlug.

»Nein! Nein!« schrie Pat. Vor unbegründeter – und wie sich rasch herausstellen sollte, völlig törichter – Hoffnung machte sein Herz einen Satz. Er lauschte den Worten eines tropenbehelmten weißen Jägers, der unversehens aus dem feuchten Dickicht aufgetaucht war.

»Dafür ist es leider zu spät, alter Knabe. Wie ich höre, haben sie das Urteil schon gefällt.«

»Wer?« keuchte Pat, all seine Kraft zusammennehmend.

»Wovon reden Sie? Das Urteil schon gefällt? Wer sind Sie überhaupt?«

»Siggerson«, antwortete der Jäger, »Clifford Siggerson. Zigarette gefällig? Nein, natürlich nicht. Wie dumm von mir.«

Der Jäger holte ein silbernes Feuerzeug hervor und zündete sich mit einer schwungvollen Gebärde seine Zigarette an. »Nein«, fuhr er fort, »ich fürchte, es sieht ganz und gar nicht gut für dich aus, altes Haus. Weißt du – so was wird hier ziemlich ernst genommen. Brüder, Schwestern, Onkel, Tanten, sogar Väter kannst du getrost umbringen. Aber Mütter? Das geht leider nicht, alter Knabe. Die Mutter ist heilig. Wie du sicher gemerkt hast! Haha!«

Pat folgte der lässigen Geste des Jägers mit den Augen und erblickte eine geschnitzte Ikone, die ganz deutlich eine Huldigung an den geachteten Stand der Mutterschaft darstellte – das lächelnde Gesicht einer Frau in mittleren Jahren, die stolz auf ihre Kinderschar herabblickte. Pat begann das ganze Ausmaß seines Dilemmas zu begreifen.

»Sie müssen mir helfen! Bitte, Sie müssen mir helfen!«

Der behelmte Verfolger der Tiere schüttelte gravitätisch den Kopf und schritt auf das turmhohe Blätterwerk zu.

»Halt!« kreischte Pat. »Wohin gehen Sie? Komm sofort zurück, du Arschloch von einem Engländer! Du kannst mich doch nicht einfach hierlassen! Na, dann geh doch, du mieser Kerl – mit deinem albernen Hut! HaHa! Mir doch egal! O Gott! Warum mußte ich es nur tun! Es hätte alles so schön ausgehen können! Wir hätten die ganze Insel regieren können, Mammy und ich!«

Und mit diesen Worten sank der an den Händen gefesselte Mann aus Gullytown in eine tiefe Ohnmacht. Im Schlaf schlich sich ein fast unmerkliches Lächeln auf seine Lippen. Denn während er schlummerte, träumte er davon, was hätte sein können. Seine Mutter klatschte am Tisch in die Hände, und er, angetan mit einem bunten Südsee-T-Shirt und Espadrillen, schob rasch seinen Julep zur Seite und brachte die erwartungsvolle Menge herrisch zum Schweigen.

»Danke schön, meine Damen und Herren«, begann er seine Rede, »es ist einfach wunderbar, heute abend hier im Club Tropicana bei Ihnen sein zu können. Wir setzen unser Programm jetzt fort, und mit Ihrer Erlaubnis würde ich gern jemand ganz besonderen bitten, zu mir auf die Bühne zu kommen – Mrs. McNab! Wenn Sie so freundlich wären?«

Eine äußerst schüchterne, aber nichtsdestoweniger enthusiastische Mrs. Maimie McNab bahnte sich zwischen den Tischen hindurch den Weg zur Bühne, wo ihr Sohn ihre Hand nahm und sie auf die Wange küßte. Dann begannen sie – wie aus einem Mund! – ihr Lieblingslied zu singen:

An Irish boy was leaving
Leaving his native home
Crossing the broad Atlantic

To foreign lands to roam
And as he was leaving his mother
While waiting in the quay
He threw his arms around her waist
And this to her he did say:
A mother's love's a blessing
No matter where you roam
Keep her while she's living
You'll miss her when she's gone
Love her as in childhood
Though feeble old and grey
For you'll never miss your mother's love
Till she's buried beneath the clay!

»O Mammy!« hörte Pat sich ausrufen. Er zog seine Mutter an seine Brust und wollte ihr gerade einen zärtlichen Kuß auf die Wange drücken, als aus einem Blasrohr, das zwischen den Bäumen hervorlugte, in einem Hui ein vergifteter Pfeil angeschossen kam und haarscharf an seiner Wange vorbeiflog. Der Attentäter, ein Eingeborener, verschwand im Gestrüpp.

»Komm zurück, du Schwein!« hörte Pat sich rufen. »Du kannst mich doch nicht gefesselt hier zurücklassen! Ich bring dich um!« Die Voodoomaske kam bedrohlich näher, und eine ihm nur allzu bekannte Stimme knurrte anmaßend: »O ja! Würdest du glatt!«

»Was?« Pat hielt die Luft an.

»Aber diesmal nicht, du Mörder. *Die* Zeiten sind vorbei.«

»Wer ist das? Wer ist das?« quietschte Pat.

Mit quälender Langsamkeit wurde die Maske gelüftet, und Pat starrte in das Gesicht der Frau, die ihn neun Monate lang in ihrem Leib getragen hatte – seine Mutter!

»Mammy!« rief er und verspürte aus völlig unbegreiflichen Gründen mit einem Mal ein Gefühl der Erleichterung. »Du bist's! Gott sei Dank!«

Seine Mutter lächelte.

»Ganz recht, mein Sohn. Ich bin's. Endlich bin ich gekommen.«

Pat lächelte breit, und sein Herz schlug zum Zerspringen.

»Ganz recht, Mammy«, grinste er, »du bist gekommen.«

Mit einem unangenehm säuerlichen Lächeln fuhr seine Mutter fort: »Ja, das bin ich. Ich habe nicht gewartet, bis es zu spät ist. Wie andere Leute.«

Pats Wange zuckte nervös.

»Was, Mammy? Haha, Mammy! Du bist mir vielleicht eine! Mammy, machst du bitte die Knoten auf? Meine Handgelenke tun mir weh!«

»Ja, gern, Pat«,erklärte seine Mutter. »Schließlich bleibt dir nicht mehr viel Zeit, oder?«

Pat riß die Augen auf.

»Wie, Mammy? Haha – aber, aber! Wie, Mammy? Mammy, was meinst du damit?«

Seine Mutter schnippste mit den Fingern, und sofort standen zwei Krieger an Pats Seite. In Sekundenschnelle war ihr Sohn von seinen Fesseln befreit. Pat war ziemlich aufgelöst, als er vor seiner Mutter stand, die sich streng zu ihm herunterbeugte. (Jedenfalls kam es ihm so vor, obwohl sie eigentlich kleiner war als er!)

»Puuh!« seufzte er. »Gott sei Dank! Mammy – sieh dir doch nur an, was hier los ist! Je eher wir von hier verschwinden, desto besser, wenn du mich fragst.«

Mrs. McNab betrachtete die Fingernägel ihrer rechten Hand, und ihr Gesicht hatte etwas beunruhigend Schmerzliches.

»Seltsam, nicht?« antwortete sie. »Und vor ein paar Tagen noch hast du verkündet, das sei so ziemlich der schönste Flecken auf Erden.«

Pats Mundwinkel schienen sich gleichzeitig auszudehnen und zusammenzuziehen.

»Ja, ich weiß, Mammy, aber das war vor ein paar Tagen – schau mich doch nur jetzt mal an!«

Mrs. McNab verschränkte die Arme.

»Das sieht dir ähnlich, nicht wahr, Pat?« sagte sie. »Ganz gleich, wie wunderbar etwas ist, am Ende mußt du immer alles verderben. Irgendwie bringst du es immer fertig, alles zu verderben, nicht wahr?«

Pat schluckte schwer, und ein Niagarafall klebrigen Speichels rutschte an seinen Mandeln vorbei.

»Nein, Mammy, tu ich nicht«, antwortete er hoffnungsvoll, aber ohne die Überzeugung, die die Umstände erforderten.

Seine Mutter senkte die Stimme, seltsam teilnahmslos sagte sie: »Tust du aber doch, Pat. Tust du aber doch. Das gleiche würdest du auch jetzt wieder tun, wenn man dich ließe. Genau das gleiche würdest du auch jetzt wieder tun, wenn du glauben könntest, ungeschoren davonzukommen.«

Da rief Pat hilflos aus: »Nein, Mammy! Das würde ich nicht! Das ist wirklich unfair, Mammy!«

»Immer machst du alles zunichte, du kannst es einfach nicht lassen!« fuhr seine Mutter fort. »Jeden schönen Tag, den wir hier auf dieser Insel hätten, würdest du zunichte machen, so wie du alle andere zunichte gemacht hast.«

Pat war so aufgewühlt, daß er nur noch krächzen konnte.

»Mammy, das habe ich nicht gewollt!« flehte er. »Das wollte ich wirklich nicht!«

Im Blick seiner Mutter stand herzzerreißende Wehmut geschrieben.

»Hast deiner eigenen Mutter das Leben genommen! Ihr den Garaus gemacht und sie wie einen kalten Stein liegenlassen.«

Pat schossen Tränen in die Augen.

»Ich kann nichts dafür!« brach es aus ihm heraus. »Du wolltest mich einfach nicht in Ruhe lassen! Warum nur hast du mich nicht in Ruhe gelassen?«

Plötzlich streckte seine Mutter – gänzlich unerwartet – die Hand aus und flüsterte sanft: »Weißt du was, Pat? Ich habe dich sehr lieb. Tanzt du mit mir? Ein letztes Mal – tanzt du mit mir?«

Pats Wangen zuckten unkontrolliert.

»Ein letztes Mal? Bitte, Mammy. Bitte, sag doch so was nicht«, flehte er.

Seine Mutter betrachtete angelegentlich ihre gefalteten Hände. Zusammen formten sie die Gestalt eines Adlers aus Fleisch und Blut.

»Tut mir leid, Pat«, sagte sie, »aber die Gesetze sind nun einmal so. Du kennst die Gesetze.«

Pat zog seine Brauen so eng zusammen, daß es schmerzte.

»Die Gesetze, Mammy«, krächzte er, »wovon redest du?«

Bevor Pats Mutter antworten konnte, tauchte aus dem Nichts der Medizinmann mit furchterregender Maske auf und schob Pat aggressiv einen dampfenden Holzbecher hin.

»Was ist das, Mammy?« rief Mrs. McNabs Sohn aus, Todesangst in der Stimme. »Was gibt er mir da? Mammy, was ist in dem Becher drin? Bitte sag's mir!«

Ungerührt wandte seine Mutter den Blick ab.

»Tut mir leid, Pat«, antwortete sie, »du mußt trinken. So sind die Gesetze nun einmal.«

Der Medizinmann stieß ihn mit dem Speer in die Schulter und schubste ihn zu dem angebotenen Behälter hin. Als Pat vorsichtig die Lippen am Becherrand ansetzte, schossen ihm die Tränen in die Augen.

»So ist's recht, Liebling«, hörte er seine Mutter sagen, »für alle, die du mit herzloser Hand und Küchengerät umgebracht hast, ist das die gerechte Strafe. Du bezahlst dafür mit deinem Leben.«

»Bitte, Mammy«, bettelte Pat.

Mit unverwechselbar liebevoller, aber doch bestimmter Hand neigte seine Mutter den Becher an seine Lippen.

»So ist's brav, Liebling! Nur noch ein bißchen!« bat sie ihn. »Gleich ist es vorbei.«

Ein Schwall des widerwärtig stinkenden Getränks schwappte auf Pats Brust. Es war ein ekelhaftes Gemisch von Teppichreiniger, Whiskey und einem Spritzer Ata.

»Komm schon, Liebling«, hörte er seine Mutter wieder, »trink aus. Man muß sich an die Gesetze halten.

Pat zwang die dicke Flüssigkeit seinen verbrannten, rohen Hals hinab.

»So ist's brav«, sagte seine Mutter, »nur noch ein kleiner Tropfen, Liebling.«

Unbeholfen gurgelnd schluckte Pat den Rest des Getränks hinunter.

»Sehr schön«, sagte Mrs. McNab. »Komm schon her, Schatz. Gib mir die Hand wie ein braver Bub.«

Beklommen gab sich Pat ihrer warmen Umarmung hin, und langsam begannen sie, im Schein des Feuers einen Walzer zu tanzen. Der Medizinmann im Kreis der bronzefarbenen, stattlichen eingeborenen Krieger sah ihnen grimmig zu. Pat konnte den heißen Atem seiner Mutter auf der Wange spüren, als sie ihm ins Ohr flüsterte: »Weißt du, was schade ist? Weißt du, was schade ist, Liebling?«

Pat hatte einen daumengroßen Kloß im Hals.

»Was denn, Mammy?« fragte er. »Was ist schade?«

»Daß es so enden mußte«, fuhr seine Mutter fort. »Denn weißt du was? Wir hätten sonst jedes Wort unseres Liedes leben können. Jedes einzelne Wort.«

Sämtliche Nerven in Pats Körper schienen zum Zerreißen gespannt.

»Mammy! Ich bitte dich! Nicht! Sag das nicht!«

Aber Mrs. McNab schien ihren Sohn nicht gehört zu haben.

»An diesem Feuer hier hätten wir – vielleicht bis in alle Ewigkeit – singen können, zusammen unser Lied singen können.«

Langsam schlossen sich ihre Augen, und in die tropisch heiße Nacht schwebten die vertrauten Worte hinaus:

I wander the streets and the gay crowded places
Trying to forget you but somehow it seems …

Sie hielt inne und drückte seine Schulter.

»Komm schon, Pat«, überredete sie ihn, »so ist's recht, mein Junge.« Und mit fiebrigen Wangen begann er stammelnd zu singen:

»*My thoughts ever stray to our last real embraces …*«

Aber bevor er noch den Satz zu Ende singen konnte, wurde ihm speiübel, als hätte ihn eine Woge gepackt, und vor seinen Augen verwandelten sich die Bäume und tollten wie lebendige Wesen herum.

»Aahh!« schrie Pat.

»Es wird alles gut werden, glaub mir!« versicherte ihm seine Mutter.

»Ma, so hilf mir doch!« jammerte Pat, als auch noch die Berge dahinschmolzen.

»Es wird alles gut werden«, beharrte eine sanfte Stimme wie aus der Senke eines tiefen Tals. »Bald ist alles vorbei.«

»Mein Magen«, stöhnte Pat. »Ich verbrenne!«

»Komm zu mir, Liebling. Komm zu Mammy«, redete Mrs. McNab ihm gut zu und legte ihren Arm um Pats Schultern.

»O Mammy! Diese Schmerzen! Wie von tausend Vipern!«

»Komm schon, Liebling«, sagte seine Mutter. »So ist's brav! Leg dich hierher!«

Pat wußte, daß er dem Tode nahe war. Palmwedel tragende Eingeborene, in den Augen eine neugefundene Milde, brandeten wie eine Woge auf ihn zu und trugen mit kräftiger Baßstimme eine calypsoartige Version des Lieblingsliedes seiner Mutter vor, deren Stil ihn an Paul Robeson erinnerte: »*Again I will wander where memory enfolds me, over the sea on the island of dreams.*«

Pats schwerer Kopf sank auf ein Kissen aus Moos.

»Liegst du auch bequem, Liebling?« hörte er seine Mutter sagen. »Sei so gut und nimm den letzten heißen Schluck. So, komm. Hier!«

Entsetzt folgte Pat den Wünschen seiner Mutter.

»So ist's besser«, hörte er sie sagen. Endlich fielen ihm die Augenlider zu, schwer wie die Deckel von Abfalleimern. Die Stimme seiner Mutter vermischte sich mit denen der Inselbewohner, die – ach, so wunderschön! – sangen. Dann erhob sie sich, bewegte sich im Feuerschein hin und her und begann mit ausgestreckten Fingern, einen seltsamen Tanz à la Britt Ekland aufzuführen. Ihr Gesicht verzog sich zu einer Folge mutwilliger und befriedigter Grimassen, und mit schiefem Mund zischte sie (wie eine Schlange!) dicht an seinem Ohr: »*Over the sea on the island of dreams*«, bevor sie abermals davonglitt und dabei widerlich kicherte: »Hahaha!« Aus den Seiten wuchsen ihr lederartige, zweigeteilte Schwingen, und sie verwandelte sich in einen schrillen Dämon, den das lebende, zitternde Dunkel des Dickichts verschluckte.

☆☆☆

Als die Morgendämmerung anbrach war sie wie ein glänzend poliertes Schwert, das mitleidlos Pat McNabs Seele durchtrennte. Er stand über die Kloschüssel gebeugt und entleerte seinen Mageninhalt in das trübe Wasser. »O Jesus! O Jesus Christus!« waren die einzigen Worte, die zu vernehmen waren, als sich die ersten Stare und Drosseln auf ihren Gesangsauftritt vorbereiteten.

Auf dem Küchenboden lag einsam und verloren der weggeworfene Aluminiumbehälter, das Etikett mit dem Totenkopf, den gekreuzten Knochen und der Aufschrift UNKRAUTVERTILGUNGSMITTEL – GIFTIG noch gut sichtbar. Aus dem Badezimmer drangen steinerweichende Schreie – unterbrochen vom Lärm wüster Entleerungen –, bis schließlich das ganze Haus ein einziges Geschluchze schien. Als er es an der Haustür klingeln hörte, konnte Pat seinen verschmierten Mund gerade noch mit dem Ärmel abwischen und die Diele entlangstürzen.

☆☆☆

Draußen vor der Haustür stand Tommy Noble, der Postbote, griff in seinen Postsack und holte, während er vor sich hinpfiff, einen Brief heraus.

»Da bist du ja, Pat«, sagte er gutgelaunt. »Kein schlechter Tag heute, Gott sei Dank. Hier habe ich einen Brief für dich.«

Pat bemühte sich, den länglichen, flügelartigen, bereits angetrockneten Fleck Erbrochenes auf seinem Revers zu bedecken und wollte Tommy gerade in ein humorvolles Geplänkel verwickeln, als er die leuchtenden Farben der sechseckigen Briefmarke wahrnahm, die sich von der weißen Fläche des Umschlags abhob und ihn zunächst verblüffte, dann verwirrte. Auf ihr abgebildet war ein Vogel, der ein wahrhaft atemberaubend schmuckes Federkleid zur Schau trug. »Ein Paradiesvogel!« staunte Pat und bemerkte, wie sich auf seinem Steißbein eine Schweißperle bildete, groß wie eine Stachelbeere.

»Was meinst du, Pat?« hörte er den Postboten sagen, offenbar aus einer Entfernung von Tausenden von Meilen übers Meer.

»Von weither, Pat, wie? Von deiner Mutter, Pat? Hab ich's doch gewußt, daß sie verreist ist! Wo steckt sie denn, Pat, wenn man fragen darf?«

Aber Pat gab keine Anwort. Unbeweglich stand er da, mit glasigen Augen, in denen sich der lächelnde Postbote winzig klein widerspiegelte. Auf den Telegrafendrähten ließ sich ein Schwarm Stare nieder und versuchte mutig, mit einem Liedchen zu ihm durchzudringen, das er niemals hören würde.

DREIZEHNTES KAPITEL

So wie's ist (Halt! He, was is 'n das für 'n Geräusch?)

For What It's Worth
(Stop! Hey, What's That Sound?)

There's something happening here
What it is ain't exactly clear
There's a man with a gun over there
Telling me I got to beware
I think it's time hey what's that sound
Everybody look what's going round!

There's battle lines being drawn
Nobody's right if everybody's wrong
Young people speaking their minds
Getting so much resistance from behind.
I think it's time hey what's that sound
Everybody look what's going round.

Paranoia strikes deep
Into your life it will creep
Starts when you're always afraid
Step outta line the men come and take you away
I think it's time hey what's that sound
Everybody look what's going round.

Viele Monate später saß Pat wieder einmal am Tresen von Sullivan's (ironischerweise nippte er an einem Glas Limonade – am Abend zuvor hatte er dreiundzwanzigeinhalb Pint Mcardles Ale getrunken). Als er aufblickte, sah er einen lebensüberdrüssigen Timmy auf sich zukommen. Dieser stützte die Arme auf den Tresen und sagte: »Ach, ich weiß nicht, Pat. Ich geb's auf.« Pat richtete sich etwas betreten auf dem Barhocker auf, kratzte sich an der hochgezogenen Augenbraue und fragte: »Was ist denn, Timmy?« Aus seiner Gesäßtasche brachte Timmy eine zusammengerollte Zeitung zum Vorschein, die er aufschlug und flach vor seinem Gast auf den Tresen legte. Er klang völlig verzweifelt. »Nun sieh dir das an«, sagte er, »Pat, ich meine – um Himmels willen.«

Pat starrte auf die großen, fettgedruckten Lettern und schüttelte müde den Kopf. Da stand: UMFASSENDE DROGENRAZZIA – DIE GRÖSSTE BISHER.

»Was sagst du dazu?« fragte Timmy Sullivan.

»Dublin ist verrückt geworden, Timmy«, antwortete Pat, und seine Finger tanzten am Rand der Zeitung entlang. Es war der *Daily Mirror*.

»Steht doch diese Tussi splitternackt auf dem Sims, Pat! Tschipp, tschipp, ich bin ein Vögelchen. Also, bei allem, was heilig ist!«

Plötzlich zog Pat eine finstere Miene.

»Was, wenn sie runtergefallen wäre?« meinte er.

Timmy legte die Stirn in Falten. Sein Tonfall war jetzt vernünftig, großmütig. Wie der eines erfahrenen, verständnisvollen Vaters.

»Ich sag ja nicht, das sie sich nicht amüsieren sollen«, fuhr er fort, »aber einfach zu tun, als ob nichts wäre, und überhaupt, wie soll das alles noch enden?«

»Das muß man im Keim ersticken«, tönte Pat.

Timmy stimmte ihm aus vollem Herzen zu. Mit der geballten Faust schlug er sanft, aber nachdrücklich auf die Marmorplatte des Tresens.

»Haargenau! Genauso, wie sie das hier gemacht haben!«

»So muß man das machen«, pflichtete Pat ihm bei. »Anders geht's nicht.«

»Sergeant Foley hat gewußt, was zu tun war. Immer ran an die Buletten, Gefangene werden nicht gemacht!«

»Man muß wissen, was man tut!«

Pat nippte vorsichtig an seiner Limonade.

»Und ob!« rief Timmy jetzt enthusiastisch. »Und keine Zurückhaltung! Kokain, Opium, Dexedrin, Benzedrin, Aufputschmittel, Beruhigungsmittel – alle kriegen die gleiche Behandlung. Mit vollem Galopp drauf! Aus allen Rohren geballert, Pat! Sonst verschwendet man nur seine Zeit.«

Pat nickte heftig.

»Sonst braucht man gar nicht erst anzufangen«, sagte er.

Ein nostalgisches Lächeln malte sich auf Timmy Sullivans Gesicht.

»Ach ja, Sergeant Foley war schon einer«, sagte er, »und was der alles einstecken mußte! Wie die ihn beschimpft haben! Der konnte kaum die Straße langgehen, ohne daß sie ihm was hinterhergeschrien haben.«

»Hinterhergeschrien? Haben sie das? Was haben sie ihm denn hinterhergeschrien?«

»Ach komm, Pat«, fuhr Timmy fort, »laß die Witze. Du weißt ganz genau, was sie ihm hinterhergeschrien haben. Und wenn mich meine Erinnerung nicht trügt, warst du manchmal mittenmang. Stimmt's, oder hab ich recht, Pat, was meinst du?«

Pat richtete sich auf. Er spürte, wie ihm die Farbe aus dem Gesicht wich.

»Ich?« gab er steif zurück und richtete den Zeigefinger auf seine Brust. »Ich fürchte, du hast Phantasie, mitunter vielleicht ein bißchen zuviel, Timmy.«

Timmy senkte den Kopf und sah auf seine Schuhe.

»Haha, kann schon sein, Pat«, erwiderte er, »aber wenn mir nicht einer von denen Drogen in den Tee getan hat, als ich gerade mal nicht hingeguckt hab, kommt's mir vor, als könnte ich mich ziemlich gut erinnern, wie Sergeant Foley die Straße runterkam und jemand, der nicht gerade 'ne Million Kilometer entfernt auf der anderen Seite dieses Tresens sitzt, hinter ihm hergeschrien hat. Wenn mich nicht alles täuscht, hat's sich angehört wie ›Bulle!‹«

Unschlüssigkeit oder Geduld spielte bei Pat McNabs Reaktion keine Rolle. Er schlug mit der Hand auf den Tresen.

»Nimm das zurück!« fauchte er.

Der Wirt grinste von einem Ohr bis zum anderen, seine Lippen sahen aus wie ein Springseil aus Fleisch.

»Ach, laß gut sein, Pat, hab doch nur 'n Jux gemacht! Warst halt noch 'n dummer Bengel! Hast's ja nicht bös gemeint!«

Auf Pats Wangen zeigte sich eine leichte Röte.

»Das war doch nur ein harmloser Scherz«, behauptete er. »Das war alles.«

»Klar war das alles«, stimmte Timmy ihm zu und beschrieb mit seinem Geschirrtuch einen Halbkreis auf dem Marmor. »Herrgott noch mal, Pat, nun sei doch nicht so zartbesaitet!«

»Du kennst mich, Timmy«, beharrte Pat – war da ein leichtes Zittern in seiner Stimme? – »ich bin doch nicht der Typ, der andere Leute ›Bullen‹ nennt. Bis *die* vorbeikamen, habe ich niemanden irgendwie genannt!«

»Als ob ich das nicht wüßte, Pat«, murmelte Timmy versöhnlich.

»Das waren *die*. Die hätten besser wegbleiben sollen!«

Timmy nickte und preßte die Lippen zusammen.

»Die hätten in England bleiben sollen, Pat.«

»Dann hätte niemand Scheiße gebaut und den Sergeant ›Bulle‹ genannt.«

»Oder sonst irgendwie«, sagte Timmy.

»Die denken, sie könnten hier aufkreuzen und so tun, als wären sie in London, so tun, als würde der Ort ihnen gehören – hey, Mann, das sind die sechziger Jahre! *Drrng! Drrng!*«

Timmy war leicht verblüfft, als Pat so tat, als klimpere er ein paar Noten auf einer dieser altmodischen elektrischen Gitarren aus den Sechzigern. Als das Echo verklungen war, seufzte Timmy und sagte: »Die Truppe hat schon 'ne dicke Lippe riskiert, wenigstens ein paar von denen, da gibt's keinen Zweifel.«

»Meine Mutter und Sergeant Foley waren gute Freunde«, fuhr Pat fort, »ich wollte ihn wirklich nicht so nennen.«

Timmy warf abweisend den Kopf in den Nacken.

»Das weiß ich doch, Pat«, sagte er. »Keiner weiß das besser als ich.«

Pat legte die Stirn in Falten, ballte die Faust auf dem Tresen und sagte: »Die hätten bleiben sollen, wo sie waren!«

Er machte eine Pause und sagte: »Besonders *der*!«

Timmy saugte die Luft durch die Zähne. »Der ist immer hier reingekommen und hat mich angestarrt. Der hat einen angeglotzt, als wäre man ein auf der Straße abgeladener Misthaufen.«

»*Peace and Love!*« platzte Pat unerwartet heraus. »Haha! Dem hab ich *Peace and Love* gegeben!«

In diesem Moment schien ein eiskalter Wind durch die Bar zu streichen. Timmys Stimme klang jetzt düster.

»Was sagst du da, Pat?« fragte er.

»Ich hab gesagt, die Stadt ist besser dran ohne ihn.«

Timmy hob ein Glas und polierte es nachdenklich.

»Hm. Weißt du, ich hab mich oft gefragt, was aus dem wohl geworden ist. Es heißt, der wär mit den Beatles rumgezogen.«

»Der ist doch nicht mit den Beatles rumgezogen! Das war ein Lügenmaul!« rief Pat.

Timmy Sullivan, das polierte Glas in der Hand, wurde sichtlich blaß.

»Gute Güte, Pat, reg dich ab!« sagte er. »Es gibt überhaupt keinen Grund, sich so aufzuregen! Interessiert mich doch nicht, was der getrieben hat.«

Pat holte tief Luft und stützte sich mit den Fingern auf die Theke.

»Warum glauben dann alle ihm statt mir?« fragte er. »Warum hat er sich nicht um seinen eigenen Kram gekümmert und die Freundinnen von anderen Leuten in Ruhe gelassen?«

Timmy hielt inne.

»Was, Pat? Was war das? Du hattest eine Freundin?«

»Nein, hatte ich nicht!« rief Pat. »Was? Pat McNab hat 'ne Freundin? Ja – und Schweine fliegen Flugzeuge! Nein, hatte ich nicht! Nein, hatte ich nicht, Mr. Timmy Sullivan! Natürlich nicht! Aber Scott Buglass hatte eine! O ja! Der große Mr. Scott Buglass aus dem fernen England! *›Ello, dahlin‹!*«

Timmy kratzte sich selbstvergessen hinterm Ohr.

»Ach, laß gut sein, Pat«, bat er vernünftig, »hör schon auf damit. Trink ein Bierchen und vergiß die Geschichte, sei so gut, ja?«

Pats Antwort arbeitete sich durch einen stabilen Zaun fest geschlossener Zähne vor.

»O ja! Trink ein Bierchen und vergiß die Geschichte! Vergiß, daß sie je passiert ist! Vergiß, daß der große Mr. Scott Buglass in seinen blöden Hüfthosen und Beatles-Stiefeln jemals die

Straße runterstolziert ist – *geht mir aus dem Weg!* Tja, siehst du, Timmy, tu ich aber nicht! Nur weil du gemeint hast, der isses. Und ich weiß, daß du das gemeint hast – streit's nicht ab, Timmy! Genau wie alle anderen hier – oh, guck mal, der kommt aus England! Haha – na, dem hab ich's aber gezeigt! Dem hab ich's wirklich gezeigt! Tja, plötzlich war Mr. Klugscheißer aus London nicht mehr die Nummer eins in der Hitparade!«

Timmy rieb sich die linke Augenbraue. Er zog ein schmerzliches Gesicht.

»Pat, willst du nicht doch noch ein frisches Bierchen? Ich zapf dir eins. Au ja, das mach ich, ich zapf dir auf der Stelle ein frisches Bierchen. Du mit deiner Limonade!«

»Ein Bierchen! Warum solltest du? Warum solltest du das tun? Schließlich, Timmy, bin ich der größte Schwerverbrecher! Der Staatsfeind Nr. 1, der Sergeant Foley ›Bullenschwein‹ genannt hat! Uuuuh, ich meine – booaahh! Wie wär's mit dem elektrischen Stuhl?«

»Bullenschwein?« Timmy schnappte nach Luft und wurde wieder bleich. »So hast du ihn dein Lebtag nicht genannt, Pat. Pat, wo willst du hin? Komm zurück und trink dein Bier, um Gottes willen! Wen interessiert schon, was in den Sechzigern passiert ist! Das ist doch alles Schnee von gestern, Pat!«

Timmy schüttelte aufgebracht den Kopf. »Pat!« rief er.

Aber es war schon zu spät. Als Timmy den Pint auf den Tresen stellte, hörte er nur noch die unnachgiebigen, eisigen Worte: »Gute Nacht, Wirt!« Worauf ihm nur die von einem müden Seufzer begleitete Antwort einfiel: »Ach! Ich versteh die Welt nicht mehr! Manchmal glaub ich, ich geb's auf – Tatsache!«

☆☆☆

Es war ein äußerst aufgeregter Pat McNab, der sich ein paar Stunden später in der Bibliothek wiederfand, wo er in verschiedenen Schubladen wühlte und wütende Selbstgespräche führte: »O ja! Da kommen Leute in deine Stadt! Den ganzen weiten Weg aus London, und sagen: ›Tut mir leid! Von jetzt an ist das unsere Stadt! Auf Wiedersehen! Alles Gute!‹«

In diesem Moment lag wie durch Zauberei das Foto, das er gesucht hatte, in seiner Hand. Es zeigte eine Gruppe langhaariger Jugendlicher in Paisleyhemden und mit einem Sortiment von Halsketten, die Daumen arrogant in den Bund von Samthosen gehakt. Eine Gestalt, deren Anblick Pat heftig zum Zittern brachte, beherrschte wie durch schiere Willenskraft den Vordergrund der Aufnahme. In den Gläsern seiner Sonnenbrille schien sich die gesamte Stadt zu spiegeln. Pat zischte mit einer Verbitterung, die er selbst nicht für möglich gehalten hätte.

»Nein! London ist einigen Leuten nicht gut genug!« grollte er. »Die wollen, das du ihnen auch noch deine Stadt gibst! Stimmt das etwa nicht, Mr. Buglass? Richtig, Mr. Scott? Aber klar doch, schließlich bist du ein echter Hit! Die Nummer eins der Hitparade! Warst du schon immer! Mr. C-C-C-Carnaby Street – yeah! Yeah!«

Pats Stimme war sehr laut, als er das gerahmte Foto über dem Knie zerbrach. Doch als er rief: »Warum konntest du nicht in London bleiben? Wärst du in London geblieben, wäre alles in Ordnung gewesen!«, war das traurige Zittern in seiner Stimme nicht zu überhören.

☆☆☆

Wie durch Zauberhand fügten sich die Teile des zerrissenen Fotos wieder vor ihm zusammen. Der Schmerz in seinem Kopf dröhnte wie ein Hammer auf einem Amboß. »Haha!« hörte er sich lachen, als er seine feuchten Augen mit dem Ärmel wischte. »Haha, Mr. Buglass Clicky Clicky Big Club King!« Und wie durch Zauberkraft schien er aus den vier Wänden seiner bescheidenen Küche in den Psychedelischen Schuppen (eigentlich der Jugendclub der Stadt) versetzt, wo gerade in grandiosem Technicolor die Scott Buglass Vier auf die Bühne gekommen waren. »Das ist doch absurd!« lachte er. »Aber das war's ja schon immer!«

Was für einen Quatsch dieser Idiot Buglass doch zum Geklimper seiner Gitarre (sie war rot) von sich gab! Es ging ungefähr so:

If you said to me
That you'd rather be free
If you had stayed all night
And not gone outta sight
Darlin' what it would have meant to me-ee-ee! To me!
Oo – ee!

In einem unbezähmbaren Lachanfall verspürte Pat den Drang, sich auf den Boden zu werfen und mit der Faust auf das Linoleum einzuhämmern. Aber das konnte er nicht, nicht wahr?, nein, denn es waren ja die Sechziger, nicht wahr?, und er stand in seinen klobigen Kuhdorfhosen da, während Scott eine buntgestreifte Jacke im Stil von Brian Jones trug. »Oh, entschuldige bitte!« wollte Pat rufen. Hätte er's jedoch getan, hätte Scott ihn natürlich nicht gehört. Wie sollte er auch? Er war viel zu sehr damit beschäftigt, eifrig zu nicken und fünf – fünf! – einfältigen Frauen Lügen und noch mehr Lügen über London und die Clubs aufzutischen, in denen er schon gespielt hatte. Weshalb sich Pat nach Hause geschlichen hatte. Nicht, daß es einen Unterschied gemacht hätte, was er tat, denn das, was man die »Scott-Buglass-Geschichte« nennen könnte, hatte erst angefangen.

☆☆☆

Eine Menge Leute könnten sagen – und taten es auch –, daß Pat McNab immer schon Scott Buglass *sein* wollte und daß damit erklärt sei, weshalb er stundenlang vor dem Café Genoa stand und den englischen Besucher anstarrte, der sich damit amüsierte, an seinem gestreiften Strohhalm zu saugen und vor einer weiteren Schar weiblicher Bewunderer das Blaue vom Himmel herunterzulügen. Einige gingen sogar soweit, zu behaupten, er sei in ihn »verliebt«. Und wenn er damals solche Behauptungen gehört oder von ihnen erfahren hätte, es hätte Pat nicht gestört, nicht im geringsten hätte es ihn gestört, denn in seinem Herzen wußte er um deren Absurdität. Er hätte einfach auf seinem Bett gelegen, einen buntgemusterten Seidenschal um den Kopf geknotet und eine wunderbare Fender Stratocaster aus Luft in den Händen, deren Feedback aufheulte, wenn der aufstrebende junge Gitarrist aus Gullytown quietschte: »*If you had said to me that you'd wanted to be free …*«

Diese Strophe wurde nur selten zu Ende gesungen, denn mit unschöner Regelmäßigkeit flog die Tür zum Schlafzimmer auf, und seine Mutter stand vor ihm, buchstäblich zitternd vor Wut.

»Ich habe da was gehört!« keifte sie. »Was in Gottes Namen treibst du da? Und ist das etwa mein Seidenschal?«

Im Nu wurde er ihm vom Kopf gerissen.

»Stehst da vor dem Spiegel, als hättest du Kacka gemacht! Hast du das etwa? Ich hoffe nicht!«

»Nein, Mammy!« kam Pats schwache Antwort.

»Ist auch Zeit, daß das aufhört! Du bist alt genug, daß ich dir wenigstens dabei nicht mehr hinterherlaufen muß! Und jetzt hör gefälligst damit auf und mach deine Hausaufgaben!«

☆☆☆

Aber trotz bester Absichten konnte Pat bei solchen Gelegenheiten seine Hausaufgaben nicht beenden. Das einzige, was er an diesen schönen Sommerabenden, an denen goldenes Licht auf seinen blau-linierten Notizblock fiel, zuwege brachte, war, an die achthundertmal den Namen Scott Buglass aufzuschreiben. Und zu denken, daß seine Mutter, auch wenn sie die schönste Mutter der Welt war, ihn einfach nicht verstand. Wenigstens nicht so, wie Scott Buglass' Mutter ihn verstanden hätte, dachte er und schämte sich sogleich des Gedankens. Aber er konnte nicht umhin, sich auszumalen, wie Scott in einem duftschwangeren Wohnzimmer am Klavier eine Melodie ausarbeitete und seine Mutter in der Tür stand und schelmisch flüsterte: »Scotty! Ich hoffe, du hast kein Kacka gemacht!«, worauf beide kicherten und glucksten, mehr wie zwei alte Freunde denn wie Mutter und Sohn. Als Pat an diesem Abend solche Gedanken kamen, senkte sich eine düstere Wolke der Melancholie auf ihn herab.

☆☆☆

Wie an dem Nachmittag, als er auf der anderen Seite von McConkey's Hecke stand und auf eine Hüfthose starrte, die dort auf der Leine hing. Eine Hüfthose, die Scott Buglass gehörte. In der Tiefe seines Herzens wußte er, daß Scott, wenn er denn Kacka gemacht hätte – eine Idee, die, wie er wußte, völlig abwegig war –, unweigerlich auch das um vieles besser hingekriegt hätte als Pat. Sein Kacka wäre ihm glatt wie Rotz an den kühlen, bequemen Beinen seiner Hüfthosen herabgeglitten, statt in unglücklichen Häufchen in die ausgebeutelte Frieshose zu fallen, die nur für krumme Bauernbeine taugte.

Denn in Wahrheit hatte Pat von frühauf stets zuviel *gedacht*, vielleicht in dem hoffnungslosen Bestreben, alternative Wirklichkeiten herzustellen; und er hatte sich so sehr in diesen gesonnt, daß er nicht wahrhaben wollte, daß sie ihm am Ende vielleicht schaden, wenn nicht sogar ihn völlig zu Fall bringen konnten. Deshalb reagierte er auch überhaupt nicht erstaunt, als die »Schnepfe« – die natürlich nicht existierte! – ihr Autogrammbuch aufschlug und zu ihrer großen Freude seinen in Schönschrift geschriebenen Namen darin fand.

»O Pat!« rief sie. »Das ist ja phantastisch! Wann spielst du wieder mit deiner Band? Ich kann's kaum erwarten!«

Pat schob seine Sonnenbrille hoch und lächelte.

»Ich glaube, wir spielen tatsächlich morgen abend.«

»Igh! Super! Ich kann's kaum erwarten!« quietschte sein »größter Fan«, wie sie sich nun selbst bezeichnete.

Die traurige Wahrheit aber war, daß Pat weder am nächsten Abend noch sonst irgendwann spielen würde. Vielmehr würde er einen Zinkeimer unter der Treppe hervorzerren und die schmutzigen, alten Stufen wischen. Für seine Mutter, deren riesiger Schatten stets in der Nähe war. Dann tippte sie ihm etwa mit der »beruhigenden« Bemerkung auf die Schulter: »Braver Junge! Was meinst du, könntest du, wenn du fertig bist, auch gleich die Fenster putzen?«

☆☆☆

An jenen langen Abenden, wenn seine Mutter und er sich mit »Ho!« und »Hum!« abwechselten, kam es Pat vor, als sei alle Farbe, die es je in seinem Leben gegeben hatte, daraus gewichen, und das einzige, was ihm geblieben war, sei eine Welt, grau wie Stein.

»Glaubst du, es wird regnen?« pflegte seine Mutter zu sagen, worauf er antwortete: »Ich weiß nicht, Mammy.«

»Ich glaube, es regnet schon«, sagte sie dann wohl und blätterte, als koste es sie große Mühe, eine Seite in ihrem Buch um: »Ich glaube, es regnet schon.«

Wenn Pat McNab niedergeschlagen und deprimiert aussah, manchmal sogar den Tränen nahe war, dann deswegen, weil er wußte, daß es wenige Minuten von seinem Zuhause entfernt eine Welt gab, wo Lichter und Neonröhren aufblitzten, wo bis zum Morgengrauen Gitarren jaulten und Finger schnippten. Im Grunde seines Herzens wußte er natürlich, daß der Ort, an den er wirklich gehörte, jenes beschissene Universum aus elendem Grau war, ein Ort ewigen Regens und Seufzens. Für Leute wie ihn war der Karnevaltrubel der Möglichkeiten nicht bestimmt. Das wußte er. Natürlich wußte er das! Hatte seine Mutter es ihm nicht oft genug gesagt?

»Schau dich an!« hatte sie gesagt. »Ich will dies! Ich will das! Du nimmst, was du kriegst! Und sei froh, daß du's hast!«

Aber Pat war nicht froh, daß er's hatte. Er wollte die Vorhänge aufreißen und das Licht der Stroboskopkugeln hereinlassen: so grell, daß man auf der Stelle davon erblindete. Und je mehr er es sich versagte, desto mehr verlangte es ihn danach, bis es wie eine Droge wurde, deren Rasen er in seinen Adern spüren wollte.

☆☆☆

An einem Samstag nachmittag mitten in jenem heißen Sommer (in dem die Temperaturen selten unter dreißig Grad gesunken waren) saß Pat im Café Genoa, als Scott und ein paar Freunde hereinkamen. Sie sahen sich Pat ein Weilchen an (wie immer trug er sein schwarzes Anzugjackett und seine graue Frieshose), während Scott seine manikürten Fingernägel musterte. Dann hakte er den Daumen in die Tasche seiner Hüfthose und fragte lächelnd: »Also, was für Musik magst du denn, Pat?«

Pats Gesicht wurde dunkelrot.

»Ich mag Pop«, stammelte er, »und Rock 'n' Roll.«

Scott lächelte mit einem Hauch von Langmut.

»Ich weiß, Pat«, fuhr er fort, »wir alle mögen Pop und Rock 'n' Roll. Mann, ich meine – wen? Auf wen fährst du ab, verstehst du?«

Pat schluckte.

»Auf wen ich abfahre?« antwortete er, und seine Wangen fühlten sich extrem heiß und weich an.

Scott hatte die Hände gespreizt. Seine Begleiter kicherten ein bißchen.

»Yeah!« sagte er. »Ich meine, wer ist für dich der Geilste?«

Pat merkte, daß seine Augenbrauen sich hochzogen.

»Der Geilste?« fragte er.

»Yeah, ich meine, wer haut voll rein?« fuhr Scott fort und schnippte mit den Fingern.

Es entstand eine lange Pause, dann antwortete Pat: »Ich mag die in der Jukebox.«

Scott bedeckte den Mund mit seinem buntgestreiften Ärmel. In seinen Augen blitzte es auf, und er beugte sich vor.

»Die was? Was hast du gesagt?«

Pat schluckte.

»Ich kenne ihre Namen nicht. Die in der Jukebox.«

Scott warf den Kopf zurück und schnippte laut mit den Fingern.

»Hey, Leute«, rief er und legte die Arme um die Schultern seiner Kumpane, »habt ihr geschnallt, was hier abgeht? Der hat keinen blassen Dunst! Hey! Was ist mit den Walker Brothers! Mit Manfred Mann! Den Beatles, Mensch! Von den Beatles wirst du doch wohl gehört haben? *Help me if you can I'm feeling down! Oo – ee!* Yeah! Von denen hast du doch schon mal gehört, Pat, oder? John, Paul, George und Ringo?«

Es gibt keine Worte, um das Ausmaß von Pats Demütigung zu beschreiben. Im schützenden Schatten der essigbefleckten Resopalplatte krampfte er die Hände ineinander.

»Ja. Ja, hab ich«, krächzte er.

»Klar hast du das!« rief Scott Buglass und schlug ihm auf den Rücken. »Mit denen gurken wir in London herum. John Lennon, na, der ist doch unser bester Kumpel. Stimmt's, Leute?«

Selbst Pat in seiner Verwirrung war klar, daß Scotts Kollegen überrascht waren. Aber sie zeigten sich der Lage gewachsen und riefen voller Begeisterung: »Yeah!« und »Klar doch!« und »Was für 'n komischer Knacker!«

»Ich sag dir was, Pat«, fuhr Scott fort, »du bleibst mit uns zusammen. Du bleibst mit uns zusammen, und wir bringen dir die Sache bei, falls du kapierst, was ich meine. Du willst was, wir haben's, brauchst nur zu fragen. Magst du die Stones, Pat? Hier ...«

Als Scott ihm einen *I love the Stones*-Button ans Revers heftete, auf dem Mick Jagger schwarz-weiß gestreifte Hosen trug, verspürte Pat sich selbst und seinem tiefverwurzelten Instinkt zum Trotz eine überwältigende Wärme in sich aufsteigen.

Sie ließen Pat, der an seinem Button herumfingerte, leicht benommen zurück und winkten ihm zu, bevor sie mit wiegenden Hüften die Hauptstraße von Gullytown hinunterschlenderten.

☆☆☆

Am nächsten Tag war Pat dabei, einige Einkäufe für seine Mutter zu erledigen, als er zu seiner Überraschung hörte, wie ihn Scott, der mit seinen Freunden auf einer Mauer saß, von der anderen Straßenseite aus rief. »Hey, Pat, Mann! Komm mal rübergelatscht, yeah?« Für Pat war es vielleicht der stolzeste Tag seines Lebens, als er mit ihnen auf der Mauer saß und Scotts Sonnenbrille aufsetzen durfte. Scott schlug ihm auf den Rücken und sagte: »Hey, super! Sing's uns noch mal vor!« Und Pat pumpte seine Lungen auf und begann: »*Oh Lord, please don't let me be understood!*« Das war der Song von den Animals, den Scott ihm gerade beigebracht hatte.

Am nächsten Tag war er wieder mit ihnen zusammen, diesmal trug er wie die Monkees eine Propellermütze, die Scott ihm eigens gekauft hatte. »Was findet ihr die?« rief der Popster mit der dunklen Sonnenbrille einigen vorübergehenden Mädchen zu. »Geil, was?« Die Mädchen kicherten in ihre Hände hinein und antworteten: »Booaahh! Wirklich total affengeil, Scottie!«, bis sie das Lachen nicht länger unterdrücken konnten und buchstäblich explodierten.

☆☆☆

Man kann ohne Übertreibung sagen, daß jene mückenumsummten Sommertage zu den glücklichsten in Pats Leben gehörten. Und die Nächte im Psychedelischen Schuppen, wo er, die unvermeidliche Propellermütze auf dem Kopf, mitten auf der Tanzfläche seinen »Bop« hinlegte und zu der scheppernden Musik und den aufmunternden Gesten von Scott und Co. die Arme wie Windmühlenflügel schwenkte. Sie flüsterten einander zu: »Booaahh! Wie 'ne angetörnte Vogelscheuche!«, und wenn Pat in Hörweite war, erklärten sie stolz: »Hey! *Be bop a lula!* Das ist die Pat McNab-Show!« Wie von der Kette gelassen, tanzten sie mit ihm zusammen einen »Woolly Bully« und landeten am Ende alle in einem Haufen neben den Lautsprechern. Zu seiner Bestürzung hörte Pat sie rufen: »Eine Runde Beifall für Pat McNab! Den Disko-König von Kuhdorf City!« Das war die erste schmerzhafte Pfeilspitze, die sich in jenem Sommer in Pats Herz bohrte, und als er am Abend nach Hause ging (es hatte zu regnen begonnen), fühlte er sich, als hätte man ihn mit bleibeschwerten Schuhen ausstaffiert. Es war (obwohl er, um bei der Wahrheit zu bleiben, dergleichen schon heimlich befürchtet hatte) das erste Anzeichen dafür, daß seine Sehnsucht, Scott Buglass zu *sein*, fehl am Platze war. Bald sollte er herausfinden, daß es sich tatsächlich so verhielt und daß die Träume, die ihm die ganze Zeit solche Kraft gegeben hatten, bald zerrinnen würden wie ein wunderbar gemaltes Aquarell, das man unachtsam einem Monsunregen aussetzt.

☆☆☆

Aber was für Träume waren das auch gewesen! Was für Träume waren das gewesen – wie Goldregen, der ebenso hell aufleuchtete wie kurz! In der Dunkelheit seines Schlafzimmers mußte Pat grinsen, als er sich jetzt sich selbst vorstellte: in einem perlengeschmückten Mini-Apartment, an den Wänden Poster von Toulouse-Lautrec, Motorrädern aus *Easy Rider* und einer braungebrannten Tennisspielerin, die sich gedankenverloren die linke Hinterbacke kratzte, das eigene verzerrtes Spiegelbild in den Gläsern von Scotts Sonnenbrille schimmernd. Scott sah ihn lächelnd an und sagte wohlwollend: »Pat, du kennst doch das Teil?«

Verschlafen hörte Pat sich antworten: »Was – huh?«

Er nahm die lange, spitz zulaufende Zigarette zwischen die Finger und tat einen tiefen, beruhigenden Zug, während Scott auf der Sitar versuchsweise einige orientalische Melodien zupfte. »*I am talking about the space between us all, between you and me and he and she*«, sang er mit schwankender Stimme.

»Scott?« sagte Pat, und über seinem Kopf sammelte sich wie ein Turban eine Wolke aus rötlichem Rauch.

»Huh?« antwortete Scott, ohne den Kopf zu heben.

»Du bist irre gut auf der Gitarre«, sagte Pat.

Daraufhin schien das ganze Zimmer von Gelächter widerzuhallen. Auf dem Tisch saß ein Buddha aus Speckstein.

»Oh, Pat! Oh, Mann!« sagte Scott und wischte sich die Tränen aus den Augen. »Du bist wirklich 'ne Type! Du bist voll abgedreht!«

»Oh, booahh!« lachte Pat, schnippte mit den Fingern (mittlerweile war er darin ziemlich gut) und zog lange und intensiv an der dünnen, sich verbiegenden Zigarette. Mit dem Erfolg, daß das ganze Zimmer sich zu verbiegen schien wie Pfeifenreiniger oder ein Haus aus Stroh, das jemand grob zur Seite schiebt.

»Hey, Pat«, sagte Scott unerwartet und ließ sein Instrument sinken. »Wie wär's mit 'ner Nummer für uns?«

»Huh?« antwortete Pat, und auf die graue Hose, die unter seinem Kaftan hervorschaute, fiel etwas Asche.

»Yeah, klar!« rief Scott und schnippte geschickt mit den Fingern. »Komm schon, Mann!«

Unter lärmendem Beifall fand Pat sich mitten im Zimmer wieder, die Sitar in den Händen. Anfangs zögerte er noch, aber die ermunternden Blicke schenkten ihm alle Zuversicht, die er brauchte, als er jetzt seine Stimme in die Nacht hinaussegeln sah wie einen frohlockenden Vogel der Hoffnung.

»*Yeah! Say that you'll be true*«, sang er und klimperte auf der Sitar (ungeschickt vielleicht und hauptsächlich mit dem Daumen), »*You said to me! That you'd rather be free! And that then you could love me! Oo – ee! Ee – oo – ee! Really love me – ee! Oo – ee – oo – ee – ee!*«

Das begeistert zustimmende Gejohle, das seiner Aufführung folgte, war einmütig und uneingeschränkt. Und dann glitt – dahinschmelzend, wie um ein lebendiges, atmendes Klangbild zu bieten – das Mädchen, das sie »Astra« nannten, ein hochgewachsener Engel von unergründlicher Schönheit, auf ihn zu. Sie trug einen bedruckten Maxirock und hielt eine große, verblüffend bunte Sonnenblume in der Hand, die sie ihm entgegenstreckte.

»Die ist für dich, Pat«, sagte sie sanft.

Ihre Stimme schien nach zerdrückten Blütenblättern zu duften. Pats Mund wurde trocken, und er senkte den Kopf.

»Nein, die kann ich nicht annehmen«, antwortete er schüchtern.

»Doch, Pat«, beharrte Astra, »die ist für dich.«

Er fühlte, wie Scott ihm zärtlich die Hand auf die Schulter legte.

»Nimm sie, Pat«, hörte er ihn sagen. »Es ist ein Geschenk.«

Pat war so überwältigt, daß ein Teil seines Kopfes auf Nimmerwiedersehen davonzuschweben schien.

»Vielen Dank«, sagte er.

Die Sonnenblume stand edel und lotrecht in seiner Hand.

»Das ist, weil du jetzt einer von uns bist«, sagte Scott. »Wir werden zusammen um die Welt reisen.«

Pat schluckte.

»Zusammen um die Welt reisen?« ächzte er.

Astra nickte.

»Das stimmt«, sagte sie sanft.

In diesem Augenblick überkam es Pat wie ein Schwindel.

Vor seinem geistigen Auge sah er einen kaleidoskopbunten VW-Bus (auf dessen Seiten in grellen blauen, roten und lila Schnörkeln die Worte *we are the we* gemalt waren) einen endlosen Highway entlangbrausen. »Vor uns liegt San Francisco!« hörte er Scott sagen. Er schnippte mit den Fingern und sang: *»If you're going to San Francisco! Be sure to wear some flowers in your hair! La la! Hahaha!«*

»Echt cool, Pat!« sagte Scott. »Nur weiter so mit dem Beat!«

»Ich liebe dich, Pat!« sagte Astra, worauf Pat ekstatisch »Whee-hoo!« antwortete. In diesem Moment fuhr der Bus in einen Cañon, wo sie die Nacht verbringen wollten. Sie saßen um ein offenes Feuer herum, Scott klimperte auf der Gitarre, Astra sah Pat tief in die Augen und flüsterte sanft: »Morgen müßten wir es bis Sausalito schaffen.« Die Lichtreflexe des Feuers spielten rhythmisch auf ihrem Gesicht. Worauf Pat – den seine triste Umgebung und das alte, düstere Haus wieder einmal auf den Boden der Tatsachen zurückgeholt hatten – am liebsten geantwortet hätte: »Natürlich müßten wir das! Warum denn nicht, ihr lügnerischen Schufte!« Aber das tat er nicht, denn das hätte seine Träume unwiderruflich zerstört.

☆☆☆

Nicht, daß er sich deshalb Sorgen hätte machen müssen – haha, wie er selbst sagte –, denn in kürzester Zeit würde es ohnehin passieren, ohne die geringste Hilfestellung von Pat McNab oder sonstwem. Wie die Ereignisse nur zwei Tage später im Café Genoa bewiesen. Scott Buglass paffte eine Zigarette (eine unschuldige Gold Flake) und meinte ironisch, während er seine Fingernägel inspizierte: »Ich sag euch was! Wie wär's, wenn eins von den Mädels mit ihm anbändelt, und wir warten ab, was passiert? Wie wär's mit dir, Nikki?« (Nikki trug einen Maxirock aus Seersucker, und zwei lange Zöpfe hingen ihr bis zur Taille herab).

»Nein. Das ist nicht fair«, fiel Carole ihm ins Wort und drehte ein Kartoffelstäbchen um. »Das ist es wirklich nicht, Scott.«

»Ach geh«, gluckste Scott. »Ist doch nur 'n kleiner Scherz. Morgen abend nach dem Auftritt. Was meinst du, Nikki?«

Nikki warf die Arme hoch und gab Carole, die nur mit den Schultern zuckte, einen aufmunternden Stupser.

»Na, wenn schon, Scott!« feixte Nikki. »Schließlich leben wir in den Sechzigern!«

☆☆☆

Yeah, genau, das waren die Sechziger, wie Pat viele Jahre später öfters dachte. Die dreckigen, vergammelten, miesen Sechziger, die sich als die hassenswerteste Zeit seines Lebens entpuppt hatten. Die verflixten, verwichsten, verfuckten, verkackten sechziger Jahre, in denen alle Pläne hätten verwirklicht werden sollen. Doch einer nach dem anderen waren sie davonmarschiert, als wären sie Schützen in einem brechreizerregenden Heer der Nichtigkeit. Nicht, daß er Nikki die Schuld daran gab; schließlich wußte er, daß ihr die ganze Geschichte eigentlich aufgezwungen worden war. In seinem Innersten wußte er das und hatte ihr schon verziehen. Manchmal hatte er sogar den Verdacht gehabt, daß sie sie möglicherweise unter dem Einfluß von Drogen dazu gebracht hatten, den gemeinen Plan durchzuführen.

☆☆☆

Es war ein ganz normaler Abend im Psychedelischen Schuppen mit *Everybody Loves a Clown* von Gary Lewis und den flott spielenden Playboys. Nikki sah Pat tief in die Augen und legte ihm langsam die Arme um den Hals. Ihre Augen schienen zu schmelzen wie kleine Murmeln aus Eis. »Ich liebe dich, Pat«, sagte sie in der schönsten, rauchigsten Stimme, die Pat je gehört hatte.

»Komm, wir gehen nach San Fran und heiraten. Was meinst du?«

»Ich wünschte, ich könnte es, Nikki«, erwiderte Pat, und ein leichtes Zittern durchlief ihn. »Ich wünschte wirklich, ich könnte es.«

»O Pat«, flüsterte Nikki und strich ihm mit dem Fingernagel über den Nacken, »du bist so sexy, weißt du das?« Es ist Pats ewiges Verdienst, daß er nicht ein einziges Mal Nikki die Schuld gab, nachdem er zufällig mitanhören mußte, wie sich Scott und seine höchlichst amüsierten Kollegen (sie hatten sich heimlich hinter ein paar Stühlen neben der Herrentoilette verschanzt) über die lustige »Falle«, wie sie es nannten, unterhielten. Es kam ihm überhaupt nicht in den Sinn. Im Grunde seines Herzens wußte er nämlich, wer schuld war. Zumal er noch am selben Tag vor dem Step-Down Inn Scott traf, der dreist mit den Fingern schnippte und ihm zuzwinkerte: »Booaahh! Pat! Die Nikki ist wohl ziemlich heiß auf dich, was? Wie nett!«

☆☆☆

Jedoch hatte es eine katastrophale Wirkung auf ihn – soll heißen, auf Pat –, denn in den darauffolgenden Tagen war Schlaf für ihn ein Ding der Unmöglichkeit; zu behaupten, daß er um diese Zeit einer bis zum Zerrreißen gespannten Sprungfeder oder einer gefährlich knisternden Zeitbombe auf zwei Beinen ähnelte, wäre durchaus nicht übertrieben. Ein Zustand, den nur seine Mutter nachvollziehen konnte, besonders seitdem sie von den Ereignissen wußte, die dazu geführt hatten (an einem besonders trostlosen Abend hatte Pat ihr schluchzend sein Herz ausgeschüttet). »Ja«, wiederholte sie, als Pat in der Küche hin und her ging – ach was, rannte! -: »Der bildet sich ein, daß ich seine Sonnenbrille aufsetzen will! Dem seine blöde alte Sonnenbrille hab ich noch nie aufsetzen wollen! Hab ich nicht, oder, Mammy? Ich hab nur so getan! Ich hab die alle auf der Mauer sitzen sehen und gedacht – ich will *er* sein! Aber ich hab nur so getan! Ich hab nur so getan, Mammy!«

Seine Mutter schüttelte den Kopf und fummelte irgend etwas aus ihren grauen Pelzschlappen.

»Guter Gott, aber warst du nicht trotzdem ein echter Idiot«, sagte sie. »Du bist ein noch größerer Idiot, als ich vermutet hab.« Ihre Stimme blubberte vor Verachtung.

»Und ich hab gedacht, ich könnte in ’nem bunten VW-Bus um die Welt fahren! Wo ich doch nur der olle Pat McNab bin!

Stell dir vor, Pat McNab macht so was, Mammy! Da zeigt sich's mal wieder!«

Seine Mutter nickte und preßte die Lippen zu einem Strich zusammen.

»Das tut's«, antwortete sie, »das zeigt sich mal wieder, was für einen Dummlack ich großgezogen habe. Läßt sich von jedem hergelaufenen Drogensüchtigen und Antichrist aufs Kreuz legen.«

»Ach, Ma! Und die ganze Zeit haben sie über mich gelacht!«

»Und ob! Und ob die über dich gelacht haben!«

»Ja, die ganze Zeit über mich gelacht! Die haben gesagt: ›Dieser McNab, was für ein Idiot!‹ Gott, wenn ich daran denke, was die mit mir angestellt haben – ich kann es selbst kaum fassen, was für ein Riesenidiot ich bin.«

»So, ein Idiot bist du? Nein, du bist kein Idiot. Kein Sohn von Maimie McNab nennt sich Idiot oder läßt sich so nennen.«

»Was, Ma?« sagte Pat mit erstickter Stimme.

Seine Mutter blieb am Radio stehen. Ihre Stimme klang jetzt heiser und gepreßt.

»Ich habe gesagt, du bist kein Idiot. Wir werden schon noch sehen, wer hier der Idiot ist.«

Pats Augen leuchteten auf, und seine Stimme erwachte zu neuem Leben.

»Richtig, Ma!« rief er. »*Er* ist der Idiot! Buglass! Hat gedacht, er könnt mich mit Nikki verarschen! Ich hab doch gewußt, worauf die hinauswollte!«

Mrs. McNabs Gesicht war erschreckend grau geworden.

»*Er* ist der Idiot! Denn nur ein Idiot könnte es wagen, die McNabs zu verarschen!«

Pat nickte heftig und verschränkte seine Finger.

»Richtig, Ma!« rief er. »Nur ein Idiot würde das wagen. Und noch dazu ein Idiot aus England!«

»Ja«, antwortete seine Mutter, »ein Idiot, der die beste Abschiedsparty aller Zeiten feiern wird! Stimmt's, Pat?«

Pat hatte noch nie so breit gelächelt.

»Stimmt genau, Ma!« gab er aufgeregt zurück. »Am Montag fährt er!«

Seine Mutter schaute ungerührt. Sie blickte auf die Wäscheklammern in ihrer Tasche und antwortete tonlos: »Ja, Pat. Das weiß ich.«

Draußen fuhr ein Auto vorbei, und irgendwo in der Stadt pfiff jemand vor sich hin. Ironischerweise paßte es wie die Faust aufs Auge – die Erkennungsmelodie aus der Fernsehserie *The Invaders*.

☆☆☆

»Mensch, Pat, das ist ja phantastisch!« rief Scott, als Pat ihm die Neuigkeit erzählt hatte. »Vielen Dank, Keule! Du bist ein echter Kumpel!«

»Ich will, daß es die beste Party wird, die du je erlebt hast, Scott! Ich weiß ja, du bist schon auf unheimlich vielen Partys gewesen!«

Den Ausdruck auf ihren Gesichtern hätte man sehen müssen, um es zu glauben. »Das wird die irrste Party aller Zeiten!« brüllten sie einstimmig. »Aber hallo!«

»Noch mal vier Kaffee, Mann!« rief Scott und schnippte seine Asche in den Aschenbecher. »Wir haben gerade phantastische Neuigkeiten gehört!«

☆☆☆

Normalerweise sah man in der Stadt keine Dekorationen wie das riesige Transparent, das über der Haustür der McNabs hing und mit knallroter Schrift SCOTTS ABSCHIEDSPARTY ankündigte. Oder wie die Lichterkette, die durch die Ligusterhecke am Ende der Auffahrt geschlungen war und viel spektakulärer wirkte, als sie war. Auch war es nicht besonders normal, daß Pat, die Augäpfel so groß, als sei er selbst angetörnt, die Gäste mit einem geblümten Stirnband (in Wirklichkeit das Kopftuch seiner Mutter) um den Kopf empfing und mit den Worten begrüßte: »Mammy möchte wissen, ob ihr irgendwelche Drogen bei euch habt?

Haha!« Normalerweise wäre das eine eher merkwürdige Frage gewesen, doch in der allgemeinen Fröhlichkeit und Hemmungslosigkeit ging sie unter.

Obwohl es wahrscheinlich besser gewesen wäre, wenn das nicht passiert wäre. Schließlich war Scott Buglass schon eineinhalb Stunden später in der Bibliothek unter dem Bild des Herzens Jesu zu einem Häufchen Elend zusammengesackt. Seine Sonnenbrille saß mehr als nur ein bißchen schief auf seiner Nase. Pats Mutter schüttelte heftig den Kopf, als sie die nächste Flasche Wein aufmachte, und rief: »Nein, Scott! Nun trink doch noch ein Schlückchen hiervon! So was kriegst du so bald nicht wieder, wenn du erst mal in England bist, und Pat und ich werden dich nie wiedersehen!«

Scotts Grinsen hatte ziemliche Schlagseite, und sein buntgestreifter Blazer war über und über mit Asche bestreut.

»Irgendwie, Mrs. McNab, hab ich das Gefühl, wenn ich so weitermache, schaff ich's nicht mehr bis nach England.«

»Ich weiß, was du meinst, mein Lieber«, sagte Mrs. McNab, was eher eigenartig klang, und kippte dem Musiker noch etwas Double Diamond ins Glas.

»Paß auf deine Hüfthose auf«, fuhr sie fort, als die Flüssigkeit gefährlich über den Rand des Glases schwappte. Und mit den Worten »Na, wer möchte noch ein Schlückchen?« steuerte sie auf ein Groupie zu, das triefäugig in der Ecke hockte und wie ein Krake mit Glockenärmeln und Zottelhaaren wirkte.

☆☆☆

Es ging bereits auf drei Uhr morgens zu, als eine ziemlich schwankende Nikki hinter ein paar Flaschen nach ihrer Jutetasche suchte. Sie geriet ins Stolpern und legte die Hand auf die Stirn. Gereizt fragte sie: »Hat einer von euch Scott gesehen?«

»Nein«, hickste Carole, die hoffnungslos an einer schon längst ausgegangenen selbstgedrehten Zigarette zog. »Der ist wohl nach Hause gegangen. Er muß morgen früh raus.«

»Auf Wiedersehen«, rief Mrs. McNab ihnen winkend nach, als sie mit baumelnden Schultertaschen in die Nacht hinaustraten und sich einen Weg durch den glucksenden Schlamm bahnten, den der heftige Regen aufgeweicht und hochgespritzt hatte, »auf Wiiiieeedersehen!«

Sie winkten ebenfalls und verschwanden in der Nacht wie im wogenden Rachen eines durchnäßten samtschwarzen Tieres.

☆☆☆

Jahre später sollte Pat noch öfters daran denken, daß dies die beste Party aller Zeiten war. Die beste Party seiner wildesten Träume, besonders wenn man bedachte, daß sie von idiotischen Bauerntölpeln gegeben – geschmissen! – worden war, die mehr als nur ein bißchen nach Kuhmist und Kreuzkraut rochen. Nämlich von Pat und seiner Mutter! Natürlich! O ja!

☆☆☆

Wenn Pat am Kaminfeuer saß, in die züngelnden Flammen starrte und sich an jene Nacht erinnerte, amüsierte er sich vor allem darüber, daß sich in den Tagen nach der Party niemand nach Scott oder seinem Wohlbefinden erkundigt hatte – vielleicht hielt niemand es für nötig, da Scott doch am folgenden Tag nach England zurückfahren wollte. Nicht ein einziges Mal war neugierig angeklopft oder unterwürfig gefragt worden: »Haben Sie vielleicht Scott Buglass gesehen?«

Es war, als sei der arme alte Bugie in einer Weihrauchwolke verschwunden!

☆☆☆

Pat schüttelte den Kopf und schürte das Feuer. Draußen wehte ein leichter Wind. Es war alles so einfach gewesen, dachte er. Scott hatte in einer Schublade gestöbert – in ihrer *privaten* Schublade! –, Pats Mammy hatte genau hinter ihm gestanden und ihn – eine *Ewigkeit!* – beobachtet, bevor er es überhaupt bemerkte.

»Du bist mir vielleicht ein dreister Kerl«, sagte sie zu ihm.

»Du weißt genau, daß man mit den Leuten nicht auf so eine Art redet.«

»Auf was für eine Art?« sagte Scott und wühlte – unglaublich! – weiter in der Schublade herum.

»Auf die Art, wie du mit meinem Pat redest.«

»Ach so, auf die Art!« antwortete er – wenigstens stritt er es nicht ab. »Yeah, aber das war doch nur ein Jux!«

Mrs. MacNabs Stimme verriet nicht die geringste Gefühlsregung, als sie ganz vernünftig sagte: »Ja, natürlich. Aber was für den einen ein Jux ist, ist es für den anderen nicht immer.«

Inzwischen hatte Scott die Streichhölzer gefunden, nach denen er gesucht hatte. Ungeschickt zündete er sich eine Zigarette an und sagte: »Yeah – nun mach mal halblang, Muttchen …«

Schon wollte er frech weiterreden (allmählich wurde er ungeduldig, und mit seinen gekünstelten Versuche, »gute Manieren« an den Tag zu legen, hatte es ein Ende), da hörte er Mrs. MacNab sagen: »Würdest du das hier auch einen Jux nennen?«

Der kurze Seitenblick, der Scott vergönnt war, zeigte ihm nur ein verschwommen aufblitzendes Rot: Mrs. McNab hatte eine Maracá hinter dem Rücken hervorgezogen und ließ diese mit einem gekonnten Schlag auf seine Stirn herniedersausen. Auch ihre nächsten Worte (»Oder das etwa?«) hörte er nicht mehr ganz deutlich. In ihrer Linken tauchte nämlich der Zwilling der Maraca auf, und auf die Stirn erhielt er einen ebenso gekonnten »Zwillings«schlag, der ihm erfolgreich das Bewußtsein raubte. Es fehlen die Worte, um den – vielleicht unentschuldbaren! – Zustand ungenierter Schadenfreude zu schildern, in dem Pat und seine Mutter (Pat war unbemerkt hereingeschlüpft und hatte leise die Tür hinter sich zugezogen) den gequälten Musiker in eine unkenntliche Masse hilfloser Hackfleischs verwandelten – eine Orgie blutiger und hemmungsloser alternativer »Bebop«-Improvisation.

☆☆☆

Später gab es in der Gegend noch gelegentlich Bemerkungen über Scott Buglass, etwa der Art (wie es die verblüfften Mitglieder von Scotts »Gang« formuliert hatten): »Wir haben nie wieder was von ihm gehört« oder »Jetzt, wo er wieder in England ist, hat er uns total vergessen!« Doch schließlich verwelkten auch diese Bemerkungen wie Blumen beim ersten Frost oder wie die Blumen, die man früher einmal eifrig in Gewehrläufe gesteckt hatte; und als die Gerüchte von »Drogen« aufkamen – als erste hatte Mrs. McNab im Lebensmittelladen diesen Verdacht geäußert –, erlahmte alles Interesse an Scott Buglass und den sogenannten »fabelhaften Kerls der sechziger Jahre«, bis es sich schließlich ebenso spurlos verflüchtigte wie der traurige Protagonist selbst.

☆☆☆

In späteren Jahren holte Pat manchmal abends in der Bibliothek den einzigen Talisman aus dieser Zeit hervor, der ihm geblieben war (*I Put A Spell On You*, eine Schallplatte von Alan Price, die Nikki ihm geschenkt hatte – »die ist für dich«), saß, das Kinn in die Hand gestützt, da und dachte voller Wehmut zurück an jene vergangenen Tage. Und wenn die Flammen wieder tanzten, bildete er sich ein, die Stimme eines armen betrogenen Musikers zu hören, einer Sexbombe mit Sonnenbrille und buntgestreiftem Blazer, die ihn zu erreichen versuchte. Und wißt ihr, manchmal, und das war das Komischste von allem, hatte es den Anschein, als sage dieser: »Pat! Pat, es tut mir leid, was passiert ist – und diesmal weiß ich, falls wir uns je wiedersehen, werden wir die besten Freunde. So, wie wir es die ganze Zeit hätten sein sollen!« Im Kamin verrutschten kleinere Kohlestückchen, draußen sank die große Nacht in Schlaf, und aus einem nach Jasmin duftenden Mini-Apartment, tausend Kontinente entfernt, schien der dünne, aber getragene Klang einer Gitarre herüberzuwehen.

VIERZEHNTES KAPITEL

Einundzwanzig Jahre

Twenty-One Years

The judge said, stand up lad and dry up your tears
You're sentenced to Dartmoor for twenty-one years
So dry up your tears, love, and kiss me goodbye
The best friends must part, love, and so must you and I.

I hear the train coming, 'twill be here at nine
To take me to Dartmoor to serve up my time
I look down the railway and plainly I see
You standing there waving your goodbyes to me.

Six months have gone by, love, I wish I was dead
This dark dreary dungeon has gone to my head
It's hailing, it's raining, the moon gives no light
Now won't you tell me, love, why you never write?

I've waited, I've trusted, I've longed for the day
A lifetime so lonely, now my hair's turning grey.
My thoughts are for you, love, till I'm out of my mind
For twenty-one years, love, is a mighty long time.

Es ist ein schöner, frischer Tag, und Pat McNab ist zweifellos mit sich und der Welt glücklich und zufrieden, wie er da im Garten unter der heiß brennenden Sonne die Saatrillen umgräbt und bei sich denkt: »Sobald ich mit denen hier fertig bin, mache ich mich hinten an die Steckrüben, und wer weiß, vielleicht schaffe ich auch noch den Kopfsalat.« Er pfeift vor sich hin (eine bekannte Melodie, außerdem eine Lieblingsmelodie seiner Mammy: Cliff Richards Hit *Bachelor Boy*), wendet mit dem Spaten eine Scholle um, vermeint, etwas glitzern zu sehen, und bückt sich, um genauer nachzuschauen, da erhält er einen kräftigen, schallenden Schlag auf den Rücken. Als er sich umdreht, sieht er die nur mit dem Wort »kolossal« zu beschreibende Gestalt Sergeant Foleys vor sich, der wie ein Turm über ihm aufragt und mit breitem Lächeln ausruft: »Pat!«

»Jesses, Maria und Joseph, Sergeant, Sie können einem aber das Herz zum Stehen bringen«, gab Pat zur Antwort und rappelte sich mühsam auf.

Der Sergeant nahm seine Dienstmütze ab und starrte mißmutig in das kleine Amphitheater ihrer dunklen Rundung.

»Pat«, seufzte er und stemmte die Hände in die Hüften, »rat mal, was eben passiert ist.«

Pat zog die Augenbrauen zusammen und legte die Finger der rechten Hand ans Kinn.

»Was denn, Sergeant?« meinte er mürrisch. »Ist jemand erschossen worden? Die Bank! Die Bank ist ausgeraubt worden! Das ist es, nicht wahr, Sergeant? O mein Gott! Wieviel? Der ganze Tresor geplündert!«

Der Sergeant schüttelte den Kopf, trommelte auf dem Rand der Dienstmütze eine kleine Weise und fuhr fort: »Nein, Pat. Ich wünschte zu Gott, das wäre passiert. Um ehrlich zu sein, könnte ich dergleichen gut für meinen Lebenslauf gebrauchen. Nein, ich sag's dir, Pat, die Wache ist abgebrannt!«

Pat schluckte und fühlte, wie ihm die Farbe aus dem Gesicht wich.

»Aber nein, Sergeant«, antwortete er mit erstickter Stimme, »doch nicht die schöne Wache, in der Sie Gott weiß wie viele Jahre Ihres Lebens zum Wohle der Gemeinschaft geschuftet haben!«

»Verkohlt wie eine Scheibe Toast«, bestätigte der Sergeant müde, »der Vorarbeiter hat's mir eben gesagt. Man muß sie völlig neu aufbauen.«

»Jesses, Maria und Joseph, Sergeant!« japste Pat.

Das Gesicht des Sergeant spannte sich.

»Das kannst du wohl sagen, Pat. Ich schätze, wir haben's mit 'nem Schaden von 'ner halben Million zu tun.«

Pat traute seinen Ohren nicht.

»Einer halben Million?« krächzte er.

»Mindestens«, nickte der Sergeant und fuhr fort: »Tja, in Wachtmeister Timmoneys Haut möchte ich nicht stecken, mehr kann ich nicht dazu sagen.«

Pat war verblüfft.

»Wachtmeister Timmoney?« fragte er.

Der Sergeant holte lange und tief Luft.

»Der und seine Fritteusen«, sagte er. »Na ja – du weißt wohl, was das bedeutet, nicht wahr, Pat?«

»Ja, Sergeant«, pflichtete Pat ihm bei, ehe er mißtrauisch hinzufügte: »Was denn, Sergeant?«

»Ich muß eine Weile bei dir wohnen. Das ist die beste Lösung. Meine Ermittlungen kann ich auch von hier aus durchführen.«

Pat spürte, wie sich die Haut über seinen Augen zusammenzog.

»Ermittlungen«, meinte er, »was für Ermittlungen?«

Ohne Vorwarnung richtete sich der Sergeant zu voller Größe auf, und steif wie eine Holzplanke sagte er in einem Ton, der unüberhörbar kalt, offiziell und kompromißlos war: »Ich wäre Ihnen verbunden, wenn Sie mir Auskünfte über Ihren Aufenthalt am Donnerstag, dem 17. September zwischen drei und sieben Uhr morgens geben könnten.«

Er schwieg einen Moment und fuhr dann fort: »Nun?«

Pat antwortete giftig: »Ich war *hier*!«

Das breite Grinsen des Ordnungshüters war nicht mißzuverstehen: »Als ob ich das nicht wüßte, Pat, du alte Nase, du! Ich tu doch nur so, als würde ich ermitteln! Hab mir halt 'n Jux erlaubt!«

Pat kam sich vor wie ein Obertrottel. Die niedergeschlagenen Augen wie kleine Aufklärungsraumschiffe, versuchte er die Komplexität seiner Lage zu begreifen. Er hob den Kopf und erwiderte mit puterrotem Gesicht: »Natürlich, Sergeant! O ja! Natürlich! Sergeant, hören Sie sich nur mein Gerede an!«

Der Sergeant versenkte die Rechte tief in seiner Hosentasche und sagte: »Und ob ich das tue, Pat! Ich kannte dich doch schon, da warst du noch ein Dreikäsehoch! Und deinen Vater!«

»Das stimmt, Sergeant«, antwortete Pat, und in seinem Unterleib breitete sich eine wohlige Wärme aus.

»Und deine Mutter!« fuhr Sergeant Foley fort.

»Ja«, stimmte Pat ihm zu und berührte mit der Spitze seines Gummistiefels einen krümeligen Lehmklumpen.

»Und die ganze Verwandtschaft!«

»Die ganze Verwandtschaft!« grinste Pat. »Wie sie in den Filmen immer sagen – *Yes, Sir!*«

»*Yes, Sir!*« strahlte der Sergeant.

»*Yes, Sir!*« grinste Pat und schwitzte etwas unangenehm.

Der Sergeant schüttelte den Kopf.

»Na, na«, fuhr er fort, »nun quatsch nicht. Pat, weißt du, was ich eben gedacht habe? Von deinem ständigen Graben hier müßtest du eigentlich ganz schön müde sein. Bist du nicht völlig erschöpft?«

Pat war ein wenig überrascht von der plötzlichen Fürsorge des Sergeant und beeilte sich, ihn zu beruhigen.

»Erschöpft?« entgegnete er. »Nicht doch, Sergeant! Was sollte mich schon erschöpfen?«

»Das Graben, Pat!« lautete die brüske Antwort des Sergeant. »Ein Loch für die Leiche graben!«

Ein ekler Geschmack stieg Pat in den Mund.

»Für die Leiche?« fragte er schwach.

»Jawohl!« erwiderte der Sergeant. »Die letzte, meine ich!«

Pats Mundwinkel zuckten wie eine Peitschenschnur.

»O ja!« lachte er. »Die letzte!«

Der Sergeant nickte.

»Davon wäre jeder erschöpft! Ganz zu schweigen von dem armen Kerl, der's beweisen muß!«

In Pats rechter Wange, direkt unter seinem Auge, zuckte ein Muskel.

»O ja!« sagte er. »Auf lange Sicht wär's für den fast genauso hart! Wo er doch die ganzen Beweise sammeln muß und so!«

»Und wenn er dann auch noch den verdammten Richter überzeugen muß! Und du weißt ja, wie die sind! Die glauben doch, *wir* stehen vor Gericht oder was! Ich meine, du weißt doch, wie die sind, alter Freund!«

Pat warf den Kopf zurück.

»Wie die sind?« wieherte er. »O Mann, Sergeant, erzählen Sie mir nichts!«

Pat runzelte die Stirn und umklammerte den Schaft des Spatens. Er bemerkte, daß seine Finger Schweißspuren hinterließen.

»Erzählen Sie mir bloß nichts!« gluckste er, allerdings viel weniger lakonisch, als er es sich gewünscht hätte.

»Das werde ich auch nicht«, erklärte der Sergeant abrupt. »Ich sag schon nichts mehr, höchstens folgendes: Wie wär's, wenn du und ich jetzt einfach raufgehen zum ollen Hotel McNab und auf der Stelle einen großen, heißen Becher Tee trinken. Was würdest du dazu sagen, Pat?«

Ein großes Gefühl der Erleichterung schien Pat zu überkommen, und er lockerte seinen Griff. Lächelnd sagt er: »Wissen Sie, was ich dazu sagen würde, Sergeant? Ich würde sagen, daß es auf Gottes weiter Erde nichts gibt, was mir besser schmecken würde!«

Der Sergeant legte ihm seine riesige, ruderförmige Hand auf die Schulter.

»Na, dann komm«, sagte er, »du großer, starker Gartenumgraber, du, Pat McNab!«

☆☆☆

Am nächsten Morgen setzen sich Pat und sein neuer Mieter (der Sergeant hatte keinen Zweifel daran gelassen, daß er vorhatte zu bleiben) in der sonnendurchfluteten Küche zu einem herzhaften Frühstück hin, das der Hausherr selber zubereitet hat. Beide sind ausgesprochen guter Laune.

»Ich hab Sie gestern abend gesehen, Sergeant«, sagt Pat und spießt geschickt ein Würstchen auf, »das war großartig! Wie beim FBI oder so!«

»So, gesehen hast du mich also?« kommt die Antwort des Sergeant. »Und wie soll das zugegangen sein?«

»Ich hab Sie gesehen, als ich an Ihrem Zimmer vorbeigegangen bin. Ihr Zimmer war voller Pfeifenrauch, und Sie haben einen Polizeireport in die Maschine gehämmert! Klick, klack! War das ein Krach!«

Der Sergeant nickt, während ein dünnes Bächlein Eigelb den wackeligen Tafelberg aus Spiegelei hinabrieselt. Kauend lächelt er.

»Und die halbe Nacht ist das so weiter gegangen, Pat. Aber jetzt ist es Gott sei Dank vorbei. Und so Gott will, wird es nicht lange dauern, dann wird noch so ein Kerl seine einundzwanzig Jahre absitzen.«

Die runde Scheibe Blutwurst hielt inne, bevor sie Pats Lippen berührte.

»Seine einundzwanzig Jahre absitzen?« fragte Pat perplex.

Der Sergeant legte seine Gabel auf den Teller, fummelte einen kleinen Essensrest aus dem Cañon eines Backenzahns und erläuterte: »Klar, Pat! Das hab ich immer zu meiner Frau gesagt, Gott hab sie selig! Jedesmal, wenn ich so einen Gangster hinter Schloß und Riegel gebracht hatte, hab ich gesagt: ›Mary, wieder so ein Halunke, der seine einundzwanzig Jahre absitzen wird!‹ Hast du das noch nie gehört, Pat? Das Lied, meine ich!«

»Ich glaube, Mammy hat es gekannt!« sagte Pat und verzehrte eine Tomate.

»Na, und ob sie das gekannt hat, Pat. Und sie wäre genau die richtige Frau, es uns vorzusingen – wenn sie jetzt hier wäre, Pat! Was sie natürlich nicht ist. Unerklärlicherweise!«

Der Kopf des Sergeant saß wie ein roter Ball auf seinen Schultern und war über den Tisch hinweg Pat zugewandt. Dieser war beunruhigt.

»Haha!« lachte er verlegen, als der Sergeant gutgelaunt fortfuhr: »O ja, sie wäre wirklich genau die Richtige, uns ein Verslein vorzusingen! Denn in dieser Stadt hat's keine bessere Sängerin als sie gegeben, hab ich recht, Pat?«

Pat spürte, wie sich seine Wangen röteten.

»Na, na, Sergeant«, antwortete er.

»Nichts da, Pat! Wenn sie jetzt hier wäre, würde sie den Tisch beiseite rücken, und schon würd's losgehen, auf Zehenspitzen, im ganzen Haus herum und nirgends angestoßen! Stimmt's, Pat?«

»Ja, ich glaube, das stimmt«, hörte Pat sich sagen, und eine Fettspur teilte sich in zwei Bächlein und rann an seinem Kinn herab.

»Du *glaubst*, das stimmt?« fragte der Sergeant. »Das ist doch keine Frage des Glaubens, Pat! ›Komm her zu mir, Pat‹, würde sie sagen. ›Es gibt nichts Besseres als ein paar Liedtakte, bevor wir mit unserem Tagwerk beginnen!‹ Würde sie nicht genau das sagen, Pat? Nun sieh mir in die Augen und sag bloß, daß das nicht stimmt!«

»Es stimmt, Sergeant«, sagte Pat ruhig.

Die Gabel des Sergeant klapperte auf dem Teller.

»Natürlich stimmt es!« rief er. »›Reich mir die Hand!‹ würde sie sagen. ›Gib mir das Pfötchen, mein Liebling, mein Schatz! Und ab geht's mit uns beiden!‹ Junge, Junge, würde sie nicht genau das sagen oder was?«

»Sergeant! Hören Sie auf!« hörte Pat sich rufen, als sich die großen Finger der Polizisten plötzlich um seinen Arm krallten und er in einer halbkreisförmigen Bewegung über das Linoleum des Küchenfußbodens manövriert, nein geschleudert wurde. Der Gesetzeshüter, in Fahrt geraten, räusperte sich, durchbohrte Pat mit einem Blick, den man nur durchdringend und bedrohlich nennen kann, und fing an zu singen:

The judge said, stand up lad and dry up your tears
You're sentenced to Dartmoor for twenty-one years
So dry up your tears, love, and kiss me goodbye
The best friends must part, love, and so must you and I.

Pat versuchte, seine Finger aus dem schraubstockartigen Griff des Sergeant zu befreien.

»Sergeant! Sergeant! Ich tanze nicht gern!« flehte er. »Ich bin müde!«

Der Sergeant quetschte Pats Finger nur noch fester zusammen und rümpfte die Nase über sein Ansinnen.

»Ach, Pat, nun hör doch auf damit!« lachte er, räusperte sich erneut und fuhr fort:

I hear the train coming, 'twill be here at nine
To take me to Dartmoor to serve up my time
I look down the railway and plainly I see
They're standing there waving their goodbyes to me.

Pat verzog das Gesicht und rief: »Sergeant! Bitte! Sie tun mir weh!«

»Oh, tu ich das?« entgegnete der Sergeant. »Recht hast du, Pat! Und überhaupt sollte ich schon längst auf der Arbeit sein! Auf der Wache! Haha!«

»Natürlich! Ich hole Ihnen Ihren Mantel, Sergeant!« erwiderte Pat eilfertig und stürzte in die Diele.

☆☆☆

Der Beamte dankte Pat, als der ihm in den Mantel half.

»Sergeant«, sagte Pat, »was hat der Typ, dieser McClarkey, den Sie da erwähnt haben, eigentlich verbrochen?«

»Etwas, das er in den nächsten einundzwanzig Jahren jedenfalls nicht mehr tun wird«, antwortete der Sergeant, schlüpfte in das schwere, blaue Kleidungsstück und fuhr fort: »Das kann ich dir sagen, Pat. Er hat seiner Mutter mit einem Spaten den Schädel eingeschlagen und sie im Vorgarten verscharrt. Verdammt noch mal, im Vorgarten!»

Pat fröstelte leicht.

»Im Vorgarten?« Er schnappte ungläubig nach Luft.

Der Sergeant nickte.

»Ja. Sie und Gott weiß wie viele sonst noch. Und womöglich einen Esel.«

»Einen Esel?« Pat mußte schlucken.

Der Sergeant begutachtete seine Fingernägel.

»Bei der Sache mit dem Esel bin ich mir noch nicht sicher. Aber in einem bin ich mir sicher – der wandert in den Knast. Hast du den Ausdruck schon mal in der Glotze gehört, Pat? *Der wandert in den Knast!*«

»Kann schon sein«, antwortete Pat, leicht besorgt.

»Die sagen: ›Der wandert für einundzwanzig Jahre in den

Knast.‹ Und das würde er auch – wenn die Geschichte wahr wäre. Aber der arme alte McClarkey hat sein Lebtag keiner Fliege was zuleide getan. Der hat doch bloß die Armenbüchse gestohlen, der große Dummkopf!«

»Die Armenbüchse?«

Pat kratzte sich mit dem Zeigefinger am Bein.

»Ja.« Der Sergeant nickte. »Hat er nicht aus Father McGivneys Volkswagen die Armenbüchse gestohlen? Der schäbige Schuft! Tja, Pat, ich geh wohl besser! Die Pflicht ruft!«

In der Tür stand ein bleicher Pat und starrte ihm verdutzt nach. Langsam dämmerte ihm, daß er in nicht geringen Schwierigkeiten steckte.

***

Weshalb er sich denn auch etwa eine halbe Stunde später im Schlafzimmer seines Mieters wiederfand. Auf seinen Handflächen bildeten sich Schweißperlen wie Nadelstiche, und seine Mundwinkel verzogen sich nach unten. Während er die getippten Seiten untersuchte, die neben der Schreibmaschine lagen, redete er mit sich selbst: »Verstehst du, was hier passiert ist? Früher hatten wir einen Sergeant, verstehst du, und einen sehr guten Sergeant obendrein, nur daß er nicht damit zufrieden war, Sergeant zu sein, was? Nein – er wollte unbedingt etwas anderes sein. Er wollte ein erstklassiger Detektiv sein, der den Leuten Flausen in den Kopf setzt, damit sie Dinge sagen, die sie eigentlich gar nicht sagen wollten, und der sie so komisch anguckt, daß sie ganz nervös werden und Sachen fallenlassen und wie Trottel dastehen.«

Bei diesen Worten fiel ihm der schwere, geschliffene Kristallaschenbecher auf den Boden und zerbrach genau in zwei Hälften, so daß sich sein Inhalt über den Teppich ergoß. Während Pat mit Hilfe einer Zigarettenschachtel geistesabwesend die verstreute Asche aufsammelte, wiederholte er: »Vor allem aber eins – der Lügen erzählt. Vor allem eins – der zu den Leuten kommt und *Lügen* erzählt, Sergeant!«

***

Als Pat sich in einiger Entfernung von dem vierschrötigen Betonbunker der Polizeiwache, die erstaunlicherweise völlig unversehrt war, hinter Ginsterbüschen postierte, hatte ein leichter Regen eingesetzt. Die Worte des Sergeant hallten ihm wieder in den Ohren: »Zu Asche verbrannt, fürchte ich. Völlig zu Asche verbrannt.« Feuchtigkeit umhüllte Pat wie eine straffe zweite Haut, und ein paar Wassertropfen fielen melodiös auf eine Konservendose, die vor ihm lag. Es war – oder war's zumindest gewesen – eine Dose Bachelor's eingemachte Erbsen.

☆☆☆

Wieviel Whisky Pat einige Stunden später zu sich genommen hatte, als er sich, die Dienstmütze des Sergeant gefährlich schräg auf dem Kopf, im Lehnstuhl in der Bibliothek räkelte, ist schwer zu sagen. Für ihn jedenfalls war es unerheblich, denn das hatte in der Phantasiewelt, die zu bewohnen er sich entschlossen hatte, keinerlei Bedeutung. Hinter vorgehaltener Hand kicherte er: »Ja! Das stimmt! McClarkey hab ich einundzwanzig Jahre aufgebrummt, weil er die Armenbüchse geklaut hat! Klar hab ich das! Schließlich bin ich der Größte! O ja, Sergeant! Klar bin ich das!«

Aber Pat brachte den Satz nicht zu Ende, denn genau in diesem Augenblick hörte man das Knirschen von Stiefeln draußen auf dem Kies, und Pat bemühte sich fieberhaft, die Dienstmütze an ihren angestammten Platz zurückzubringen – oben hinter dem Spülkasten, wo man sie mit bloßem Auge nicht sehen konnte. Anders als die Schweißpusteln auf Pats Stirn, die man nur allzugut sehen konnte, als er, gerade noch rechtzeitig, wieder auftauchte, um den Sergeant zu begrüßen, der verkündete, »für ein Scheibchen Toast« würde er freiwillig »sitzen«.

»Kommt sofort«, antwortete Pat großzügig.

☆☆☆

Einige Stunden später erklärte der Sergeant, er habe die Absicht, sich für ein Weilchen »zu Sullivan's zurückzuziehen«, und begann sich in der Küche und der Bibliothek nach etwas umzusehen – ohne Erfolg. Nach ein paar Minuten meinte er etwas verblüfft zu Pat, der damit beschäftigt war, das Essen für den nächsten Tag vorzubereiten (er schälte Kartoffeln): »Pat, weißt du was, es scheint fast so, als könnte ich meine Mütze nicht finden – meine gute Dienstmütze für sonntags.«

»Ihre gute Dienstmütze für sonntags?« fragte Pat.

»Ja«, nickte der Sergeant, »meine gute Sonntagsmütze, die ich zu besonderen Gelegenheiten trage. Zum Beispiel, wenn der Polizeidirektor kommt.«

Pat schüttelte den Kopf und kratzte sich am Kinn.

»Bei Gott, das ist komisch«, sagte er. »Aber warten Sie – lassen Sie mich mal nachsehen.«

Gleich darauf war er wieder zurück und rief: »Hier! Wußte ich's doch, daß ich sie hinter dem Stuhl gesehen hatte.«

Der Sergeant staubte die blaue Mütze mit den Harfenemblem ab, setzte sie auf und meinte: »Manchmal finde ich, Pat, daß du bei der Polizei sein solltest und nicht ich. Manchmal weiß ich nicht, ob ich komme oder gehe.«

Pat lächelte und tat sein Bestes, um seinen Mieter, den Polizisten, zu trösten.

»Ach, das kann doch jedem mal passieren, daß er vergißt, wo er seine Sachen hingelegt hat, Sergeant. Schließlich sind wir alle nur Menschen.«

Der Sergeant antwortete dankbar: »Das sind wir in der Tat! Und ich glaube, man vergißt seine Sachen noch leichter, wenn jemand hergeht und sie vor einem versteckt, so wie ein junger Racker das machen würde!«

Pat schluckte, warf den Kopf in den Nacken und lächelte etwas verlegen.

»Na, na, Sergeant!« lachte er.

»Zum Henker, ein Kerl, der so was tut, zum Beispiel die Mütze von jemandem hinter den Spülkasten stopft – wer weiß, wovor der überhaupt haltmacht?«

»Ja, Sergeant!« stimmte Pat ihm überschwenglich zu. »Wer weiß das schon?«

»Ein Kerl, der so was tut, der würde sich glatt umdrehen und die ganze Verwandtschaft umbringen!«

Pats Antwort schien von weither zu kommen.

»Ich denke, das würde er«, meinte er aufs Geratewohl, »damit würde ich rechnen, Sergeant.«

»O ja, ganz bestimmt würde er das«, bekräftigte der Sergeant. »Selbst die eigene Mutter! Mutter, Nachbarn, Fremde! Ihm doch einerlei! Die schickt er in die Ewigkeit, als wären sie Flohdreck! Die niedrigste Lebensform auf Erden – ein Sack unnützer Bazillen! Leben, das man auslöscht, ohne auch nur um Erlaubnis zu bitten!«

Pat nagte einen Augenblick an seiner Unterlippe und sagte dann: »Ohne auch nur auf Wiedersehen zu sagen, nicht mal das, Sergeant!«

»Auf Wiedersehen? Ha! Darauf kannst du lange warten! Aber bei so 'ner Type – natürlich stimmt bei dem was nicht, oder? Der ist nicht ganz richtig im Oberstübchen!«

Pat runzelte die Stirn und verlagerte sein Gewicht von einem Fuß auf den anderen.

»Bei dem stimmt was nicht?« fragte er. »Der ist nicht ganz richtig im Oberstübchen?«

Seine Kehle wurde unerträglich trocken.

»Ja. Bei dem ist 'ne Schraube locker. Verstehst du? Ich hab da mal ein Buch gelesen. Über einen Kerl – bei Gott, wenn der nicht mit der Schürze seiner Mutter im Haus herumlief! Tja, ich versteh ja nicht viel von diesen Dingen, Pat. Aber weißt du, was in dem Buch stand?«

»Was? Was stand da?«

Pat wickelte unwillkürlich das Band seiner Schürze um den Zeigefinger.

»Darin stand, der wollte seine eigene Mutter sein! Kannst du dir so was vorstellen? Ich meine, um Himmels willen – die eigene Mutter sein! Über 'n Typ, der so was tut, kann man nur eins sagen. Und weißt du, was das ist?«

Pat merkte, wie er wieder schluckte.

»Was denn, Sergeant?« fragte er.

Das selbstgefällige Grinsen des Sergeant war nicht zu übersehen.

»Der hat die Hosen verkehrt herum an!«

Die Worte schienen von Pats Lippen zu springen.

»*Halten Sie den Mund!*« schrie er abrupt.

Es war, als hätte der Sergeant kein Wort gehört, denn er sprach ungerührt weiter.

»Ein Typ, der so was macht, ich kann dir sagen, wie lange der Zeit hätte, um sich im Kittchen abzukühlen! Und das wären nicht nur einundzwanzig Jahre! Einundzwanzig Jahre wären gar nichts!«

»Halten Sie den Mund!« schnappte Pat ebenso giftig wie zuvor. »Was interessiert mich das, wie viele Jahre der im Kittchen verbringt! Interessiert mich doch nicht! Was interessiert mich das, wie viele Jahre der im Kitt—«

»Vierzig! Oder vielleicht sogar fünfzig!« rief der Sergeant fast triumphierend.

»Nein!« fauchte Pat.

»Keine einundzwanzig!« rief der Sergeant, »Keine einundzwanzig! Vierzig! Oder fünfzig! Mindestens sechzig!«

»Hören Sie auf damit! Hören Sie auf!« forderte Pat.

Der Sergeant legt ihm seine große Hand auf die Schulter und sagte: »Ach, ich mach doch nur Spaß! So schlimm bin ich nun auch wieder nicht! Ein Kerl, der seine eigene Mammy sein will – mit dem kann man doch nur Mitleid haben. So 'ne Type einzubuchten hat doch gar keinen Sinn. Das wäre die reinste Zeitverschwendung!«

»Ja«, murmelte Pat unbeholfen, »das denke ich auch.«

»Der wär's doch gar nicht wert!« rief der Sergeant. »Viel besser, man gibt ihm ein paar Püppchen und läßt ihn damit spielen!«

Der Sergeant seufzte und sagte: »Na, ich geh jetzt lieber. Ich muß noch einen Bericht schreiben. Bei Higgins im Süßwarenladen hatten wir heute morgen einen Einbruch. Ach ja, übrigens ...«

Seine große Hand verschwand in seiner Jackentasche. Als sie wieder zum Vorschein kam, war eine zierliche, kleine Puppe darin. »Die hab ich heute morgen hinterm Sessel gefunden.«

Bevor Pat Zeit hatte zu antworten, war die Puppe auch schon in hohem Bogen in seinem Schoß gelandet, und die Mantelschöße des Sergeant verschwanden aus der Haustür.

☆☆☆

Der große Zeiger der Uhr bewegt sich auf die zwölf zu, gleich wird es neun Uhr sein, aber das Wohnzimmer scheint eine zeitlos graue Welt für sich. Der einzige Laut, den man hören kann, kommt von dem Sessel, der mit Unterbrechungen hin- und herschaukelt, als Pat in seiner Schürze langsam einen Kamm durch die langen, seidig schimmernden Locken der kleinen Puppe zieht und dabei wie hypnotisiert vor sich hinredet: »Was weiß der schon, Mammy! Überhaupt nichts weiß der! Hallo! Ich bin Columbo! Keine Bewegung! Schließlich ist Sergeant Foley in der Stadt!«

Dann senkt sich Stille herab, und Pat flüstert: »Alles, was ich wollte, war ein bißchen Ruhe und Frieden, Mammy. Das war alles, was ich wollte. Hier mit dir zusammensitzen können. Aber er hat's mir einfach nicht gegönnt. Sie haben's mir einfach nicht gegönnt, Mammy.«

Es ist, als wollte die winzige Figur bejahend den Kopf und die tintenschwarzen Wimpern senken.

☆☆☆

Inzwischen ist es spätabends, und der Sergeant summt fröhlich vor sich hin, während er sich vor dem Spiegel die Krawatte knotet.

»Gehen Sie aus, Sergeant?« fragt Pat gutmütig.

»Ja, Pat«, erwidert der Sergeant, »ich dachte, ich geh auf ein paar Bierchen zu Sullivan's. Magst du mitkommen? Wenn ich mich nicht täusche, gibt's heute abend Karaoke.«

Pat war leicht überrascht.

»Was gibt's da?« fragte er.

»Karaoke, Pat«, antwortete der Sergeant. »Himmel, du gehst aber auch wirklich gar nicht mit der Zeit. Du stehst vorne, und der Text und das alles ist aufgeschrieben. Du brauchst nur das Mikrofon in die Hand zu nehmen und ...«

Ohne Vorwarnung wirbelte der Sergeant herum – er war erstaunlich flink zu Fuß –, streckte die Hände aus und begann zu singen:

I've counted the raindrops
I've counted the stars
I've counted a million of these prison bars!

Das verfehlte seine Wirkung nicht auf Pat.

»Halten Sie den Mund! Halten Sie den Mund! Fangen Sie nicht schon wieder damit an! Los, gehen Sie doch zu Sullivan's! Fahren Sie zur Hölle!« schnarrte er.

Der Sergeant trat einen Schritt zurück und hob in gespielter Abwehr die ausgestreckten Hände.

»Herrje, Pat«, sagte er, »deswegen brauchst du doch nicht gleich auf mich loszugehen! Nur weil du noch nie was von Karaoke gehört hast, na, weißt du! Das ist doch keine Schande!«

Pats hochrotes Gesicht und das Zittern in seiner rechten Hand waren nicht zu übersehen.

»Das hat nichts mit Karaoke zu tun!«

Der Sergeant warf seinen Kopf zurück, nahm die Mütze ab und sagte: »Ach, zum Henker! Ich glaub, ich bleibe zu Hause! Für Karaoke bin ich doch schon viel zu alt!«

»Was …«, begann Pat verdutzt.

Aber der Sergeant war bereits in die Bibliothek entschwunden.

☆☆☆

Das Holzfeuer warf lange, ungleichmäßige Schatten an die Wände und die Decke der Bibliothek. Pat saß, allem Anschein nach sehr unruhig und nervös, in seinem großen Ohrensessel. Ein riesiges Gewicht schien auf ihm zu lasten, als er den Sergeant, der mit den Daumen gelassen eine Melodie klopfte, unter schweren Augenlidern hervor fast düster anblickte. Der Sergeant blätterte im *Gardener's Monthly* und pfiff wiederholt eine sattsam bekannte Melodie vor sich hin, bevor er sagte: »Das olle Karaoke ist wirklich was für junge Leute, eh, Pat?«

Damit nahm er sein leises, wohltönendes Pfeifen wieder auf.

»Wollen Sie damit bitte aufhören?« forderte Pat schneidig.

Der Sergeant hob den Kopf und fragte ziemlich erstaunt: »Aufhören womit?«

Pat drückte die Knie zusammen, und sein Rücken wurde steif wie ein Spazierstock.

»Mit dem Pfeifen!«

Der Sergeant lächelte und nahm sich wieder seine Zeitschrift vor.

»Gewiß doch, Pat«, antwortete er mit dem leisen Anflug eines Grinsens.

☆☆☆

Das langsame, schwere Ticken der Standuhr schien aus einem längst vergessenen, mit Spinnweben verhangenen Grabgewölbe heraufzutönen. Im Kamin hüpften die Flammen wie feurige Fahnen über Schiffen aus Eiche. Die zarte Melodie, die von den Lippen des Sergeants ertönte und wie aus weiter Ferne durch die Stille schwebte, mochte auf den Flügeln von Nachtfaltern dahergeweht kommen.

»Wollen Sie wohl den Mund halten!« schrie Pat und sprang von seinem Sessel hoch.

Der Sergeant schlug sich mit seinen fußgroßen Pranken auf die Knie.

»Jesses, Maria und Joseph, Pat! Hast du mich vielleicht erschreckt! Um Himmels willen, das ist doch nur ein harmloses Liedchen!«

»Ich kann's aber nicht leiden, hören Sie? Ich kann es nicht leiden!«

Der Sergeant senkte den Kopf und sagte sanft: »Ach, Pat, das würde deine Mutter aber traurig machen. Sie hat so gern dazu getanzt, unter im —«

»Lassen Sie meine Mutter aus dem Spiel!« polterte Pat.

Der Sergeant lehnte sich mit ausgestreckten Armen vor.

»Gute Güte, Pat«, fuhr er fort, »ich mein doch nur. Die Jungs haben immer gesagt: ›Nun guckt euch mal Mrs. McNab an! Junge, würdet ihr der nicht gern mal …‹«

Ohne sich dessen bewußt zu sein, war Pat aufgestanden.

»Wer hat das gesagt?« wollte er wissen. »Wer hat das gesagt? Das haben sie nicht gesagt!«

Der Sergeant neigte den Kopf, seine Stimme war nur mehr ein Flüstern.

»Doch, Pat. Hab ich es nicht selbst gehört?«

Pat trat ganz dicht an den Sergeant heran.

»Wer hat das gesagt?« forderte er. »Wer?«

Der Sergeant warf den Kopf zurück und sagte abweisend: »Och, das weißt du doch wohl! Dieselben Jungs, die gesagt haben, du hättest die Hosen verkehrt herum an! Pat, würdest du bitte meine Strickjacke loslassen?«

Tatsächlich war Pat entsetzt, als er merkte, daß er schon eine ganze Weile die Strickjacke des Sergeant festgehalten hatte. Besänftigend strich er über den hafermehlfarbenen Ärmel und trat langsam einen Schritt zurück. Ihm war etwas schwindelig.

Der Sergeant schenkte ihm ein unerwartet breites Lächeln.

»Nicht, daß es mir was ausmacht, Pat, aber weißt du, es war ein Geschenk meiner Mutter.«

In Pats Wange zuckte ein Muskel, als er antwortete: »Ja, Sergeant.«

»Die Gott sei Dank noch lebt! Läuft immer noch durch die Straßen von Gullytown – kein Zipperlein und nix!«

Er klopfte sich die Hose ab, stand auf, streckte sich und sagte vergnügt: »Und das ist mehr, als ich über andere Mütter sagen kann! Oder über andere unschuldige Leute, die früher einmal ungehindert atmen konnten in unserer kleinen Stadt! Na, denn man alles Gute, Pat!«

Der Sergeant drehte sich nicht um, als er über die Straße ging. Und so sah er auch nicht, wie die orangefarbenen Flammen des Kaminfeuers auf Pats kalkweißem Gesicht eine Art japanischen Kabukitanz vollführten. Pat stand allein in der Dunkelheit, als wolle er aufschreien oder sich ins Feuer stürzen; tatsächlich aber tat er nichts dergleichen.

☆☆☆

Es besteht kaum ein Zweifel, daß die kleine »Verstimmung« zwischen dem Sergeant und Pat in Verbindung mit der in der Tat gewaltigen Hitze des offenen Kaminfeuers – und der Grad seiner Besorgnis war so groß, daß es Pat nicht einmal in den Sinn kam, daß Feuer ein bißchen zu dämpfen – in Pat ein großes Unbehagen, eine fiebrige Ungewißheit und unvernünftige Empfindlichkeit hervorrief – Gefühle, wie man sie vielleicht in den Tropen gehabt hätte. Dies wurde deutlich, als Pat, nur im Pyjama, an seinem Schlafzimmerfenster stand und die Hände über den Ohren verkrampfte, um die durchdringenden Klänge von *Twenty-One Years* nicht mehr hören zu müssen, deren unbezwingbare Melodie unablässig forttönte, als würde sie in weiter Ferne gepfiffen.

»Hören Sie auf!« rief Pat und stolperte mit geschlossenen Augen vorwärts. Im selben Moment befand er sich nicht mehr in dem gewohnten Zimmer, komplett mit Kommode, Nachttisch und dem Porträt von Muttern, sondern unter einer rotierenden Stroboskopkugel – Gott, war das heiß! – in einem Tanzsaal in den Fünfzigern (»Welcome to The Merryland!« stand da in Neonschrift) und sah gebannt zu, wie seine Mutter – die junge Mrs. McNab! – in einem geblümten Kleid mit weit schwingendem Rock über die Tanzfläche glitt. Lächelnd formte sie mit den Lippen die Worte eines bekannten Liedes – *Twenty-One Years!!* Und ganz in der Nähe, mit Augen, die sich gierig an ihrem Körper festsaugten, stand der rotbackige Sergeant Foley, der, die Hände tief in den Hosentaschen vergraben, lustvoll stöhnte: »Nun guckt euch mal das an! Jungs, würdet ihr der nicht gern mal das Vögelchen reinschieben!«

Es schien, als sei überhaupt keine Zeit verstrichen. Pat war wieder in seinem Schlafzimmer. »Foley« (eben erst zurückgekommen, weil er seine Schlüssel vergessen hatte) lag unter ihm auf dem Bett. Plötzlich krallten sich Pats Hände um den Hals des Polizisten und hätten beinahe das Leben aus ihm herausgewrungen. Der Mangel an Zurückhaltung in Pats Augen läßt sich nicht leugnen – er fühlte sich nicht beschämt, sondern gerechtfertigt.

»Sie sind ein Lügner!« schrie er. »Sie wissen ja nicht, wovon Sie reden! Wie können Sie es wagen, meine Mutter zu beleidigen?«

»Pat! Pat, du erwürgst mich!« keuchte der Sergeant, der ein bißchen angetrunken war und erst jetzt merkte, wie ernst die Situation war, in der er sich befand.

Als er sich wieder gesammelt hatte – er spürte bereits, daß seine Kehle sich zu verfärben begann –, sah er, daß Pat wie ein Rasender im Kleiderschrank herumwühlte. Eine Reisetasche kam zum Vorschein und landete mit einem Knall vor seinen Füßen.

»Packen Sie Ihre Sachen und verschwinden Sie, Foley!« hörte er seinen Vermieter rufen. »Ich weiß, worauf Sie hinauswollen! Glauben Sie etwa, ich weiß das nicht! Das ganze Zeug denken Sie sich nur aus, um mich verückt zu machen! Um mir ein Geständnis zu entlocken! Darum geht's doch, was? O ja! Oho, Sie sind mir ein ganz Durchtriebener!«

»Geständnis? Aber was denn für ein Geständnis, Pat?«

»Der Mann mit dem Esel! Die Mädels aus Bannion! Was? Ich weiß auch nicht! Die Bazillen! Haha! Die Bazillen – was denn sonst!«

»Pat – hast du Drogen genommen?«

»Nein! Ich hab keine Drogen genommen! Und das wissen Sie genau! Vielleicht haben Sie Drogen genommen! Mir mit Ihren Räuberpistolen zu kommen!«

»Räuberpistolen?« Der Sergeant schnappte nach Luft und fuhr sich über die Kehle.

»Die Polizeiwache wäre abgebrannt. Für was für einen Trottel halten Sie mich eigentlich?«

»Pat – bevor du weitersprichst, muß ich dich darauf aufmerksam machen, daß alles, was du aussagst, als Beweis gegen dich verwandt …«

Pats Augen blitzten.

»Beweis? Ha! Beweisen Sie's nur! Beweisen Sie mir doch, daß ich Mammy auch nur ein Haar gekrümmt habe! Oder diesem Trottel aus Ardee! Oder Tubridy! Dem alten Fettarsch! Beweisen Sie's doch! Machen Sie schon – beweisen Sie's für auch nur eine von diesen Drecksbazillen!«

Der Sergeant seufzte.

»Pat – ich rede nicht von irgendwelchen Trotteln und ihren Eseln«, sagte er, »ich rede von einem tätlichen Angriff auf einen Hüter des Gesetzes. Dessen du dich eben schuldig gemacht hast. Ist dir klar, mit welcher Strafe du selbst beim mildesten Richter zu rechnen hättest?«

Eine Reihe von Fingern schlossen sich um Pats Handgelenk.

»Ich …«, begann Pat.

»Du hast einen großen Fehler gemacht, Pat!« sagte der Sergeant. »Einen *großen* Fehler!«

»Sie sind schuld!« kreischte Pat schrill. »Schließlich brauchten Sie nicht zu pfeifen! Wenn Sie nicht angefangen hätten zu pfeifen, wäre das nie passiert!«

Der Sergeant schüttelte den Kopf.

»Ich habe nicht gepfiffen, Pat«, sagte er in ruhigem, gemessenem Tonfall, »Pat, ich war unten bei Sullivan's, erinnerst du dich?«

Pats Augen verengten sich, ebenso seine Lippen, bis sie wie eine krumme, acht Zentimenter lange Schnur aussahen, die straff über sein Gesicht gespannt war.

»Haben Sie wohl!« zischte er aufgebracht. »Ich habe Sie gehört! Ich *weiß*, daß ich Sie gehört habe!«

Der Polizist machte eine traurige und bekümmerte Miene.

»Pat – bist du sicher, daß es dir gut geht?« fragte er. »Sieh mich an, Pat! Sag mir, was für ein Pfeifen du gehört hast!«

Darauf folgte keine Antwort und auch keine unmittelbare Reaktion, die eine Antwort erwarten ließ. Denn in dem Moment, als der Sergeant seine Frage gestellt hatte, begann Pats Wahrnehmung sich drastisch zu verändern. Die äußeren Merkmale des »Sergeant« oder »Polizisten« existierten nicht mehr, sie waren durch die äußeren Merkmale von »Pats *Mutter*« ersetzt. Ihr blasses, leicht behaartes Gesicht schien mit dem des Sergeant zu verschmelzen, sich nahtlos mit ihm zu verweben. Mit einer tonlosen Stimme, die zwischen schwach geschminkten Lippen hervorkam, sagte sie: »*Verrat's ihm nicht, Pat. Verrat ihm kein einziges Wort.*« Fast unmerklich kehrten die Gesichtszüge des Sergeant wieder zurück, seine Hand lag auf seinen, und er sagte: »Was für ein Pfeifen, wenn ich fragen darf, Pat?« Diesmal war sein Tonfall unmißverständlich laut und gebieterisch.

»*Der ist genau wie alle anderen, Pat*«, hörte Pat McNab

daraufhin zu seinem Entsetzen – die Stimme seiner Mutter war jetzt ausgesprochen lebhaft –, »*nur auf sich selbst bedacht! Verrat ihm kein einziges Wort, du weißt, was sonst passiert!*«

In dem Moment hörte Pat das Klirren von Gefängnisgittern und sah sich selbst in einem groben, mit Pfeilspitzenmuster verzierten Baumwollanzug.

Seine Mutter sprach weiter: »*Die bringen dich bloß weg, und wir beide werden uns nie mehr wiedersehen. Nie wieder werden wir wie früher miteinander plaudern können. Vielleicht hätte ich dich besser großziehen können, Pat. Aber ich habe dich geliebt. Das weißt du doch, oder?*«

Ein dicker Knoten formte sich tief unten in Pats Kehle.

»Ja, Mammy«, sagte er und schluckte schwer.

»Pat!« fragte der Sergeant mit tiefer Baßstimme. »Hörst du? Ich rede mit dir!«

Aber für Pat war nur eine Stimme zu hören, die einer fünfundsechzigjährigen Frau, die durch ihr künstliches Gebiß hindurch weiter zu ihm sprach: »*Und die furchtbaren Leute, die hierherkommen und schreckliche Dinge über mich sagen. Du hast gehört, was sie gesagt haben, nicht wahr, Pat? Pat, sie sind nicht wahr, diese Dinge. Das sagen sie nur, um uns auseinanderzubringen, dich und mich, das weißt du doch, oder? Mehr wollen sie nicht. Mehr will er nicht. Pat, erinnerst du dich noch? Wenn du eine schwierige Aufgabe hattest, habe ich immer gesagt: ›Kleinigkeiten, Liebling, das kommt schon in Ordnung!‹ Wenn es wirklich schwierig war.*«

Pat verschränkte die Finger.

»Ja, Mammy«, antwortete er.

»Pat? Hörst du mir zu?« dröhnte die Stimme des Sergeant – sie schien aus der Tiefe eines Ölfasses zu kommen.

»Ich liebe dich, Mammy«, sagte Pat.

»Pat!« krächzte der Sergeant schockiert, als sich ein sonderbar dünnes Polizistenlächeln auf Pats Gesicht malte.

»Pat!« krächzte der Sergeant und ballte unwillkürlich die Faust, »wenn du mir micht zuhörst, werde ich …«

Plötzlich sah er die Tränen, die reichlich über Pats Wangen rannen.

»Warum können Sie uns nicht in Frieden lassen?« brach es aus Pat heraus. »Warum konnten Sie mich nicht einfach verhaften, wenn Sie glauben, daß ich ein Übeltäter bin! Warum konnten Sie nicht einfach sagen: ›Mitkommen!‹, statt auf mir herumzuhacken, bis Sie mich dazu getrieben haben – es war ja nicht meine Schuld, daß sie alle im Garten geendet sind! Das waren Bazillen! Jeder von ihnen – dreckige, höhnische, summende, singende, speigrüne Maden-Bazillen! Die haben mich dazu getrieben! Und ich würd's wieder tun, wenn …«

In Sekundenschnelle hatte der Sergeant mit purpurrotem Kopf Pat im Schwitzkasten. Sein Gefangener kreischte: »Und Sie! Warum mußten Sie das mit dem Tanzsaal sagen! Sie mußten es einfach sagen, nicht wahr? Ihr alle, immerzu müßt ihr was sagen!«

»Jesses, Maria und Joseph, Pat McNab, was hast du getan! Du weißt, was jetzt passiert, nicht wahr?«

Man hörte das schwache Klicken eines undefinierbaren Knochens, als Pat die Nase hochzog und antwortete: »Ja, Sergeant«, ehe er hinzufügte: »Sergeant, würden Sie mir eine letzte Bitte erfüllen?«

☆☆☆

Der Parkplatz war mit Unkraut überwachsen, das alte, fast völlig verblaßte Schild schwang lose über der tristen, mit Farbflecken übersäten Doppeltür, die sich früher an so vielen sternklaren Sommerabenden geöffnet und Gruppen von optimistischen, apfelwangigen, unschuldigen jungen Leuten zum Jitterbug eingelassen hatten, unter ihnen Pats Mutter. »The Merryland«, seufzte Pat, wandte sich zu dem älteren Mann und sagte mit einer Stimme, die von tiefer Schwermut durchdrungen war: »Können wir hineingehen, Sergeant? Um der alten Zeiten willen?«

Der Sergeant wurde steif.

»Na schön«, sagte er. »Aber dafür will ich unten auf der Wache ein volles Geständnis von dir. Hast du gehört?«

Pat nickte sanftmütig.

»Jawohl, Sergeant«, sagte er und fügte hinzu: »Ich werde singen wie eine Lerche.«

☆☆☆

Das Innere war ebenso desolat wie das Äußere. Ein halb von der Wand gerissenes Plakat hing verzweifelt in den Raum hinein. Es zeigte die verlorenen, aber doch irgendwie hoffnungslos optimistischen Gesichter einer rundbekrägelten Combo namens Gerry and the Black Dots. Über ihnen baumelte gefährlich schräg eine zersplitterte, zahnlückige Stroboskopkugel. Es roch schwach nach Urin, der längst aufgeputzt und eingetrocknet war. Pat deutete mit dem Zeigefinger in die nordwestliche Ecke.

»Da hat sie immer getanzt, Sergeant – nicht wahr? Genau da drüben in der Ecke.«

Die Stimme des Sergeant verriet kaum eine Gefühlsregung.

»Ja. Da drüben«, sagte er phlegmatisch.

»Und die Jungs haben alle gesagt: ›Nun guck euch mal das an! Der würd ich gern …‹«

Der Sergeant stieß seinen Schützling entschieden vorwärts.

»Nun komm schon – beeil dich!« befahl er unnachgiebig.

Aber Pat fuhr fort: »Dieselben Jungs, die gesagt haben, ich hätte die Hosen verkehrt herum an, und an der Art, wie ich gehe, könnte man sehen, daß ich …«

Plötzlich leuchteten Pats Augen auf. Vielleicht ist Pats unerwartete emotionale Verwandlung am besten mit dem Ausdruck »wie zu neuem Leben erwacht« beschrieben, denn jetzt rief er aufgeregt: »Schauen Sie! Schauen Sie, da, Sergeant! Das ist eine Gitarre! Genau wie die von damals! Als wären die Bands nie fortgewesen!«

Ohne jede Vorwarnung war Pat auf die Bühne gesprungen, und der Sergeant sah ungläubig zu, wie sein Gefangener sich hinter einem altmodischen Mikrofon aufbaute, das in dem hinfälligen Palast längst verblichener Träume Wache gestanden hatte, und rief: »O Sergeant! Schauen Sie sich das an! Schauen Sie sich das an! Ist das nicht wunderbar?«

Pats dröhnende Stimme wurde von den feuchten Wänden zurückgeworfen.

»Meine Damen und Herren! Willkommen im Merryland Ballsaal!«

Der Sergeant formte mit den Händen einen Trichter vor seinem Mund und rief laut: »Nun mach schon! Das reicht!«

»Ach, warten Sie, Sergeant! Bitte!« fuhr Pat fort – man hörte jetzt ein leises Pfeifen. »Schauen Sie nur! Da sind ja auch die Scheinwerfer! Ob die wohl noch funktionieren? Und ob Sie's glauben oder nicht! Da steht auch noch ein altmodisches Grundig-Magnetophongerät! Das ist ja phantastisch! O Sergeant! Nur ein einziges Lied, bevor wir gehen, ich bitte Sie!

Man hörte das enorm verstärkte Klicken der Taste, als Pat mit dem Daumen sein Ziel fand und die ersten vertrauten Klänge knisternd in den Saal hinausschallten. Es war – natürlich! –

The judge said, stand up lad and dry up your tears
You're sentenced to Dartmoor for twenty-one years!

Das Licht, das den Saal erfüllte, hätte von Pat McNabs Augen rühren können, Atemlos rief er: »O Sergeant! Wenn doch nur meine Mutter jetzt hier wäre! Meine Damen und Herren, herzlich willkommen heute abend! Pat McNab wird jetzt ein ganz besonderes Liedchen für Sie singen! Es heißt *I Wore My Trousers on the Wrong Way Round*! Ehem!«

I wore my trousers on the wrong way round
I wore them in the country and I wore them in the town
And all the boys would say: ›Yes, here he comes again
Here's trousers-on-the-wrong-way-round walking down the lane!‹

Die Geduld des Sergeant war am Ende, er sprang vor und packte Pat unsanft am Kragen.

»Nun ist's gut. Das reicht!« schnappte er. »Los, wir gehen!«

Pat schien in seinen Armen zusammenzusacken.

»Ja, Sergeant«, sagte er und fügte hinzu: »Sergeant?«

»Was?« antwortete der Polizist.

»Nur den alten Zeiten zuliebe – darf ich noch ein letztes Liedchen singen? Nur für Mam?«

»Nein!« antwortete der Sergeant bestimmt.

Wieder wallten Tränen in Pats Augen auf.

»Sergeant! Bitte!« flehte er. »Bitte! Nur eine allerletzte Nummer!«

Die Wangen des Sergeant waren wie entzündet.

»Na schön, Gott noch mal! Dann mach!«

Pat ging vorsichtig auf den Mikrofonständer zu, benetzte die Lippen und hüstelte leicht, während er die Knie zusammendrückte. Dann legte er die Hände auf die Leistengegend und stimmte an:

The judge said, stand up lad and dry up your tears
You're sentenced to Dartmoor for twenty-one years ...

Gegen seinen Willen zwinkerte der Sergeant mit den Augen.

»Und ich hab doch tatsächlich gedacht, du magst das Lied nicht, Pat!« rief er.

»Tu ich auch nicht, Sergeant!« antwortete Pat in erstaunlich vergnügtem Tonfall, bevor er die Hand um das kalte Metall des Mikrofonständers legte, ihn für einige Sekundenbruchteile hoch in die Luft hielt und ihn dann mit einem wohlgezielten, wohldosierten Schlag seitlich gegen den Kopf des Sergeant sausen ließ. Mit dieser Tätigkeit fuhr er entschlossen und beharrlich fort, wobei er die ganze Zeit mit schriller Stimme schrie: »Das stimmt! Ich hab Ihnen doch gesagt, daß ich es nicht mag! Aber Sie mußten es pfeifen! Sie mußten es unbedingt pfeifen! Und schlechtes über Mam sagen! Warum! Warum, du Bazillus! Sag's mir, du Bullen-Bazillus! Sag's mir, du Polizist von smaragdgrüner Verderbtheit!«

Ein Laut, der sich wie *plupp* anhörte, war das Resultat eines weiteren festen Schlages, diesmal auf die andere Schläfe. Es war nur noch eine Frage der Zeit, bis der blutüberströmte Polizeibeamte von der Bühne auf den Tanzboden fiel und nur noch ein schwaches Stöhnen von sich gab, während Pat den rotbeschmierten Mikrofonständer umklammerte, sich übers Auge wischte und jammerte: »Warum konntest du auch nicht auf der Wache bleiben und gewöhnliche Lieder singen? Warum? Warum mußtest du ein smaragdgrüner Bazillus sein?«

☆☆☆

Ein Lächeln spielt auf Pats Gesicht, als er die Vorhänge öffnet und die morgendlichen Sonnenstrahlen in die Küche hereinläßt. Er stellt eine Schale mit Duftblättern auf die Fensterbank. Als er sich die Schürzenbänder auf dem Rücken zubindet, hört er, wie es an der Haustür klingelt. »Hmm! Wer das wohl sein könnte?« denkt er und legt den Zeigefinger an die Lippen. Ohne sich bewußt zu sein, daß er *»I've counted the raindrops / I've counted the stars / I've counted a million of these prison bars!«* singt, öffnet er die Tür. Zu seinem Erstaunen sieht er den feschesten Mann vor sich stehen, den er je zu Gesicht bekommen hat: prächtig in einen braunen Kamelhaarmantel und Seidenschal gekleidet, die wunderschönen italienischen Schuhe untadelig gewienert.

»Hallo! Ich bin Dexy McGann!« erklärte der Fremde. »Ich war drüben in London – puh! Die letzten einundzwanzig Jahre! Ob ich wohl reinkommen könnte? Ich bin ein alter Feund Ihrer Mutter, wissen Sie! Wir haben ein paar Schritte miteinander getanzt, sie und ich – damals in der guten alten Zeit, denken Sie nur!«

Den eisigen Windstoß, der in diesem Moment zwischen ihnen spürbar wurde, empirisch nachzuweisen wäre ein äußerst schwieriges Unterfangen – die Behauptung vielleicht sogar überflüssig. Doch eines läßt sich nicht leugnen: daß Pats Gesichtszüge sich dramatisch veränderten und sich um seine Augen herum etwas verflüchtigte, das man gemeinhin mit »menschlichem Gefühl« oder »Sympathie« in Verbindung bringt. Etwas, das dem Heimkehrer, vielleicht aufgrund seiner »Verstädterung«, durch die natürliche, rustikale Eigenschaften wie Instinkt und Wachsamkeit im Laufe der Jahre korrumpiert worden waren, bedauerlicherweise völlig entging. Statt dessen trat er vergnügt ein, als Pat ihm lächelnd die Tür aufhielt. In seiner seligen Unwissenheit überhörte er das Wort »Bazillus«, das sein Gastgeber kaum vernehmlich aus dem Mundwinkel preßte. Hinter ihm schlug eine unansehnliche, altmodische Holztür zu, die, hätte der arglose Dexy McGann es nur gewußt, ebensogut aus dem unnachgiebigsten Stahl der Hyperboreer hätte sein können, der je in den flammendsten Schmelzöfen der tiefsten und schwärzesten Höllenschlünde geschmiedet worden war.

Country goes Techno – eine Hommage an den schlechten Geschmack

Stuart David
Peacocks Manifest
Roadnovel
Aus dem Englischen
von Alexandra Hellbrück
210 Seiten · geb. mit SU
€ 19,90 (D) · sFr 38,–
ISBN 3-8218-0924-8

Peacock Johnson ist ein geborener Gewinner, denn er hat die IDEE seines Lebens. Eine IDEE, die seine aktuelle Pechsträhne vergessen machen wird. Und weil er jemanden braucht, der seine IDEE so umsetzt, dass sie ihn wirklich reich machen wird, sitzt er im Flieger von Glasgow nach Chicago, direkt auf dem Weg zu Evil Bob.

Evil Bob ist kein Gewinner, aber er trägt Cowboystiefel und besitzt einen Führerschein. Und so machen sich die beiden ungleichen Gefährten auf eine Reise durch Amerika, in deren Verlauf Peacocks meisterhafter Plan auf eine harte Probe gestellt wird …

Zwei selbstbewusste Dummköpfe im Land der unbegrenzten Möglichkeiten, die ihren Traum von Glück, Glanz und Ruhm verwirklichen.

Wer Unsterblichkeit sucht, wird die Liebe finden

Jonathan Carroll
Das hölzerne Meer
Roman
Aus dem Englischen
von Rainer Schmidt
310 Seiten · geb. mit SU
€ 22,90 (D) · sFr 42,–
ISBN 3-8218-0924-8

Aus dem einstigen Raubein Frannie McCabe ist ein zufriedener Mann geworden – seine Ehe ist wunderbar, das Verhältnis zu seiner Stieftochter vertrauensvoll, und als erfolgreicher Polizeichef genießt er allen Respekt seiner Mitbürger. Eines Tages passieren unerwartete Dinge: Ein altersschwacher Pitbull wird in McCabes Büro abgegeben, ein streitsüchtiges Ehepaar verschwindet spurlos. Als der Hund stirbt, begräbt ihn McCabe. Doch wenige Tage später lockt ihn ein geheimnisvoller Duft in die Garage seines Hauses. Als er den Kofferraum seines Wagens öffnet, findet er den toten Pitbull …

Das Leben ist voller Mysterien – und geheimnisvoller Wendungen. Jonathan Carroll hat ein romantisches Märchen über die Verstrickungen von Liebe und Schuld geschrieben, dessen Figuren einer Poe'schen Zwischenwelt entstiegen scheinen.